郎麟 —— 著

关山万重

漓江出版社
·桂林·

目录 /
CONTENTS

三、 一九四一：穷途俊杰　乱世恩惠

四、 一九四二：此心安处是吾乡

五、 一九四三：烽火连三月

六、 一九四四：山中小儿女　不解忆长安

代序

劳延炯[1]

2018 年 10 月中旬，郎麟女士发给我一封电邮，告诉我她对抗战期间中央研究院历史语言研究所在四川李庄板栗坳六年的生活很感兴趣，那时的文化前辈，在如此艰难的条件下，取得让世界震惊的非凡成就，他们对文化的热爱和自觉坚守，他们植根于传统文化的家国情怀，让她非常敬佩。

同时，她想通过当时孩子们生活学习的回忆，记录下从孩子的眼光来看，那时大家住在一起，是如何的一番境况；记录下大家彼此的交往和生活状况，从而再现细节、还原现场。

当年在板栗坳的小孩有二三十人之多，但一半年龄都很小。那时史语所在牌坊头办了一个子弟小学，一共只有三班。最年长的一班学生很少，只有四五个人，他们平均年龄约十二岁，是最可靠的资料来源，可惜目前能采访到的也许只有二三人了。最年幼的一班人最多，年龄约在十岁以下（大都甚至只有四五岁）。我在中间那班，共六七人，我们对当时情况的理解和记忆应该比较可靠。当时我是我们班中年龄较大的，我记忆里的往事是从李庄之前的昆明开始的。

郎麟女士费尽千辛万苦，能找到这些资料，不是一般人能做到的。

她的这个记录是一个很重要的贡献，所以我不能不对此事稍许说几句话。

在我的记忆里，那时的先生太太们都非常简朴而勤劳。一大早先生们去办公室，专心做研究和有关的工作，中午只有短暂的午餐时间，稍稍歇息，又回

---

[1] 劳榦之子，台湾大学化工学士，密歇根大学化工博士。任教于东卡罗来纳州立大学环境健康科学系，教授兼系主任直至退休。

到办公室，傍晚才回家休息，数年如一日。六年间他们在学术上的建树和成果，远超过了其他的年代。现在书写是计算机代笔，当时只有毛笔、墨砚，更不要提复印的设备。记得父亲的著作《居延汉简·考释之部》出版，完全靠自己手写在石印的纸张上。

先生们能够如此专心于研究工作，当然还有一个必要因素，那就是家中所有事情无须操心，一切都靠太太操劳。孩子们的教养、一日三餐、衣服鞋子都是太太们一手操办。采买更不是件简单的事，日常生活所需，只有靠三天一次的赶集，或者去李庄去宜宾采买。困难之处不是我们现在可以想象。

国难当头，那时我们的生活固然不易，附近山乡民众的生存状况更让人怜悯。除去历史语言研究所以外，我们也不能忘记当地各界对所中同人的支持和助力。

可幸郎麟女士也采访到板栗坳房东的女儿，挑菜上山、抬滑竿的以及当时日日给我们挑水的工友的后代，用她生动的笔墨完成了这个创作。

我对板栗坳有很深的感怀，家兄在世时，我们经常提起那时的往事：在子弟小学上课，罗老师教我们唱《五月的鲜花》，在牌坊头玩弹珠，爬树，偷偷地到附近浅水塘学游泳。2009 年我曾和内人专程回到板栗坳，看到木鱼石、黄桷树，看到我们住过的院落、房间、日日离不开的水井，等等，感慨万千！

无比高兴郎麟女士能把当年一些趣事记录下来，这是件非常艰难而有意义的事，在此特向郎麟女士致以深厚的感谢和祝贺！

2020 年 9 月于加州

人物简介

傅斯年：史语所所长。

他的面容让人一见难忘，圆乎乎的脸上，一副黑框眼镜。一头怒发，神似贝多芬。人胖，一行动就满身大汗。哪里一坐下，首先是把烟拿出来点上。

说他脾气直，那倒是真的。

年轻的学者怕他，人人都不觉奇怪，只有他自己不解，还问为什么。看个报纸，晒个太阳，他给你记着时间！

他的儿子傅仁轨，很可能也有点怕他。

董作宾：一副宽厚脸庞，很是让人信任，眉目端正，脾气和顺。从小家境艰难，没饭吃也要读书。你想，北京大学几年的课程，靠自己自学出来！

他难得愁眉苦脸，拿着他那个石楠木烟斗，抽两口，就开始说俏皮话。大家很快乐，他也跟着笑。

中秋画画比赛、元宵的灯谜、诗钟，都是他的闲情逸致。在新年同乐会上，他把大家逗得哈哈大笑……

他不和气没有道理，有奋斗终身的事业，灵魂相契的伴侣，人生至此，夫复何求？

他们有四个孩子：董敏，董兴，董萍，到板栗坳又有了董武。

李方桂：中等的身材，不胖也不瘦。高额头，挺鼻梁。儒雅清秀的长脸，从书堆、纸张里抬起头来，一副眼镜常常被推到额头上。

他打得一手好乒乓球，毽子也踢得很好，还会踢花样：把毽子踢得高高的，一只脚从另一条腿后面去接。

他带回一只黑石头做的小蛤蟆，拿给孩子们看，说是活蛤蟆变的！

在他看来，人世间除了学问和玩，没什么事值得操心。

家事从来不动根手指头，代理所长也只是动动嘴。

他的太太，以先生的事业为事业，是贤妻，也是良母，若把贤妻良母的帽子戴她头上，却甚是不适宜。她的性格色彩很是浓烈。

他们有两个孩子：李林德和李培德。

李济：史语所历史组组长。他的两个女儿，一个十四岁，一个十七岁，豆蔻年华就那样一个一个离开他，差点要了他的命。然后，他和傅先生闹了一场不愉快，可能是心情太糟了。

他的父亲母亲和他在一起，傅先生把山上的好房子留给他，方便老太爷嘛。但他们一直住在李庄镇上。

他的小儿子叫李光谟。

岑仲勉：他就是来跟着史语所逃难的。五十岁进史语所，两天后，七七事变。随史语所走完逃难的全过程，抗战胜利后，他却飘然南下，去中山大学教书。

他的耳朵不太好，索性两耳不闻窗外事，躲进小楼做学问。却又是他，在板栗坳弄出大新闻：不过年也吃鸡！

梁思永：温润、坚韧，他是如玉的君子，他是现代的考古学家。他志向高远，理想清明，可惜，天妒其才，让他最好的年华，只能流连病榻。

当初，父亲送他去学习这一冷僻专业，是要"为中华民族在这一专业学问领域争以世界性声誉"。他撑着一躯病体，做到了。

傅先生让他们一家搬到板栗坳山上，住在茶花院里。

他的孩子叫梁柏有，茶花院只有她一个孩子，所以有时候，柏有很孤单。

劳榦：眉清目秀的书生，温和贞静，神情纯洁得像个修士。他的精神气质颇符合他的字——贞一，无论何种环境何种境遇，矢志不渝，将学问做了一生的追求。

能让全家人不挨饿，这里就是此心安处。

劳家人口最多，所幸的是，他有一位非常贤惠的太太。她对家人的爱，托付到一日三餐，托付到整齐的针脚中。她做的布鞋，简直不像人力所为。她贤惠能干，性格谦和接近完美，不仅得到全家人的爱戴，也受到大家的尊重。

他们先有三个孩子：劳延煊，劳延炯，小弟弟凯凯，刚刚会笑，就离开了他们，永远留在了昆明。在板栗坳又有了两个孩子：女孩安安（劳延静），男孩全全（劳延炳）。

高去寻：在孩子们眼里，做了父亲的先生，三十来岁就已老气横秋。他呢，孩子们恨不得不叫他先生，可是，不叫先生叫什么呢？他又瘦又高，有小孩给他一个"高老仙儿"的外号，他一点也不生气。

孩子敢叨扰的，只有高先生，碰上他就缠着他讲故事。他就讲，讲岳飞，讲辛弃疾，讲三国，讲水浒，讲大漠、西域的故事，有时候还讲鬼故事，把胆小的孩子吓傻在那里。

他一个人在板栗坳，有时候去董同龢家吃饭。

芮逸夫：人类学家，随和聪明，很会办事。他最早来到李庄。租下栗峰山庄的房子，也是他最早来打理。

他像是情分上的家长，谁有事托他，保证热心。年轻人肯把贴心事告诉给他。你看，板栗坳一桩一桩喜事，哪件少得了他？

他家三个孩子：芮达生，芮榕生，芮碧生。

石璋如：他教高年级的地理。作风端简，不笑，就不可亲。

走路都在想事情，碰到小孩，根本忽略不计。孩子们碰上他，规规矩矩问个好，就完了。等他回应，人都走远了。

董同龢：瘦得像个学生，人送外号"董同猴"。人不可貌相，他还有个称号"史语所第一勇士"，年轻人只有他，敢和傅斯年当面争论。

他太太王守京也是清华毕业，在子弟校教数学。诊所医生辞职，诊所就由她管。家务事就落到董先生头上，董先生管家务，哎，说起都伤心。

他们两个孩子：董无极，董无量。不知道为什么，没人叫大名，都叫董嘎一、二嘎子。

杨时逢：杨步伟的侄子。金陵大学毕业，跟随姑父赵元任，做他的助手……杨时逢为李庄留下两篇论文《四川李庄方言略记》《李庄方言记》。

他们一家住在桂花院。杨太太很漂亮，儿子叫杨光驹，女儿每天去李庄上学。

李光宇：史语所照相室管理员。

太太儿子在北平。女儿跟着姑姑，石家庄住一年，汉口住一年，又到长沙，到昆明。

一九四三年春天，太太带着儿子前鹏从北平到板栗坳。从沦陷区出来，长沙正在打仗，山区有游击队，一个小脚太太，带着五岁半的小孩儿，这路途……实在让人不敢想象。

柳州沦陷的时候，女儿正在柳州。李光宇睡不着觉。一直等，等不到消息，急得白发一根一根冒出来。

逯钦立：北大文科所的研究生，毕业就进了史语所。他又不是老师，却常常到子弟校的教室来画画。

罗筱蕖：大家都说，学校罗老师，当真是个美人。

她开始也不明白，逯先生为啥总是来黑板上画画。逯先生写了一封信，找梁柏有给她带来，她看了就明白了。

王志维：西文图书管理员。

他高大帅气，这高大有来历，他有四分之一的蒙古血统。你要相信，小孩一眼就喜欢的人，一定是美的。何况脾气还那么好，都感受得出，他的诚挚从心里边出来。

板栗坳，一多半的小孩都给他带去"看"过那些西文书。

后来，他做胡适的秘书。好脾气对好脾气，两个人情同父子。

此刻他还无法知道，月下老人的红丝线，系着板栗坳房东家的女儿。那个叫张彦云的姑娘，后来跟着去了台湾，照顾家，照顾胡适，胡适去世，一直是她照顾胡太太。

那廉君：旗人，中文图书管理员。孩子们叫他"那那"。他的个头比王志维小一号，性情好，能和孩子们玩在一起。

眼睛却近视得厉害，一副眼镜，厚得像酒瓶子底，眼镜掉了，他觑着眼睛在地下摸半天。

邓恭三：北大文科所助教。到板栗坳读书，校明史。

和气得很！牵着房东家小女孩去家里，拿出饼干盒盒。小女孩平生第一块饼干，好吃得想哭！邓先生包了一大包让她带回家……

王铃：中央大学历史系毕业。

他给房东女儿教英语，上了课，还煮面给她们吃，面底下卧着一个荷包蛋！想起都要胸口一热。他在板栗坳认识了李约瑟，之后成为他的助手，帮助他撰写《中国科学技术史》。

萧纶徽：史语所出纳管理员。在昆明，他的儿子生了脑膜炎，送到医院就没有回来。萧先生很难过，到了李庄还常常哭。后来他又有了一个儿子，就不哭了。

他太太孙德秀给孩子们上国文课、自然课。

他们的女儿萧梅，在板栗坳闯下大祸……爸爸妈妈没有打她，也没有骂她，却比打她骂她还要可怕。

汪和宗：史语所庶务管理员。在昆明，沈从文先生推荐他进了史语所。这个年轻的山东人，从青岛去了北平，又一路辗转到昆明，最后到板栗坳，娶了一位李庄姑娘王友兰。这世上，缘分是怎么定下的？

全汉昇：不到三十，广东人。他话不多，晚间聚会，也会说上几句。

他家里穷，大学都要读不下去，靠着在《食货》半月刊上发表文章，生活费用才有了着落。所以，再怎么，也要攒一些钱寄回家。

他们一家住在财门口，他的小孩全任洪，都叫他全宝宝，还小。另一个全任重更小。

丁声树：外号"丁圣人"。他简直像从《离骚》里走下来的人。很用功，三十二岁就成了专任研究员。

有一次，丁声树大吃一惊地发现，单身的和有家眷的，竟有如此大的差别。吃惊之下，他硬要将米贴分给老师……

李光涛：他一点都不爱闲聊，整天就在茶花院那大办公室，扎进那浩瀚如烟海的档案里。

他不爱说话，还因为他的人生很苦，他三十四岁才进史语所，一辈子写了很多论文，都是从那七千麻袋大内档案里、从一万多斤灰尘里，翻卷梳爬出来的……

他一个人跟随史语所搬迁，随身带着的，只有他已经过世的夫人的一张照片。他以为往后一生，只与学问相伴了。

张素萱：板栗坳小学的老师。难得的温和，从来不会高声，从没呵斥过谁，更不用说拿竹片打手心。那些挨打挨骂的理由，在张老师那里都不成理由。她简直是，宰相肚里能撑船。

这样的老师，还要跟她调皮捣蛋，是不是没良心？孩子们把她当个大姐姐，喜欢而亲爱。

胜利的时候，李光涛和张素萱成婚。孩子们送了张老师一张贺卡，每个孩子都写上自己的名字。张老师把这张贺卡保留了一辈子。

王献唐：一九四三年春天到板栗坳，大家都很关照他。他给山上的朋友们画画，给王叔岷画菊，给萧纶徽画山水，给劳榦画花卉立幅，给李光宇画了巨幅荷花，为罗筱蕖画荷花，还为李庄镇长作画……画完，自己先欣赏，颇不俗，送出手，心里还有余味。

屈万里：到板栗坳，给董作宾当助手。

他给高年级孩子上国文课，满腹诗书面对几个娃娃，也是一丝不苟。上课不拿书，孩子坐好就开始讲，讲《诗经》，讲《论语》，讲唐诗宋词……

王叔岷：到板栗坳那年二十七岁。他穿一件长衫，抱一把古琴，从小路走来，孩子们看见很感动。

他来读研究生。每天早晨，一起床就开始弹琴。那是一张明代的连珠式七弦琴。

第二年，他太太带着一岁多的小女儿来了。

何兹全：一九四四年才来到板栗坳。他北大毕业，去日本留学回来，在重庆办杂志、写社论，思来想去，史语所才是安身立命的地方。

他太太郭良玉性情爽朗，很快和院里的人熟悉起来。她从重庆来，有不少新经验，大家喜欢听她讲话。

他们的儿子叫何芳川，一岁就做了大手术，所以老是生病。爸爸妈妈开始不敢离开重庆，怕他病了找不到医生。

杨志玖：一九四四年三月到板栗坳。他来参加撰写《中国边疆史》，一到就得了疟疾。

人家给他介绍了房东的女儿，他答应了这门亲事。可是傅先生不同意。

答都答应了人家，难道要反悔？他不肯听从傅先生的规劝。

潘悫：个子矮，长相和气，圆乎乎的脸，眉目清秀。走路爱低着头，显得有点木讷有点拘谨，但他会变戏法！

站在油灯旁，去抓那灯火，三抓两抓，手里就有一颗颗黄豆！

他会修钟，把牌坊头的大钟修好了。谁的手表出了问题，交给他就行。

潘太太也是北京人，个头高，豪爽，大方。她带着儿子潘木良，从北平来到板栗坳。

魏善臣：在孩子们眼里，他就是个传奇。又会武功，又会写蒙古文，这还不够传奇吗？他说话声音响亮，调皮小孩在院里打打闹闹，他一吼，孩子们便一哄而散。

没有一个孩子会忘记他。他管着合作社，合作社的玻璃罐里有糖。他也要上班，下班才来管合作社。

有一天，他带着钱去帮大家买东西，在江边上等船的时候，被土匪抢了……

萧文炳：上海医学院的医生，跟随史语所到了板栗坳。他对环境卫生很有知识，按着抗战时候的习惯，到一处，先改造水池和厕所。

山上众人爱戴、家家都离不开的，非萧大夫莫属了。可是过了一年多，他就辞职走了。

徐德言：板栗坳又有一年多没有医生了。他和太太的到来，受到大家发自心底的欢迎。他太太就是护士！

夫妻两个，和气得不得了。他们没有孩子，但徐太太对小孩非常耐心。她把学校卫生检查做成制度，红星多的，奖励手绢或者铅笔。

刘渊临：他的家就在李庄镇上，他读书的省宜中当时也在李庄。一九四一年十月，董作宾要招聘助手，张官周推荐了他。于是他作为见习生，来到董先生身边，协助董先生从事甲骨文整理和研究。那年他才十六岁。

史语所搬回南京，他跟着走了。

后来，他跟随董先生到了台湾，成为甲骨文专家。

一、序幕

栗峰山庄

这山坳，自古就有名字叫板栗坳，乾隆初年归入上南里。谁也说不清，究竟什么时候有过许多板栗树。但那大约是有过的，犀牛山上两棵遗存，大到都说不清长了多少年。

犀牛山上，看得到长江。往里，还有几座叫得出名的，一座鞍子山，矮，映星山就要高许多。

田町连绵，阡陌交错，山坳里，半坡上，一两百人家迤逦散开。

平静日子过了些年头了，播种、收获之外，还有什么新鲜事情？

乾隆十二年，张焕玉在板栗坳修房子，哪家不晓得呢？

一座两进的四合院，在犀牛山腹上，依势建起，一进一进往上，很有雄踞的意味。

门口，种下两棵摇钱树。

摇钱树热闹。

枝条疏，绿叶片长而圆，密密簇簇。果实是一串串小灯笼，有风来，总疑心它要响。

摇钱树丰润。高可百尺，寿命又极长，最是寄托世俗人生的想象。汉代的人，去另一个世界也带着。遍体金光，树枝上挂的，是铜钱，是花鸟"步摇"。

精雕细琢的门窗、几人合抱的廊柱叫村人开了眼界。山墙足有一尺厚，砌到两三人高的时候，连那冲口外鞍子山里的乡民，赶集路过，哪个没来

栗峰山庄航拍图 （黄凌 拍摄制作）

仔仔细细看过呢？

连这人家的根根底底，也搜罗了来，在院坝、厨房、牌桌子上乃至办大事的场合成了谈资。

等候多日，大院落成，板栗坳乡民把这场仪式咀嚼了好久。

挣了无数金银，却是个读书人模样。石青夹袍，罩一件素净团花对襟马褂，不见得多么豪奢……平常日子里，更是布衣布鞋布袜……

一位太太，一家人穿戴，全出自她的女红。四位公子，两个尚小，最大的不过十二三岁。

焕玉带着家人，日子过得警惕而节俭。他定下家规：子侄能耕则耕，能读则读，勿嬉笑，勿游乐……

这是中国人的端庄。不能玩，玩物开始，就要玩人、玩世。

……

下山的路大约三里，焕玉花了三年时间，铺成一条石板路，五百多级的防滑石梯，举头一望，简直就是天梯。一望就得出名字：高石梯。

体味过世间哀苦困窘，做过生意交接四方，知道外面有世界。

道路坍塌、桥梁倾圮，不问远近，焕玉闻听便通之。灾年里，门口一路上，都是乡人里党，捉了提筐背了口袋，告些米粮赖以活命。

贫苦忧患不至浇薄，他人余裕，看着也是人世好风景。

田町接着田町，和原住人家同在这一片山风日光里。雕梁画栋与草舍茅檐，各自相安。

青瓦灰墙的农家庭院，齐整有尊严。门口，也植两株桂花，屋后也一片竹林。牌坊田冲口，农家院里一株蜡梅，冬日里开出的花，竟然是红色。

栗峰山庄字库塔

小门小户，耕到有余裕，是读书。新起的高宅大院，也是起家耕读，富而无奢靡。

焕玉心底，如何富裕，缺了学业仍是不甘。他一心培养一两个儿子，弥补终生遗憾。常说，置下这家业，不为别的，是为你们读书。

长子懋晟一味用功，昼夜苦读的情形，母亲见了都悬心。十九岁那年，一病不起。医家束手无策，张太太淌着眼泪对焕玉说：哪能这么不要命地读书！整整一年过去，懋晟才起得来床。

懋端天生对农人农事亲切。耕读耕读，耕原在前。见过苦日子，一粒米都珍贵。对土地亲，对稻米谷物简直就是一份亲情。那份珍惜弥散在日

栗峰山庄航拍图 （黄凌 摄）

常里。

懋庄爱读书，却对八股文章十分不耐。父亲过世，他誓不远游，在老房子北边建一栋石头小楼，名为"读《易》楼"。

懋章成为一代名医，远近争迎，唯恐不得。

他每年制作千百剂丸药，散与贫困病患。他的儿子和侄子继承他精湛的医术，也承继他的怜悯之心。病人来了，远的留下吃饭；近的，奉上茶水，端来糖果饵饼，殷殷相劝。他对家人说：凌晨犯霜着露，若又空肚子赶路，连常人也要添病，病人如何禁得起！

这样好意，代代相传，人世无故就先得太平。

焕玉夫人郑氏，耄耋之年耳聪目明，家门口十几级台阶，上下如履平地。膝下承欢的，有问字辈的五世孙。待她九十五岁离世，板栗坳家族已百余人口。

乡人便常常称扬，这济世济贫的福报。

门口摇钱树，已是四五抱之粗。焕玉亲手所建，是老房子。他过世后，老房子做了张家祠堂的支祠。两边陆续建起六座院落，左右各三，雁翅一般组成栗峰山庄。往北依次是下老房、田塥上、桂花坳；往南分别是财门口、牌坊头、新房子。

随口叫出，便已约定俗成。某天想起要正经赋名，已来不及而只能徒增混乱了。

桂花坳坐北朝南。另五座一字排开，大致坐西向东。每天早晨，看门人一道一道打开门，要花一个多时辰。堂屋的檐廊，延展在一条轴线上，过厅小门全部打开，可以从这头看到那头，从田塥上走到牌坊头，雨天也不会打湿鞋子。

新房子往南，还建有一座亭台，像座塔，叫作惜字亭。写过字的纸，送到这里，化灰化烟。

离大院一两里路的墓园，是焕玉父亲生前选定。陟田四望，层叠逶迤。大涡溪流经此地，横入长江。

墓园里归葬的族人越来越多，每年墓祭场面极盛。这座小山，被人叫作"张山"。

人世于是贞静。

山庄各院都有灯柱，立着十九米高的灯杆，过年的时候，点亮灯，栗峰山庄就把雄伟气势勾勒在夜色里。山里的村民，远远看着这一年一度的年景，如同世间一切的好。

变　化

从板栗坳下山，就到了李庄镇。

大江边上的市镇，自是得天独厚的便利，李庄便是这样一个地方，她的历史可以追溯到战国时期。北宋之前有几百年，这里曾是县治、州治所在地。

上游二十里便是府城叙府，再往北是成都府。下游四十里，是南溪县城。过了江安往下，顺长江到重庆、武汉，一直到了上海。

如今镇上，十家有七家是外省人的后裔。[1]

四方人杂处，对外方风俗的好奇惊喜、对外方人的接纳和关照，李庄人，便有了和以往不同的性情和格局。

各省的土话汇成喧腾的人声。广东人带来的糖，着实慰藉了这片悲苦的土地。榨季，糖房里飘出来的甜香味，像一片温柔祥云，笼罩在镇子上空，安抚着众生。

动人的空气中，李庄渐渐兴旺起来。

镇上每条街巷，从头一家到最后一家，全都紧挨着，一丛一丛灰黑色屋瓦，中间只留出两三尺。瓦屋丛中，不时高耸出一些绚丽雄壮的建筑，那必定就是什么官什么殿。

人们重修一座座庙宇。人人都愿意给这些护佑过他们的祖先、以后会护佑他们今生来世的神仙添一片瓦，加一块砖。历代受人供奉的神祇先贤，战乱时期受了那么多冷落，如今是该好好为他们操劳一番了。

我们或许不能低估精神在生活中的作用，只有这样才能解释，为什么一旦承平年月到来，人们无怨无悔为这些圣人先贤以及各路神仙出钱出力。那时的生民，日常生活和精神生活是一而二，二而一的。

三年工夫，孔庙巍巍赫赫立在凤凰山；下河街的土主庙、文星街的巧圣宫，短短街上一座慧光寺，上河街一座东岳庙，都是前朝就有的，如今也是年年培修了。

沿江市镇哪能没有王爷庙呢，船在江上走，看到王爷庙就晓得场镇码头快到了。李庄，两岸都有！南岸这座在上河街。

老场街的祖师殿经过战火而不毁，那可真是苍天眷顾，天灯会集了资

---

[1] 王迪：《跨出封闭的世界——长江上游区域社会研究（1644—1911）》，北京大学出版社，2018。

①东岳庙 ②天上宫 ③祖师殿 ④李庄羊街 ⑤文昌宫遗存 ⑥张家祠

重修。过去几步，羊街头里，和文鼎祠街交叉口那儿，新建了一座文昌宫。

各省来的移民免不了把原乡尊崇的先贤、神祇也搬到这里来供奉。

湖广籍移民承头建了一座禹王宫，和慧光寺前后几乎挨着。福建移民在天心街建了一座天上宫，供奉妈祖。清道光年间迁到线子市街，和桓侯宫相距不到一百米。

广福街，广东人修了一座南华宫，供奉南华真人庄子。

这样的信仰是弥散在日常里的尊崇，这些神祇比西方的上帝更亲切而家常。因此，这些宫殿庙宇同时也是同籍同乡议事的会馆，聚会庆祝的时候，在这里演唱家乡的戏剧，娱神娱人，没有谁觉得不妥。

在各方灵神的福佑下，日子就这么一天一天过起来。只是，恐怕谁也想不到，这些宫殿、庙宇，将来做出什么样的成全。

镇上，乡董会主导着当地事务的方方面面，税捐征收、保甲、团防团练、积谷赈济、慰独抚孤……

乡董往往就是士绅大族族长、会馆首事、帮会会长。

一两百年递衍，镇上三大家族形成鼎立之势——他们也是移民，张家、罗家各以自家的官帽多、银子多而闻名，洪家则由于掌门人曾获得武状元而震惊乡里，但最终也是殊途同归，如同古语所说，百年世家，无非耕读、积善。

这些家族之间互为婚约，结成藤蔓牵连的甜蜜关系。他们有着一脉相传的文化教养，用共同遵循的道义，铺排着这共同的故乡。

张席珍是大房子张家的族长，他祖上便是焕玉的小弟弟衡玉。他家良田上百亩，灾年必定开仓赈灾。

他太太王宪群更是个菩萨。她会中医，在正街有家益寿堂。药铺后院放着几口柏木棺材，穷人家拿不出烧埋银子的，她就舍一口。那突然一个人在家悄悄死了，甚或是倒毙路边，她听见看见也请人用白木匣子装了埋了。

年轻一辈的，罗家的罗南陔，板栗坳的张雨苍，张家的张建初，洪家的洪汉宗、洪百川兄弟，邓家的邓云陔，都在一个私塾读书长大。

那位私塾先生颜琨德，中了秀才之后曾四处游历，他并不把科考入仕作为人生的唯一追求，他要求学生们读书修身，尊老孝亲，仁义乡里。

他是罗南陔的舅舅。光绪二十四年（1898），戊戌六君子被杀害。刘光第的灵柩运回家乡富顺赵化镇安葬。颜琨德和叙府的一众秀才，徒步三四十里路，去赵化镇祭奠刘光第。他特意带上罗南陔，要他也素衣青夹，不坐滑竿，一路步行。

颜琨德培养出一群热爱文化、见识远大的可爱年轻人。他们有着同门之谊，在一起讨论时局、鉴赏书画、切磋技艺，结下了深厚的情谊。

张雨苍被推选为李庄团练的团总；洪汉宗当上南溪县团练局局长；他兄弟洪百川是个才子，在遂宁师范学校当校长；罗南陔好义疏财，赢得一个"小孟尝"的雅号。

现在，新事物已来到这千年古镇。

光绪三十一年（1905），祖师殿的大山门和戏楼撤了，供奉的玄武祖师也被搬到后厅角落！镇上人听了啊的一声合不拢嘴，说是绅董们一起商量过的，是怕威严的山门吓着娃娃？重建了八字校门，变成一座新式学堂！名字很堂皇，叫作李庄镇中心国民学校。

过两三年，洋人的教会也到李庄办学校，烟市街的明德小学就是。洋人的事……不知道从何说起，他们倒是，没打这些庙宇的主意。

可是，学的是什么？

好些人不得其解。听着孩子朗读：猫捕鼠，犬守门，各司其职。人无职业，不如猫犬。实在纳闷，翻开书一看，画着小猫小狗！

这，这，这，新学堂就学这些?!

不甘心，再翻翻，看目录上的一课一课：《游戏》？《休息》？《爱鸟》？《快乐的磨面人》？《什么职业好》？

想不通，便去问辫子老先生，好，他算是问对人了。这先生正一肚子愤懑而没个排解处：不学祖宗经典，尽作禽兽之言！

还有算术。学算术做什么？以后都要去做经济商人吗?!

还有常识。太不深奥，太不……像学问。

总有几位老先生，总要感叹人心不古，哪朝哪代没人这么感叹呢？至于"古"究竟要怎么样，就各说不一了。

张席珍的府邸在老场街。

有一天，几个年轻人来拜访，约齐了似的，张雨苍、洪汉宗、张建威、罗南陔。珍老爷开通开明，又不拿着长辈架子，和年轻人以朋友相交。见他们来了，忙吩咐泡茶，拿出家里萨其马和花生米招待。

几个人想去考云南陆军讲武堂，不敢和家里说，来听听张老辈的意见。忐忑不安的想法，赢得了老人家的赞叹，他的热情支持，坚定了年轻人的决心。

结果，公认最适合讲武堂、最有希望的张雨苍和洪汉宗没有考上，却是张建威和罗南陔考上了。最终去就读的，只有张建威一个，他在那里成为朱德的同学。

……

新消息有些光怪陆离：说是以后，士子再也没有科举。又说，出了一个异端革命党，领头的是孙文孙中山。

老先生笃定说，都是新学闹的，看看闹成啥样。

这一年是宣统，第二年，果然变了，变成民国。

大变局，不见得一天起了床，生活立时就变样，人们照旧在茶馆里谈天说地，评古论今。

袍哥大爷范伯楷在短短街开了一家"君子居"，临着江，是"吃讲茶"的地方。各路英雄结义拜把子，各帮各会定规矩、论是非，生意往来、买卖借贷也在这里立字据。①

吃讲茶，不晓得四川以外其他地方有没有，人和人有了利害冲突，不动手也不打官司，而是坐下来喝茶，找个双方都信服的人来断公道，省下官司银子，免去一场血腥打斗。罗南陔常常就是这样的"仲裁者"，人们叫他"罗保总"。

小春市街有一家"永通祥茶社"，张席珍开的。

这永通祥茶社是李庄最热闹的大客厅，老少爷们在这里听说书、听清音，有头有脸的人来谈正经事。②

街上革命军拿着剪刀，见人就剪辫子。听说南溪竟闹出人命，李庄人开始慌。

有人说，罗保总剪了，我们就跟。他果然带头剪了，不单剪了，还摆了一台"革发宴"，剪了辫子的都请来，庆祝大家成为新国民。里头，自然少不了他那些情投意合的朋友。

新时代的变，从头发开始。

新新的民国不过四个年头，出了一件怪事情：各省议员投票，决定国体是"共和"还是"帝制"。投票和称帝，这两个冰炭不容的剧目，滑稽而真实地在各省上演。

洪百川是四川省的一百四十六名代表之一。这场在成都将军公署举行的投票，成了他心头之耻。每位代表桌上放着五百大洋，墨盒上刻着：赞成帝制。前排有监督员，背后是荷枪实弹的军人。

洪百川深感羞辱，将大洋捐给了商务印书馆，回到校长任上，焦虑成疾。

依然蓬勃的，是办新学的风气。

倒春寒的时候，人有怀疑，等到春风拂过街衢陌上，葳蕤一片，那是

---

① 阚文咏《李庄深巷里》，《当代》2018 年第 4 期。
② 同上。

真真切切的春来了。

张雨苍叫问沛，是板栗坳张家的族长，他一家住在牌坊头，日子很是齐整。

六座四合院，牌坊头地势高，也数它雅致，是张雨苍的太爷爷——奋武校尉张繁先咸丰年间修造。

大路几级阶梯上来，一座庞大四合院，繁复曲折，随势蜿蜒。

前厅两侧，各有花厅院。明堂进去，直对着的正堂，挂着匾额，上书"忠义堂"，两丈八的开间，两丈四尺八的进深。

天井后是正厅，四合院房间全有着明亮的玻璃窗户。藏在深深的山坳里，像一个隐喻。衣冠品貌保持着传统气派，四面却已开启了一扇扇玻璃窗。

张雨苍掌管着家族祭田租谷，乡人叫作"铁板租"。他拿出来，办了一所新学堂——板栗坳张氏私立小学校。

张雨苍拿牌坊头前厅的一间做了教室。

南溪县府开办自治研究所，每个地方都派人去学习"宪法纲要""咨议章程"和"自治章程"。李庄洪汉宗和罗南陔去了，回来便筹办选举乡董会。

留在家乡的年轻人毫无意外成为乡董会成员，主持着镇上的事务。首先议办的，就是为李庄镇中心国民学校——这时候已经改名叫作第四区国民小学——增拨庙产租谷，招募师资。

线子市街的桓侯宫也办起一所"私立屠帮小学"。桓侯宫供奉的是谁？再有这么个名儿，一个小学校简直杀气腾腾。你帮会出钱，也不能叫屠帮小学嘛。

名是顶重要的事，实在不能小看。这里的人有种愉快天性，喜欢对不那么顺眼的事情调侃调侃。这下有了素材，就揶揄：那娃儿些，到底是学国文算术呢，还是学杀猪宰羊呢?

没多久，私立屠帮小学的牌子换成了"益德小学"。

命　运

张九一住在板栗坳张家大院的田塥上。

条石基座随势砌去，到路边一人多高。两进四合院带四个小院，并不雕梁画栋，却气势非凡。

四合院也是四家人，张九一一家住着一半正房和北边厢房。

他父亲张问弼，字南生，是个秀才，在大户人家做西宾。

南生从小过继给伯父，但两位父亲都没能看到他结婚生子，于是给儿子取名就格外费了一番心思。

他想到先祖震阳，历经乱世却开朗豪阔活到九十一岁，便给这个孩子取名九一。

镇上有了新式学堂，他也把九一送去。这是不留辫子、在学堂里投票选学长的新一代。

张九一师范毕业后，回到李庄镇国民中心学校教书。

对于年轻人来说，时代似乎总是在家乡之外的。他住在山坳里，觉得和时代断了联系，忍不住落寞，要叹叹气。

一拨小孩变成的年轻人，人人都走得远。

柑子坳张家的张守恒考进北平的中国大学;洪百川的儿子洪默深，进了华西医学院，没多久便退学，要去广州的黄埔军校!

张雨苍很多时候在镇上忙，便请侄子张九一来当板栗坳张氏私立小学校的校长。

张九一太太黄婉英，也是师范毕业，和她的两位同学一起在学校做老师。

张九一认真操持着学校，老师只四五个，娃娃也不多。

有时候他站在窗前，阳光把窗影投在地上——金丝楠木的镂空木格，缀着一朵一朵牡丹花，精致得简直让人不耐烦。

幽深宅院，繁复，拘谨，便向往大开大合。

年轻人耐心不够，以为民国一来，就该是个洋洋洒洒的新世界。哪晓得，竟然是这样一个你方唱罢我登场、乱哄哄的局面。

张守恒、洪默深回来，张九一爱和他们聚，觉得一切都莫名地吸引他。特别是张守恒，他说的话，样样对他都是新知识。

他们是另外一种年轻人，单纯、激进，希望找到一套理论来拯救这个国家。

他们看见了这个国家的落后贫弱，焦虑地想找一条路，尽自己一份力。如此急切莽撞，恨不得拿自己的热情点起一堆火，烧掉不合理不应该的一切，重新理出个头绪。

孙炳文和朱德到李庄，在来今雨轩"讲道"，讲三民主义和民主革命。这帮年轻人，听得信儿就往茶馆里赶。

……

如今该是这拨年轻人上场的时候了。他们一上场，就把李庄的天捅了个窟窿。

张守恒从北平回来教书，在李庄搞共产党小组。他回来，张九一很是高兴。岂止张九一，罗南陔也看重这个年轻人，很相信他说的，只有两党团结，才能打败军阀。而他既是共产党又是国民党的事，也不瞒着罗南陔。

罗南陔一出面，帮忙把共产党小组的活动场地解决了。雷孝子祠和孝妇祠在慧光寺坝子前，一左一右，一个国民党区党部，一个平民社平民夜校，一边国民党一边共产党。

张守恒的小组聚起一帮年轻人。

张九一仰慕他，听从他。终于有一天，张九一也加入进去，从此踏进波谲云诡的命运。

那一天，张九一很兴奋，他宣了誓，成了共产党的青年团员。第二年升为党员，做了李庄板栗坳支部的书记。白天，他管学校，教学生；晚上，去孝妇祠，教农民读书识字，破除迷信。

田塝上的仓房大得很，租给了一家农户，安了两张床，还有地方吃饭。这家男的姓黄，叫黄吉三。家里没有半分田土，租了新房子张家的一块坡地，他娶了亲，女人叫丁芳福。夫妻俩每日勤扒苦做，有了孩子，日子就更难。

黄家因着九一太太姓黄，自然而然攀起亲来，黄家孩子叫九一太太大嬢①。

张九一常常关照这家人。

老实巴交的黄吉三对张九一感激涕零，他最肯相信张九一，他们关照穷人有善心。虽然，这善心和善心不同，不是以前那样，吃不起饭，送米，看不起病，送药……自自然然。他们，要给你讲道理，要你相信他们的事业……

黄吉三把张先生的道理囫囵吞下。听着就是，不敢开口，想不通也只是闷在肚子里：自家吃不起饭恨别个？怕是不好哦……要是不租人家的地，一家人吃什么？……

张九一有时托他去镇上给张守恒他们送个口信。这就好办得多，好办得多，嗯。

其他的农户——

雕花窗户外面，他们正在耕种自己或别人的田地。外面的世界，太大，太远，听说一点也漠不关心。面对这些想要消除贫困、想要拯救他们的人，对其说辞，却是茫然又茫然。

共和了，国家为什么没有变好……总统换得太快……到现在，四川仍

---

① 嬢是娘的繁体字。在四川方言中，嬢有其不同的读音和意义，为与娘字区分，故保留。

是军阀的天下。你让农民操什么心呢，哪一个都和他的关系不大，他都得种地纳粮。国民党，共产党，这些事情哪个说得清楚？哪个懂得起？哪一件都不如今天的饭食、不如今年的收成重要，都不如买一块地的愿望迫切。军阀是闹得不成话，可是你一个农民有啥办法？你叫他如何操心家外面的事？

民国十六年，一九二七年，四月。

到处开始抓共产党。抓了来死不悔改的，真就砍头。

李庄的河坝是片长长的开阔地，砍头选在人迹少至的荒滩。远是远，总有闲杂人等不辞辛苦要去看，看那好好的一颗颗脑袋被砍下来——

砍头不是没见过，自古就有，杀人越货的、谋财害命的……该杀嘛。这次一众闲人吓得不轻。这是些什么人？说杀就杀了？不一样的脑袋，一样地砍，就为闹那个共产党？

镇上都在传，说杀的根本不是共产党，拿几个鸦片烟鬼充数的。那些领头闹的，都是根基人家的子弟，出去读过书……他们早就跑了。

……

洪默深在黄埔被清出，几十个人囚禁在虎门一条船上。他从小跟着爷爷洪辉廷学武艺，练得一身好水性，找准机会跳江逃生回来。

第二年，张守恒也回到镇上，和洪默深、赵之祥秘密把组织重建起来，在李庄、牟坪几个地方鼓动成立农民协会，准备要在四月七日晚，搞一场暴动。

洪默深策划了暴动路线。他居然提出，首先攻打洪氏家族在李庄蛮洞湾的祖宅。你看你，逃命的时候，还是靠爷爷教的武艺！

事还未起便传了出去。

县团练局局长正是他的伯父洪汉宗，他略施小计，将洪默深骗回家中，弄到县城监狱关了起来。

这一来就窝囊了。

农暴指挥部决定提前行动。四月七日上午，由胡明鑫、曾文昭召集李庄一帮农民、游民，带着猎枪、大刀、长矛以及斧头、镰刀，向蛮洞湾洪家大院奔杀而去。

洪家大院虽有带枪家丁，但架不住这样突然袭击。一群人冲进院里，洪家掌门人洪辉廷和儿子以及一位亲戚，当场毙命。

听到消息，张九一倒吸一口凉气。洪默深他想到这后果吗?! 死去的是他的爷爷和叔父，连在厅堂玩耍的小孩也给打瞎了眼睛，那是他的小堂弟。

当晚，牟坪的农暴队伍如法炮制，突袭了乡绅曾连璧一家，打死了当地团练中队长张安国的父亲、叔叔、兄弟，抢得一些刀枪和粮食。第二天上午，农暴指挥部在牟坪开了庆祝大会。下午，泸州驻军赶来，农民军抵抗失利，四散奔逃。

与此同时，张守恒带着农协会员和反水民团两千多人攻打宋家，顺河攻打李庄。

驻李庄的国民党军守备六连早有准备，刘文辉的两个营，与从南溪、泸州赶来的增援部队一起，水路陆路包围李庄。

农民军的枪弹很快打完了。四小时后，装备低劣、缺乏训练的农民军力所不支、伤亡过大被击溃。[1]

被俘的造反队员在李庄街头斩首示众。……

到这份上，谁还敢提一个字?

李庄人几天几夜不敢开门。历时一周的农暴结束，给李庄、李庄人留下的记忆再也无法抹去。

洪百川当初全力支持儿子去黄埔，希望他去参加北伐，实现国家的民主共和。哪知道，这个逆子! 不去和军阀作战，反倒拿枪对准自家人! 这个逆子! ……

---

[1]《李庄镇志》，现存宜宾市南溪区档案馆。

听到李庄的一连串噩耗，洪百川觉得愧对老父亲，无颜面对洪氏家族，在回家的船舱里大口大口吐血，死在途中。

洪汉宗也被免职，若不是刘文辉帮他说话，差点投了大牢。然而不多久，他便心脏病发作去世。

与洪汉宗从小相好的罗南陔，眼睁睁看着这一场变故……他实在无法明白，事情怎么就成了这样。他能做的，是照看洪汉宗留下的未成年的儿子洪慰德、洪恩德，还有在农暴时被打瞎一只眼睛的洪厚德。①

张九一来不及感慨，他也不得不逃亡。在外躲了一个多月后，他悄悄回到板栗坳。

民国二十年（1931）冬天，黄昏，板栗坳。

一声枪响吓坏沉寂的村庄。

山路上下来一个人，背着一背柴，冷不防听到一声枪响，摔了个仰八叉。肖明金翻身跳起来，洒落的柴也顾不得捡，一路狂奔，撞进家，关上门咒骂：日他先人板板，大白天就出来抢！

结果不是土匪，是缉捕队搜查到了板栗坳。

不出一天，村里人都知道了张校长通共。

山庄四合院内部相通，张九一仍然逃脱了，东躲西藏逃到邻水县。家里人不知他去了哪里，不知道他是死是活。

第二年，东北全境沦陷。

张九一逃亡回来，他的同伴死的死，逃的逃，"党团负责人全都逃跑了"。他再也找不到他们的组织，"既无消息，又无指示，又无人来巡视"。活着的人不知逃到了哪里……他还能做什么呢？

自己命都难保，还想鼓动农民？去农户家，人家门都不让进。肯相信

---

① 阚文咏《李庄深巷里》，《当代》2018 年第 4 期。

他的黄吉三，已是重病缠身。

他不知道该干什么，怎么干。

民国二十二年（1933），洪默深潜回李庄，在饭店吃饭给人认出来。十二月在南溪县城西门外被枪决。

民国二十三年（1934），张守恒在邛崃石头场蒋家碾子村被捕，旋即被斩首。[①]

人们无法揣测，张九一心里经历了什么样的变故。

他的心情渐渐死了，开始抽鸦片。青年教师的热烈情怀，扭转世界的雄心壮志，凝结在心里化成烟，向着一片茫然倾吐。

军阀的混战，让"中年失望，自甘于颓废；青年失望，极端的左倾……"当一切尘埃落定，历史学家望着一片废墟再来检视，却为时已晚。

抽上鸦片，还有什么好说的？

小镇到底人情浓厚，张九一逃亡回来，仍然在李庄教书，可薪水还不够他抽。

张南生中风了，整日躺在床。

他看不明白这变化，不明白送去读书、回来教书的儿子，怎么竟落得四处逃亡？他困在方寸之地，独自神伤。

大烟是这样的人家敢沾的吗？家里剩的不过几挑薄田，只一个佃户，已在勉力维持。竹围包再就没装满过，哪里够吃？

一家人吃饭都是精打细算！

张太太却常常借了钱，买鸡买猪蹄炖上，给张九一补身子。借钱来给他，让他去打打麻将，看能不能把烟瘾混过去。想尽了办法，盼望有一天他能戒断了，好好过日子。

但他一接了钱，无一不是朝那地方去。有一次，张太太瞅着他朝桂花

[①]《李庄镇志》。

坳那烟馆去，赶紧跟着他，截住他。烟瘾上来，他正急得冒烟，太太拦他，他便要打人。

两人在门口大吵，烟馆主人悻悻地关了门。张九一回到家，把家里签押桌掀了个底朝天，签押桌！抽屉摔出来，摔了一地。他还不解恨，狠命摔着椅子凳子，恨不得把自己也摔碎砸碎。

孩子们吓得哆嗦做一团……

一拿到钱就往烟馆跑，像有摄魂鬼牵着。在板栗坳，还能看着跟着，李庄那么多烟馆，哪里看得住！看到跟着又怎么样呢，脸面都顾不得，张太太为这个跟他闹，跟他吵，可他就是戒不掉。

她不敢撒手啊。她要是撒手，两个女儿怎么办？肚子里的孩子怎么办？

这世上，女人是不敢绝望的。

村里女人劝过九一大婶：反正是女儿，不如给了人，减轻些负担……她一次也没松过口，她再难也要把她们养大，要供她们读书。

国　难

七七事变这件事情，在中国人心里的烙印很深。

四川的刘湘立即请缨抗战，无条件服从蒋委员长。他抱病出征，亲率自己的三十万川军出川抗战。几个月后，他在前线宿疾复发，出师未捷身先死了。

一封一封阵亡通知送到李庄。

李庄区署门口建起一座抗战阵亡将士纪念碑，那一天，李庄哭得声音都没了，只听到一滴一滴雨声，滴在罗伯希撰写的碑文上。

宪敏才四岁，爸爸也让她去。看着爸爸和一群人站在刚刚立起的纪念碑前，念诵、默哀，宪敏懂得，李庄人为国家死了，这是国难。

爸爸是区长，叫曾昭龄，大家都叫他的字，与九。

他学的是英语，原先在叙府联中当英语老师，当分校主任。后来爷爷办了外江中学，他又到那里去。

不知道为什么，到了李庄，会有这么多事让他回不了家。

宪敏一家住在区署，爸爸的办公室就在区署大院里，可是宪敏却不能去找他。

家里，妈妈是主心骨，说一不二。爸爸总是早出晚归，回家晚，妈妈要抱怨：一天到黑不沾家！爸爸连辩解一句都不敢，赶紧帮着做家务。那么晚了，还有什么家务可做？往往又招来另外的嫌弃。

妈妈一生气，爸爸就一句话不敢说。

孩子们都觉得爸爸有点可怜，很同情他。不仅是小家，宜宾还有个大家，爸爸是大家族的长子。大家庭遇到事情，爷爷都要找爸爸。

有时候，爸爸会指着书架上那本书对宪敏说："哎，三妹啊，你以后就晓得爸爸的处境，爸爸就是那个觉新啊。"宪敏已经认得那个字，晓得那本书叫作《家》，妈妈也喜欢看。

好不容易下班回来，还有好些叔叔爱到家里来。他们都是读书人，爸爸也是读书人，他们有话讲。

妈妈的生气抱怨，只对爸爸一个人，有客人来，妈妈会笑脸相迎。

常常到家里来的，有张访琴、张官周，他们是兄弟两个，张席珍的儿子。

张访琴去上海读过法政大学，新派得很。他在李庄天井

曾昭龄（曾宪敏提供）

山脚下有座大房子，里头有栋楼叫作"琴庄"，人家都说是李庄第一洋楼，粉墙红瓦绿栏杆，沙发铜床落地帘。

他抽洋烟，夏天，白府绸衬衫飘飘的。还戴一副墨镜，说是保护眼睛。冬天穿的是厚呢子大衣，风度翩翩像电影里的人。他是益德小学的校长，还是县参议员。

张官周不是那么讲究，他高高个子，常常是一身蓝灰布大褂。他也去北平中国大学念过书。那家来今雨轩，就是他开的。心热，又是当地人，帮爸爸不少忙。

常来的还有罗伯希，罗南陔的侄子，是个大胖子，一手好书法，所以抗战碑文请他写呢。

张雨苍的儿子张符五，已经娶了冯家姑娘，和曾家成了姻亲。张符五戴一副金丝眼镜，样子斯斯文文，性情却是豪放派，爱喝酒爱交友。他们父子也在这家里进出。

四兄妹宪敏最小，大哥大姐上了中学，小哥哥比宪敏大一岁，整天和她一起玩。可是今年，小哥哥也进学堂了，每天吃过早饭就背着书包走。宪敏没伴儿了。

区署后门打开，对面就是祖师殿，就是学校。宪敏每天就在那里看。

坐在门槛上，两手托着腮帮，看。看那些小孩，背着布书包，或是提着书篮子，神气十足地走进那校门里去。

她看到一位美丽的女老师，个子高高的，穿一件月白长旗袍。这样的老师，让学校更是个神往所在。宪敏简直不想错开眼睛，恨不得穿过墙壁跟她走。

有一天，美丽的女老师朝她走过来了！

她笑盈盈地，走过来了。

宪敏的心，咚咚跳。

"妹妹，你天天在这里看啥子？"

宪敏说，我想读书。

老师牵着她的手说，来，跟我来。你几岁了？

宪敏刚刚激动的心情又暗淡下去，她说，六岁。

可是老师没有停下，把她带到一间教室。给她说，这是小班。带进去，把宪敏安放在凳子上，那么妥帖。

宪敏没有课本，把手放在课桌上。啊，好喜欢课堂，好喜欢听老师讲讲讲。

美丽的女老师原来是校长。

她问宪敏，你是不是曾与九的女儿？

宪敏点点头。

"好，我去给你爸爸说。"

晚上，她和张官周一起来了。原来她就是张官周太太，叫袁季誉。

袁校长对爸爸说，妹妹想读书得很，让她来读吧，可以的。她乖得很，一堂课都安安静静的，她得行。

宪敏生怕爸爸不同意，可爸爸听了袁校长的话，高兴得很：是不是哦？我还不晓得哎，好啊！好啊！

宪敏就去上学了。

过些时候，镇上来了一些外省人，宪敏没太在意。晚上，家里来的陌生客人，说话很特别，宪敏不太听得懂，越听不懂越留意听，好奇怪，这样子说话！爸爸说，他们是下江人，宪敏才知道有一个大学要搬到李庄来。

整个宜宾（四川省第六区[①]），都很欢迎有大学来。

早在两年前，省外各大学次第移川，正各处选址之时，宜宾便向重庆教育部去电：倘得一二所大学移设于此，不独三省文化藉收观摩之效，即在

---

① 1935 年，中华民国政府在四川省设下十八个行政区，宜宾属第六行政督察区。——编者注。

抗战阵亡将士纪念碑

大学方面，亦可得种种便利。[①]

李庄也欢迎同济大学搬来。

可是"欢迎"，很多很多人得让出自己的家，才能把很多很多外地人安排在李庄住下来。

哈，这下子，宪敏连爸爸的面都见不着。回家后，爸爸还要和人出去，那就晚得不知道什么时候了。

有些人难保会有这样那样的近忧、远虑。

这些远近忧虑的关节在哪里，当地人才能知根知底。有时是张访琴，有时是罗伯希，有时是张官周……陪着曾昭龄，要那么多院子，一家一家去访。两位镇长，张增祜和李汝明自然少不了一同奔忙。

……最难的，是供奉许多年的神祇、先贤一下子没了去处，大家没法接受，这事可不敢开玩笑，可不是一群头面人物定了、说干就干的事。

你想想当初，一座一座如何重建新建；想想人们今生来世的精神寄托，

---

① 原件存宜宾市档案馆。

重庆教育部陈部长钧鉴：

顷闻省外各大学次第移川，刻正各处选觅校址。敝属宜宾，毗连滇黔，素为川南重镇。轮舶交通，绾毂三省；商业文化，早趋发达。倘能得一二所大学移设于此，不独三省文化藉收观摩之效，即在大学方面，亦可得种种便利。特此联名电请钧座，转向各大学当局代致鄙忱。如荷赞同，即请先行派员到此接洽、选觅。将来徙宜时，薰南等自当修地主之谊，竭诚协助……"

四川第六区行政督察专员兼宜宾县县长冷薰南、江安县县长郭雨中、南溪县县长谢天崑、高县县长萧天柱、珙县县长刘治国、庆符县县长邓介人、长宁县县长汪泳龙、筠连县县长吴克新、兴文县县长陶叔辛暨各县党务指导委员会、财务委员会、教育会、农会、工会、商会暨各学校各团体同叩。

倘能得一二所大学移设于此，不独三省文化藉收观摩之效，即在大学方面，亦可得种种便利

重慶教育部陳部長鈞鑒：頃閱□省部立大学四川南移川前□至□□見□地。滇黔、素為川南重鎮、輪舶交通、縱貫三省、均蒙文化、早趨發達蓬壯能得一二所大学移設於此，不獨三省文化藉收觀摩之效、□□□□大学方面亦可得種種役利。特此聯名電請□座□商為局化致□妣先荷贊同□宜時薰南甘自費保地主□謹竭誠坤助于也、証此車□□□□

宜賓孫之長於薰南江安孫之長郭雨中南溪孫之長謝天民高孫之長蕭天楨班□孫之長劉游國慶符

曾昭龄（曾宪敏提供）

就明白了。

大族族长、会馆首事、帮会会长，还有一群去大城市念过大学、见过大世面的年轻人，都满怀热情地帮忙。

这事，做成了。

东岳庙、南华宫、禹王宫、王爷庙、文昌宫、慧光寺都给了同济大学。庙里的神像，木雕的小像有信众请回家去供奉，大的泥胎金身用滑轮拖出来，埋到地下。

镇上的大院子，王家院子、姚家院子、大夫第、胡家院子、可颐园，主人把厅堂客房都让出来，给教授给学生们住。

宪敏的学校也要搬，搬出来让给同济医学院。几百个娃娃搬哪里去呢？罗永光①刚修好的新院子，左想右想那么合适。租几年怕还是可以的吧？张官周、罗南陔便去谈。罗永光是个洒脱人，反正暂时也没人住，一慷慨，卖给了张官周。

以后，宪敏上学就远了。

李庄只有三千人呢，同济大学一下就去了一万多人。一个镇子，成了同济的大学堂。街上常有抱着书的大学生来来去去。周末，学生到茶馆里看书。穷，喝不起茶，要一杯"玻璃"坐一天，老板也不撵，当作新风景看。

住都住下来了，爸爸还是忙得很。有时候，宪敏看爸爸高高兴兴的，

---

① 《李庄镇志》罗永光为罗用光。

听他感叹：嘿，李庄人还是好说话。有时候又感叹：哎，下江人懂礼得很，好说话。

同济大学派人到李庄去的时候，中央研究院史语所全班人马正在昆明乡下。傅斯年正在发愁，要找一个"地图上找不到的地方"，后来，他得到四川省教育厅厅长的安置承诺，非常高兴。"郭厅长子杰兄：惠书敬悉，盛情极感。所示南溪李庄张家大院情形与鄙所适宜，请即电知专员公置保留，至荷。……弟傅斯年。"[1]然后他派了芮逸夫和王育伊，去李庄探明情况。

芮先生是人类学家，江苏人，民国二十年（1931）就受聘进了史语所。他随和聪明，很会办事。

说好的房子在板栗坳，离镇上还有点距离。房东就是曾昭龄的姻亲，张雨苍。

张雨苍、张符五父子一样心思，很愿意为史语所出力，张符五紧赶着就下山来。

他对芮先生说："板栗坳很有些房子空得出来，就是在山上不大方便，要不先去看看？"芮先生就跟着张先生去看。

从镇边上一条小路过去，有石梯子往山上走……山上密密的树林，才走到半山，已是汗流浃背、气喘吁吁。转身看出去，能看到大江！石梯子走完，小路随山蜿蜒，隐现几处人家。在一棵大黄桷树下歇息，再走一段山路，就到了一处庄园。

芮先生有点吃惊，竟有这么多房子！虽说路有点远，倒真是一处避难所。

一边走，一边听张先生讲。

板栗坳这个家族，在风云变幻世事动荡中浮沉。早些年，就有人另寻

---

[1] 王汎森、潘光哲、吴政上主编《傅斯年遗札》，社会科学文献出版社，2015，第289页。

地方生息繁衍。读了书的，看了世界，便不再甘心回来守着祖产；不争气的，赌博淫乐，抽鸦片，把家渐渐败了。

桂花坳先是住的四家房东。

正房东边一家原先开烟馆，没有店招，就在自己家里，置起一应用具，熬烟膏，自己抽，也接鸦片客。靠鸦片吃鸦片的意思。

他娶了亲，生了个女儿。怎么样呢？老人一个一个过世后，不几年，媳妇也死了，女儿出了门就再没回来过。田，早就换了烟土，剩下他一个人，家里的东西当了个精光，瓦都揭下来卖了。他怎么死的都没人知道。

另有家人早走了，这个四合院如今只住着两家，人少，腾十几间屋不成问题。

另外几座四合院一字排开去，门口一条石板路。

田塥上和桂花坳临着同一块水田。偌大个四合院，也只两家人。走出去的，在外做官做事，都说他们才算有出息。

下老房也有个人开鸦片烟馆。父母不在了，单传的儿子，住着一半正房和南厢房。

铜锅里装着烟膏子，在火上熬。瞒得住人?! 房子挨着房子，隔壁的叔伯婶婶就骂：熬鸦片你怕没得毒吗？天天闻都要中毒！

他不管，熬好了，装进瓷坛里。挑一点出来，躺在床上，慢慢享用。

抽上大烟，亲爹活过来骂也不管用。

烟客来了，他肯把床让出来。院里人说起就恨：那个样子！一头碰死算了！你看那个样子！——地上靠起就开始抽。

说他骂他？踢他打他都没用！

族人说，这种作孽的事，终归要报应。他一死，这一房就没人了。另外一家人在成都，这里都不怎么住。

财门口住的是一家人，世代行医。如今名气颇大的是张樵峰，带着儿子，在镇上设馆坐诊，省宜中迁到李庄，请他做了校医。

四合院常常空着。

挨着的牌坊头，就是张符五家，还有好些院子腾得出来。

那就行。

回昆明报告傅先生，报告研究院，朱家骅发了公函给四川第六区公署。

芮先生和凌纯声先生最先来到李庄。

有张符五帮忙，很快谈好租下，栗峰山庄五座四合院陆续就腾出来。

下老房人少，田塍上的住户，于是全都搬到下老房。牌坊头的小学校搬去下老房鸦片客空出来的房子。

财门口本来不大住，都租给史语所。

张符五把牌坊头的前厅和花厅院、戏楼院都租给史语所，中间四合院自己一家住。

新房子那边也腾了出来。

芮逸夫把那年久需要修缮的、被鸦片烟鬼揭去换了大烟的屋瓦，重新修葺一遍。准备做办公室的，新添了桌椅。

此时，张符五怎么也料想不到，他的女儿，六年后嫁给了借到这里的北大学子。可惜，当父亲的没能看到那一天。

这时候，张九一也想不到，自家腾出来的房子，住进来史语所一个年轻人。将来，这个人会成为他的女婿。

这时候，姑娘们才十一二岁，父亲怎么可能想得到？

谁能想得到呢？

谁又能想得到呢？

这个时候，萧梅、董敏、劳延炯刚刚四岁，住在昆明乡下的龙头村。天冷起来的时候，听大人说，史语所要搬到四川的李庄，一个谁也没听说过的地方。

二、一九四〇：从昆明到李庄

抗战大事记

1 月，日机轰炸滇越铁路。1 月 22 日，日军在浙江萧山登陆。

2 月 27 日，中国军队豫南大捷，收复信阳。

5 月 1 日，日军进攻枣阳，枣宜会战开始。

5 月 18 日，日军对重庆进行 20 多天大规模轰炸，半个山城被炸毁，人员死伤无数。

7 月 12 日，日海军宣布封锁闽浙沿海交通。

8 月 20 日，"百团大战"拉开帷幕。

9 月 6 日，国民政府颁布《明定重庆为陪都令》，定重庆市为中华民国法定陪都。

12 月 29 日，美国总统罗斯福发表了"炉边谈话"，表示美国将大规模军援中国。

史语所大事记

1 月，调查云南点苍山、喜洲等地遗址。

3 月，在点苍山白云等址发掘。调查云南汉语方言。

4 月，调查路南倮倮①语。

5 月，调查富宁台语②方言之剥隘土语。

10 月，调查寻甸倮倮语。

年底，本所搬迁到南溪县李庄板栗坳张家大院。

---

① 倮倮，彝族旧称，下同。
② 台语，此"台"是音译，tai 语，即侗台语系。

战争的面目

小孩懵懂，战争是什么，混沌一片。

战事一起，史语所从南京搬到长沙，又搬到桂林，而后昆明，而后龙头村。

往哪里走都觉得是搬家。跟着走就是，让什么时候走就什么时候走，让怎么走就怎么走。坐车坐船，这里那里，城里乡下，没地方住，还是模糊混沌。

战争的面目清晰起来，是在昆明。

那时候，老昆明人都不相信日本人会打到昆明，大山那么险峻，还有大江！懂飞行的人说，飞机根本不可能飞得来。

结果史语所搬到昆明还不到一年，城里就响起防空警报。

哦哟，警报响了，赶快跑，赶快躲……

亲眼看到炸弹落下来，跑防空洞，躲在桌子底下，正在外面找不到地方躲……这就是战争。

来不及跑，萧太太就让孩子们裹着棉被，钻到床底下桌子底下。她说，裹了棉被，子弹碎片就打不到身上。

有一次在竹安巷宿舍里，傅先生家，萧太太正和傅太太说话，没听见警报呀，萧梅就看见飞机飞过来，眼睁睁，看到炸弹丢下来。飞机轰轰轰地飞，炸弹掉下来的声音，嘶嘶嘶嘶嘶嘶，刺耳得要命，比铁勺子刮铫锅的声音还要难听一百倍。

腾起好大的烟尘，飞机叫着飞过来。妈妈叫萧梅不要看，但她忍不住。到处都是灰尘，一会儿，这边天上清静了，飞机飞过去，那边又腾起灰尘，冒出冲天的火光。

天文所好些人死在轰炸中。看到大人惨戚的神色，小孩子不敢出声，这就是战争。

昆明再也不能住了，搬到乡下龙头村。没那么多房子，得自己建。龙头村也有日本飞机来！

大家早上一碰面就问：今天去哪里躲炸弹？要是哪天下雨，便高兴得很：天气真好，可以安心看书了。

乡下没有防空洞，只能往山上跑，找树林子藏。

董敏却觉得，触手可及的蟒蛇，比炸弹还要可怖。

根本没警报，敌机就来了。董作宾抱着董兴，拉着董敏，朝庙里跑。才跑到庙前的亭子，飞机就过来了。爸爸把董兴塞在香台的缝里，搂着董敏躲在石台子下面。

飞机飞过去，飞远了。天上拉着一条条线，像飞机的尾巴。

幸亏没扔炸弹！

突然，董敏觉得，有什么东西，凉飕飕地爬过脊背。头皮发麻，一直麻到脚后跟。

爸爸把弟弟抱出来的时候，董敏突然看见——香台上面盘了一条蛇！碗口粗的大蛇，站起来起码有一个人高！

它为什么不跑呢？蛇是聋子？是瞎子？是从来没见过，不知道要跑？还是吓傻了，跑不动？

还是人赶快跑了吧。

龙头村没有医院。

萧梅的哥哥病了，躺在床上起不来，恹恹地对妈妈说："头疼，妈妈，头疼。"妈妈给他吃了感冒药，他还是说头疼头疼。几天了，躺在床上，一点一点瘦下去。

傅太太来看到，说，他头疼一定是有什么事情。感冒要发烧的，他不是感冒。

萧太太吓着了，把萧梅寄放在傅太太家，带着儿子去昆明的医院。后来，妈妈回来了，哥哥再也没有回来。一说起他，妈妈就哭，爸爸也哭。他要忙搬家的事，没有时间总是哭。

因为缺医少药，没有医院，好些家庭就这样失去自己的骨肉。

李济失去了一个女儿，她得了急性胰腺炎。她有一个美丽吉祥的名字——鹤徵，刚刚十四岁，豆蔻年华就这样突然萎谢……好久好久，李济都没有从悲伤中走出来。

劳榦失去了最小的儿子——那时候才几个月大，会在他的怀抱里对着他笑，突然就离开了挚爱着他的双亲。

劳先生为他垒了一座小小的坟。

他常常走去那里，坐一会儿。有一次，一群马蜂袭击了他，他失魂落魄回到家。劳太太仔细看了他肿起来的半边脸，拿醋来擦，又拿牛奶擦，发现他的眼睛哭过。她懂得他，舍不得这个孤零零留在千里之外的孩子……她也红了眼圈，一句话都说不出。

也许，倒要感谢这马蜂。男人是不好落泪的，家里有父母、姑姑，有太太，有两个半懂事不懂事的小伢崽……哪有地方容他落泪？

伤心，伤心，真的会伤到心。

劳延炯不明白"死"会怎样，问，弟弟哪里去了。他的问题得不到答案，他有好多好多问题……

两三岁，从北到南走了几千里路，这世界让他不安，一个地方一个家，住不了多久，就要走。搬到昆明，生活的新内容叫空袭警报，一响起要紧跟着大人跑。弟弟不见了，却不能问，谁都不能问。这么多事情挤在他的世界里，感受着一大堆说不出口又得不到解答的东西……

呜——警报声就像索魂的鬼，他不喜欢那声音。妈妈一手拉着他，一手搀着小脚的奶奶。他们随着许许多多人，挤进洞里。爸爸在哪里？哥哥在哪里？爷爷呢？叔爷爷呢？

一洞子密不透风的混乱嘈杂，搞得他心烦意乱，他大哭起来。妈妈哄着他："不要哭，你看，这么多人，不要吵着别人，啊？"

怎么哄都哄不好，劳太太抱歉地看看四周。

她接过老太太手里的奶瓶，拿衣袖给他擦干眼泪："别哭啦，别哭啦，要不要喝点牛奶？来……"

劳延炯抱着弟弟的奶瓶，安静了。他想，弟弟真的不回来了，他奶瓶都不要了。

……

到李庄去

萧梅是坐卡车走的。大卡车五车一批地走。

萧纶徽要守护公家的行李，萧太太带着萧梅坐另一辆。萧太太坐驾驶员旁边，后面的敞篷堆行李，萧梅就坐到后面，趴在行李上。

前面一辆卡车是杨雨生一家，他坐前面，后面敞篷的行李上靠着太太和孩子。

从龙头村到蓝田坝要坐八天汽车。经过荒山，夜晚没处住，也在车上，打开车灯，吓老虎。

有天走到半道，萧梅趴在箱子上，快要睡着，突然发现前面的卡车，转瞬就消失了。

萧梅张嘴，却发不出声音。那一瞬间，世界失去了所有声音，默片一样播放着一辆车翻下悬崖去。

惊叫声刺破疲惫的空气，后面的车都停下来。人们跑下去救，杨雨生的儿子被送到医院，人救活过来，可是不会讲话，后来就一直不能讲话。

战争给萧梅留下的记忆，是哥哥没了，是翻了车，杨家的小孩变成哑巴。

营造学社跟着史语所一起走。打好包等卡车的时候，突然发生一件意外，梁思成先生的脚趾感染了破伤风！医生说，不及时治疗，怕连腿也保不住。

他们一家人又没法单独行动。

于是，林徽因带着母亲和两个孩子，和刘敦桢一家坐上一辆带篷大卡车。梁先生独自留下。他们一家人眼泪汪汪地告别，梁先生都快要掉泪了。

先前走了一辆家眷车，都是太太带着孩子，傅斯年太太、李济太太、李方桂太太、杨时逢太太……暂时没走的，都去送行。留下的孩子们，坐的是另一辆家眷车。

天还没亮，孩子们就给叫起床。平日里不会起这么早，睡眼蒙眬。

起床就有荷包蛋吃，孩子们高兴了。因为要走很远很远的路，要给大家增加一点营养。

喏，把水煮开，打开蛋壳，鸡蛋就溜进水里，成了一个荷包的样子。吃完荷包蛋、面条，就开始搬家了。

这一趟只有两部车。一部是敞篷车，车厢里装的是行李，年轻的先生们爬上车厢绑了竹架，搭上篷布，押车的先生都在后面敞篷里。

一部是客车，坐的是家眷。

有劳榦先生家，芮逸夫先生家，董作宾先生家，董同龢先生家，还有全汉昇先生家……先生们都不在车上，太太们带着小孩，劳先生家还有劳先生的父亲母亲和姑姑。

这么多人，老的老，小的小。一大堆行李，一大堆人，一转眼就找不见的小孩。忙的是太太们，把老人送上车，安顿好座位，下车去拿行李，孩子却又不见了。四处找，找到正在研究车轮子的小孩，把他呵斥上车，才又顾得上别的。

行李要整齐码好，随便放可不行，你随便放，别人的行李就没地方了。座位也不够，小孩子就坐在行李上啰。太太们好一阵忙乱之后，车里终于条理清楚，车也才终于开了。

那天，妈妈给劳延煊穿上新裤子。刚刚坐下的劳太太发现，劳延煊坐在一个可疑的方桶上，就让他站起来，原来这是一个汽油桶。谁知道汽油桶面上也有油，延煊看也不看就坐上去。妈妈一急就骂他：上面有油，你还坐！你看看新裤子弄脏了！

……

不知道走了多久，突然，山上一块大石头滚下来，砸到前面卡车顶棚上！得亏有架子，要不然就砸到人了。惊恐之后而庆幸，大人们早已被奔波劳苦和支离破碎的睡眠弄得疲惫不堪。

……

好些太太晕车，劳太太在路边吐得哭。

但孩子们不一样，仍然在为新认识的司机而惊奇。

那个叔叔穿一件皮夹克，是个很帅的年轻人。走之前在车旁站着抽烟，你可不要小看他，一上车就不得了。

劳延炯一直在看着司机，觉得他实在是了不起，这么大堆东西，一大堆人，这么大个铁屋子，他坐在那里，抓着那个盘子，就那么左右动，左右动，就弄走了。一点不费事！

"哎！你们看！这个人本领不小！左右晃晃，左右晃晃，就把汽车弄走了。"

孩子们听了深以为然，真是厉害！

在逃难的途中，孩子们依然兴致勃勃，为一切新鲜的事物所吸引。他们牢牢记着的，是这个了不起的司机。

等到了宜宾上船，大人说，下船就到了。坐船有意思，比坐车有意思，看着水里的山，悠悠地往后走。大人一遍一遍让进船舱，冷得冻手冻脚，还是忍不住要出去看。

到了李庄，船不靠岸，就停在江心，就在江心里下船！

大轮船减速到极慢，人力小木船来接。大船还稳当，可怕的是小木船，摇摇晃晃，摇摇晃晃，有人上下，会晃得更厉害。

从轮船下到小木船，那真是考验勇气。自然大家也伸出手帮忙拉着。但这递漂，任何时候想起，也不免心惊胆战。

直到上了岸，站好一会儿才能止住心里的摇晃，确定是上岸了。

先到了李庄的先生们，都来接。岸边有块大石头，说是叫作木鱼石，侧身一看，果然有点像木鱼。

沿江边小路走，走一段，就走石梯子，先到的人数过，有五百多级！

一梯一梯，越爬脚越重。走完了，得歇歇。然而还要走，山路弯弯曲曲，以为永远到不了，怎么会这么远？

有先生指着说，看那棵黄桷树，就要到了。那黄桷树，不是一棵，是分开的两棵，长长长，就长到一起去了。

还是没到，还要走山路……

哎，走到脚都不是自己的。

终于有先生说，到了。

啊，原来就是一大片树林竹林啊，谁知道里面藏着这么多房子，这就是大家的新家。

难怪要找到这里，走到眼前都看不清有多少房子。

最先到达的地方，嚯！房子三层楼那么高，门好大，院子好大。

往南走，还有院子，一溜儿站在水田边上，那边坡上还有，也是那么高的大院子。……住这里的人也搞不清究竟有多少屋子吧。真是想不到啊，谁在这里修了这么多漂亮房子？

等住下来才知道究竟有多大，有多少房子。先住下来再说吧。

搬　家

彦遐六岁那年，爷爷张南生过世了。

小时候，爷爷教两姊妹唐诗。老人坐在圈椅上，让彦云、彦遐站跟前，提一句诗，彦云接着背下去，背完便安安静静站在一旁。

彦遐不，背完一首不够，一首二首三首，不歇气地背下去，把会的都背出来才煞尾。

彦遐活泼，坐不住，总想着出去，出去捞柴打猪草也愿意。

她的袜子总是坏得快。一家人的鞋袜，都是妈妈做。鞋子就不说了，袜子也是布缝的，两三层的底，也要纳过。先是脚掌破了，补上一块；补上不多久，指头又穿了，得缝上；然后脚后跟又崩了。

彦遐九岁那年的冬天，史语所搬来。她家从田塝上搬到下老房，也有几间屋，床还是原来的床，住几天也就认作家了。院子却没那么深，没那么大，也是五六家人，就显得挤了。小学校从牌坊头搬到这院里，上学那就近得很了。

有个新鲜事：原来的家，都是田塝上田塝上地叫。听着新来的先生们，清清楚楚把它叫作"田边上"，彦遐心里很是琢磨了一阵：可能是，没法给外来人说得清楚，究竟是哪个字。读书人就是不一样，要把字写出来才算得数的。各叫各的，听上去也差不多。

大门外新挂了两块牌子，上头的字，彦遐也学会了。一块是"中央研究院史语所"，一块是"北大文科研究所办事处"。家门口挂两块牌子，彦遐一面觉得新鲜有趣，一面又想，变成公事房了，好不好再进去看看呢？

田边上的大，彦遐是知道的。

迎面九间厅，大门进去，好大一个天井，关键是特别特别长。

正厅也是一排九间，中央三间为敞厅，那气派就大了，家族聚会、宴

如今的田边上

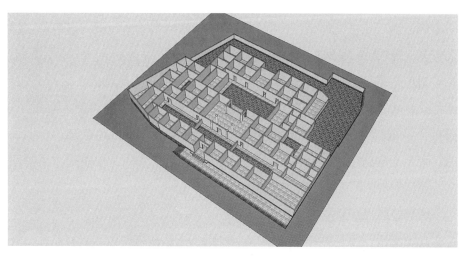

"田塝上"电脑复原图 （杨云岭制作）

宾客用的。后面又是一个天井，也是好大好大，却方方正正，站在檐廊，就看得到蓝天白云绿树。天井里摆着两口大水缸，彦遐常常抓着水缸沿儿，痴痴地看里头的红金鱼，在云朵间、在婆娑绿树中穿梭、游弋。

进去才是正房。

正厅、正房两边都有小院，有垂花门，有小天井。庭树房栊，各自成趣。

正房后一大片竹林，一年四季，细细森森的绿，逼到房间里头来。后山遍野的树，那绿，一层一层，天上泼下来似的，哪里都逃不掉。

连空气都是绿的。

没过多久，彦遐认识了好些先生。

有一次，她溜溜达达进了田边上，碰到人也不怕，有个年轻先生还对她笑了笑呢。

一进去就发现，变了！

门厅每间房的额上，钉了小牌子：语言组办公室、人类组办公室、事务室、会计室、所长办公室、诊所。

正厅和两边院落全放的是书，多到没法数！有中文书，有西文书！七间厅房，还有正房，那么多房间啊，全是一架一架的书！彦遐有点晕，这么多书，好长时间买的？这么多书，怎么搬来的？！

正房小院落的房子做单身宿舍，住了很多很多人。那先生、王先生，她都认识，他们就管着这数不清的书，那么多的书，当然得要人管着了。还有个年轻人叫王铃，彦遐也认识，很和气的，本来大人不会和小孩说话的，可是他碰到她，也会笑笑呢。还有一位邓恭三先生。他走那么远的路来，还记得带饼干盒盒……

还有好些人，都是斯斯文文的年轻人，彦遐就不认得了。

几十年后，彦遐得到一本《中国李庄》，里头就有田边上，有照片，有绘图。这不就是她的家吗？她就想起小时候，看到穿西装的梁思成先生，上山来借书还书，哪一次，把这座四合院拍下来，刘致平先生绘了建筑平面图和屋顶平面图。她的家，录进了《中国建筑史》！

搬了家，挑水仍在原来那口井，就在桂花坳门口。哈，慢慢地，桂花坳也换了叫法，叫成桂花院。桂花坳，听着是不像房子名字嘛。

门口两棵大桂花树。多少年的老桂花树！

新桂的花，香得清清淡淡，好像还有点没拿定主意；老桂树开花，那么多年，早就想明白了，能香出好远好远，好久好久都不散。

桂花院的正房，还住着两家老房东。

西边倒座房，面向水田，住了一位李光宇先生，他只有一个人。里屋和西厢房，住的是杨时逢先生一家，杨太太很漂亮。他们家有一个儿子一个女儿。杨家的女儿，很洋气的，每天走去李庄上学。

后来彦遐才知道，杨时逢先生完成了两篇关于李庄方言的论文：《四川李庄方言略记》《李庄方言记》。

东边几间空着——那个鸦片烟鬼的房子，屋瓦修葺一新，家具全是新添的，不知为啥，却空着没人住。彦遐怎么会知道呢，最方便的“公认最好的”房子，是为陈寅恪先生留着的。

桂花坳

里屋住的是个年轻人，叫汪和宗，史语所的庶务管理员。

老房子在坡上，没有租给史语所。

门口的摇钱树，都看得到，长了一两百年。两进四合院，出了院子是个花园，坡上还有小院。有了下老房，这院子又叫作上老房，祖先牌位都在老房子的厅堂里，张家其他人也不会经常来去。

财门口这个四合院，住进去的都是带家眷的先生，十来家，有老人有小孩，起码三四十个人。

财门口紧贴着牌坊头的花厅院，一道门就过去了，是个漂亮小院，也收拾出来，却没人住。花厅院过厅往南，几步路便是牌坊头的大厅。

为啥搬学校? 牌坊头的前厅租给了史语所。忠义堂做了会议室，右边是饭厅，单身的研究人员就在这里吃饭。

当时还叫"田埧上"

饭厅后面还建了个澡堂。

里面四合院新修了一堵墙隔开，可以从大门进去，也可以从旁边侧门进去。四合院有个大天井，也有两口大水缸，也养着红金鱼，中间还有个荷花池。

有着玻璃窗户的四合院，住着张符五一家。先来的凌纯声先生便和房东住在一起。

南边还有个花厅院，住着两家人。一家是董作宾先生，一家是吴定良先生。

往南几步就是戏楼院，不仅仅是戏台和看台，也是个小院子。戏台的三面墙上错落有致地雕刻着人物故事，熟知历史典故的人，一看就知道出自哪出戏。

戏楼院归了考古组。

南边有道院门很气派，三四人高吧，匾上楹联已风化得几乎不见，横匾上刻着：咏南山。

出门往南就是新房子，做了历史组的办公室。

差不多一两百人就在栗峰山庄住下来。

当地人

老彭的个子高高的，他的家在李庄，做蔬菜生意。

他每天早上挑着担子，箩筐里装了各种菜，从山下上来。

桂花院只有杨时逢家做饭，汪和宗去食堂吃，李光宇常常在山下博物院。

田边上住的，全是单身年轻人，谁也不做饭。

财门口太太多，老彭把蔬菜送到院里，太太们就来拿。

晚上，他还要来，空着手从大门进来，坐在堂屋门槛上。门槛很高，

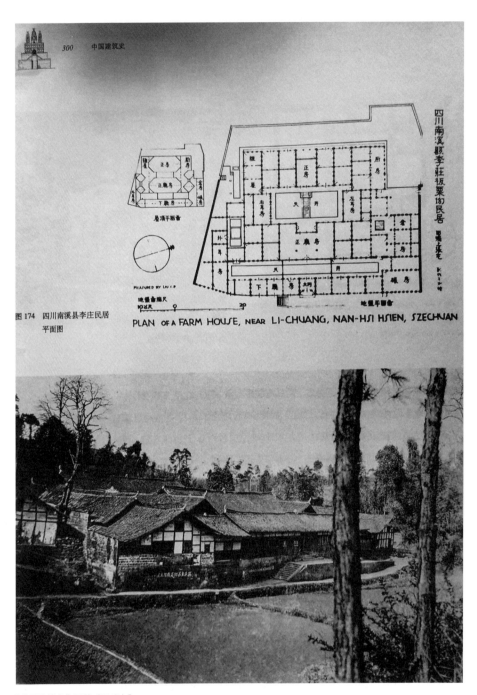

图 174   四川南溪县李庄民居
         平面图

PLAN OF A FARM HOUSE, NEAR LI-CHUANG, NAN-HSI HSIEN, SZECHUAN

《中国建筑史》里的"田塬上"

像个板凳一样。

他拿张纸，每家太太就过来，告诉给他，要猪肉要豆腐干，要萝卜青菜、蚕豆或者包心菜韭菜，他一项一项写下来。豆腐不用从李庄买，杨家做豆腐，就在桂花院后坡上。

老彭相当聪明，这么多人的菜，从来没错过。每一家的菜，一家一家报出价格来，没有一项会弄错。

傍晚，大家在院子里聊天。老彭不仅送菜，还送消息来。要不是他，只有等先生们下山才知道。板栗坳没有收音机，报纸往往过期才看得到。

国军打到哪里了？战事怎样了？老彭的消息从茶馆里听来。同济大学有收音机，有报纸，后来还有一个战时新闻社。重大消息，学生们会写成大字报，张贴在街面墙上。

老彭虽然没有读过书，却少见的能说会道，一点也不让人觉得没见识。和先生们谈论也丝毫不怯，接得住话头。

挑水呢，请了张海洲来。

张海洲是怎么来的呢？

他父母就住在"黄桷树"。大爷二爷一人种下一棵，想不到，没几年就结结实实长到一起，长成一棵，成了个路标。走到这里，离张家大院就不远了。

张海洲已经娶了亲，住在苍苍头，到山庄要走一两里路。他靠着帮人种地打短工过活，力气大，日子却过得苦。

史语所要找工人，张符五家管家丁绍培帮着张罗。张海洲爹妈听说价钱很公道，赶快对儿子说了。

他来挑水。

牌坊头前面那口井，在稻田里。

这个很奇怪，为什么一口井在稻田中间？只说这是口古井，从来没有枯干过。有一年大旱，四处的田都干透了，其他的井也都干了，全村就指望着这口井。村里人排着队到这口井打水，每家只能打一桶。

张海洲在打水

　　当地人见惯不怪了，新来的人兴趣大，却看不出所以然。

　　这口古井的水，挑到牌坊头的厨房，挑到财门口的大水缸，太太们做饭啊，洗脸啊，洗衣服啊都从水缸舀水。

　　桂花院前面也有一口井，田边上、下老房和桂花院的人就在这口井里挑水。

　　每个院子的天井都有大水缸。水清亮得很，水缸里放几天，都镇不出多少泥沙。不过是隔一些日子，把大水缸洗一洗。以前，从来不会想到，这么清甜的水，要放什么白矾。看到新来的人，往这么好的水里放白矾，心里暗暗惊讶：哪有这么讲究！

有时候过来干活，张海洲把儿子张汗青也带上。他挑水，张汗青就在附近玩。有一次，不知道为什么事，张汗青和董敏打起架来了。几十年后，董敏说，小孩嘛，也不知为什么就打起来了，隔不了一会儿又好了。

咦，赶场的时候，史语所的太太们发现，远处的村民不敢接近他们。这简直是没有道理的事情，天天打交道的人不害怕，远处的人倒害怕。

栗峰山庄门口的石板路是大路，去李庄最近的路。附近山里的人，砍了柴到李庄去卖，他们宁可从鱼塘湾那边绕山路，也不愿走这条路。这就怪了。

每到二五八赶场的日子，太太们就站在路边，等着买村民挑来的东西。

板栗坳的赶场是这样啰，买卖就在路上，没有集子集中在一起。财门口、牌坊头前面不是水田吗，不就有田埂吗，农家人带着自己地里的产物，山民带着山货，挑着柴火啦，青菜啦，鸡蛋啦，有时候带一只活鸡，或者十几只小鸡，就从田埂过来了。

走过来，牌坊头、财门口、田边上，一路走过去，还没有卖掉，就要去李庄了。所以，宽一点的田埂、大院门口的石板路就是集子了。

有时候萧太太也带上萧梅，她们从财门口下来，站在路边。萧梅看见那些当地人，他们明明看见了站在路边的太太们，明明知道在等他们，却低了头，不敢走过来。走远了，有人又忍不住回头瞧一眼，马上转头走了。

萧梅问妈妈，他们为什么不理我们？

妈妈也没有给她说清楚。

他们走过去的时候，萧梅听到一些压低的声音传过来。

"这些就是洋毛子那里的人……"

"他们一来，部队就开起来了……"

开始，板栗坳的村民不知道史语所是干什么的，不知道傅先生是谁，因为他是外省人嘛，头发又有点自来卷，便洋毛子洋毛子地叫。萧梅听到好笑。其实，他们还没看到，夏天，他腿上的汗毛才深呢。

洋毛子这样的外号，只是背地里叫。村民对他们的正式称呼是：下江人。

这里的乡下人，对外客总是怀着畏惧，虽然私下里也不妨戏谑一番。太太们的长袍，先生们的长衫，虽说样式也不特别，可那都是细密顺滑的洋布，不是乡下人常穿的土疙瘩布。

你要说好阔气呢，不见得，可是那样的人，看着就有仰视的距离。说话也不好懂，研究的学问，你哪个听说过吗？没有！你再想想，啥些人，要部队来保护？说是中央的研究院，你想，中央！中央和板栗坳隔了有好远?！

蜀道从来就难。乡下，除了大户人家的孩子，好多人一辈子也没去过外面。

也有偏僻地方的人，困在自己的小天地过日子，却养成自傲的脾气：天下只这里的生活最合人意，这里的风俗最天经地义，外来的人，最好不要去挑战人家的习惯人家的骄傲。

这里的人不一样，特别是乡下人，总觉得外来的人比自己见识多，先看低自己，好像地方闭塞是自己的错。几曾见过这么多外来人呢？穿得周周正正，说话也不好懂，研究的学问就没人听说过。对他们，乡下人怀着一种知趣的谦卑，觉得自己穷，懂不起点啥，不好意思和人家打交道。

怕自己上不了台面，怕自己寒碜没见识，说话做事惹人不高兴。远远看着，暗暗揣测着，揣测着那因为不敢靠近而变得神秘的生活，他们在院子里干些啥呢？给政府做事？看不到做的是哪样事情……

在板栗坳，张海洲也算是穷的，穷到底，反而没有那么多顾忌。除了价钱公道的实惠，他还揣着一份自己的骄傲：村民不敢走近的一群稀奇外客，天天和他说话，和他说话和和气气！

就是那个不懂事的儿子，还敢去和人家小孩打架！全家人吃饭穿衣都指着人家，还去打架，欠顿打！

"吃人"

不知道怎么开始的，隐隐约约都在传，说有人看见过他们有骷髅头，木头箱子装着，里头还垫着棉花。看得这样真，听的都慌神了：这些人，咋个还有这种东西？这些人究竟是干啥子的？

后来，祖师殿同济大学医学院的房屋漏水，瓦匠爬上屋顶，揭开瓦，正好看见一个躺着的人，那些老师学生，拿着刀围在旁边……这可了不得了！听说，那个瓦匠差不多是从屋顶上滚下来，吓得话都不会讲。

下江人吃人的说法就传开了。一个谣言开始流传，人们就能不停地找到印证，比如给板栗坳送菜的人，怎么进去就不见出来？一个小娃娃跑进去，怎么再也没有回家？

越远的地方传得越是有鼻子有眼。

大院有那么多房子那么多门，老彭从好多道门都可以回家。你到他家看看就知道了嘛，他明明好好地在家里，还每天来送菜。小娃娃也找到了，捉迷藏爬进桶里爬不出来。

张海洲从不相信那些吃人的谣传。"不要乱说哦！那些先生太太，吃人?! 哪儿有这种事！你看到过啊？吃了哪个，你指给我看？我天天给他们挑水，我怕不晓得！"

张永珍是张符五家丫鬟，十六七岁的姑娘。只有她和丁芳福两个人帮着太太们做事。好些太太想请用人、帮工，没人敢来。

张符五是读书人，有见识，他家的管家、丫鬟都不好比乡下人。张永珍对人说："这些人不吃人，他们是好人！多好多好的。"

丁芳福说，先生们和学堂九一校长一样，都是好人！

丁芳福的男人黄吉三，去年死了。

她一个人拖着三个孩子，大女儿给人家做了童养媳，小女儿不过五六岁。

只一个男孩，叫黄德彬，和九一家彦遐一样年纪。一心就想读个书，四岁读过一年私塾，读不起了，有事没事就去牌坊头学堂那儿，一站就是老半天。眼巴巴就想进去，可惜家里拿不出钱。

张九一让黄德彬进了学堂！

丁芳福知恩得很。不是九一校长，黄德彬能读书？！新来的先生，都是好人，天底下再也找不出的，帮她家修了房子！

就算你不信她，也要相信房东太太，她的先生有学问嘛：人家是知书的人，都有大学问！等把日本人打跑了，人家要回南京的。

但是，玄乎的说法，越远的人，信的越多。

远处的村民听到那些传言，都不放心，和他们打交道，危险！听说他们吃的东西乱七八糟，蛇都敢吃！吓！蛇！……

板栗坳的乡民，隔三差五就见得着他们。见着也还是半信半疑，吃人都是躲起来吃，哪个还摆在光天化日，吃给你看？

万一是真的呢？说不清楚嘛，哪个没事会有骷髅头？同济大学吃"尸体"又是咋个一回事？

……

三、一九四一：穷途俊杰　乱世恩惠

抗战大事记

1月24日，豫南会战开始。

3月15日，上高会战开始，至4月9日结束。

5月7日，中条山战役开始，27日结束。

6月5日，日机夜袭重庆，校场口大隧道发生窒息惨案，市民死伤人数众多，具体数字至今不详。

8月1日，美援华志愿航空队（飞虎队）成立，陈纳德任总指挥。

9月3日，中国军队收复福州、连江、长乐等地。

9月7日，日军进犯大云山，揭开第二次长沙会战序幕。

12月，第三次长沙会战开始。

12月7日，日本海军偷袭珍珠港，太平洋战争爆发。

史语所大事记

1月，调查四川宜宾、叙府遗址。

3月，本所与中央博物院筹备处、中国营造学社合组川康古迹考察团，调查彭山等县遗址。

6月9日，中央研究院成立13周年。史语所、社会所主办的"考古文物展览"，同济大学医学院主办的"人体解剖展览"同时在板栗坳和祖师殿开展。

7月，调查川康民族与文化。发掘彭山江口镇崖墓。

8月，调查黔桂台语、洞水语、莫家语。

9月，调查理番遗址。

11月，第二次调查宜宾遗址。发掘豆芽房、寨子山汉代崖墓。第二次调查云南寻甸倮倮语。从事四川李庄方言记音。

12月，香港沦陷，滇越铁路中断。史语所存放香港九龙的文物、语音仪器和书籍、古物标本、骨骼标本，全部损毁。

孩子们上学去

分完房子，傅先生宣布说二月一日起开始上班，然后他就去了重庆。

孩子们呢，该上学的都到板栗坳张氏私立小学去，没过几天就和当地孩子打成一片。

学校搬到下老房，本来算不上安顿好，突然来一拨外地娃娃，这下热闹了。

孩子们挨着坐在一起，互相觉得新鲜好奇，那么远来的，说话就不一样。

其实呢，史语所的先生来自四面八方，孩子们也带着各地的口音，河北的、河南的、湖北的、江苏的、湖南的，大家能够交流的语言，也是拿书面官话跟自己的方言来一次融合，来到李庄，再融合一次就行了。

你叫啥，我叫啥，可以写字嘛。

说话不懂，没关系，多说两遍就懂了。

交流有许多话题。

你们哪里来的?

坐车，到昆明，又坐车，坐了好久，开车的司机，厉害得很！到泸州，又坐车，到宜宾坐船，才到这里。

震惊的不是地名，不是司机，而是小小年纪，竟然走了那么远的路！都不知道是哪里到哪里。

我去过李庄，我爸爸带我去过宜宾……

啊，一起来的，原来不是一个地方的人。那么多地方的人，是因为爸爸的上班到一起的。

解释为什么来这里。"日本飞机到处乱炸，要躲炸弹。"

一说就懂了。

"狗日的日本人！你们到这里就不怕了，日本人找不到！要坐船，走山路，没人带，他咋个找得到？找不到！"

"嗯。"

几天就知道了，好多同学都搬了家。原来住田边上的搬到了下老房，原来住在正房的，都搬到了厢房。就为了让他们有地方住！

"你原先的家在哪里？"

"在南京。"

"好远……我不晓得南京在哪里，我晓得总统府在南京。"

"总统府搬到重庆了。"

"总统府住的不叫总统，叫蒋委员长。"

"哦哦，我还晓得北平，我有个二叔，在北平读大学，他提着一个皮箱回来，住完假期就提着皮箱走。皮箱两面都有钉钉，有二十八个！我以后也要去读大学。"

"喔，好。"

过不了两天，李庄官话和各地的官话融合得像是盐溶于水。当地的孩子呢，说着书面官话，史语所的孩子，也会了一口李庄话。

直到几十年后，还能得意地说上几句。可惜就是，叫李庄人来听也听不出来，这竟然是李庄话。

"这是弹珠，你们玩弹珠不？"

"不得。"

出门就是水田，刚来的孩子，给当地孩子带着，哪里都是新鲜景，每一处都有新鲜话题。

"水田里也有蛇吗？"

"哈哈哈哈，那是黄鳝。我都去逮过。"

"我不信。"

"你要信。"

"万一咬一口，不怕？"

"你咋个要让它咬？你逮着这里啊。"在自己脖子上一比。

还是不信。

这么浅显的道理都不懂，就着急，就示范，卡着人家脖子问："你咬我啊，咬我啊，咬不到嘛。"

"你放，放开！"

结果给老师看见。两人已经扭作一团，都气呼呼的。"兴起打架了，进去站着去！"

站着了，还要听一篇关于友爱同学的教训……

"他说蛇不咬人，我不信，哪有不咬人的蛇……"

"咦？我好久讲蛇不咬人?！我讲……"

"讲啥都要好好讲嘛！哪有讲不明白就打人的道理？"

……

惩罚结束的时候，两人成了"站友"。讲好放学一起去对面，"山上有桑泡儿，吃过没？"

……

能说话就好办了，一起听课，一起走玩，一起挨罚站，并不觉得有什么分别。城里来的娃娃并不觉得乡下娃娃有什么不同。

哪里来的根本不重要。在孩子那里，什么都可以成为厉害的本钱。

会编笼子很值得羡慕，几根竹篾条绕来绕去，几下几下就成了一个笼子，怎么那么巧呢？李炳章就会。他家里，父母种地交租子，还划篾条编撮箕编纤藤子卖钱。

他个子比同班的都高出一头，因为有摘果子之类的"课外活动"，这身量就很可佩。还要多久我才能长那么高？

当地孩子捉知了，他们不叫知了，叫"拎鸥儿"。拿根竹竿子，上头套一个竹圈子，你猜蒙个啥，弄蜘蛛网蒙在上头……这个事情不好操作！

还有个女娃娃，会撑船！她家里有条船！

看到没有？水里有条鱼！拿一个鱼篓，看准了扑到水田里，鱼就罩在

\text{}

里面！一只手伸下去，就把鱼抓出来！

敢吃生蚕豆！原来生蚕豆甜甜的……

啥都敢往肚子里吞，大人见了准皱眉头——孩子的肚量实在是大。

不知道谁在楼上找到一个千字文木匾，每个字半寸大。就让人拓了，低年级小孩每人发一份，跟着老师念："天地玄黄，宇宙洪荒，日月盈昃，辰宿列张……"

学生们轮流做值日，等人走光就开始忙，忙得很成样子。

站在凳子上，把黑板的边边角角都擦干净，断截子的粉笔也捡起来装进粉笔盒里，讲台抹得一尘不染，脚脚都抹干净。

桌子凳子是配套的，有四个人坐的，有两个人坐的。

板凳翻过来扣在桌子上，望去全是板凳脚脚。洒了水，一人一把扫把，从两边开始动手，说好在讲台中间汇合。好，垃圾扫进撮箕，完了。凳子放下来，提了水桶洗了抹布，擦，一张桌子一张桌子，一张凳子一张凳子……

擦完，好，大功一件。

扫院子用叉头扫把，小孩子拿起来吃力，因为长。李培德却特别喜欢扫院子。洒点水，从院子的一个角开始，一直扫一直扫，扫到中间，又从另一头开始，扫到中间……四边都扫到中间，一个多钟头，大功告成。

站在坝中间，往四面一看，看哪里还有漏网之垃圾……有点像郡主视察领地，责任感与自豪感油然而生，看着干干净净的院子，心里免不了喜滋滋，这是"我"一个人扫出来的。

等下黄校长来看，等到老师们来上课，呀！简直是盘古开天辟地。

太太们、老师们

傅先生同张校长说过，史语所的太太们去小学校教书。九一先生求之不得。

李方桂太太、董同龢太太、董彦堂太太、萧纶徽太太……都去过。乡村里，给孩子们上上课，教语文、教算术、讲常识，带着孩子们去给菜地浇水、松土，倒成了一份娱乐。

去了几天，好些太太都在说，学校罗老师，当真是个美人。

在财门口院里，这位太太说，那位太太也说，勾起一位老人家的好奇心。她是李方桂的妈妈，叫何兆英。年轻时，在宫里做代笔女官。

她问培德，学校怎么样，培德说，好。"老师呢？""好。我们罗老师，好漂亮。"奶奶捋了一下灰白的短发说，我得去看看。

方桂先生和太太听了，都笑。

筱蕖是罗南陔的九姑娘，她妈妈叫张增莲，就是板栗坳焕玉一支的，太爷爷嫌上下山不方便，搬到半山的仓房，也是座讲究的四合院，离着江边不远。

筱蕖的漂亮在镇上早有公论。不知道这样众口称赞的美人，究竟是个什么样子？

对画家来说，美是什么？是宗教，是阳光。美人就在隔壁，不能不去看看。

老太太个子小巧，又是小脚，走路时身子微微向前倾，两臂一摇一摆。

财门口一出大门，几步路就是下老房。

笃笃笃，下台阶，进了院子，正碰上下课。出来一群小孩，走在后面的，正是罗筱蕖——

难得好模样！

眉目生动倒在次，难得的明媚，世家女儿，却是不染富贵的清洁。利落短发微微卷曲，一件半旧的素色旗袍，有光影、有色彩，一笔不多，一笔不少，站在哪里，走到哪里，自带一束阳光。

果然好。老太太满意而归。

筱蕖上山教书，先住在牌坊头，吃饭就在九一先生家。这次也随着学校搬到下老房，到九一家更是几步路的事。

* 一九四一：穷途俊杰　乱世恩惠 *

原先听说，学校的校长是张九一先生。可是，去学校教书的太太们发现，管事的其实是张太太黄婉英。

她也是个美人。鹅蛋脸，深眼窝，鼻梁挺直。第一次见到她，那份端庄，会让人半秒钟失语。

处久了都知道，学校、家里，大大小小的事，全靠着张太太一人张罗。

四个孩子，彦云比彦遐大一岁，三岁的彦芳是个男孩，小女儿不到一岁。

一大家子的一日三餐，纺线裁缝、做鞋做袜……她活泼泼地忙里忙外，见人总是笑脸，从不写一点苦。对新来的太太们，设身处地给她们帮忙。抱来枞毛须，教她们生火；教她们买烘笼，烤火的时候烤尿布。

那份达观太感动人，美，倒显得分量轻了。

张太太忙完学校的事，回家一刻也不敢耽误，这么多张嘴，一天三顿饭必不可少呀。

劈好的柴抱进厨房，抓一把枞毛须点燃，顺手把枝枝杈杈树枝子折成小段。

彦云帮妈妈烧火，她很会的。把小枝子送进去，看它燃起来，再拿火钳夹几块柴，送进灶门架好，看着火蓬蓬地燃起来。

张太太舀了米，淘米，放在一边，摘了散葱洗了，萝卜切好摆在案板。然后舀了一瓢水——咦？锅盖燃起来了！

锅盖怎么会燃起来呢？揭开一看，锅不见了。

黑窟窿里，木柴烧得有些狰狞，火苗几乎要舔着脸……光焰中，那脸上有晶莹的泪……

张先生没钱抽鸦片，把锅子卖了。

……

李方桂太太徐樱教国文，萧纶徽太太孙德秀也上国文课，上自然课。

女老师天生容易得到孩子信任，自然课也好玩，带着孩子们出去，种菜、松土、浇水，一举两得。

董同龢太太王守京清华毕业，学的是化学。她去教算术，孩子们叫她王先生。

王先生很年轻，冬天穿一件长棉袍，天气渐渐热起来，换成矮领子旗袍。卷曲的头发披在肩头很漂亮，圆圆的脸庞，笑起来很真切。但她对学生严格，学理科的先生，对待科学嘛，半点含糊不得，马马虎虎可不行。

她喜欢聪明用功的孩子。自己不好好用功，或者天生和数学没缘的，觉得达不到王先生要求的，就有点害怕王先生。

孩子们对名数没有概念。算出一道题，3就只有一个3，5就只是一个5。是3斗呢？还是5尺呢？管不到那么多。哎！数字都算出来了还不行，真是啰里啰唆。

说一次说两次，下次还是记不得。王先生就着急，敲黑板：名数！名数！要记得加名数！

后来，何兆英老太太教大家画梅花。她的齐耳短发，在那一辈女子中，很是摩登。乳白皮肤非常细润，脸上的皱纹，像是铅笔轻轻勾出，勾出来一圈一圈凝固的奶油。

她拿一支粉笔在黑板上画。

多少年没拿过画笔？

因为做代笔女官，她二十九岁才出嫁，成为广东肇阳罗道道台①李光宇②的续弦夫人。

清朝灭亡后，李光宇卸任，回山西昔阳县大寨老家，路过保定府时遇上兵变，家财大半被掠。

没有了钱，在穷乡僻壤的大寨，孩子们如何能受到好的教育？何兆英执

---

① 清朝沿用明朝制度，将地方行政区域划分为"省、道、府、县"四级。肇阳罗道，包括今天广东省肇庆、罗定、阳江一带。道台，又称道员，清朝行政官职。
② 此处的李光宇是李方桂的父亲。前清进士，任过广东肇阳罗道道台、广东陆营务处总办、课吏馆馆长。

意要回北平。李光宇却是万念俱灰。两人在此分道扬镳，兆英带走三个儿女。

父亲已过世，母亲不当家。落魄回家的女儿，却要看娘家人的脸色。兆英向娘家借了两千元钱，在一个小四合院分租两间房子，荆钗布裙，一心一意培养儿女。幸而几个孩子都争气。

然而，人生的磨难很长。

南京，而后重庆、昆明，一路仓皇，到了李庄。

老太太的心不仓皇，她拿粉笔画着梅花。

底下的小孩就对同桌讲：

"从前她给慈禧太后画梅花。慈禧太后哦！"

"只画梅花吗？还是也要画别的花？"

旁边的也来插嘴："慈禧太后起码有两百岁。"

"胡说，慈禧太后已经死了。"

……

七嘴八舌，扯得太远。当过慈禧太后的女官，这事可稀罕，不讲出来那可忍不住。

嘘，快坐好，老师看见了。

有个老师叫张素萱，是罗老师的表姐。秀气单薄，常常穿一件素色旗袍。眼睛清澈得像一汪湖水，不笑的时候，也觉得她是笑着的。

张老师，说话轻言细语，一点点儿化尾音，动人得很。

人可爱，教的课也可爱，她会画画，也教孩子们画画。教劳作课，用竹篾条编成小笼子，编好了就让大家找蟋蟀，装在里面，蟋蟀就在里面叫。这些劳作，好玩，马上见分晓，马上就能派用场。

有一回，她拿一些很结实的线，教大家织渔网。有些人学得会，有些人根本学不会，粗枝大叶的男孩一会就能绕出一团乱麻。她耐烦地帮他理、理、理，慢慢解开。嗯，每样生计都不简单，都有学问。

难得的温和，从来不会高声，从没呵斥过谁，更不用说拿竹片打手心。

那些挨打挨骂的理由，在张老师那里都不成理由。她简直是，宰相肚里能撑船。

你说说，这样的老师，还要跟她调皮捣蛋，是不是没良心？孩子们把她当个大姐姐，喜欢而亲爱。

张老师，张老师，你晓得不晓得？学生长到七十八十，走遍世界也忘不了你。——记得你，像记得温暖的摇篮。

传奇魏先生

史语所的小孩子都认识魏先生，因为他帮大家买东西。住在山上不方便，每天油啊盐啊又少不了，太太们要什么，魏先生就拿纸条记下，去李庄去宜宾买回来。

孩子们眼里，魏先生就是个传奇。他又会蒙古文，又会武功，这还不够传奇吗？

史语所的箱子上都有封条。孩子们煞有介事地说，大封条上的蒙古文，是魏先生写的。字不像字，画不像画，只有他懂蒙古文，会写蒙古文。

为什么要用蒙古文写呢？你要用平常的字写封条，大家都认得，都会写，拆了封条另外写一张就贴上去了。

有小孩说魏先生是蒙古人，马上就有人反驳他说，魏先生不是蒙古人，是去蒙古学的蒙古文。

至于武功，谁见他亮过吗？没有。有人拿这样的心思仔细打量他，像侠客吗？不大像。魏先生高不算高，也不矮，有点胖，比傅先生差得远；皮肤黑，稍有一点罢了，也没黑到张飞李逵的地步。有人言辞凿凿：功夫高的人就要让人家看不出来。

他说话声音响亮，调皮小孩在院里打打闹闹，他一吼，孩子们便一哄而散。

魏先生年纪大了，要从宜宾买东西回来很累的，所以呢，就派一些年轻的先生去帮他，潘实君先生啦，王志维先生啦，苏汉魂先生啦。

有一天，魏先生带着钱，到宜宾去帮大家买东西。和他一起的还有书记员苏汉魂。

结果，上午他们就回来了。东西呢，什么都没买到。回来的时候，魏先生脸是青的，长衫下摆皱了一片，粘着泥也不知道。他揉着肩膀，似乎受了伤，愣着神坐在那里，一句话也讲不出来。

大家惊诧地等着他。

他需要时间，确认已经回到了板栗坳。身上几身冷汗还没干，爬梯子又爬出一身热汗，要时间来慢慢干。

好半天，他才发现周围，所有人都停下手中的工作，正巴巴地看着他。他理了理气，说，钱遭土匪抢了。

有气无力几个字，像一枚炸弹，在众人心里轰然炸响，气浪迅疾波及整个史语所，所有人。

真正惊骇就讲不出话了。

早上五点过，魏先生就到了江边等船。去宜宾的船还没有来，魏先生在木鱼石那里等着，看着几只小木船，有人上有人下。

突然，背后跑出来一群人，头上包着额布，拿着刀背着枪。

虽是常常听说有土匪，真的见到在你面前，你才晓得真是有刀有枪的。劫匪大概早就等在那里，把魏老板身上的钱全抢走了，苏汉魂自己的钱也被抢了。四只渡河小木船上的人，听说都被抢了。土匪抢你，哪还顾得上去看四周！

大家都紧张起来。

对于身边发生的大事，五岁的董敏浑然不觉。他每天有一项任务，去戏楼院叫爸爸回来吃饭，走路近得很。

書頭　中華民國　　年　月　日

敬啟者：茲有本所合作社魏

經理善臣持本所晨五時許先

本魚石搭乘木船，前赴宣寶

採辦日用品，携帶公款四十餘千

（一千二百九十二元），一千數百元，在本魚石上岸被匪

搶劫，同行有書記蘇漢魂亦遭

搶劫，木船四隻，所有乘客被搶

一空。據探告匪入四里亭包辦，

新批：四川南溪（十二）第五號信箱

魏善臣被抢劫，董作宾修书致区长

爸爸工作室的窗户用纸糊了，可冬天还是冷。就生了一盆枫炭火，炭灰里常常煨几只番薯——每天要工作到很晚，晚上饿了会更冷。董敏每次去就猜，会捡到多大的番薯头——爸爸他们吃完扔回炭火盆的番薯头。这样的番薯头已经不甜而带着苦味，比起饼干比起糖——根本没法比，捡到两三个，仍然让董敏喜欢。

这一天，董敏去叫爸爸吃饭，却在炭火盆里发现一只完整的番薯，简直是一次大丰收，那么饱满的一只番薯，怎么可能一口就吃完呢？董敏悄悄藏在衣服兜里。

揣好了番薯，董敏走过去，看见父亲在写字，是一封信。

敬启者：

　　兹有本所合作社魏经理善臣于本日晨五时许在木鱼石搭乘木船，前赴宜宾操办日用品。携带公款国币一千数百元（一千一百九十二元）。在木鱼石上首被匪抢劫，同行者书记苏汉魂也被抢劫。木船四只，似有乘客，被抢一空。据报告匪人皆以里布包额，显系附近之人，本所据报后，立即通知驻军，飞往附近缉捕。张郁文探长也立派北丁出剿。查匪人在江岸附近，必有窝赃之处，拟请贵署火速派队，前来木鱼石附近清查户口，以免匪人漏网，事关地方治安，本所公务之保障，特此函达，即希查照办理为荷，此致
谢区长。（正式公函即补送）

董作宾启

信上的字，董敏大都不认识，并不知道发生了怎样的事。他小心体会着口袋里的番薯，有点心慌意乱。

晚上才拿出来，扁扁的，冰冰凉。他在被窝里吃掉，做了一个香香甜甜的梦。

外面的大事有大人去忙。

棒客来了

有一天晚上，山庄外的动静不一样。

有人说是枪声，听到就开始着急、害怕，准备跑；有些人却一点都不知道，还安安稳稳在睡觉呢。

财门口人多，一个人听到，没听到的也给吵醒，大惊失色：土匪居然到板栗坳来了！

板栗坳的人说土匪是棒客，棒客来了，就要抢人抢东西。以前听传言说，棒客都是当地人，山里面跑来跑去，哪里有个山洞哪里有条沟，都知道得很清楚。部队是外来的兵，搞不清楚地形，官兵捉强盗，不一定捉得住。

是不是棒客呢，谁也搞不清。是不是真的枪声其实都拿不准，谁也不敢出去看个究竟。

萧梅给叫起来了，背着书包，在堂屋里等着。……等棒客来？

外面那一道山墙，那么高，棒客能进得来?! 山墙外还有围墙！就算进得来，财门口的大门，插了门闩还有木棒支着，撞开没那么容易吧？

可是，关起大门躲在里面，还是害怕。着急，却不知道该干什么。是现在就跑呢？还是等棒客撞门时再跑？

还没有进来，还没有进来。

听说，王守京把一个箱子扔进厕所里。

她去年在昆明才结的婚。她把衣服首饰装在一个皮箱里，从粪坑口丢下去。棒客来了总不会抢厕所吧？

那不是完蛋了吗？唉，皮箱锁起来的啰。

财门口的厅堂里，几个孩子都被叫到这里。萧太太说，看见任何人来了，你就靠墙站，刺刀就不会刺到你了。背包背在后面，就这样子。

为什么背着背包靠墙站？因为包在后面嘛，你靠墙站，棒客来了看不到你背着包。

萧梅靠墙站着。真的看不见吗？棒客这么好骗吗？想不清楚，反正小孩背着包都要放在后面，都要靠墙站。

棒客长什么样？是不是拿着刺刀？棒客抢不抢小孩？

棒客一直没有进来。萧梅就不想靠墙站了，她坐到门槛上，等着大人一声令下，就从小门出去往山里面跑。

棒客没有来。

第二天，董太太的皮箱，请掏粪的人捞起来。

捞出来了，哇！哇！哇！孩子们捏着鼻子咧着嘴在旁边看。

拿好多好多水来洗，洗完皮箱，又洗里面的衣服，洗了晒在院子里。

萧梅对董敏说起昨晚，董敏居然一点都不知道，听得一愣一愣。

劳延炯是躲在屋后，在草丛掩住的石板台子下瑟瑟发抖。究竟是怎么回事也没人说得清。

万一是呢？万一棒客进来，万一看到小孩要绑票呢？劳先生劳太太就让老姑姑带着劳延煊、劳延炯，藏在屋后面那个台子下。劳延炯住的里屋后面，隔条水沟有一个平台，周围长满了草，把台子都遮了。

家里面，看不到有平台。

就躲在草丛里面，不是因为害怕，草丛还是太冷，大家直哆嗦。就听见牙齿打牙齿，嘎吱嘎吱嘎吱嘎吱。

藏了多长时间？不知道，时间过得很慢。

一场虚惊，棒客没有进来。

实际上，没有任何史料记载，这段时间有土匪到过板栗坳。

后来，孩子们看到石璋如的书，当时他住在戏楼院的南厢房。那天晚上听见外头大吵大闹，却不敢出去一探究竟。

第二天去问驻军怎么回事，结果听说是有人要偷桂圆，和看守的工人闹起来。因为在驻军管理范围之内，就抓了小偷。第二天教训一番才释放。所以山上山下都不安全，大家心里也有不安。我住的地方是戏楼院的小屋，里头有个小楼，通道口在我屋内，相当谨慎。最早来的凌纯声先生说我这里最安全，他自己住在房东家附近，还觉得不安全，将贵重的两三箱东西储藏在我屋子的棚内。[1]

还有一种说法：

一天夜里，板栗坳突然传来凄惨的小孩哭声，警觉的乡民敲起竹棒，大喊："下江人吃人了，快去救人！"

顷刻之间，各家各户的壮男硕女，点起火把就朝张家大院涌去，他们点燃了门前的柴草，高喊着要把下江人扔进火堆。幸亏旁边的驻军赶来，将激愤的乡民驱散。[2]

这多半是传说了。

蒙　难

这一段时间，孩子们看到魏先生蔫蔫的，有点缓不过神。他也不去宜宾买东西了。

常常看到，王志维和李光宇去陪他。

王志维脾气好，都感受得出。他对人，对大人小孩，和颜悦色，这份诚挚很感人，因为它发自心底。

---

① 陈存恭，陈仲玉，任育德访问；任育德记录《石璋如先生口述历史》，九州出版社，2013。
② 阚文咏《李庄深巷里》，《当代》2018 年第 4 期。

对小孩，他也不拿着大人的架子，弯下身问："去不去，我带你去看大书？"

哪有不去的！

小孩子很是喜欢他。你要相信，孩子与美最没有隔阂，与天真最没有隔阂。小孩子一眼就喜欢的人，一定是美的、天真的。

这样一个人，竟被土匪掠到土匪窝！

战事一起，研究院的资料图书标本，从南京先运到长沙，再从长沙陆续运到衡阳。在长沙、衡阳、桂林几处都设了工作站。

从衡阳站出发，研究院各所的公物分水陆两路运输。

重要公物由部队运兵回去的空车运到桂林、阳朔；次要的公物如明清档案、动植物标本等，则用平底船，沿湘江溯流至广西全县①，在那里等候车辆运到桂林。

那是一九三七年十二月，枯水季节，衡阳到全县要走四十天。

衡阳站在动植物所、史语所和社会所选派了八个人，社会所的刘伟俊以及史语所的李光宇、王志维等，分别驻守在十条平底船上。十条船同行同止，在江上走了二十多天。

到了第二年正月十六。早晨，船队从零陵县②境的洋码头开船……中午开饭时，管钱的王志维不见了！

不见了？

众人赶紧四下里寻找，哪里找得到人影！

人人都心有戚戚焉，湘江两岸，时有土匪出没……

第二天一早，船队派人到县城发电报到重庆办事处，傅先生回电说，（船队）必须等候，一定要找到！

时任省主席的张治中得到中央指示，协助找人。很快，三十多名水上警察从县城赶到，在附近山区搜索，在乡镇挨家挨户查找。当地壮年人都

---

① 今广西全州县，隶属桂林。
② 今永州市零陵区。

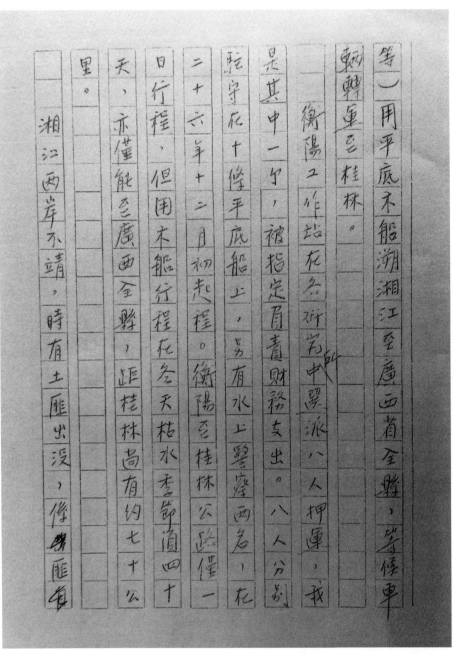

等一用平底木船溯湘江至廣西省全縣，等候車輛轉轉運至桂林。

衡陽工作站在各研究中翠派八人押運，我

是其中一个，被指定負責財務支出。八人分別

駐守在十條平底船上，另有水上警察西名、花

二十六年十二月初起程。衡陽至桂林公路僅一

日行程，但用木船行程在冬天枯水季節須四十

天，亦僅能至廣西全縣，距桂林尚有約七十公

里。

湘江西岸不靖，時有土匪出沒，像匪

王志维日记 （张彦云提供）

被征调去修湘桂铁路，家家只剩老弱妇孺……

一无所获。

不过，这样的动作把消息传开了：中央走丢一个人。

土匪藏在哪里？也该能听到消息吧，该将王志维送回来吧？会不会，断了想头，一不做二不休？……

一周时间过去，又一周时间过去了。

这么久，这么找，都不见踪影，大家便起了不好的预感，想起傅先生电报上的话：生要见人，死要见尸……这种话，开始没觉着，越往后越叫人伤心。

等在船上的先生们，先是背人处悄悄落泪。一早碰面就问消息，说起便红了眼圈……王志维，二十来岁的大学生，刚进史语所才多久！那么聪明勤奋，那么诚恳、体贴人……

想起他的好，越想越多越难过。

他究竟在哪里？他要是……万一……岂不教人痛断肝肠！

他在哪里？

正月十六那天，从洋码头开船后，接近中午时，过一处浅滩，王志维下船走路。

没走几步，突然被一块黑粗布蒙住头，一紧，人就被夹在一人腰间；另一人将他的双腿扛于肩上……

王志维只觉得眼睛被勒得生痛。高高低低在走山路，慢慢地，听出除了扛着他的两人，另外还有一人，奈何却听不懂他们的方言，也许是黑话？

不知在山里走了多久，王志维早已晕头转向。

迷蒙中觉出停下了，一阵脚步，有开门关门之声。他被放下解开头罩，眼前全是金星。适应了微弱的光线，发现自己在一间土屋里。

两个黑衣黑裤的人，守在门口。

稍许，有几人进来，其中一个提着长枪，来来回回看他，然后一脚踩在长凳上，说！你们船上，有几支火（枪）？有几箱金银、钞票？

王志维说，船上都是资料和标本，没有枪支，没有金银现钞。

拿枪男子断不肯信，跳起来就要往前奔。王志维无可奈何闭上眼睛。

"搞哄黄子该！"

未料，一个操着安徽口音的人制止了那个拿枪男子。

"安徽口音"再问，王志维依然据实相告，船上是研究院的公物，做研究用的。"你们不要误人自误。"

几个人悻悻地走了。

饭是送进来的，这间没有窗户的暗黑土屋，王志维一步也出不去。

第二天又是同样几番盘问，一当有人作势拷问，那个安徽口音便出面阻止。

过了一周，土匪不怎么问了。

打算怎么他呢？信了他，让他自个走？门口仍有看守把得紧紧的。不信他，又怎么着呢？

他在哪里，他自己也不知道。饮食起居都在黑屋子里，王志维度日如年，一天一天数着，整整十五天。

半月后，有人进屋对他说，今天放你走。

仍用老办法蒙了头。两个人将他扛至山顶，解了头罩，指给他县城的方向，便迅疾离去。

两人转瞬不见踪影，王志维撒开双腿朝着县城奔逃。

……

同人们在船上，突然看到水警送来一个人，远远看着像是王志维。是不是他？都挤在船头，睁大眼睛。待那人走近——不是王志维是谁！

是王志维，活着的王志维回来了！

众人相见，泪流不止。

刘伟俊红肿着两眼，泣不成声；李光宇直瞪瞪看着王志维，一秒也不能

错开，看着他上了船，只喊：快！快，开船！生怕是在做梦，醒来只剩惊惶和悲怆……①

二十多年后，到了台湾，有了孩子，还忍不住提起，刚说到爸爸被人用黑布蒙住头，孩子们就不敢再听下去，太可怕了。

一九三八年二月中旬，这批公物安全运到了桂林。现在，史语所的图书资料，安安稳稳放在田边上这四合院里。

又遇土匪，又有同人被抢……

板栗坳要建兵营的事，给了大家很大安慰。已经有人来选地方，拿着测量尺来量，听说很快就来夯地基。

去看展览

山上办展览，没有一个孩子感兴趣。

在栗峰山庄，安阳殷墟的头骨和甲骨、史语所发掘现场的照片、人类进化的示意图，还有图书馆的一些书，都拿来展出。董作宾先生主持，陶孟和先生、吴定良先生、董作宾先生、李济先生、梁思永先生给大家做讲解。

展览每一处，都有一位先生在那里，只要你问，人家就给你讲。他们不讲难懂的理论，只要告诉给大家，研究院是干什么的；考古是干什么，那些人骨头是哪里来的，怎么来的，古人头里有什么秘密，甲骨文里说了些什么。

对孩子们来说，这些东西没什么好看的，不好看也不好懂。他们要去更令人兴奋的地方——李庄。

董敏跟着杜先生，从板栗坳下山。正是乡村最美的季节，青山绿

---

① 出自王志维未公开发表的日记。

得层层叠叠，脚边的豌豆花胡豆花，像只只蝴蝶就要飞起来。秧苗正蓬勃，滋滋地要冒出绿油。但是没有闲心停在眼前，脚步都给牵引着，朝着李庄。

石梯子上，碰到一群学生娃娃。镇上国民小学的先生，带着同学们上山来看展览。杜先生牵着他的手，站在一边。董敏打量着这些哥哥姐姐，想，他们都上山来，肯定看过李庄的展览了。

到了李庄，在人群中挤着，看得最多的是大人的长袍下摆吧。走进窄窄的巷子里，只能从人缝里看到木门、木栅栏。

转弯到了老场街，本来开阔一点，却给人挤得不透风。到祖师殿的医学院，进门，好家伙，全是人。好不容易看到四周围挂着的图画，好难看……有人还指着图在讲。

大失所望，没什么好看的……

突然，董敏看到什么？他看到了一只青蛙！青蛙当然不稀奇了，板栗坳水田里到处都是，一到夏天就呱呱叫。

他看到一只开膛破肚的青蛙！

不知道他们怎么办到的，把这只青蛙——已经开肠破肚的青蛙钉在玻璃板上，青蛙的心还在跳！突然见到这样一颗赤裸裸的心脏，一下子，董敏自己的心不会跳了。

他们还、还用一种仪器来测量青蛙的心跳。

可怜的青蛙，痛得叫都叫不出来！

这叫什么事情！

……

劳延炯跟着爷爷，在无数的长袍短褐中穿梭，在东岳庙工学院门口，他们从一堆人中挤进去。有人把两个圆柱挨在一起，圆柱两头接了根线，解释说，这是电。可是电怎么就沿着线走过去了呢？这个就有点麻烦不大听得懂了。线中间有一个指头大小的珠子——那是灯泡，把那根线接上，灯泡就亮了，把线拿开，灯泡就不亮了。不知道是先生还是学生，给大家说，这是电流。

哦。哦。哦。

有围观的人看到过电灯，得意地在一边宣讲：比桐油灯亮好多！不用点，一拉线，嚯！亮瞎你的眼！

生怕远地方来的人不晓得。

不要你讲！李庄人，哪个没见过电灯？同济大学一来，宜宾电厂牵了电来，镇上就有了，南溪县城里都没有呢。

还同济?! 几年……两三年前就有了！你不晓得？那个，姓啥……嗯，姓孙，外地人，在李庄办电灯公司，烧锅炉发电，在土祖庙放电影。你忘了？

哦……哦……

就又走。街上比往常赶场还闹热，熙熙攘攘的人们来来往往，有往前挤的，有停下来围作一堆挡了路的。

中研院成立十三周年纪念会

这样的展览，就是破天荒头一遭，几千年从来没看到过的稀奇事物，又怕又忍不住好奇。

到了祖师殿，劳延炯看到什么了！不用谁给他解释，他就吓得钉在地上：一个孩子放进玻璃瓶里！

这个自古以来最倒霉的孩子，生出来没生出来不知道，就给放进瓶子里，泡在浅黄色的水里。

旁边有人指着玻璃瓶说：这是福尔马林，可以让尸体……

老天爷！……

他妈妈知道他被泡在水里、装在瓶子里吗?！

同济大学究竟要干什么呢，拿这种东西出来吓人？

啊啊，老天爷！这种事情！

还是赶快走了算了。

在街上挤来挤去，都不想再看了，万一再看到啥，晚上怕觉都睡不着。那可怜的青蛙、倒霉的孩子，把一颗颗脑子都占满了。太刺激人！

据说这是抗战时候，后方做得最好、最轰动的一次科学展览。不少外地人也来了，从上游的宜宾、乐山，下游的泸州、重庆赶来，江安国立剧专和乐山的武汉大学来了好多老师学生。

但孩子们心里，对这个展览不以为然得很，干的都是什么事情！

回去路上，劳延炯问爷爷，什么孩子才会被装进玻璃瓶。爷爷说，那是科学，用来研究……但这样的回答，仍然没有排解他的忧虑。

到家大人问起，劳延炯一点也不想再提。不过，隔一会他却又问："是不是，不听话的小孩就用来研究？"

咳……以后长大，变老了，要想好久好久，才想起，骇人的经验全都来自这个展览。

从没见过这些的本地人虽然也吃惊，没有太明白，那些泡在药水里的人体器官，着实让人吓一大跳，但因为这项展览，他们显然比其他地方的人更早接触更早接受了新的事物。①

展览会后，下江人重新被大家高看起来。板栗坳赶集的时候，乡民再也不躲着他们了。他们热心地把柴火青菜鸡蛋挑来，发现洋毛子这里的人这么好说话，不讲价不赊账，这些人心好，不亏待乡下人。

碰着这样的友善对待，乡下人的戒备，一下子就成了纸糊的。

现在大家的说法都变了。洋毛子这里的人，都是中央来的，做的都是大学问。说给你听你也懂不起，请你去看你也看不懂。乡下人打量着下江人，觉得真是长见识。

张海洲得意到简直愤愤不平：我从来就没信过那些话！你看，我说的错没错？错没错?！你们还不信！

史语所还有一项重要收获。当初，这些木箱子曾引起土匪觊觎。展览当天，"前来参观的人，就有土匪扮作乡民的。有老乡偷偷指给我们，那个人就是土匪，叫某某，我们只装作没看见。土匪看见都是些个破铜烂铁碎瓦片，以后再也没有打我们的主意"。②

同时在进行的还有一场剿匪行动。这些事情，孩子们怎么会知道呢。

民国三十年（1941）冬天，周勋部队在李庄诱杀"自新土匪"一百七十多人。③

为消除隐患，栗峰山庄背后的大树被砍了。

董作宾看着参天大树就这样被砍掉，不胜惋惜：老天爷，咱北方的树可

---

① 抗战前，李庄并没有西医院。同济大学医学院在李庄的孝妇祠开设了免费门诊；军政部第一重伤医院也迁到李庄，开设了为当地人治病的西医门诊部。宜宾明德医院的妇产科医生张静娴在李庄开设了一家私家诊所，用新方法为产妇接生。他们开出的西药，服药方便，见效还快，治好了许多疑难病，镇上人渐渐对西医西药有了新认识。——《李庄镇志》
② 陈存恭，陈仲玉，任育德.石璋如先生口述历史 [M].北京：九州出版社，2013.
③ 南溪县政府、南溪第三区区署接到史语所的报告，县长立即下令严查。复函史语所"已嘱派队缉捕抢劫合作社经理人魏善臣之劫匪，并将办理情况函复，本劫案已严令三区署、李庄镇限期破案送究"。[《四川省历史文化名镇——李庄》（1993年内部出版）]
　　宜宾专员冷寅东原是川军中将师长、川康边防军副总指挥，现在是地方大员。率部剿匪，是他几十年历练的专业特长，此时他正专心在宜宾泸州一带设卡布防，震慑缉拿匪徒。
　　川军、地方武装和私人武装合兵清剿，想不到联军出动，居然大败。
　　朱家骅、傅斯年最终通过俞大维的关系，上达蒋介石。蒋委员长亲自下达手谕，命令军政部和成都行营协同，出动兵力清剿劫匪。土匪招架不住、纷纷招安。——《李庄镇志》

长不了这么好，唉，一下子就砍光了……

凌纯声在一旁说，有什么可惜的，这下子安全了。

财门口

从四岁到十岁，劳延炯在财门口住了六年。他到八十岁的时候，还清清楚楚记得这个院子，记得院里那棵橘树。

五六月里，橘树开着花，香透窗棂房栏。

这座四合院小巧别致，和别院不同。倒座从坡下起来的两层，形似吊脚楼，正房依着地势在半坡上。山墙外，大树直长到半天空。

门口有一棵皂角树，还有一棵核桃树。以前结了果子，等着主人回来。

如今，二三十间房，一下子住进十来家人，都是带着家眷的先生，有老人有小孩，就热闹，皂角有人摘，核桃也有人去打了。

当地人说话是财柴不分的。先生们把这里叫作柴门口，太太们听张海洲说，是财门口，因为门口有发财树嘛。

发财树就是皂角树。结了皂角，太太们跟着当地人学，把皂角摘下来——可得当心，枝条上长着极硬的尖刺——洗干净放在锅里煮，捞出来捣碎，等凉了捏成一坨一坨，用来洗衣服，洗头，洗澡。

也有人说发财树是核桃树。核桃长成，天冷了会自己落下来，孩子们等不及，拿竹竿打。核桃外面裹着一层绿色的皮，有毛有刺——那个毛皮可不好剥！拿热水泡，拿刀子剥，弄得满手都是绿浆浆，剥开才是核桃。

正房五间，中间是堂屋。堂屋左边，就是劳延炯家。进门是厅，往里是两间大屋，劳榦先生太太带着劳延煊住在前面，一张大床一张小床；奶奶和老姑婆，带着劳延炯住里屋。

爷爷住北厢房，离大门最近。九步台阶就下到大路上。

堂屋右手，李方桂先生一家，厅堂小，里头楼上楼下四间屋。他有两

财门口，正面女子为董同龢太太王守京，背身扶腰女子为劳榦太太 周衍璞

个小孩，还有李家徐家两位老太太。再往右，就是萧梅家，萧纶徽先生一家三口。

倒座房门朝着院内开，门前半尺走廊，围栏上有到顶的大木格窗，中间两路木楼板下到天井里来，木楼板两边，仔仔细细装着木栏杆。

楼上房间统是进门一厅，往里是小屋，往左或往右是大屋。住的是李连春、全汉昇、董同龢、岑仲勉几家人。

芮逸夫一家住南边的厢房，也是二层，先生太太，芮老太太还有芮达生、芮榕生、芮碧生。

天井里，可以踢毽子、跳房子……捉迷藏的话，这地方不适合。

跟随史语所到板栗坳的，有一位上海医学院的医生，叫萧文炳，大家

财门口对比照

叫他萧大夫。他对环境卫生很有知识，按着抗战时候的习惯，到一处，先改造水池和厕所。

他画了图，让工友在财门口天井里建了一个滤水池，铺上一层粗沙，放上细卵石。水就变得更清亮，烧开就可以喝。

水池旁边还有一个长条的台子，被单床单什么的，可以铺在上面洗。

厕所在四合院东南角上，楼道尽头，粪坑在一楼。掏粪的在外面，不用进门来。

这个厕所很费了点神。萧大夫找来一长根竹子，碗口粗，拿烧红的铁棍打通竹节，从厕所洞口放下去，一直放到粪坑里。他说，竹筒可以吸掉臭味，厕所就不会那么臭。

然后在地面撒石灰，和其他院的厕所一样。

虽然萧大夫尽力改善环境，但乡下的卫生条件还是难以如意。

如今的财门口

萧梅头发染上虱子，那是一项麻烦事，几乎就没有对付的法子。拿皂角洗，拿肥皂洗，看着没有了，一不小心它又在头发丛林里繁殖起来。萧太太到诊所找来酒精，擦在头上，也管不长久。

傅先生六月里回过一次板栗坳，突然看到萧梅的光头，吃惊地问："怎么女孩也剃光头？"

萧梅说："没办法，长虱子啰，妈妈就剃了嘛。"

太太们拿出绝招，看它还往哪里长！

虱子还有外地的。李方桂去路南县，在撒尼人的阁楼上住了几个月，带回来的礼物就是虱子。

万一不小心，让它们得逞，所有的缝隙，不只是衣裤缝，床缝、桌子缝、椅子缝……不管你在做什么，坐在桌前、躺在床上，这些小动物无一刻不能袭击你，盯上你，痒得你恨不得弄死它们，可它们偏偏赶不尽杀不绝。

因此李太太从不敢掉以轻心。先用刀子刮，衣缝里的虱子连母带子刮掉，然后放进蒸笼蒸上半天，简直像是对付前世的仇人。

这倒也还罢了。

打摆子才可怜，冷一阵热一阵，消停了。你以为好了？没这么容易，不知道什么时候又来一轮。

像是一个下马威，大家差不多都没能逃掉。

傅先生在重庆，有一项重要事务便是帮大家买药。有一种药叫金鸡纳霜，专治疟疾。四川很少金鸡纳树，板栗坳诊所却有这种药。但也不是灵丹妙药，不是说吃下去马上就好。

找上谁，谁就倒霉好几天。大人打摆子，那有什么办法呢，吃药啰。孩子打摆子，太太们如临大敌。

只有劳延炯不这么想。

看到哥哥得了疟疾，天气有点热哦，盖好几床被子还在说冷。他暗暗揣测，这病究竟是什么滋味呢？盖这么多被子还冷？还抖？一会儿又热得满脸通红，大汗淋漓。他好奇得心痒，什么时候我也得一次试试看？

又有倒霉小孩打起摆子，劳延炯就着急了，什么时候才轮到我？

下一个，还不是他。

好多人都尝过这滋味之后，终于，老天听到了这个小男孩的愿望，让他也打起摆子。

啊呀，还是算了吧，可不是闹着玩的！不好受！真不好受！浑身没力，恶心，想吐。冷，冷得受不住，盖上十床被子也像在冰窖，可一下子，又热得冒火，揭一层皮还七窍生烟。好吧，好吧，我晓得了，快点好了吧。

辛苦的是劳太太，照顾好一个又照顾一个。她要知道，这病是孩子盼了好久盼来的，一准会气得笑起来。

共此灯烛光

春天开始，小路上陆陆续续来了些年轻人，给这山坳添了年轻的气息。

孩子们并不知道，这些北大文科所的研究生，都答过傅先生的选择题才来的。"去昆明，还是去李庄，由你选择。昆明，西南联大在那里，有老师；李庄，研究院史语所在那里，有书也有人。"

五月，石梯子上小路蜿蜒。远处密林苍松，梨花已落尽，树上结了许多指头大小的青色果子。地下一路野花，浅蓝粉红，开得恣肆烂漫。

董敏还记得，李孝定到了板栗坳，第一个谒见的，是他的父亲董彦堂先生，傅先生指定的论文导师。董先生说，甲骨文文字学研究是极重要的基础。李孝定大学的毕业论文已有了基础，便建议他做甲骨文字集释工作，等完成后，再定论文题目。就这么决定了。[1]

----

① 李孝定：《我与史语所》，载《新学术之路——"中央研究院"历史语言研究所七十周年纪念文集》，"中央研究院"历史语言研究所，1998。

他到来不久，几位贵客到了板栗坳。

他们是西南联大常委会主席梅贻琦、总务长郑天挺、中文系及师院国文系主任罗常培。他们沿路有许多公务，到重庆，去国民政府教育部接洽西南联大校务，到中美庚款董事会接洽公务，走访沙坪坝中央大学、歌乐山研究院。去看望傅斯年——此时，他正在医院住着，割了一半扁桃体，也不敢和他多说话。

到泸州、叙永，商洽西南联大分校事宜。

然后到李庄。

李庄的事务，是审查北大文科所任继愈、马学良、刘念和等几位毕业生的论文，为他们进行毕业答辩。

几位贵客的到来，让栗峰山庄的大人们喜出望外，孩子们却有自己的想法。

培德和奶奶住一个房间，爸爸妈妈把最好的房间让给了梅先生。罗常培和郑天挺先生住进了北边的花厅院。

这家请了那家请，孩子们都希望，自己家也能请请贵客。能吃点什么呢？

听说，董同龢先生请他们吃的是打卤面，在吴定良先生家吃的是鸡蛋饼，杨时逢、凌纯声、芮逸夫先生请他们吃了烙饼……孩子们一边满怀想象地数着，一边偷偷吞两口口水。

晚上，梅先生他们和史语所十几位老同事在牌坊头堂前聚谈。上弦月穿过乔楠的枝叶，疏影洒在地上，大家有说，有笑，有唱；说起广州东山的柏园，北平北海静心斋的叠翠楼和罨画轩，先蚕坛的"董西厢"，东单牌楼的洋溢胡同，上海小万柳堂的帆影桄和南京的北极阁。[①]

孩子们却在一边，嘀咕，听说梁思永先生请他们吃红烧肘子，吃江团鱼。

什么叫江团鱼？

没吃过……我见都没见过！

七天后，他们就走了。叨扰过的每一家，留下十元"家赏"。李济家，董彦堂家，李方桂家……

那天早晨，好多人都去送，七点半从板栗坳动身，山路上走着长长的队伍，有的送到半山茅亭，有的送到上坝，有的一直送到李庄上船。

连李济先生的父亲，七十多岁的郢客老人也亲自来握手江干，表示惜

① 罗常培：《蜀道难》，中华书局，2020。

（六月）二十七日，泸县。四点半天色微明，步去码头，登上长丰轮。下午三点四十到李庄，考虑到山上必已黄昏，在船上只吃了两个小面包，此时甚饿，于是在君子居喝了茶，花去六角钱，去李庄饭店吃了一餐，七块八。

二十八日，午饭在李方桂家，晚饭董彦堂备办，同坐凌纯声、芮逸夫。

二十九日。早饭后八点去社会所，汗水淋漓赶到，才知道清华八九个同学早已订好在李庄饭店招待。众人盛意，未便推却，又只得回到镇上。进镇已是下午二点一刻，梅先生三人和董作宾、陶孟和为客，主人是汤象龙、梁方仲、徐义生（尚在昆明）、巫宝三、潘嘉林、严中平、林兴育、桑恒康、夏鼐（博物院）。

饭后三点至慧光寺同济大学访问周均时校长，谢其饭约盛意。后至巫宝三家稍坐，去羊街六号李济家，八号梁思永、刘士能家，天夕回板栗坳。

晚饭，是董同龢夫妇约吃打卤面。

三十日，吴定良早晨请吃稀饭和鸡蛋饼，饭后八点正要出门，周校长来访。九点半三人下山去营造学社，"徽因尚卧病，未起床，在其病室谈，未敢久留，恐其太伤神"。去博物院办事处稍坐，到羊街在思永家吃午饭，"红烧肘子、江团鱼，皆甚美"。

下午四点去李济家，先与李老先生（郢客）及方桂五家看竹。晚饭后仍点小油灯二盏继续工作，既不怕费目力，又不怕蚊子咬，三个五圈之后，钟鸣二点半矣。

当晚留在济之家里。睡时三人在一室内，方桂在另一室，主人设床铺被、挂蚊帐，实太麻烦矣。

七月一日，再次去社会所。

下午五点返回板栗坳。晚上，北大同学在史语所者设便餐，十位主人：董作宾、丁声树、劳榦、高去寻、刘念和、邓广铭、张政烺、傅乐焕、王崇武、李孝定。

七月二日，上午约刘念和，评订他的论文《〈史记〉〈汉书〉〈文选〉旧音辑证》；下午在花厅看书。晚餐，杨时逢、凌纯声、芮逸夫诸君八人约吃烙饼。

晚上，和史语所十几位老同事在牌坊头堂前聚谈。上弦月穿过乔楠的枝叶，疏影洒在地上，大家有说，有笑，有唱；也庄，也谐，也雅。不由得想起广州东山的柏园，北平北海静心斋的叠翠楼和罨画轩，先蚕坛的"董西厢"，东单牌楼的洋溢胡同，上海小万柳堂的帆影桄和南京的北极阁。一晃儿又过了快十年。

别的伤感。大家更是感伤难过。[1]

……

秋天的板栗坳，桂花是灵魂。

一路都有，路上有，农家门口有，桂花院有，牌坊头有。

早上，人还在被窝，那香气就到了屋里，迷迷糊糊吸一口，啊，桂花！桂花开了！即刻起身，像要去赴一个约会。一天就这样欢喜开始。

就在这个时候，小路上来了一个人，穿着长衫，抱一把古琴。他走在这风景里，真是，真是一首诗一幅画，十分秋色为伊忙，人与花心各自香。

他问路，说话好懂，比孩子们刚学会的李庄话还像四川话！隔几天就晓得了，这位先生叫王叔岷，他住花厅院，住在那里等他的导师傅先生。[2]

他到来后，每天早晨，财门口的孩子们就听到古琴声。他每天一起床就开始弹琴。大人说，那是一张明代的连珠式七弦琴。

有时候，房东家张太太在客厅吟诵：南无佛，南无法，南无僧……与佛有缘，与佛有因，佛法相因，常乐我净……

两个声音一起，就像事先说好的一样。[3]

还有个年轻学生，叫逯钦立，孩子们以后还会常常见到他，没事就到教室黑板上来画画。

来得更迟的，是王利器。孩子们当然不知道，来得迟是因为错过了考试。

他也说四川话，孩子们带他去了田边上。

他和邓恭三、任继愈、马学良一个房间，又是工作室，又是寝室。这

---

[1] 梅贻琦《梅贻琦西南联大日记》，中华书局，2018。
　　七月三日，约马学良，评定他的论文《撒尼僳语语法》；下午开会决定答辩方式。晚餐由萧会计约，座中有张官洲（周）君，为李庄张氏族人，现在史语所任事务职。
　　七月四日，约任继愈，评定他的《理学探源》。午饭在李家吃凉水泡饭，晚董家备炸酱面，李太太又做凉粉一大盆。
[2] 王叔岷：《慕庐忆往——王叔岷回忆录》，中华书局，2007。
[3] 同上。

时，文科所的同学王明、刘念和、逯钦立、胡庆钧、王叔岷、李孝定都已经到了。

以后，孩子们就少见到他了。

星期天，他和刘念和下山，去镇上同学王振燊家做客。总有好吃的吧？

有时候也不下山。

星期天在山上干点什么呢？大厨房是个好地方。

食堂师傅推豆花，大家都在一旁看。一座石磨，一盆早就泡好的黄豆，一个人把豆子和水舀进磨心，一个人推着木柄，磨就转起来，浆水就下来了，磨盘底下一个盆接着……

好玩呀。王利器也在一边看，看得手痒，想自己试试，师傅便把地方让给他，给他添豆子，还一边说，一点一点加进去，一次不要加太多。

王利器捉了手柄，转了几圈就熟练了。师傅怕他累着，一会儿问一会儿又问，要不要歇歇？他都不肯放手。

一大盆子浆水，倒进锅里煮，煮开了，两个人牵着滤布，沸腾的豆浆一勺一勺舀进去，不停地摇啊滤啊，滤进锅里的，就是纯纯的豆浆。

舀出一些豆浆凉着，太太们、溜进去的孩子们，尝尝这鲜美的豆浆吧！

锅里的豆浆，一点一点加胆水，师傅自己操作。这一步很重要。要少少加，要搅拌匀了。要火候。

说起来简单，豆花好不好，这是关键。

你看着就是了……豆浆，慢慢地，变成一锅白花花的豆花。

没见过的人，都觉得很神奇。

傅太太、李方桂太太一直在旁，从头到尾观摩全过程。[①]

孩子们不会知道，这个学推豆花的人，将来名满天下，一生著述超过两千万字，被戏称为"两千万富翁"。

---

① 王利器：《李庄忆旧》，载《新学术之路——"中央研究院"历史语言研究所七十周年纪念文集》，"中央研究院"历史语言研究所，1998。

十月的时候，董敏发现，爸爸的研究室来了个很年轻的人。

他是李庄人，家就在镇上，在四川省立宜宾中学读书，省宜中当时就在李庄。董彦堂先生要招聘助手，张官周推荐了他。

年轻人叫刘渊临，作为见习生，来到董作宾身边，协助从事甲骨文整理和研究。这一年，他才十六岁。

史语所搬回南京，刘渊临也跟着走了。

后来，他跟随董先生到了台湾，成为甲骨文专家。

傅先生回来养病

美国参战了！

老彭带来一个大消息，先生们听了很振奋，在劳太爷屋里烤着火，说到后背冷浸浸的坐不住了，才各自回屋。

过了几天，傅仁轨和爸爸妈妈回到板栗坳了。

一九四一年，过得真不容易。

高血压差点夺走爸爸的生命，他在重庆一家医院住了好几个月的院。出院后还没多久，奶奶病故，这个噩耗，再次把爸爸击倒。

当时他的冤家对头孔祥熙到处散布："听说傅斯年病得要不行了。"爸爸怀着一腔悲愤，挣扎着去出席参政会，出场亮相"做给这狗东西看"，却在会议中途就体力不支。[1]

十二月，他总算辞掉了研究院的总干事一职。

爸爸妈妈带了很多东西回来，花布、肥皂，最稀罕的是牛奶糖，含在嘴里香得要死，你都舍不得吞下去。分给板栗坳的孩子们，大家都高兴得很。

---

[1] 王汎森：《傅斯年——中国近代历史与政治中的个体生命》，王晓冰译，生活·读书·新知三联书店，2018。

花厅院 （李清凌　摄）

花厅院——傅斯年刚回李庄时住的地方 （李清凌　摄）

从重庆带来的，还有几大箱子书。花厅院的厅房，满满当当铺满两面墙。

财门口的小孩，几步路就跑过来。每个孩子都会为厅房的几壁书所震撼：傅先生家，好多书！

今天，这些书陈列在傅斯年私人图书馆，看到这些书，任何人都能设想，傅斯年曾经试图将他的精力投入西学的许多领域。他的收藏如此广泛，以至无法形成意义明确的分类序列。[①]

书桌上有一个笔筒，炮弹壳做的！几支笔插在中间。小朋友都忍不住要去摸一摸，那扣在桌上的真是炮弹壳。

傅仁轨还有一架飞机模型，这玩具可了不得，很让小伙伴们眼热了一阵。

有一天，萧梅过去花厅院，看到傅仁轨站在院子窗下，拿根支窗户的木棍自己打自己。

"咦？你打自己做什么？"

"我看痛不痛。"

"你看痛不痛做什么？"

"我舅舅说的，和小朋友打架，要拿那个武器先打自己，看痛不痛。"

"你要和哪个小朋友打架？"

"我不打架，我就看痛不痛。"

小小一个花厅院，也有十几间房，也有个小院子。这厅院，张雨苍先生借给傅先生，不收租金。傅先生很感激，自己出钱把破的几间屋子修缮好。南边六七间，西边是三四间，北边和财门口共着一堵墙，开了道拱门。

爸爸带了西红柿种子回来，就在院里种了，等到柿子红了，爸爸就请

[①] 王汎森:《傅斯年——中国近代历史与政治中的个体生命》，王晓冰译，生活·读书·新知三联书店，2018。

叔叔伯伯来喝茶，吃西红柿。

爸爸其实是回来养病。

傅仁轨不知道爸爸每天都做些什么。后来看到董伯伯写的文章："回来养病，其实一会也闲不住。他忙着督促指导各部分的研究工作，忙着审核论文，编印集刊，他已编成了集刊五大册六十万字的论文；他忙着和同事们讨论每个人要研究的问题；他忙着替朋友和同事买药，请大夫治病；他忙着和朋友们摆龙门阵，讨论天下国家大事，或者写信给朋友吵嘴；他忙着到大厨房去拍苍蝇，或者教人锄路旁的野草，把茅厕里多撒石灰；他忙着为同事买米、买布、买肥皂，等等。他忙着一切的一切。有时似乎是清闲了，他又忙着找密斯特王下盘象棋。他的血压，如果下降到一百六到一百二左右时，他老是这样忙着。"[1]

不知道谁给他起了个绰号"胖猫"。无论什么时候，只要这只胖猫在史语所出现，"老鼠们"就会勤奋工作。挨过呲的人，上班时间看报纸得警觉着点。

大家在聊天，聊得正起劲，他来了，年轻人一个一个悄悄溜走，一会溜一个，一会溜一个，剩下几个，不好再溜，留下来受罪。

他竟然问董伯伯，为什么你在他们不害怕，我来了他们就走？我这么不受欢迎？

他的脾气叫人印象深刻。年轻学者怕他，有什么好奇怪？但他自己不解，还问为什么。用得着问?! 看个报纸，晒个太阳，他给你记着时间！今天晒多了，明天就不许！

……

爸爸说，大人小孩都要锻炼身体。

他让别人锻炼，自己却不怎么锻炼。除了散散步，就喜欢抓人在单身食堂下棋，坐半天动也不动。

---

[1] 张坚:《董作宾传略》，上海大学出版社，2007。

年轻学者刚入所，听闻傅先生"性情急躁"，难免心生敬畏。马学良回忆，"当时我们小辈，晚饭后在田边散步，远远看到傅先生迎面走来，都转身急急奔逃。如果逃脱不掉，就会被抓去下棋。"

不知道这有什么好怕？

听说是他心不在棋，常常高举棋子而迟迟不落。年轻人，下棋便下棋，这举棋不落，究竟是在想别的事，还是在借机考察你？所以还是逃走为上。

常常给抓去食堂下棋的，是黄彰健。

虽然爸爸仍要去重庆参加各种会议、活动，但在板栗坳，他享受到一段静谧的时光。

他的高血压很严重，妈妈对他的饮食管得很严，以为吃得少些可以让血压不那么高。爸爸很可怜，他被管得严常常就很饿。

他买了五香花生米，放在口袋里，碰到孩子，就给他一颗，每个孩子给一颗。

合作社外面有个乒乓台子，先生们在这里打乒乓球，女老师也去打。荡秋千怎么看着都像是玩，不太像是正经锻炼，其实可能也锻炼身体。

他看见别人打乒乓、荡秋千，也会站住，饶有兴趣看一会儿。

坝子里香樟树树荫下，工友绑了一个双杠，像个门字，两边两根竖着，天上两根横着。

小孩不会玩双杠，当作杆子爬。

爸爸拿着一把花生米，一边吃一边看。从一边上，再横着爬过去，从另一边下来。哪个孩子爬完了，他就会奖励，给他一颗花生米。

要是爸爸不在，小朋友就会跑我们家里去告诉给他。可是爸爸也没有花生米了，他就会说，你爬完了？好！好！好。

你不要以为，爸爸会总是这么好脾气。

好些孩子都有点怕他。

有一天，学堂几个男孩子在门口捉到一只螳螂，便去找来一支香，点燃了，插在地上，让螳螂顺着香往上爬。

四周围了一圈，蹲在地下，目不转睛盯着看。

螳螂一下一下往上爬，爬到顶了，碰到燃点，以为碰上敌人。它挥动两只前臂，像两个锯齿刀片，要去扑灭燃着的那点火。嘻嘻嘻嘻，哈哈哈哈，越看越带劲，看它傻乎乎挥舞着大刀去和香顶上的火战斗。大家都兴致盎然、屏气敛声看它如何交战——

突然，啪的一声，一个孩子挨了一巴掌。半天空抡下来的！

孩子们抬头一看，是傅胖子傅先生！爬起来一哄而散。

董敏回到家，想起那一巴掌忍不住还要捂着脸。好险！他要是蹲在芮达生的位置上，挨打的就是他了。芮达生就在他旁边！都听见芮达生在后面哭，没人敢去管他。

话都不说，就是一巴掌！香倒了，螳螂也飞了。

傅先生当然骂了人，慌忙逃走的孩子们没听见就是。

董敏最害怕的，是傅先生到家里来和爸爸吵架。

乡村的夜晚黑魆魆的，傅先生出现在家里。他来的时候，明明没有生气嘛，看见他还叫他小敏，还摸他的头。

他见到爸爸就吵。

吵架都要个过程嘛，总该有个起承转合，起码也要个上下联。他们没有，第一句话就高声。指手画脚、声音震天。河南俚语、山东土话都冒出来。

董敏吓得不知所措，躲在屋子里哭。吵的是什么，董敏一句都听不懂。为什么吵得那么厉害，不可以好好说吗？他怕得很，希望他们不要吵了，不要吵了。

两人要吵半天，才意识到屋里还有女人和孩子，于是吵到外面去，一路走还忘不了吵，一直吵到咏南山牌坊。不知道他们吵了多久，傅先生才回他的家去。

爸爸吵完架回来，董敏多半已经睡着了。

这简直成了董敏童年的梦魇。

可怜的董敏，为此流了多少眼泪？

隔了几十年，一直到董敏成年后翻阅父亲的《殷历谱》时，才明白傅先生的一片苦心。

"吾见彦堂积年治此，独行踽踽，备感孤诣之苦，故常强朋友而说之焉。朋友如此，亦常无意而强与辩之，以破寂焉。"①

从少年跳到老年

傅先生的面容让人一见难忘。圆乎乎的脸上，一副黑框眼镜。一头怒发，神似贝多芬。人胖，一动就满头大汗。哪里一坐下，首先是把烟拿出来点上。

年轻人怕傅先生，也不是所有人。

王叔岷和傅先生住一个院。要是他也怕他，隔壁住着，日子怕是不好过。

第一次见面，王叔岷将诗文呈上，傅先生便说说笑笑，学识之渊博、言谈之风趣、气度之高昂，让他震惊而仰慕。

王叔岷研究《庄子》，傅先生随口就背出《齐物论》"昔者庄周梦为胡蝶"一章，一副怡然自得的样子……

吃过晚饭，两人一起散步。大家也都要出来走走，远远见到傅先生便绕开。傅先生对王叔岷说："他们看见我就跑，我很寂寞。"

忽然不知说到哪里去了，傅先生没来由地感叹："哎！我这个将死之人。"②

---

① 出自傅斯年为《殷历谱》作的序言。
② 王叔岷：《慕庐忆往——王叔岷回忆录》，中华书局，2007。

难道，冥冥中，他已经意识到？

他不过四十五岁。但他短暂的一生，已经步入晚年。——这是他生命中的最后十年。他在台湾猝然弃世时，还不到五十五岁。

他说："我没有经过中年，由少年就跳到老年了。"

发生什么，让一个人从少年跳到老年？

那个少年，是大时代的少年——

他十五岁，是辛亥革命。

北大预科毕业时，他是所有人文学科第一名，被夸张地称为"孔子以后第一人""黄河沿岸第一才子"。他绝不是唯一的天才学生，但他在学校很有名。

这个少年，在历史上的第一次出场，便是个激昂的身影，那是一九一九年五月四日。

那天早上，傅斯年带着三千多名学生，从北大向使馆区进发，向美国公使提交抗议信。但仅仅过了一天，他便退出了。他和另一个学生组织领袖发生争执，在挨了一个耳光之后，他拒绝参加以后的任何活动。

几十年后，一位批评者说：世界绝没有一笔勾销自己历史文化的民族主义。而五四运动自身所包含的矛盾在于，一些五四人"偏偏要一笔勾销自己的历史文化"。[1]

傅斯年也称自己是"一团矛盾"，接下来，他开始了游学，希望读破万卷书，找到"根源问题"的"真正"解决办法。

你看，他的追求，从年少时候，就不是单纯的学问，而是解决问题；他对自己的期许，或者更接近于"士"。

他不知道，哪门学问能够找到真正的办法，但他很明白，学位没那么

---

[1] 王汎森：《傅斯年——中国近代历史与政治中的个体生命》，王晓冰译，生活·读书·新知三联书店，2018。

重要。

他定下一个全面学习西方学问的大计划。开始在伦敦大学，三年后又去了柏林大学，七年游学之后，他果真没去拿学位。

他选修了实验心理学、数学、统计学、物理、化学、逻辑学、比较语言学等许多学科，对西方的哲学、历史、政治、文学也涉猎广泛。

这些不专门的散漫治学，使他成为中国现代学术界的设计师。

他当然不可能躲进书斋、遁入学问。在欧洲，他时时在搜寻来自故土的消息。得知北伐成功，他便收拾书箱回到中国。

这年，他三十一岁。

他回到国民政府的基地广州，在中山大学工作了三年，成为中山大学副校长朱家骅的密切伙伴。

一九二九年，他将史语所迁到北平。他也在北大讲授历史方法论和中国古代史。

史语所成了他的阵地，实现理想的阵地，他把他的得意门生招募进来，还四处搜罗人才，一旦发现，他会不遗余力地让他激赏的人才进到他的阵地里来。

这是他一生仅有的平静时期，写作出版了他最有价值的关于中国古代史的论文。[①]

---

① 王汎森：《傅斯年——中国近代历史与政治中的个体生命》，王晓冰译，生活·读书·新知三联书店，2018。

　　在伦敦大学，他被实验心理学吸引，打算攻读心理学硕士学位。

　　三年后，他去了柏林，又一次作为本科生在柏林大学人文学院注册，他看上去没有打算取得学位。他旁听了几门物理课，也喜欢比较语言学的课程，在数学等其他几门学科上也花费了时间，统计学、或然率也是他的兴趣所在。他相信或然率能够帮他获得解决一些社会问题的方法。

　　七年时间杂乱、颓放，七年游学之后，他果真没有拿到学位，胡适曾为此遗憾，这位他在北大最有希望的学生，竟然没有成为任何一门西方学问的专家。

　　……

　　他在《历史语言研究所工作之旨趣》中提到："凡能直接研究材料，便进步。凡间接地研究前人所研究或前人所创造之系统，而不繁丰细密地参照所包含的事实，便退步。……我们不是读书的人，我们只是上穷碧落下黄泉，动手动脚找东西！"

　　他一再提到扩张研究材料对研究的重要性，并始终秉持着一分证据说一分话，不凭空联想的精神。在他的带领下，史语所获得了丰硕的研究成果，史学也逐渐成为一门专业。

战争吞噬了他的中年。

他操心的太多了。不满于政治社会，又看不出好路线；遁入学问，偏又不能忘此生民，于是，门里门外跑来跑去，至于咆哮……

那时候，也没有一个四十来岁的人会被目为老年人罢。他大约是有所感知的，他的时光已所剩无多。

抗战期间，他连续七年担任国民参政会的参政员。

他照片很少笑。一张张，极少笑容。有一张和蒋介石在北平文天祥祠门口，蒋公略带笑意，他却一脸清寒……只有和家人的合影，脸庞线条稍稍柔和。

时代严峻，生命短促，而他，已经从少年到了老年。

他最大的功绩，莫过于建立史语所。

他有他的主张，作风也很强硬。他的脾气，恐怕很多人都有感受。也许因为高血压的缘故，他控制不住情绪，常常，发了脾气就后悔。

他主张用自然科学精神来研究历史，除了元老级研究员，青年学者都得遵循着傅式"田野调查"研究方法。因为这强硬作风，他被人戏称为"学霸"。

这学霸，可不仅仅是"学"霸，除了拥有重量级的知识，还得要有广大的人脉。正是这一点，使得史语所在各种危机中，屡屡化险为夷。

十余年时光，史语所经历了数次搬家，广州、北京、南京、长沙、昆明、昆明龙头村……为此，人们给了他另一个绰号——"搬家先生"。

如今落脚在板栗坳，史语所加上北大文科所，加上家眷差不多两百口人。家家都艰苦，但最苦的，要数傅先生。

王叔岷看懂傅先生，他左冲右突的鲁莽、不容更改的霸气底里，其实是一份清澈，是至情至性。

在这几年，傅先生的白发越来越多……不是傅先生的魄力，哪能辗转数千里迁移至幽静的深山里，毫无空袭顾虑，为国家保全珍贵文物，培养学术人才。一切烦恼困苦，傅先生一人担当，他又患高血压，焉得不速老！①

几十年后，王叔岷满怀着"无用的深情"，回望傅先生的晚年时光。

这位搬家先生最后一次搬家，是将史语所搬到台湾。刚到台湾不久，他写下一幅横幅：归骨于田横之岛。第二年，一语成谶。

然而，一个人生命中的幸运，莫过于在年富力强的时候，便发现自己的人生使命。

从这个意义说，傅先生是幸运的。

山居生活

每天清早，工友来开财门口的大门，先要把那条支在门后的沉重木棒抱开，再打开木门的插栓。

打开门闩的咣当声和门轴转动的吱呀声，开启了小院的一天。

远处不知谁家的公鸡，悠长高昂的打鸣声，在寂静的乡村清晨里，会传很远很远。紧接着第二只鸡也叫起来……

各屋里都有了窸窸窣窣的声音，财门口的先生太太、老人小孩都要起床了。睡眼惺忪的孩子难免弄出些不一样的响动，撞着床围啦，磕到凳子啦。

在劳延炯的记忆里，每天早晨，爸爸刷了牙，洗了脸，这时候，妈妈就已经把全家人的早饭准备好了。

劳先生吃过，就去到茶花院的办公室。他可以从大门出去，走上那条干净的石板路——干净得像有人每天用水洗过。也可以从小门出去，经过花厅院、牌坊头、戏楼院，走到南山门，就看得到茶花院。即使是寒冷的冬

---

① 王叔岷：《慕庐忆往——王叔岷回忆录》，中华书局，2007。

天早上，天还没有大亮，得稍微注意着脚下，也完全不用着急，从从容容走过去，也花不了十分钟。

而这条路，是上班最远的。

李方桂的办公室在田边上，走过去就几步路的事。董同龢是语言组的，也去那里。萧纶徽的办公室也在田边上，但常常要下山去办差事。

等孩子们也起床吃了早饭，上班的上学的走了，院子里就是老婆们的天下，太太互相这样称呼。有趣的是，她们自称自己，叫作"我老婆"。

老婆们依然没有多少歇息的时刻。一个家里，有那么多琐琐碎碎的事。收拾完毕，老彭挑着菜上山来，拿到自己家那一份，就要开始准备一家人的午饭了。

楼上几家人，厨房在楼下。原先房东一家人，怎么会要这么多厨房？于是，现在不够用了。开始，只好先从房东那里借个炉子用着，或者去吃食堂。后来请人打了灶，煮饭炒菜才顺手起来。

正房后的小厨房，也是两家共用一个。做好准备，才能不耽误别人。

在财门口，人口最多的要算劳榦一家。

劳延炯的爷爷是一位开明之士，擅长丹青、书法，民国赋闲之后曾经在军队里服务，不知什么原因很短时间便离开了。此后一直跟着劳榦。老太爷的妹妹、劳榦的姑姑没有出嫁，也一直跟着他。

这样一个三世同堂的大家庭，自然比别家更千头万绪。没有一位贤惠而能干的太太，简直无法想象。

他们经由亲戚介绍而相识。在那个时代，人们有了新的观念去看待多年来由父母包办的婚姻，并不是说包办的婚姻就绝无可能得到幸福，但倘若能在成婚之前，参照自己的意愿，当然更受年轻人欢迎。

爸爸有着与生俱来的温润平和，妈妈周衍璞知书识礼而宽厚和善，他们两个人，成就了婚姻最美好的容貌。

一成婚，妈妈就担负起照顾一大家人的重担，让一大家人其乐融融。

她不仅得到全家人的爱戴，也受到大家的尊重。

有了她的操劳，在李庄的日子，爸爸得以沉浸在自己的学术中，格外安宁。

李庄的冬天格外阴冷。

为了让老小吃上热的饭食，妈妈总是让大家不要等她，尽早开始吃饭，而等她收拾完毕来到餐桌上，菜也不多了。吃过饭，一家人围坐在熏笼旁，有一搭没一搭说点家常，她拿出没完成的活计，戴上顶针纳鞋底。

一份薪水支撑这一大家人，爸爸从来没有打算过用他的学问去换来更好的处境，能让全家人不挨饿，这里就是此心安处。

家里的琐事，爸爸一概都不管，管教孩子的事也不劳他操心。有爷爷，还有学问极好的叔爷爷——这是中国一项传统，没有出嫁的姑娘，她的晚辈会换一种性别来称呼她。这时节，她给劳延煊讲《四书》，给劳延炯讲《诗经》。

爸爸把民主的精神带进家里，用尊重平等的态度对待每个成员。

对两个孩子，他的关心很温和，从不呵斥。虽然他不过问孩子的学业，但他自己已经做出了最好的榜样。要是孩子们有了什么错误的言行举动，爷爷会和风细雨教导。

家里添了小妹妹安安，爸爸回家就抱在臂弯里，走来走去。晚饭后，他还有一项任务，去给王志维上一小时英语课。

王守京去上课的时候，就把董嘎一托给劳太太照看。

董嘎一大名叫董无极，可不知怎么回事，没人叫名字，都叫他董嘎一。以至于几十年后，他的童年伙伴们说起他，始终想不起他的大名。他身体不好，说是遗传了爸爸的肺病。

李连春吃过饭便去戏楼院上班。

李太太生得白白净净，见人总是笑笑。每天默默做事，洗衣做饭，纳底做鞋，缝缝补补。不多言不多语，人聚到一起，她也只是听。

后来，李建生也去上学，老二呢，开始是抱着，后来便跟着妈妈，走哪里跟到哪里。然后有了老三。李太太从没对谁大声说过话，对身边的孩子说什么，也是轻声吩咐。

晚上，先生太太聚在一起聊天，冬天聚在劳太爷的屋里，夏天就在天井里，谈天说地。

全汉昇不到三十，广东人。平常话不多，晚间聚会，听听老彭带来的消息，听听大家的议论，他也会说上几句。

他研究经济，在史语所很特别。因此每篇文章发表前，先送给社会所的梁方仲先生，请他帮忙提意见。

他托老彭帮他寄钱，寄给老家佛山的父母。

他读大学，快要读不下去，靠着在《食货》半月刊上发表文章，生活费用才有了着落。

所以现在，再怎么也要攒一些钱寄回家。

他的小孩全任洪，都叫他全宝宝，还小。另一个全任重更小。

岑先生敢吃蛇

这样的聚会，再难见到岑仲勉的身影。住在楼上东南角，老先生，很刻苦。天气再闷热，蚊子再多，他也要在屋子里，看书啰。听说他三个月读完《全唐文》，一个月读完《全唐诗》。

他不太聊天。内向也许是因为口音，广东话和普通话的结合，是双方面的痛苦；也可能因为年纪——在孩子们看来，五六十岁就很老很老了。

岑先生加入史语所时，是一九三七年七月五日，过了两天发生了"七七事变"。他和史语所的缘分，好像就是来跟着史语所逃难的。跟着史语所从南京到长沙、到昆明，然后到了李庄。[①]

这一年，他都五十五岁了。

院里的孩子们觉得，岑先生从不和他们说话。他耳朵也有点背，跟他打招呼不容易听见。大家跟他见面点头。他呢，索性两耳不闻窗外事，躲进小楼做学问。——不比年轻人，前面的光阴还有一大把。

他太太比他年轻好些，默默地照顾先生。就俩人，又没有孩子一起，家务事轻省得多，却从不下来坐坐聊聊，没事都在屋里，像个隐身人。

大家猜不透，太太也总不下来，却是为何？

然而大新闻，便来自这不声不响、几乎见不到面的夫妇。

大多数家庭只能在过年的时候吃只鸡。不过年也买鸡吃，就是岑先生。他家吃鸡就成了那天板栗坳的大新闻。不仅财门口的小孩，连南厅院那边的董敏，也活色生香地记得他，听来的新闻倒记了一辈子。

据说广东人比较容易对吃发生兴趣。

---

① 袁刚《点赞乱世游离于政学两界的自由知识人》，万毅、吴湘《从两广高等学堂到圣心中学——岑仲勉先生早期行历考》，两篇文章皆出自《纪念岑仲勉先生诞辰130周年国际学术研讨会论文集》，中山大学出版社 2019 年出版。

民国元年，岑仲勉由北京税务专门学校毕业，作为紧缺人才被分派到上海黄浦江海关，月薪二百五十大洋。"同学们都抱着收回海关的热情。我被派到上海关，服务两年，很不甘替外人做机械，适遇袁世凯称帝，我是极端反对的，决心抛弃较优的待遇，回粤参加倒袁的事业。"他在财政厅任职，设法为护国军维持军饷。他同时也兼任广三铁路局局长，他在财政厅的身份为广三铁路的运营工作提供了便利。

一九二七年民国交通部成立，岑仲勉受聘到京汉铁路局。在政府任职的十九年里，他一直在研究经世之学的农学和植物学。

民国二十年，岑仲勉从官场隐退，到广州圣心中学当教务处主任。广州圣心中学由法国教会所办，出版法文学术杂志，能直接通达当时欧洲的汉学中心法国，借一本《圣心》杂志，岑仲勉得以和沙畹、伯希和、马伯乐、葛兰言等扬名世界的法国汉学家论长短。

张荣芳《岑仲勉与陈垣的交谊述论》：民国二十三年，他在《圣心》发表的论文，引起史学家的注意。爱才若渴的陈垣把《圣心》寄给胡适、陈寅恪、傅斯年等人。陈寅恪一读就惊为天人，傅斯年随即致函陈垣，约岑先生"惠来本所"。（一九二六年）四月二日，傅斯年致函岑仲勉："数月前奉上一书，具陈弟等数年来拟约大驾到本所或其他学术机关，而谋之未成之经过，想早达左右矣。上周赴北平，与陈寅恪先生商量此事，皆以为当约先生惠来本所……""岑君文读讫，极佩。此君想是粤人，中国将来恐只有南学，江淮已无足言，更不论黄河流域矣。"（陈寅恪）承赐《圣心》季刊，甚佩。……岑君僻处海南，而如此好学精进，先生何不召其来北平耶？"（傅斯年致函陈垣）

二十六年，史语所聘岑仲勉为专任研究员，薪俸为三百五十元，约定当年七月到任。七月五日报到，七月七日七七事变。

* 一九四一：穷途俊杰 乱世恩惠 *

岑先生买水鼻子，长江里的一种鱼，大家以前都没见到过。炖汤，和鸡汤一样香。

而他还敢吃蛇，不仅是小孩子，连史语所的同人也惊奇了。山上的蛇实在太多。工友做的蛇夹，说起来简单，蛇说是说没毒，可是谁也不敢用。

只有岑先生不害怕，抓了蛇还拿给大家看，吓得人都往后闪。

他说要到山下买点牛肉，搭配着蛇，做菜请大家吃。当天晚上他就做好了，请大家去吃。不过听说是蛇，都很害怕，没有人敢吃，岑先生却吃得很开心。[①]

小孩子自然没有资格得到邀请，听大人转来说，岑先生请人吃蛇，心里嘀咕：吓！蛇也敢吃?！怎么吃得下去？幸亏没请我！

自己去厨房，炖鸡卤鸭子，不过偶尔为之。大新闻岂能天天有？

三等人才当所长

在孩子们眼里，做了父亲的先生，不过三十来岁，就已是老气横秋，不过李方桂不一样。

他在院里踢毽子，简直是表演。两脚都能踢，还会踢花样：把毽子踢得高高的，一只脚到另一条腿后面去接。

他中等的身材，不胖也不瘦。高额头，挺鼻梁，儒雅脸庞，从书堆、纸张里抬起头，一副眼镜便推到额头上。

他出去做语言调查的田野工作，总要带些有趣的玩意儿回来。有一次带回一只"小蛤蟆"，黑石头打磨得光滑发亮。他拿给孩子们看，说是活蛤蟆变的！

他绝不老气，不过满身呆气。他也不是普通意义的书呆子，昆曲能学得极好，把《长生殿·弹词》里的《一枝花》唱得苍凉悲壮。太太参加业

---

① 陈存恭，陈仲玉，任育德访问；任育德记录《石璋如先生口述历史》，九州出版社，2013。

余昆曲会，他还能现学而充当笛师给她伴奏。

他差不多是第一批进入史语所的研究人员之一，为中国语言学带来了先进的科学研究系统——准确的国际音标记音方法、标准的田野工作范式、同源研究等，是一位具有划时代意义的语言大师。他后来被称为"非汉语语言学之父"。

他年届不惑而不让小孩子觉得老气，这就不容易了。

何况他年轻时候呢？

留学的时候，学校的球赛，每年春季的歌舞会、演奏会，他几乎一场不落。——球赛、音乐票券都包括在学费之内，反正不再另外花钱。

在芝加哥大学拿到语言学博士那年，他不过二十七岁。这一年是一九二九年，踏进国门，傅斯年就将他罗致进了史语所，实际上在他回国第二天，就成了史语所专任研究员。终其一生，也没升迁，也没有离职，因为这是研究院的最高职位。

好玩的事，他都干，但要操心公事嘛——在他看来，人世间除了学问，再没什么事情值得操心，任何事情都不值得和学问相提并论。

在这期间，流传着一个关于他的典故。

傅斯年所长受中研院院长朱家骅所托，邀请李方桂出任民族学研究所所长。不过，数次延请皆无功而返，无论傅先生怎么说，李方桂就只有一句话：我要研究学问。

傅先生还是不死心。最后，李方桂说："一等人才做研究，二等人才去教学，当所长做官的，是三等人才。"这话简直就是打脸。

傅所长没有发作，而是躬身长揖："好，好，好，谢谢先生，我是三等人才。"面对这样一个书生，陶醉于纯粹而又纯粹的学术，傅所长不以为忤，而愿意折腰。

在昆明，他当过代理所长。大约是实在推脱不过，硬着头皮接下来。不过，"要跟他商量什么事情，就是他叫你做什么，他不动就是了"。①

----

① 陈存恭，陈仲玉，任育德访问；任育德记录《石璋如先生口述历史》，九州出版社，2013。

那有什么办法呢，对这些事情，李方桂一万个不情愿。

李庄的夏天很热。一家老小吃过晚饭，老人家——孩子们的外婆和祖母回了房间。徐樱还要洗碗收拾，又热又累。

李方桂早已坐在凳子上吞云吐雾。徐樱还没坐下，正拿围裙擦着汗，他夹着烟卷儿，若无其事地问："茶呢？"

这下子，徐樱忍不住了，说他："你只会饭来张口，茶来伸手，从来不为家事抬一个手指头！一个鸡蛋也不会煮，一壶开水都不会烧！"

面对这样的指责，李先生自然不肯承认。他嚷着说："我不会烧水？！才怪！"

徐樱便把水壶往他面前一掼。李方桂提起水壶，气冲冲往外走。

徐樱坐下了，母子三人等着看他如何烧水——结果，出人意料地快——

他拎着水壶，垂着眼睛溜进来，凑到林德跟前，压低声音问："水在哪儿？"

徐樱气头上也忍不住笑出来。①

那么大个水缸就在财门口院子中间，李先生进进出出，竟然就没看到过？你想想看，他还会做什么事情？

他只当吹口仙气儿，啥都有了。一茶一饭，就在面前，也看不懂怎么来的。

所幸没过多久，徐樱就请到一位帮手——当地人刘嫂来帮忙做家务。有了她，放暑假的时候，徐樱才能带着培德去重庆探望自己的母亲。——徐樱已把母亲送到重庆哥哥家。

板栗坳的家里只有李方桂和母亲、女儿三个人。

七八月正是最闷热的季节。干什么好呢？春天种下的西红柿丰收了，红彤彤的一个个坠在秧架上。吃也吃不完，送也送不出去。当地人从没见

---

① 李林德：《在一个凉爽的地方——先父李方桂先生百岁冥诞忆往事数则》。

过，都不吃这"洋柿子"：看着好看，吃起来酸。

李方桂灵机一动，带着林德去摘了几篮子，回来熬番茄酱。

林德在灶前烧火，李先生穿一件汗衫，一边挑皮，一边捞籽儿，然后熬熬熬……两个人在厨房里，忙得满头大汗。

最终熬成了吗？第二天，刘嫂来做饭，大吃一惊，柴火用掉这么多？！唉，唉唉，就弄出些这个？！简直是……可惜柴火。

炎炎夏日，爸爸就像个孩子一样。有一天，向奶奶讨教起绘画。两人说得兴起，连忙铺纸研墨调色，画起勾骨菊花来。[1]

哎，妈妈总算回来了。

至于爸爸出去做田野调查，在外如何找到食物，如何把食物弄熟，如何在那些更偏僻、卫生条件更差的地方，找到一张干净的床……实在是鞭长莫及了。

每次回来，他带回的礼物是跳蚤、臭虫、虱子。妈妈拎着那棉袍子，用小刀刮，再放蒸笼里蒸，要手忙脚乱好几天。

那么，爸爸能帮什么忙呢？

他发现妈妈的文法有问题！

"虱子就是虱子，何必说满身满头？"

虽然他是语言学家，但这事儿的关键在于，谁不清理谁就不懂。头上的虱子是黑的，衣缝里的虱子是灰白的，上下竟不混乱！[2]

---

[1] 李林德：《在一个凉爽的地方——先父李方桂先生百岁冥诞忆往事数则》。
[2] 徐樱. 方桂与我五十五年，商务印书馆，2010。

　　十余年间，李方桂调查研究了中国境内的云南、广西、贵州属侗台语族的壮语、布依语、傣语、侗语、水语、伴僙语等二十种方言以及泰国的泰语。他的著作精湛丰富，无论古印第安语、藏语、台语（侗台语系）或汉语方面，都有突破性的贡献。

　　一九三七年，李方桂被耶鲁大学聘为客座教授，当时这可是一件了不起的事。尽管如此，夫妇俩仍为国难当头去国而纠结。去问胡适先生，胡适说，方桂又不会抱着枪上前线！于是李方桂带着太太和两个孩子去了耶鲁。林德和培德，一个四岁，一个两岁。

　　两年后，李方桂一诺千金，回来和朋友共赴国难。国内已是炮火连天，轰炸频繁。大家很感动于他的守信，傅斯年更是亲自到车站去接。

　　那时候，史语所在昆明乡下龙头村。李家也建了几间土房，把两位老太太从重庆接来。九个月之后，他们随着史语所全班人马搬到李庄。

他常常不在家，在家的时候，也像冰箱里的灯——大多数时候你根本指望不上。家里的大小事务，照顾老人、管教孩子都是妈妈的事。

妈妈徐樱是民国安福系名将徐树铮的女儿，擅长昆曲、书画。

自从结婚后，便以先生的事业为事业，虽然她心甘情愿甚至甘之如饴，但她却不是一位平常的太太。

她是贤妻，也是良母，然而贤妻良母的帽子戴在她头上，似乎又不太适合。她的性格色彩很是浓烈，心直口快的独特作风，给板栗坳的许多人留下鲜明的记忆。

静中取闹的孩子们

向达先生来得迟。

他们一家四口住进劳先生家隔壁，先生太太和向燕生、向禹生。房间右侧便是山墙，开了一道石拱门，从这里过去，就是牌坊头的花厅院。

向先生来，是为了走。

史语所搬家的时候，他还在昆明联大教授中西交通史，现在叫作中西文化交流史。北大文科所恢复，他受聘做导师。

他是湖南人，朋友说他"像一墩木头似的，挺扎实的一个人"。[1] 钱钟书曾打趣向达：外貌死的路（still），内心生的门（sentimental）。

前年，北大文科所开始提议"复查敦煌附近文物"。文科所与史语所傅

---

[1] 邓锐龄：《忆向觉明师》，载《向达学记》，生活·读书·新知三联书店，2010。

当时北平图书馆和世界上不少重要图书馆订有协议，交换馆员进行学术交流。

一九三五年，向达和王重民被派去英国、法国、德国等国图书馆进行交流。他在牛津大学图书馆和大英博物馆东方部看到大量还未整理编目的敦煌卷子，过目的五百卷子中，他把重要的进行拍照、抄录；在巴黎他看到伯希和带走的卷子，也用同样办法，把大量流散的珍贵史料带回来。他也根据这些第一手资料，写出了相当数量的论文。

斯年、李济等商量这件事，向达自告奋勇要参加。[①]

他把家搬到山坳里来，就是为了这趟西北之行。

向达到了李庄，一家人很安适，这里的物价比昆明便宜一半，可能还不止。他打开书箱，安心做着他的学问，等待着出发的消息。

来得迟的，还有邢庆兰，他是李方桂的学生。家属院没有住房，只好在牌坊头附近租了两间农房住下。先生去上班或者去了外地，徐樱要么去花厅院找傅太太聊天，要么就爱去邢太太那里。

财门口这样的四合院，堆着这么多小孩——

小孩所擅长的，不就是静中取闹吗？各人主张见识不一样，免不了就要打打架，虽然大人看来基本上都是无事生非，但孩子们确定有着不可不打的理由。多数事件，在大人定论之前，已自行解决；闹到爹妈那里绝没有好结果，不管谁的爹妈；各挨五十大板是最有可能的结局……

有一次，向燕生和李培德不知道为什么打架。

若要是"挂了彩"，那就由不得说与不说。向燕生七八岁，生得强悍，培德不过五六岁，打完，培德的一颗牙都掉了，脸也略略有伤，这情形会叫人吓一跳。

徐樱心疼坏了。

板栗坳几乎所有人都记得这个情景：

她站在牌坊头，和颜悦色地对所有同学说："小朋友，比如有一只小猫咪惹你不高兴，你打它一巴掌不为过，尚可称爱抚。倘若你再打它哪怕只两三下，那就是不仁，甚至可以说为虐。"

……

---

① 杨宪益.漏船载酒忆当年[M].北京：北京十月文艺出版社，2018.

　　向达住在牛津时，结识了在这里留学的杨宪益，他是一位二十岁的富家少爷，父亲是天津的银行家。奇怪的是，两人家世背景天差地别，向达长他十五岁，两人却一见投缘，后来杨宪益"寻找地下党"这种机密事情，也只写信告诉向达一个人。

　　那时候，钱钟书也在牛津，这是个不好交友、只知道看书的书呆子，在牛津就已经著名地看不起人、说挖苦话的。

听"演讲"者越聚越多……

向达太太不知道李太太要做什么，急匆匆也要赶过来……

李太太讲完了回家。

大家的心都提起来，差不多要提到嗓子眼。

幸好，傅先生赶到，急得气喘吁吁。他拦住向太太，劝李太太息怒。徐樱说："我并没有生气啊，我也不想怎么样，教育孩子自是各自家长的事情。"

傅先生连连作揖，说："都是我不好。都是我这个大家长不好。"

徐樱忍不住笑了，问："怎么是先生不好？"

傅先生说："我这个所长指导不力，指导不力。"

一场"战火"被傅先生泼灭。看着累成这样的大胖子，都知道他患着严重的高血压，还好说什么呢？

事后，有人作一副对儿："李徐樱大闹牌坊头 傅孟真长揖财门口"。徐樱听了，对邢太太说："对得还算工整，我给加一个横批——'都怨我'。这出《闹学》唱得过火了，都怨我，都怨我……"①

---

① 邢沅:《听妈妈讲李庄的事》（网络文章）。

四、一九四二：此心安处是吾乡

抗战大事记

1月1日，中、苏、美、英、印、加、荷等二十六国代表在华盛顿签署共同进行反法西斯战争的《联合国家宣言》。

1月3日，反法西斯同盟国宣布：蒋介石任中国战区（包括泰越）盟军最高统帅。

1月16日，中国取得第三次长沙会战胜利。这是太平洋战争爆发后，同盟国获得的第一个胜利。

2月25日，中国远征军第五军开始进驻缅甸，不久，第六军也开进缅甸。

4月1日，日伪军3万余人开始对冀东抗日根据地进行"扫荡。"

4月至5月，驼峰航线试航并开通。它成为中国获得外援的最重要的航线。

5月，浙赣会战开始。

6月2日，中美在华盛顿签订《中美抵抗侵略互助协定》。

史语所大事记

2月，调查四川南溪宋墓。

3月，继续发掘四川彭山寨子山汉代崖墓。

日军入侵长沙。存放长沙圣经学校的部分文物被毁。

4月，发掘李家沟崖墓。从事甘、宁、陕考古调查。

5月，发掘牧马山土墓。

7月，调查敦煌遗址。

8月，在敦煌古董滩发掘。

"历史语言研究所管理委员会"在板栗坳成立，照顾同仁生活。次年3月改称"员工消费合作社"。

10 月，发掘察克图烽燧遗址。

11 月，调查甘州遗址。

12 月，调查川南苗族文化。

半封信

孩子们都知道"丁圣人",却不知道为什么这么叫他。

他住在田边上,有时候要过来财门口,到李方桂老师家里坐坐。一到李庄,丁先生就参加了四川方言的调查,老师也常常不在家,所以来的时间不多。

丁先生看上去很瘦,"圣人"嘛,都应该瘦吧?胖了,人家叫你圣人,自己都惭愧。

孩子们也不敢叫大人外号,心里叫着偷偷打量。

为什么叫他圣人呢?他戴副眼镜。史语所戴眼镜的先生太多,平常之极。他很斯文,好些先生看着都斯文,但他好像特别斯文一些,不,简直像从《离骚》里走下来的人。

今年,他已经三十三岁,还是单身一人。

孩子们等长大才知道,圣人是怎么来的,好多人免不掉的烟与酒,他一概不沾;棋牌类的娱乐,他也统统不会。于是,同人便给他这个称号。

大概是从小不理家务琐屑,养成他一份天真,无论安居、流亡,他对生活条件漠不关心。而他又有着诚挚的性情,看见别人受苦,看见别人生活穷困,他那颗心,就无法安顿。对人如此,对国家如此,对于老师,更是如此。[①]

田边上,丁声树的办公室在老师办公室对面,去财门口老师家,也就几分钟的路,离得这样近,更是比别时更为亲近。

[①] 中国社会科学院语言研究所《丁声树先生百年诞辰纪念文集》编辑组:《学问人生大家风范——丁声树先生百年诞辰纪念文集》,商务印书馆,2009。

丁声树毕业于北大中国文学系,随后进入史语所。一九三五年,丁声树完成了第一篇学术论文《释否定词"弗""不"》,震动学术界。

第二年,他发表《诗经"式"字说》,获得一片赞扬。这篇论文以大量材料,指出在《诗经》中,"式"每与"无"对言。胡适看到,写信大赞:"从此入手,真是巨眼,真是读书间得,佩服佩服!"

他很少发文,一旦发表,都能发前人所未发,一鸣惊人,为当时国内外专家学者所赏识,因此三十二岁就成为专任研究员。

一九三八年完成的《诗卷耳苤苢"采采"说》,文末有这样一段附言:"未遂从戎之愿,空怀报国之心,辗转湘滇,仍碌碌于几案间,良足愧也。"

从一九三五年开始,丁声树在赵元任的带领下,累计调查了湖南、湖北、云南、四川四个省一百四十二个方言点。

培德觉得，丁先生一看就是好人。

不过，要等到几十年后，培德才真正懂得丁先生的深情。

师生见面多了，免不了聊到些生活的事，说些和语言学无关的话。有一次徐樱偶然提到柴米，丁声树才大吃一惊地发现，单身的和有家眷的，竟有如此大的差别。吃惊之下，他硬要将米贴分出一些给老师。

李方桂和徐樱没有接受他的好意，因为"量入为出尚可维持"。然而他却不依，又写了好几次信来，又和徐樱当面讲，讲到声泪俱下。

老师仍然没有接受。

他于是再写了一封信。一片赤诚，几乎要透过纸背，流下泪来！今诵来教，客气而婉拒之，声树为之疚心不已。……目前之米贴，声树实用不了，先生姑视声树为师家庭中之一员如何？

而师长一家到底没有接受。

多年后，徐樱才"深悔那时年少无知，不懂人的心理。一个大男人，深谈以致落泪，其心其情，是多么深刻而真挚！我手中本非宽裕，何不量情接受一部分，施与受两有裨益，岂不皆大欢喜？我当时只是一个劲儿地婉拒，朋友尚有通财之义，何况忝为师生！事后我多日却是耿耿于怀，不能自已！"

四十多年后，二十世纪八十年代，史语所的所长丁邦新在李方桂的旧文件中，发现了当年的这半封信，于是复制一份，千里迢迢寄给时在美国的徐樱。"这封信保存至今，被阅读着、欣赏着，他那时的一番真情实意，可没有被埋没啊……"①

---

① 徐樱：《方桂与我五十五年》，商务印书馆，2010。
　　方桂先生吾师左右：
　　　昨奉教言，即复寸札，请师母转呈，意犹未尽，敢再陈一二，乞师垂照。声树事师座，及今已逾十年，受益之深，楮墨难尽。感激之切，毕生不忘。此均不待声树之启禀，谅先生久已体察之矣！平日侍教，唯觉吾师学风之精纯博大，足以发开头角，而警喻顽钝，故完全为吾师学风所笼罩，问难之外，不及他事。十年中略知语言研究之粗浅门径者，无一非吾师之陶冶。所以出入师门，不敢自外。亦深幸吾师亦未尝以外人遇之。
　　　唯以赋性拙鲁，于吾师之起居生活盲乎未察，故前者一闻师语，惊愕失措，愧与悚俱，恃爱掬诚，乃有前议，期以绵薄之力，微尽弟子事师之义。非敢以此琐屑烦渎师座，更非聊以口头套语为应酬话。声树素不惯此，想先生亦绝不作如此观。今诵来教，似尚于声树之愚诚未尽察及，遂客气而婉拒之，声树为之疚心不已。是以昨函重申前议，务祈俯从鄙意，稍抒声树之积怀，且此为事实可行之办法，目前之米贴，声树实用不了，先生姑视声树为师家庭中之一员如何？来书婉谓受之有愧。又谓万不敢当。似声树之奉教尚有……

做不完的家务事

开始，太太们赶集就在门口路边等着，后来，干脆往前走，去迎那些从田埂、小路走来的乡民。说说笑笑一路往前，有时候竟走出一两里去。

远山蜿蜒，小路蜿蜒，两旁稻田坡地。春天，豌豆花开，蚕豆结荚，水稻田里，绿莹莹的，赏心悦目。

拎着新鲜青菜、鸡蛋，再一两里路走回来。

回来开始忙。忙着没有多大变化的三餐。

孩子们不会计较，三餐不过是三餐嘛，又不会挨饿。

萧太太闹过一个笑话。

当地的盐像块石头，大家没见过，于是一家一个叫法，有叫石盐的，叫岩盐的，有叫砖盐的，当地人却叫它坨坨盐。

萧太太不知道怎么用，锅热了，拿着在锅里抹几下，炒的菜就有盐了。九一太太看见说："不怕烫着吗？拿碓窝舂了，装在陶罐里，不是更好用吗？"太太们听了哑然失笑……才跟着学。

然而，过了几十年，萧梅说，坨坨盐就是，拿着在锅里抹几下……

为了方便大家的生活，史语所成立了一个合作社。

魏善臣先生管着合作社，他也要上班，下午下了班才来照管合作社。星期天，魏先生就要去宜宾进货。

孩子们高兴叫他魏老板，觉着这称呼透着新鲜。

合作社就在大厅隔壁，隔了一间屋子出来，靠着门摆了柜台。柜台里面靠墙放着白糖、红糖、酱油、盐。

靠墙地上有一个大圆缸子，装着酒。大缸子旁边挂着三个竹筒，长长的直直的柄，一两二两半斤。酒缸口蒙了几层布，绷紧系着绳，上面倒扣着一个漏斗。

孩子们对这些不感兴趣，到了合作社，眼睛只朝一个地方看，柜台面上摆的玻璃罐子。有花生米，有饼干，有糖。

没有一个孩子会忘记魏老板，因为他那里有糖，圆圆的像个玻璃球，一根小棍子拿着。买糖回来就是给小孩呀。

糖在玻璃罐子里装着，隔着玻璃看得到还有多少。

史语所的人来买东西，每家都有一个折子，拿了什么东西就在上面写，每个月结一次账。写折子当然是大人了。

有的小孩，背着大人去记账，还给魏老板说，是大人让来的。吃的时候高兴，等到月底结账，就有他好瞧了。

有一天，财门口有个小孩挨了一顿好打。他隔三差五去合作社买花生吃，月底结账的时候，爸爸妈妈才晓得。

这件事给了劳延炯很深的刺激。两头都让他惊讶：小孩子真干这种事，大人真要打！

劳延炯一点也没有额外的欲求。大人做什么吃什么，天天萝卜炒大葱，觉得天经地义。没挨饿，就想不到吃上头。对于好些小孩向往的玻璃罐里的糖，他也没多少念想。自己去记账买糖买花生米，他从来想都没想过。

院子里，哪家不都是这样？那顾头不顾尾、要去破除禁忌的，到挨打时，会给全院的孩儿一个警戒。

但哪有孩子不馋的，哪个孩子不向往零食？

什么都贵，母亲们自己动手。

面粉、白糖，魏老板那里有，买回来，倒进面盆，打两三个鸡蛋，加水加油和好，捏成饼，拿刀在上面轻轻划，划出浅浅的痕而不切断。

不用生火，放在刚烧过饭、洗干净的大铁锅里，盖严实，让灶下的余火慢慢烤着，不用管它，去劳太爷的厅堂里聊天。

聊个把小时，回来，饼干烤得又香又黄了。装在罐子里，做孩子们的零食。太太们互相交流，做出的饼干，越来越成功而可口。

母亲们有着特别的才智，会变出一些意想不到的礼物。桂花开了，仔细捡了茎梗，摘了花蒂，只留花朵，这事孩子也可以帮忙。晒晒干，拿水洗净，沥干。和着白糖一块蒸，蒸熟凉了，放进瓶子里，可以吃好几个月呢。

挑一勺，开水冲了，满嘴都是桂花香。

做桂花糖像是过节呢。从那补不完的衣服袜子里抽身出来，摘下喷香的花，轻轻捡、轻轻洗，晒了蒸……

哎，一日三餐、缝缝补补的日子，怎么有那么多做不完的事。三餐占了大半心力，然后呢，太太们的双手，也必定不会闲着。

家家都有纳不完的鞋底……父亲们，聊天就是聊天，而母亲们的手，总是在忙着的。

劳太太做的布鞋，细密的针脚整整齐齐，简直不像人力所为。她对家人的爱，全都托付到一日三餐，托付到这整齐的针脚中。

这鞋子也让太太们惊讶：看看劳老婆做的鞋！哎呀！啧啧！

当全家人、全院的人都见惯劳太太的能干而不再惊奇，劳延炯对母亲的日常功课发生了兴趣。

纳鞋底费工夫！旧衣服甚至做过尿布的布，叠来叠去刷了糨糊，裱在板上，在太阳底下晒干。揭下来剪成鞋底样子，一二十层！拿麻线纳。

太太们还把笋子壳壳压平了夹在里面——这种材料在板栗坳的环境里很好找。就是不知道，是旧衣服的布不够？还是更结实？能防水？想不通为什么，夹了这个不是更不好纳吗？

纳鞋底得用很大的劲。有一天劳延炯拿起妈妈的顶针，发现顶针上面有好些眼儿。

要多大的劲，要顶多少次，才能把顶针也磨穿！看着铜顶针上的眼儿，劳延炯心里难过：做哪样要把笋叶壳壳夹在里面！

跳房子，孩子们都把鞋脱了，光着脚跳，免得鞋子撑破，妈妈做得辛苦。

我们德彬命好

田边上的西北边，竹林坡底下原先是一片空地。

当初，田边上整个腾给史语所。仓房住的一家人，黄吉三过世，女人带着三个小孩，怎么办？史语所在这里帮他们修了几间房，这一家人才有了落脚处。

丁芳福感恩戴德，来帮太太们做事。

她家的男孩黄德彬，懂事得很，人见了，都忍不住叹息。

黄德彬矮矮小小的个子，圆圆的脸。从小住在张家大院，晓得是人家的屋，进门朝自己房里走，不多话不调皮，谁有事叫他一喊就去。

邻里邻居都喜欢他。研究院的先生，时间长了熟了，也喜欢这个男孩。

王志维问他："我带你去看大书，去不去？"黄德彬点点头。王先生便带着他，去田边上的图书室，看那几尺高的书。

他进去，看到满墙壁、满架子的书，嘴张着变成了哑巴。

"一般的书，这么大，这么大，了不起这么大嘛。"黄德彬看了回来，比画着，两手向两边一次次加宽，手不够了，便竖到比自己还高：王先生那里，有这么大的书！

"哦，恁大！"

"嗯！全部都是外国字！"

他妈妈说，我们德彬命好。九一先生帮他读书；研究院来了，也帮他读书。我们德彬命好。

教室里，有史语所的孩子，有房东家的孩子，有当地乡民的孩子。

先生们都说，这娃娃上课认真，难得的聪明，岂止是聪明，简直聪明过人。

要说聪明不聪明，哎！世界上有些人聪明，天生的有什么办法，不聪明的人只好自己用苦功。

黄德彬呢，又聪明又用功，这种上学娃娃最招老师喜欢。年年考第一！家里穷得没办法，爹爹没了，妈一个人给太太们洗衣服，养活一家人，他年年考第一！

黄德彬整天光着脚，光着脚来上课，下雨天也光着。冬天穿一件棉袄，有几个洞，露出棉胎。上课前，他噗噗啪啪跑进教室来，一屁股坐下，就开始上课。

他和李林德同桌。林德就低头看他的双脚，满脚都是黄泥巴。

林德在上海出生，在南京长大，在美国生活了两年，现在和一个差不多年岁的板栗坳孩子坐在一张凳子上。

林德小姐呢，老是要去看那双泥脚。他被看得很不好意思，左脚搓右脚，右脚搓左脚。

男孩子一点不介意，大家在一起玩，光着脚怕什么！下了课跳房子，他们也要把鞋子脱下来的。来上课，又不是来比阔。况且先生们器重的是可教，都向着肯用功的孩子。

可惜，黄德彬不玩，放学就回家去。像那些娃娃的玩法，从来就没见过，捞柴打猪草，几乎就是玩了。

各人有各人的世界，上课坐在一起。

学校的课程有国文，有算术，还有常识。有些人国文有天分，有些人竟然对算术感兴趣，一听就懂，一听就会，那要非常非常聪明。黄德彬就是。王老师讲过好多次，这个小孩好聪明。

一个笼子里有鸡有兔子，有多少个头，有多少只脚，鸡有两只脚，兔子有四只脚，你来算，多少兔子多少鸡？

和数学不对付的孩子觉得，出这样的题就是故意难为小孩：为什么要把兔子和鸡关在一起？把兔子和兔子、鸡和鸡关在一起不好吗？

黄德彬！黄德彬一下子就算出来了！谁都没有他算得快。

李林德直到现在还记得他，聪明，用功，次次考试都是他分数最高。

他没什么说的，不考第一怎么办呢？

董敏有点孤单

妈妈说，小敏可怜，两岁就开始逃难。董敏倒没觉得自己可怜，他只是有点孤单。

董敏家住在牌坊头南边的花厅院，竹林掩映，小径也映得绿茵茵的。

小院里有一棵红梅树，来的时候正开着花。从绿茵茵的小路走进去，迎面撞上一树红梅，那么暄妍，开在竹林的心里。董敏惊呆了，看了好久。这样的美景，董敏后来再也没有见到过。

红梅树下有一个鱼池，三四米见方。他不爱吃蛋黄，趁妈妈不注意，随手一扔，就扔进鱼池里……

后山上有龙眼林，龙眼成熟就有人看着，不能随便进去。山上有李子树，春天的时候，李花开了，把一片山都开成白色。

还有一个橘子园，也是房东家的。夏天，橘花开了，香得很阔气。秋天，橘子树会结果，深绿色，小小的，慢慢一天一天变大。你要是忙，好些天不去看，它们突然就变大好些。长大的橘子都是青色的，后来有些橘子红了，有些还是青的，再后来，所有橘子都红了，点点金红色，缀在青枝绿叶间，亮闪闪的，像是在朝他眨眼。

小孩子可以去吃，房东不要钱。要带走就要花钱了，人家是种了卖钱的。

他还没有上学，董兴更小，蹲在梅花树下看蚂蚁，一看就是半天。董敏喜欢和比自己大的孩子玩，那要等人家放学才行。可是，还穿着开裆裤，这在孩子眼里就是界限。明年，他就可以穿封裆裤了吧？

一年的日子有多少？眼下，妈妈不让他走太远。

在牌坊前面，有一个露台，石砌的围栏，站在这里，可以看出好远好远：一块一块的水田，边上有农房、竹林，远远的一抹一抹、淡墨一样的山。

露台的下方，稻田里有一口古井。

张海洲每天都来这里打水。头上缠着一块粗白帕子，穿一件灰白粗布圆领大褂，外罩短夹褂，裤腿挽得老高。

井有多深？看打水的竹竿有多长。二十尺？三十尺？哪里找这么长的竹竿？底端有孔，绳子穿过去，吊着水桶放到井下，持着竹竿一使劲，便装满了。他弯腰向着井口，一截一截拉上来，竹竿另一端一点一点伸到天上去。然后挑着水桶，一双光脚板，一步一步走上来。

看着他，董敏也觉得重。

董敏认识他的儿子，碰上了，会在一起说话。

露台脚下一条路从面前经过，往北走，桂花院背后就是那条下山的路，在山坡上蜿蜒。再走，看见那棵黄桷树了吗？走过去，走过那棵黄桷树，往山下走，走，就走到李庄去了。

有时候，爸爸也带着他下山，到李庄去。下山走再远的路也不怕，嗯，有盼头，说不定去哪家能吃上饼干，还有稀奇的点心。回来的路，实在有点远。

妈妈有好多事要做，爸爸白天晚上都在忙，董敏就爱站在石砌的围栏边上，看乡民从远处的山里，担着柴火，一颤一颤从远处走来，走到眼前，转弯，走到桂花院就看不见了。那棵黄桷树就等在那里，等着人们从它身边走过。在牌坊头是看不见黄桷树的，董敏在心里看到他走过黄桷树，走，走，走，下山去了。

张海洲又挑着空水桶出来了，又到井边打水，又一脚一脚走上来，他这是第九趟了吧？董敏数数不会错。

快到中午了，桂花院那边路上冒出一个黑点点，耐心等着，一个黑点就变成一个人，还是挑着担子。回来，担子空了，脚步就轻快。扁担头上，挂着一块小石头，那是岩盐，随着主人的步子摆荡。哪哪哪，吃饭的时候，拿来舔一舔。董敏自作主张地想。

挑担子的人一点一点又小了，只看得到背影了，一点一点，沿着水田边上的路，走回他的家去。他的家可能在田埂边，可能在山里，对小敏来说，那就远得去不到了。

有时候，他跟着财门口的孩子，到屋后、对面的小山坡上玩。

有人把蚕豆剥开吃了。董敏不敢吃，那是生的。"甜的，不信你尝。"董敏还是不吃。

四月里，板栗坳山坡上的蚕豆结出豆荚，一爪一爪的。嘿，把蚕豆荚插上两根小棍，再穿上两颗豌豆，就成了汽车，他们就成了那个了不起的司机，左右动动，汽车就开走了。

只是总归，也开不了多远。

大孩子就站起来指板栗坳同学的家。指着前面远远的地方说，李炳章的家住在那边。大家就站起来看，水井过去，小路那边，那边，看到没有？

那个最聪明的，黄德彬，他就住在田边上背面，是史语所帮他们家修的房子……

黄德彬、李炳章……董敏一个也不认识，那是当地的孩子，是人家高年级的同学。过了一年，他的愿望没有实现，于是他对大家言志：我明年就要穿封裆裤。

可是，明年还有多久呢？

嘿嘿，看看妈妈给他买了什么？给他买回一只小羊！一只小黑羊！

真正的会吃草的羊哦！

瞧它的眼睛，水汪汪的，滴溜溜地望着他，它的耳朵，软软的，嘴巴热乎乎的。啊哈哈哈，这么小，就长了这么长的胡子，可笑！

董敏高兴极了，抱着小羊不撒手。小羊离开它的妈妈，很害怕，就咩咩叫。

董敏抱着它，摸它的头，摸它背上的毛，它就不叫了。董敏摸它的嘴，它就含着董敏的指头，安安静静地看着他，那么温顺。董敏的心，变得好软好软。

董敏好喜欢他的羊，他让羊等着，出去扯一些草回来喂它。

晚上，它会冷啊，董敏给它做了窝，铺了干草就暖和了。

从此，董敏就有一件正经事，牧羊。董兴也喜欢这山羊，董敏有时就带着弟弟一起。

不一起总是不放心——眼看着就要上学，这是他好不容易才等来的，但是，操心的事情也就多起来——弟弟又不上学，于是特地嘱咐他：你一个人不要去放羊，走远了，土匪连你一起抓去！

董兴点点头。

万一他有事要出门，总是难免的！董敏都要牵肠挂肚地叮咛：妈妈，帮我看着点羊！不要绳子断了，走落了；还有弟弟，不要他一个人去放羊，等下两个都走落了。

走出门又想起，回来说："有客来不要随便摸，我不在，别人弄他会不高兴！"妈妈笑着，催他走。先生们又不串门，太太们在院里说话，哪有客来？

最好是没有别的事情打扰，一早就带着它，绳子牵着。羊吃地下的草，他呢，就耐烦地在一旁等着看着。

板栗坳的孩子们见到这情景，惊奇不过，回家说，董彦堂先生家，养了山羊！

大人装作听不懂。

牌坊头的先生们也常常看见，穿条背带裤的小不点，有时候一个，有时候两个，牵着一头小羊。这里站站，那里站站。

董敏把它拴在橘子树上，让它自己吃草。他对羊说，你有四条腿，可以一直站，我只有两条腿，就坐在这里陪你。羊把它够得到的草都啃了。

董敏就去远一点的坡上，把嫩嫩的青草扯回来喂它。羊拴在树下，一直等着他。小黑羊好懂事，看到董敏来了，就把头挨着他，让他摸。

它喜欢董敏给它带来的青草，它感谢他，拿头蹭他的手，说它知道他去扯草辛苦，感谢他这么能干，然后才开始吃。

山羊比董敏长得快，很快就高过他的腿，董敏再也抱不动了。它吃的草也越来越多，董敏的牧羊也越来越辛苦，羊不能牵着走太远，他自己还没得到许可走很远呢。

由不得别人羡慕，小孩子，连个玩具都能当作朋友，这样一个陪他长大的活生命，简直就是兄弟姐妹。

板栗坳的孩子们，各有自己的爱物充实时光。

养猫养狗不好办，你哪来东西喂它？有一条黄狗，不知谁家的，得空就来财门口走走。短毛随时都干干净净，难得的温顺。不知道它叫什么，孩子们叫它黄狗，它也就站住，摸它的毛也随便你摸。可到底是人家的，玩一会就走。

还是得养点什么。

李林德养过蚕，为了喂饱自己的蚕儿，早晚出去摘桑叶，回来听一盒子蚕窸窸窣窣地吃。看着看着就长大，长大了，结茧、抽丝。

重要的时刻来了：找一张干净的纸，让蚕子下在纸上。捧着满是墨点子的纸，像捧着珍宝。下一次，拿它孵出小蚕，不用再去买！成就感是不小，但始终交流有限。

孩子们学会编笼子，捉蟋蟀装在里面。回家抱着看，晚上放在床底下，听它一声一声地鸣叫，安慰童年的孤独。

哪里比得上一只山羊呢，哪个小孩敢轻视一头山羊？它就是一位朋友！足以获得一个人的尊重。

兵来到身边

南溪县政府第三区区署训令：……中央研究院在滇部分奉令迁川，历史语言所和社会所两所已迁至南溪李庄外板栗坳门官田两村，近因附近颇有匪警，古物图书堪虞。请电饬第六区保安司令部切实保护，并请行辕电令驻李庄新十八师在李庄两村各拨一班驻扎。除电委员长成都行辕核办外，合丞电仰遵照办理为要……速派武装队丁，妥为配备适用械弹，于该院板栗坳门官田院址所在地附近，严为保护，勿致事生意外致于重咎为要。

区长曾昭龄　一月十五日

　　旧历年一过，就听说要在板栗坳建兵营。等了好几个月才动工，在桂花院的北坡上。这面坡像是桂花院的靠背，坡面平着四合院的屋顶。营房就建在这山坡上，西边一排房子，前面一个大操场，装了篮球架。

　　地势高，四面情况一望而知。东面的水田农房，全在眼底。站在营房操场上，看得到整个桂花院、田边上，下老房有一半藏在竹林里。牌坊头的屋顶，在树林里影影绰绰。

　　东面山坡上，每天有两个兵在那里站岗。视野更是无遮无碍，将四面情形尽收眼底。

　　要不是在这儿，谁相信这么一排房子就是兵营？没有高墙，孤零零立着，木柱泥墙青瓦，面前坝子还算宽敞。虽说远远赶不上旁边的院子，一说是兵营，自就有威严，那也是不敢随便涉足的。

　　营房贴着上下山的大路，却不在路上。一条电话线通到山下部队。电话线走的就是人走的路，排在地上。石梯子上，明明白白摆着，没有人去动它。

　　兵住进来，就热闹了。

　　普通人对兵，向来是能绕着走便绕着走；乡下人，更是能离多远离多远。住到一起就成了邻居，不想看也看得到。

　　兵一看就不一样，黄绿色的军装，军帽，腰上扎着皮带。扎出腰身就有精神，让远近的人一目了然。

　　不敢去看却听得到他们的动静。

　　吹号起床，吹号睡觉，吹哨吃饭。

每天一大早就听到，军号清楚嘹亮，兀自就让人想起战场。都知道中国在打仗，眼前的兵，是不是也要去打日本人？

小孩子听了，觉得神气。号声和想象中的吹号人，很值得神往。

吃过早饭，士兵们在操场跑步操练，喊着一二三四。

操练完了还要唱歌：旗正飘飘，马正萧萧，枪在肩，刀在腰，热血似狂潮……国亡家破祸在眉梢，挽沉沦全仗吾同胞……戴天仇怎不报？不杀敌人恨不消！……旗正飘飘，马正萧萧，好男儿，好男儿，好男儿报国在今朝！

牌坊头都听得到。唱得不好也没人笑。

……

远远的战场，乡下人看不到，战场上的兵，是印在报纸上为国捐躯的故事，让大家肃然起敬。老百姓身边的兵，就不好讲了。会不会……也要欺负老百姓？

开始，附近的姑娘们怕这些兵，怕他们闯到家里来。陌生人一来，狗就叫，狗一叫，窗口望见是穿了军装的，大姑娘就赶快躲进柜子里。

咦，不进来，自个走自个的路。

每天，两个兵带着米蔬拿着大笸箕提着水桶，到古井边淘米洗菜。

这是村里的古井！到井边淘米！洗菜！简直闻所未闻！哪家人不是把水担回去，在自家厨房洗洗弄弄？

但是，谁敢去和兵讲道理？！

淘过米的水哗一声从笸箕漏掉，进了水田！不讲究的大兵，不懂可惜二字！

乡下养猪，都要集潲水，用来拌煮熟切碎的猪草。这潲水，除了厨房内残剩的米汤菜汁，顶金贵的便是淘米水，干干净净有营养。但一家能有多少呢？哗啦就倒掉！大兵才干得出来。

渐渐地，胆子大的去跟他们要淘米水。要就要呗，拿桶去接着就是。

不是要杀人放火要抢年轻姑娘的兵。村民渐渐没了戒备，有心的掐准时间去接淘米水。

他们的鞋子让人意外，草鞋底子横着绑些旧布条，还不如干脆是双草鞋，还没那么寒碜。

不知道谁出的主意，谁出的布，村里的姑娘媳妇们领了来，做了布鞋给他们送去。士兵们每人得了一双，却舍不得穿。

又传出来，说他们天天吃的是合锅捞！菜有好几样菜，都煮到一起，等于天天吃同一样菜！

乡下过日子，就是出一样菜，天天就吃这一样，兵也这样?! 和原先想的有了落差。

穿的吃的都看到，再没什么新谈资。

每隔一段时间，士兵会换防。有一次，一位姓万的连长带了太太来，便引起很大的新鲜感。

有人就等着看，总要出来走走嘛。看到后不免失望：跟万连长走在一起，矮了好多！模样嘛，也不怎么样。

更有好事者传出：太太上厕所，万连长在门口给她赶蚊子！听的人乐不可支，当作笑话一样四处散布。笑了好几天，才有人回过神来。

有兵住在身边，史语所的人感到安全了。单身的研究员下班后，也爱去那里，和士兵们打篮球。

最喜欢这些兵的，是史语所的男孩子。他们常常去兵营玩，和士兵们有了交情。

萧梅被藿麻蜇了，又红又肿，又痒又痛又麻。听说要拿汽油洗。

哪里有汽油呢？傅仁轨就跑去兵营，要了一小瓶回来，交给萧太太。萧太太拿汽油擦萧梅脸上手上被蜇过的地方。

后来好些小孩都被蜇，再也不敢用汽油擦。太贵，在打仗呢。

士兵穿着军装，很威风。不穿军装，穿汗衫，也一眼看出是兵。身体结实，就很开朗。二十来个兵，两间好大屋子，大通铺上，被子叠得整整齐齐，像拿尺子压过；一起吃饭，一起睡觉，一吹号就起床，这架势就新鲜。

天天起床操练吃饭睡觉，土匪也不敢来，怕有些单调。

士兵们很欢迎这些男孩子，一见来了就高高兴兴地招呼。

兵营里有一部手摇电话机，在连长室里。用手摇，摇几下，就可以和山下的部队讲话。士兵说电话不能摇，大家就懂事地不去动它。

士兵们完全懂得这些孩子的心，知道他们稀罕啥。玩熟了，士兵把步枪拿出来，真的枪！教他们开枪！

枪里没有子弹，子弹锁在连长室的柜子里，只有连长才打得开。土匪要来了，才发给士兵。

还有手榴弹！像个细脖子的酒瓶，有一根细细的线，训练用的。要是真的，一拉这根线，手榴弹就炸了。

大家到操场里，跟着士兵学，猛一拉线，使劲扔出去，然后赶紧卧倒。做得比真的还要真，卧倒在地上哈哈大笑。

还有一挺马克沁重机枪！

孩子们一见，眼睛顿时亮了。好粗的枪筒，却很灵巧，像一个独轮车，一个人就可以推走。每分钟能打六百发子弹。一分钟！你数数看，你都数不过来，六百发子弹就出去了！六百！好厉害！

劳延煊、劳延炯、傅仁轨、芮达生……挨个坐在机关枪后面，嘟嘟嘟嘟嘟，嗒嗒嗒嗒嗒，装作战斗很激烈，每个人配出的枪声都不一样。有些人，打了一盘不过瘾还要再打一盘。后来到了板栗坳的男孩，李前鹏、潘木良，哪个没跟着一起去过兵营呢，自然啰，每个人都要坐在重机枪后面演练一番。

简直百玩不厌。

玩到人家吃晚饭，该回家了。看到士兵在厨房里吃饭，没有桌子，大盆子菜放中间地上，那么大的人，有的蹲着，有的小板凳上坐着，端着碗，就那么吃。

"其实他们可以砍树做一张桌子……那么多树……"走在路上，忍不住帮着想办法。

"树不是他们的……"

"连长去说说嘛……"

我头一个就想到你

这一天，下午吃过饭，张海洲去了高县祭天坝。

天黑尽了才赶到，找到一座农家院。黑乎乎的屋里一点动静没有。

张海洲拍门：陈海庭，陈海庭！没有声响，便绕到房背后敲着窗子：陈海庭，陈海庭！

屋里终于有了声响，问，哪个？

"是我，老表。"

里屋传出陈海庭惊诧的声音："出了啥子事？"同时响起的，是急急打火镰的声音。

"先开门嘛。"说完又回到大门口。

门缝里有了一点亮光，打开门，陈海庭又问："出啥子事了？"

张海洲进门，说："先弄口水来喝。"

陈海庭护着油灯，从堂屋穿过里屋往厨房走，张海洲跟进去，看见水缸，忙不迭舀一瓢水，一口气灌下，灌得头都胀起来。

陈海庭一个人住在这三四间屋里，父母已过世，一个姐姐，早已嫁到几十里外的村庄。

家里一点田土没有，地方穷，帮工的活都不好找。张海洲的母亲常常念叨这个侄儿：一个人在那里，吃都找不到。

张海洲歇了一会，说："没出啥事，是好事。跟我走，去帮下江人做活路。"

"下江人？——走，屋里坐吧。"

陈海庭把灯盏放在堂屋四方桌上，让张海洲坐了条凳。

"我给你说，你再遇不到恁么好的人，恁么好的事。中央来的研究院，在我们那里。傅所长间常要去李庄，要坐滑竿。从板栗坳抬到镇上，马上就把力钱给你。傅所长，认得我！让我找人。我头一个就想到你！好活路，几下收拾了跟我走。"

"抬滑竿？"

"嗯。傅所长胖，下山刘一成闪脚，傅所长就要下来走。他讲，这种活路不能勉强，让我另外找一个。——力钱从来不得欠，回来就给，一趟力钱就是三十升米，你哪里都挣不到这么多！"

影影绰绰的光，又进了里屋。这房间除去过道，只有一张床，床头一个箱子，上面搭着几件衣服，油灯无处可放，便交给张海洲。

陈海庭把几件衣服拿下来，卷到一起，回转身问："做得到好长时间？"

"哎呀，我哪个晓得！仗打完才走嘛！他们恁多人，恁多东西，说起走都要搞半年。你晓得仗要打好久，这是国仗，一时半年打不完！你快点！带上火把……"

穷单身汉，没什么好收拾的，几件土布衣裳，一件已经破洞的棉袄，被子一卷一捆，门一锁跟着就走。

赶夜路说着话，一趟就是二三十里，慢慢讲。张海洲把人家的好都讲给他听。

"人家去办事，怕你难得等，还拿两角钱让你两个去喝茶！人家是好心——拿钱去喝茶？那不是糟蹋？！你算下两角钱买好多米？"

……

"咋有恁好？"

"所以说来喊你嘛。他们是大人物！你是不晓得，他们一来，又是部队又是兵就来了，晓得不？"

陈海庭脚步慢下来，有点心虚。

"兵都客客气气！晓得我给傅所长做事！"人人都怕兵，张海洲却不。

"上山下山都要从兵营过嘛。我们过上过下，都认得我，从来没说横！

别个就不一定！有些兵欺负老百姓，傅所长就让他过去——嘿，帽子端在手头，规规矩矩站着，兵哦，还不是规规矩矩听傅所长训话——"

陈海庭忍不住问："这所长是好大个官儿？"

这下难住了张海洲。他想一想便反问："兵都管得到，你说有好大？！中央的官！你哪个想得到，中央来的大官是这样！他们的人，都尊重他得很！——你不要怕，他们对人好！他们的人都是客客气气，跟我们打招呼。我还要给他们挑水嘛，来去都要碰到，客气得很，给你道声辛苦……哎哟，那个体面……"

张海洲站住了，把火把给陈海庭拿着，说，等一下，便朝路边黑暗处走。陈海庭等他回来，也去了路边。

回来两人继续走。

"我听到说……听到说……听别个说的……"陈海庭吞吞吐吐，半天说不出听到了啥。

张海洲不耐烦："嗨呀，说啥子嘛？"

"我也不大信实哈，有些人说……说，他们要吃人。"

"你信那么多！造人家舆论。我天天跟他们打交道，你信我信别个？"

陈海庭赶忙辩解："我也不信，顺嘴说起。有些人总是见不得别人好嘛。你做了有好久了？"

张海洲说："他们一来我就去了。傅所长才来，才给他抬滑竿。——我给你讲，到衙门办事，中午在那里吃饭。官家的人嘛，都坐在里头，我们下力人在外头。傅所长还要出来看，看我们吃的啥，要是跟他们吃的不一样，他转身就走了，就说声他有事，就走了。"

"啊，这样啊。"陈海庭觉着闻所未闻。

"要说呢，张官周、罗南陔那些人，对穷人倒是好，每年过年都要散钱、送米、摆席——"

"嗯！我认得到张家长年，头年发了病，睡在屋里，哎哟，你才不晓得，张家太太、小姐，把药送到屋头来！……"

暗夜里看不见脸色，只听张海洲又把话抢过来。

"你咋个指望得到去帮他们？对不对？小地主些，也不怪人心凶，怪他不大方，他家只有那么点，多给了你他就吃不饱了。是不是？"

"是是是。是哈。"

"所以说，家门口的好事，该着轮到我。我说到哪里了？"

"到衙门吃饭。"

"嘿嘿，我就是说啊，你看，人家把下力人当人看。你看看……钱也不亏你，傅所长让我找人，我头一个就想到你……我们还跟他去过南溪，到县衙门，你晓得人家去干啥子？"

陈海庭猜不出来，张海洲也打量他猜不出来，不给人时间就骄傲地说："去帮衙门断官司！"

好像"断官司"的是他。

哦——哦哦。

陈海庭正愁没个生计，就很感激老表。这么高的力钱，他就一个人花，吃饭，成个家都不愁了。关键是，对人还这么好，哪里找这么好的事情。

天蒙蒙亮的时候，两人到了板栗坳。陈海庭把一身衣服换了，头发也打理清爽。

哪想得到，抬不起傅先生！亏他还这么敦敦实实，硬是抬不动。来都来了，怎么办呢？张海洲说，你去挑水吧。

陈海庭就挑水，这一挑，挑成了他的姻缘。张永珍帮太太们洗衣服，两个人认识了，这年冬天，他俩结了婚。住在花厅院西边的两三间房。

张海洲找了杨清云，给傅先生抬滑竿。杨家做豆腐，做了给研究院食堂送去。要是早晨傅先生要下山，食堂就没有豆腐吃。

抬滑竿的活儿，不会天天有，也不会四五天都没有，两三天总有一次，这就够养活一家人，再没有温饱之忧。比帮人打短工划算得多。

心里感激，就更尽心，生怕出一点差错。

张海洲在桂花坳要了一间空房子住下来。这一天，傅先生不下山。张海洲闲着不好过，就帮娘舅犁田，门口的水田。

牛在前面走，没走稳，铧犁重重翻过来，把张海洲的大腿拉出一条大口子，血，汪汪地涌出来，流下来。他忍着痛把伤口洗干净，忍着痛回到门口歇着。

农民哪有看病的习惯？进医院?! 没有那个闲钱，娇贵不起。

不知傅所长怎么听说了，从田边上走过来瞧。都说胖子性子慢，可傅所长随时都急。看着他急急忙忙走过来，张海洲倒不好意思，像自己犯了错。大腿上的伤口，一掌长，深的地方怕有半寸，还在冒血，想藏都没法藏。他看傅先生在看他的伤，嗫嚅着说："回家去……弄点香灰……就要得了。"

香灰！他对傅先生说香灰！

傅先生对中医是一万个瞧不上，香灰在他看来，大概跟巫术差不多。他在几年前一篇著名的文章里说，他宁愿死也不愿就诊中医，否则对不住他受的教育。

不过这当口，傅先生倒没说什么，只说，快去诊所，赶快去诊所。

诊所就在田边上，萧医官也认得他。

看了他的伤，萧医官一边帮他处理伤口，一边安慰他说，张师，你放心，一个星期，最多十天，保证让你好，你就能走啦。

穿着白衣服的小姐拿来一个瓶子，萧医官说忍一下，忍一下。张海洲惊奇地看着，一根头上带着棉花的小棍，蘸了那深褐色的水，擦了伤口边沿，另外又换一根，轻轻擦在伤口上。他觉得痛，不好意思露出来，反倒笑着。要不对不起人。

然后，萧医官让他进去躺下。他进去一瞅，呀，白床单，白被单，白枕头，这样小的床。张海洲觉得，根本没有必要，他又不能不遵从萧医官，小心翼翼坐下去，试着躺下去。满身的知趣，无法安放妥当。

人家这个床就是算得准，看着小，再你多高多胖的人，也够。他注意着另一条腿上的泥，不要把白床单弄脏。这么全身紧张地躺着……实在有点受罪。他不好这么想的，平生从未有过！

雕花窗户往外支着，阳光跑进来，靠墙一壁柜子，高高低低的深棕色瓶子，花花绿绿药盒子，码得整整齐齐……啊，这就是人说的西药？

忽然外面有人在问，张师呢？

是傅所长？跟着声音就进来了，是傅所长！

张海洲差点从床上跳起来，他赶快正襟危坐，伤口擦着床沿，他疼得龇牙咧嘴也顾不得看一眼。坐着，笑着，望着傅所长，不知道该说什么好。

谁想得到，傅所长还来看他！

傅所长一边问他怎么样，一边找凳子坐下。他在哪里一坐下就要抽烟。掏出烟盒——装五十支烟的扁铁盒子，一摁就开，把烟拿出来点上。人家点烟的东西你也没见过，不是洋火，更不是火镰、捻子，是个机巧小玩意儿，弹开一拨弄就出火。

张海洲就恭恭敬敬告诉给他："萧医官说，是新鲜的伤，几天就可以好……"

话还没说完，萧医官拿着一沓纱布和药瓶进来了。他一看到傅先生就皱眉头，怎么回事？又抽烟！病人有伤口，抽烟会感染！

张海洲一听就蒙了。

咳，不该，不该，让傅先生为了他挨医官说。

许多内疚抱歉的话在舌头上打转：没得事没得事，我们咋会在意这个，我们自己也要抽……但这陌生的诊所，整洁到令他不自在的诊所，哪有他说话的份儿，他想说的话都堵在喉咙口。

傅先生赶紧把烟灭了，抬起身不好意思地笑笑。灭了也不敢丢地上，大半截烟就捏在手里。

你看看！

……

忧心如焚

平常，梁思永一个人住在板栗坳，小食堂吃饭，周末才回羊街八号。

院子里有一口青石大水缸，周围摆了两三百盆兰草。一道隔墙把小院前后隔开。前院是居室，罗南陔先生把自己孩子"撵"到乡下，腾出房子给了梁思永、刘敦桢两家人。

没过多久，梁思永病倒了。

傅斯年走进了羊街八号。

这房子好是好，似乎有些阴冷？

思永以前生过胃病，食堂吃饭怕也不是长久之计。

傅斯年跨进堂屋左侧的房间。

房间两边有窗，一边窗下是一张老式书桌，一边是梳妆台，中间一张雕花大床。

躺在床上的梁思永，正该是精力旺盛的年纪，却给连续高烧、咳嗽折磨得形销骨立。梁太太说，医院已确诊为肺病，而且很严重。

哎……

走出羊街，傅斯年去了上坝月亮田。

这里的情形同样让人难过。林徽因也患着肺病，已卧床一年多。战争中，营造学社断了经费来源，一度衣食也无着落……最终，傅先生和李济先生想尽办法，为他们在史语所和中博筹备处弄到编制。这个人名义的薪水，梁思成用来安顿整个学社。

傅斯年来和思成商量。思永应该多晒晒太阳，也免得跑来跑去。茶花院腾出一个小院落，把思永一家搬到山上去！他才敢拿这样的主意。

如何把思永抬到山上？他已经病成这样。

回板栗坳的路上，傅先生一遍一遍在心里思虑。

哎，命运有什么道理可言！

如何才能渡过这个难关？万一出事……真是不可补救的损失。唉！……

凭着独特的学术眼光和责任感，梁启超安排儿子去国外学习这一冷僻专业，"为中华民族在这一专业学问领域争以世界性声誉。"[1]

梁思永是史语所唯一一个，接受过完全现代化的考古学训练的学者。

一九三零年，梁思永学成回国，进入史语所。

他和助手一起，去到昂昂溪五福遗址，当时，黑龙江战火正烈，辽源、通辽还在闹鼠疫，冒着数不清的危险，他完成了调查发掘，发表了大型考古发掘报告《昂昂溪史前遗址》。他就文物的概念和分类标准进行了创新性的时代划分，为后来的研究工作树立了科学典范。[2]

然后，他主持了殷墟的几次发掘。

他带领年轻学者，采用西方最先进的科学考古方法，依照后岗遗址不

---

[1] 许知远：《青年变革者——梁启超 1873—1898》，上海人民出版社，2019。

[2] 梁柏有：《思文永在——我的父亲考古学家梁思永》，故宫出版社，2016。

一九三〇年九月十九日，梁思永和助手从北平出发，到达偏僻荒凉的昂昂溪五福遗址。一路上冒着战火，冒着被传染鼠疫的危险，这时黑龙江辽源、通辽一带正发生鼠疫。

昂昂溪的天气此时已如关内的冬天，他们得"脱掉鞋袜，把裤腿卷到大腿，顶着寒风，蹚着冰凉的江水来去"。

一年后，梁思永在《历史语言研究所集刊》发表大型考古发掘报告《昂昂溪史前遗址》。从此，松嫩平原、嫩江中下游沿岸广泛分布的以细小压琢石器为主的原始文化类型被称作"昂昂溪文化"。

一九三一年春，史语所考古组开始殷墟第四次发掘。梁思永告别新婚三个月的爱妻，意气风发来到安阳，独立主持了后岗的发掘。

一九三四年秋至一九三六年冬，梁思永主持了第十、十一、十二、十四次殷墟发掘。

前三次发掘的地点完全转到了侯家庄西北冈。

第一次试掘，便揭露出一些大墓，比预期更令人兴奋。

西北冈第二次，即殷墟第十一次发掘，人数达到整个殷墟发掘的鼎盛。每天用工五百五十人以上，连研究人员与参观者计算在内，最多时达到六百人。

此时，史语所考古组的主力几乎全部调到"这一推进历史真相最前线的行列"中来。

梁思永以非凡的远见和对实地情况的全面了解，制订出周密的发掘计划。他在现场指挥若定。"考古十兄弟"作为主力，另有临时工作人员和实习生。元老级的傅斯年、李济、董作宾，也从南京来到安阳，穿梭于各个现场，协助梁思永处理各种棘手问题与事务。法国汉学家伯希和与中国学者徐中舒、滕固、王献唐、闻一多等也相继到工地参观。一时间，在几十平方千米的殷墟发掘工地上，大师云集、群星璀璨。

这次发掘经费开支颇大，但收获颇丰。同时，也是完善的组织工作和高效行政的典范。

同文化堆积的不同土色、土质、包含物来划分文化层，成功区别出不同时代的古文化堆积，他发现彩陶——黑陶——殷墟文化三者之间是以一定顺序叠压的"三叠层"。

梁思永对后岗三叠层的划分，构筑了中国古文明发展史的基本框架，这是中国考古学和古史研究一次划时代的飞跃。梁思永因这一发现而一举成名，奠定了他中国考古学一代大师的地位。

他在发掘中详细记录了地层、土质、土色的特征，注意到不同土层的堆积状态，仔细分辨了打破和叠压关系，准确地区分了不同的文化层，完整地清理出商周时代的窖址和墓葬，精确地绘制了坑位关系、土质土色的剖面图。

考古组的同仁认真观察，虚心学习，将传统知识和考古新知识结合起来……

年轻的思永准备在考古事业大干一场，他换下长袍，穿上短衣、马靴，和同事、工人们一起在野外奔忙。

他和工人们一起挖掘，卷起裤腿泡在水中，一泡就是几个小时。为了不受雨季影响，常常要挑灯夜战。吃饭也无定时，啃点白馒头，喝几口凉水就算一顿饭。

一九三二年春天，他在考古工地患了一场感冒，附近并没有医院，他就懒得去管它。

他的理想如此高远，而他的事业才刚刚开始，断不能给一点感冒中断。他依然在各个工地奔走，结果高烧好几天不退，转成急性肋膜炎。当地医院已没有办法，转到北京协和医院，但已经耽误了治疗时机，医生从他的腹腔抽出大量化脓积水。这场大病直到两年后才渐渐好转，实际上并未完全康复，并给他留下终生后患。

而他一旦好转就毫不顾惜身体，"自己限期将殷墟报告写完"[1]。

---

[1] 梁柏有：《思文永在——我的父亲考古学家梁思永》，故宫出版社，2016。

……

柏有知道爸爸病了，却不知道他病得那么重。

仿佛宿命一般，孩子对父亲的理解，往往总是在父亲离去之后。

二零一六年，梁柏有编著出版了《思文永在——我的父亲考古学家梁思永》。当她奉上敬意，父亲和她，早已天人永隔。这真是疼痛，生命永远无法释怀的疼痛。

自梁思永来到史语所，数年之间，傅斯年曾多次希望他继任史语所所长之位。史语所的先生大多不肯管公家事，他要想找个人代理所长，说破嘴皮子都没人干。

这些读书人，不愿因俗事杂事而打扰学问研究，更何况这几年经受战争折磨，更感到人生苦短，时间宝贵。

在傅先生看来，这是"暮气已深"，他忙里忙外，难以分身，实在需要一个好帮手，他也要为史语所培养一个当家人。

思永内心里对所务也着实不感兴趣，但傅斯年却知道他"强焉亦可为之"。而且他不一样，"身体虽不好，却全是朝气"。对于公家事，他不管则已，如果问事，绝不偏私马虎。在长沙和昆明，梁思永代理过所长，不光是"本所的同事翕然风服，其他所同在长沙者，亦均佩之"[1]。

刚到李庄那时，傅斯年又思虑起让他接任所长一事，哪想到，更厉害的肺病，"闪电战"一般袭击了他。

唉，唉……

傅斯年忧心如焚。

滑竿已走到高石梯，他低头望着这陡峭石梯，对着几乎天天都要走的路，仔细计划着另外的情形。 走过小桥，傅先生说，张师，我们要抬一个病人上来，做一副担架，抬上来，病人是一点也不能下来走的——

---

[1] 梁柏有：《思文永在——我的父亲考古学家梁思永》，故宫出版社，2016。

张海洲认真考虑起来，嗯……

傅先生又说，要先试试。

对头对头，先试。

做好担架，让梁思成躺在担架上，从羊街到板栗坳走一遍，在高石梯最陡的地方反复试验，试验到万无一失，才把梁思永抬上山。

这不够，他还得想想办法，想想办法。

一九四二年春天，傅斯年向研究院朱家骅求告，希望朱家骅把梁家两兄弟的情形通过陈布雷上陈蒋介石。

十一天没有回音。

傅斯年担心，重庆方面无能为力或是深感为难。

在茫然无着时，傅先生不得不打起史语所诊所的主意，为弄些钱给思永买药，史语所的诊所几乎破了产。

无奈之下，傅先生再度上书重庆。五个月之后，蒋介石从他掌控的特别经费中，赠了梁氏兄弟两万元救济款。[1]

唉……

梁先生搬上山来

梁柏有还没有到过板栗坳，他们一家搬到山上的时候，屋子已经打理过了。

小院本是茶花院的一部分，如今被一道墙隔开，朝东三间瓦房从北至南一字排列。这几间屋，阳光都能照进来。

傅先生请人安上地板，装上玻璃窗户，还造了一个阳台。让爸爸可以走动的时候，在这里晒晒太阳。

---

① 梁柏有：《思文永在——我的父亲考古学家梁思永》，故宫出版社，2016。

妈妈把院里的空地开成菜地，种上西红柿，搭起一栏栏的竹架子，浇水施肥。养了几只鸡，靠着鸡蛋补充营养。

等到西红柿熟了，用来炒鸡蛋，足够一家人吃。

妈妈就像一名熟练的护士，精心护理照顾爸爸，尽量做可口软和的饭菜。她专门准备碗筷和托盘，每次用完都仔细消毒，以免母女俩被传染。家里用水也需要特别讲究，白矾是装在一个钻了孔的竹筒里面，拿着竹筒在水缸里搅几下。

忙完农务家务，妈妈便坐下来，给爸爸读读报纸，或者念一段英文小说。

妈妈李福曼，来自贵阳一个世家。李家和梁家有着很深渊源，爷爷和爸爸都是这个李家的女婿。妈妈十一岁时，奶奶把她接到天津梁家，直到燕京大学毕业。

爸爸妈妈两人从小青梅竹马，爸爸回清华大学当助教时，就开始给妈妈写英文情书。

全家人都赞成这门亲事，定亲的时候，奶奶高兴地说，福曼是我家人啦。以后，妈妈就兼着护士、生活秘书、工作秘书，无微不至地照顾着爸爸。

可是现在，爸爸很着急，总是在病榻上，无法工作，让他焦虑烦恼。

这是，天妒其才吗？

但他不怕——哎，爸爸本是活泼的人，要不是这场病——即使病成这样，他也放不下这发掘报告。爷爷为他定下的目标，他拖着一躯病体，做到了。

十二年后，梁思永在北京的医院溘然长逝，不到五十岁。柏有哭倒在医院病床上，才知道这命运的安排，在李庄那时候，爸爸拥有的时间已经不多了。

现在，爸爸积聚起体力精力，和疾病生生对抗着——

只要体温能够低于三十七度，他便在病床上用功。床边放一张几案，放着书籍、资料，伸手便可拿到；请人制作了一块带弹簧夹的小木板，他可以靠在床头写作，继续撰写他的殷墟西北冈发掘报告。

这是从南京撤退长沙时就开始的，在昆明已将西北冈的出土古物全部摩挲过一遍，写下要点，报告的内容组织也有了大致轮廓。

虽然病在床上，爸爸一点也不放松女儿的教育。除了学校的功课，还规定有额外的学习，背《史记》、背英文。要是贪了玩，背不出书来，就要受罚。怎么罚呢？打手心。

可是他连床都起不来，只得柏有自己去把妈妈的缝衣尺子拿来，交给爸爸。然后把手心摊到爸爸面前……

就不能先存着，等好了再打吗？

可怜的父亲，可怜的女孩。

柏有安静，一看就是又听话又懂事的孩子，模范生。去上课穿件旗袍，坐在教室，喜欢的课，认真；不喜欢的课，也一样耐着性子听进去。小她几岁的男孩们觉得，这样的小姐……哪能和他们玩作一堆。

茶花院只梁柏有一个孩子，她是高年级，本来只两三个同学。李林德倒是常过来找她玩，可没多久她就走了，她爸爸去成都华西坝的燕京大学教书，一家人离开了板栗坳。

柏有有一只小乌龟，是功课好妈妈奖励的。龟壳边上凿了一个小洞，索了一根细绳。放学回家，柏有就拎着细绳去稻田"放龟"……

柏有喜欢看书，和那那成了好朋友，得到他的准许，可以到书库里看书。

她在书架找到一本书，封皮红红绿绿的，叫《红楼梦》，一看就入了迷，告诉那先生借回家去。

她迷倒在红楼里，爸爸好起来她都不知道。

快看完的时候，爸爸发现了。柏有万万料不到，这么好看的书，却让爸爸大吃一惊，说："这不是小孩子看的书，快给那先生还回去！"

还回去还不放心，还跟那先生说，以后不要借书给小孩子。从此，柏有失去了出入书库的自由。不过，家里的书是可以看的。

在爸爸心里，《红楼梦》是一本什么样的书呢？

后来，柏有看到爷爷梁启超对《红楼梦》的评价："隻立千古，余皆无足齿数。"

高去寻常常到茶花院来，他是爸爸赏识器重的学生。

爸爸在病床上写成的西北冈考古发掘报告纲领，十三章，三表。

这时候，高先生哪里想得到，这手稿是留给他的。

以后，这份珍贵的手稿带到台湾，而高先生，将耗费几十年的学术生命来辑补完成这部手稿。

此刻他哪里想得到。

此刻，他还是个年轻人，在老师病榻前受教，在板栗坳用功。

此刻，孤独的柏有把高先生看成好朋友，两人成了忘年交。有时，高去寻和石璋如一起去梁先生家，一比，就见出珍贵。梁柏有就盼着他们早点说完正事，好和高先生玩一会。石先生呢，可以忽略不计，他根本不怎么搭理小孩。

此心安处

新房子有两棵茶花树，茶花而能长成树，小孩能爬上去，没人猜得出它的年龄。四季青枝绿叶，一个院子都在两棵树的覆荫之下。

朱红的七星茶花！门口走过就看得到，偌大一朵一朵，满树的小脸对你笑。四季常青，花期又长，从头年十一月，一直开到第二年三四月，感觉半年都是春天。

别的不说，每天掉落的花朵，要装满好几大撮箕。

这个院叫新房子，大家都觉得，这名字实在是埋没了两树好茶花，于是叫它茶花院。

也是两进院子。

茶花院办公室　劳延炯提供

里头正房，存放着八千多部珍稀而不可多得的善本。

上厅房，一溜摆着桌椅，像教室那样整整齐。先生们一人一座，一色木桌上，都堆着书，放着稿纸，有毛笔有钢笔，墨水瓶，还有各人的茶壶。

陈槃、傅乐焕、李光涛、逯钦立、王崇武都住这院，每天吃过饭，便从厢房来到这"教室"里。

哎，茶花院里的先生，一个比一个不爱说话。

陈槃先生看上去瘦得很，瘦得脸都窄。他为什么不爱说话？听说他坐过牢。

坐牢?!

在学校里就给公安局的人抓走了，说他是异党。突然就被投进监狱，放在谁身上，都是一场噩梦。

他当时在中山大学读书，是傅斯年的学生。傅先生赶快想办法救他。

有人专门去傅先生那里，恫吓说，陈是共产党的重要分子，请他不要管。否则就对他不起。傅先生不管也不怕，把陈槃救出来了。[①]

陈槃毕业就进了史语所，听说四年就写了十卷书，叫《左氏春秋义例辨》。他还弄谶纬，太难了。[②]

在板栗坳，他还在编一本诗集，他是广州五华人，诗集叫《五华诗苑》。这本书的自叙最后，专门写一句"序于李庄栗峯寓斋"。[③]

他自己也一直写诗。陈寅恪先生论其诗："沉静肃穆，绝无浮响。"

这八个字，不仅论其诗品，也是他为人的写照。他的深情绝无浮响而必有行动。而他的笃于师谊，是用一生的行动来表达。

……

傅乐焕先生比陈先生胖，还是不爱说话不爱笑。

可见，胖子也不一定就爱说爱笑。一天到晚都想烦心事，就笑不出来。他还不到三十岁，整天一副愁苦样子，一点都不像年轻人。

他好像有心脏病，这种病很折磨人；他是山东人，他的妈妈还在山东，你想想，山东给日本人占了，想起来能好受吗？

---

① 陈槃：《怀故恩师傅孟真先生有述》，载《新学术之路——"中央研究院"历史语言研究所七十周年纪念文集》，"中央研究院"历史语言研究所，1998。

　　一九二七年六月，有人捏造罪名，诬陷我是什么党。

　　"我被关在一间约一丈五尺见方的房里，里面一共有十几个所谓人犯。起居饮食，大便小便，也全在里面，而卫生设备，一点没有。里面的人，最怕的是半夜被点名，被点到的，一去就不见回来了。就是幸而不死，他把你的案子来一个悬而不决，把你解到河南（珠江南岸）南石头，关上三年两载，那是'司空见惯'的，人生到此，惨状那就不用说了。"

　　一九三一年，陈槃进入史语所。

② 杨晋龙：《皓首穷经——陈槃庵先生小介》，载《新学术之路——"中央研究院"历史语言研究所七十周年纪念文集》，"中央研究院"历史语言研究所，1998。

　　《春秋》与谶纬之学，是他的专门之业，他同时亦治近世出土文图，如先秦两汉简牍、帛书、缯书以及敦煌遗简、货币等考释。

③ 陈槃：《五华诗苑》，上海古籍出版社，2010。

新房子

新房子内景

这种情形，他的病就好不了了。

他是傅所长的侄子。

东北给日本人占了之后，傅斯年东奔西走，常常不在北平。他还在北大读书，就开始帮着叔叔办事，就在史语所来来往往，有时候也住在史语所。

毕业后，他就进入史语所，当了图书员。

史语所从南京迁到南昌、长沙，又从长沙疏散到重庆、昆明，傅乐焕一路奔走联络，出了很多力。[①]

李光涛年长，更是沉稳而沉默。

多少年后，他的孩子们，一遍一遍回到板栗坳来，来寻找父亲的足迹。

爸爸五岁丧父，奶奶带着几个孩子住进清节堂。他在清节堂的义塾读书，十三岁便开始养家。一边挣钱，一边苦读，考上了安徽省立第一师范学校。

隔了几十年，父亲的童年，让孩子们忍不住心痛。人生，这样的开头，你知道的，会多么艰难；要走上学术道路，取得学术成果，会有多少艰辛……

孩子们送给李庄一部书，《明清档案论文集》，这是他们的父亲，从七千麻袋大内档案里、从一万多斤灰尘里，翻卷梳爬出来的——

一九二九年，史语所买下那七千麻袋大内档案，开始进行整理。

徐中舒先生是负责人，李光涛的安庆同乡。得他引荐，李光涛进入史语所任临时书记。所谓书记，职位很低，还是临时的。

那年他已经三十四岁。

他一头扎进那浩瀚如烟海的档案里，从此，与明清档案结成终生不解

---

① 黄宽重：《写史正壮年——傅乐焕在史语所的日子》，载《新学术之路——"中央研究院"历史语言研究所七十周年纪念文集》，"中央研究院"历史语言研究所，1998。

《论今存宋人使辽的几种记载》一文，经过多次修订，以《宋人使辽语录行程考》为题发表于《国学季刊》；《宋朝对外失败的原因》则改以《北宋对外失败的原因》为名，发表于《时代青年》。

这几篇论文出自二十出头的傅乐焕之手，展露他在宋辽史研究上的长才，而这种治学门径，与傅所长重视之史料价值的路径，正相契合。

民国三十一年至三十六年，他先后发表了几篇力作，为传统的辽史研究开辟出新路径；以精实的论证，为史语所展现新学术，做了最好的见证。

之缘。

当初的整理，工作环境非常艰苦。每天要在浓雾般的灰尘中工作八小时，把堆积如山的"烂纸"一张一页地展开铺平、分类、重新包扎。

后来算了一下，灰尘竟有一百二十麻袋，估计一万二千斤。

大库档案的初步整理，罗振玉根据自己的经验预言：二十五人至少需要四年，现在只一年就完成了。一九三二年底，所有已清理的档案，全部分类完毕。

选编、校印以至成书，陈寅恪、傅斯年、徐中舒等固然首倡其功，而实际工作，大多出李光涛之手，最终形成"明清史料之编布，自甲编以至癸编，凡十编，一百册，一千余万言"。[①]

后来，二十多人留下的只有他一人。傅斯年授他以实缺，由书记升任练习助理员、助理员、助理研究员、副研究员、编纂……

他在史语所长期负责内阁档案的整理。

艰难玉成的经历，与世无争的性情，很容易掩饰一个人的光彩。

在师范学校，他的老师常常摸着他的头对人说："他日有成，足以增辉吾校者，殆非此子莫属耳。"[②]

可不是吗？

他记忆力超常，有一次，在安徽的古庙阅览碑文，转身便一字不漏背出，让和尚惊为天人。

---

① 周天健：《李光涛先生行述》，载《新学术之路——"中央研究院"历史语言研究所七十周年纪念文集》，"中央研究院"历史语言研究所，1998。

　　当时，史语所订下极为严格的十二条工作规则。例如，"休息时间，上午九时四十分至十时，下午三时至三时二十分，每次计休息二十分钟，地点在工作室外走廊。所有应用早点或吸烟吃茶以及上厕所事，俱在休息时间内为之"。又比如，"在进入工作室时，其工作室大门，由管理人将锁锁上，一切工作人等不得随意出入，并不得在室内有交头接耳或谈话行为"。傅斯年还规定，必须逐日写工作日志，并指定由李光涛负责。

　　每天，他们走出工作室，鼻腔里满是黑灰。所谓'刮垢磨光''爬梳剔抉'者，实不足借喻其万一……'真同披沙拣金者矣！'"

② 同上。

他一个人跟随史语所搬迁，随身带着的，只有他已经过世的夫人蔡善智的一张照片。

这一年，李光涛已经四十五岁，他以为往后一生，只与学问相伴了。

如果真是这样，哪会有一次一次回来的孩子们？

……

劳榦坐在"大教室"的第一排。

他眉清目秀，温和贞静，神情纯洁得像个修士。每天早上，来到茶花院的办公室，沉浸在他钟爱的学术之中。要不是有工友摇铃，他都不知道时间过去了多久。

时光过去几十年，当劳延炯也在自己的专业领域有了自己的成绩，他才能更深地理解父亲。

虽然历史无法假设，不过纵观父亲一生的选择，不难揣测，即使他身处在风云激荡的校园，也不太容易被环境左右，依然会埋头做学问。

劳榦考进北京大学预科之前，读了相当多的传统典籍。在北大，劳榦把阅读各种新刊物作为消遣。

傅斯年教授史学方法论，很欣赏劳榦，约他毕业去史语所。毕业差不多一年半吧，劳榦进了史语所。

从此将学问做了一生的追求，再难被外界所打扰。他的精神气质颇合符他的字：贞一，无论何种环境何种际遇，矢志不渝。

有些人就是这样，他选择的事业唤起他生命中最深的热情，那么旁的事情就不太容易触动他。并且，他内心会有多少激情，他的外表就会多么平静。

劳延炯懂得，沉迷其中的那种忘我。

在宝贵的日光里，书一打开，眼睛一落上去，世间万事都不见了，皱着眉头，想，想，然后翻开另外一本……或者提起笔来，正写得顺畅，几个月甚至几年的思路，刚刚从那荒无人烟的小径里摸索出来，前面的风景刚刚显出一个轮廓，那不懂事的铃声却响了，从不体会人情。抬起头时免不了一丝遗憾涌上来：咦，时间过得这么快？

　　因为父亲对一般事务缺乏兴趣，他虽然才华高卓，却没有为自己的生活留下只言片语，他的性情平和内敛，自然不会与人发生冲突。

　　历史的叙述中，难以寻觅他的身影。

　　能够触摸的，只有他留下的著作。二〇二二年，劳延炯为父亲整理出版了一套《劳榦先生著作集》。

　　劳延炯懂得其中的苦，也懂得其中的乐。

　　就像当年，父亲在茶花院的办公室里，你看着安安静静，哪知道他们的思绪，经历着怎样的顿挫和流荡，他们收获着怎样的喜悦和欢畅。

　　试图去触摸一下这些快乐的结果，即使只是读读论文，也始终下不了决心——学术论文让普通人畏为天书。

　　然而，咬咬牙，皱着眉头，抱起这些书，一旦打开来——简直令人难以置信！以为阅读要走的路，崎岖坎坷，却意外的好风景！

　　劳榦的高卓学识和文学造诣使得他的论文引人入胜，一个外行也立刻被吸引而难以释卷。简洁自然如行云流水，准确深刻而一语中的，学术论文能让人读起来感到快乐，这的确非大家不能达到的境界。

　　他用通透的智慧看穿历史循环的诡谲：……只要有削减君权的办法，如同西洋式的贵族议会就可以应付裕如。可惜在中国未曾想到这样做。[1]

---

① 劳榦：《古代中国的历史与文化》，中华书局，2006。

　　他是经历过新文化洗礼的一代，对于先贤的看法更为平和而接近事实。《从儒家地位看汉代政治》便充满这样理性的光辉。

　　劳榦先生研究领域宽广，他的学术关注所体现的思维厚度，从高层到基础，涵盖了历史学的各个层面。

　　中国历史的周期问题，或者叫做王朝循环问题，是中国历史的常态、世界历史的特异，不仅成为中国史家的关注点，也让世界史学界注目。《中国历史的周期及中国历史的分期问题》，就是劳榦先生对于这个史学问题作出的回答。

　　王朝的周期循环，首先要到皇族的生活环境、生理病理中去搜寻。人治国家的兴衰，首先要考察治国之人的体能和智能。淡淡道来，返朴归真。

这样的文章，具有卓绝之美。

你能够想象，将这些思想成果化为文字的时候，他一定怀着物我两忘的幸福，这实在是人生之至乐。

用这样的快乐，抵御人世间无穷的磨难。

一心一意扑在一件事情上，心神全被它吸引着，从早到晚地钻研、思索，别人看着累，其实自己一点都不累，只要那个结果还没有呈现，永远就像一点远处的光亮，吸引着你一步一步走过去。这种时候，有人劝你休息，你反而会生气，恨别人不懂事打扰。

当它完成的时候，才会觉出累。真累。可是新的亮光又在别一处亮起，又这样一步一步走过去，直到探索考证终于被亮光照彻，照出一条通途。

能够这样，心无旁骛沉浸到一件事里，这个过程收获的幸福，是一个人能获得的最深邃的幸福。

茶花又开了满树。

有一天，妈妈帮爸爸收拾行李，劳延炯知道爸爸要走了，要去西北那又远又冷的地方。

板栗坳三位先生，劳榦、石璋如和向达都要去敦煌和黑水流域进行考古调查。

四月一日，劳榦和石璋如先动身去了重庆。

然后到了敦煌，对莫高窟所有洞窟逐窟进行了测绘、拍照和记录。之后两人去了玉门关、阳关之外调查、试掘，转往黑河流域调查。两人买了老羊皮袄，骑着骆驼，一路辗转，吃尽苦头。

这时候呢，住在隔壁的向达先生，还在板栗坳发愁。动身之前，他想把太太小孩送回湖南老家，可是又没有钱。

怎么办呢？卖书。[①]

在板栗坳安排来安排去，耽误了好些时间，向达才动身去重庆，等他十月五日到达酒泉，劳榦和石璋如一周前已经去了金塔、毛目一带。

他们各自在那里，为严寒、饥饿和匪患所苦，一点一点进行自己的工作……

一直等到一九四三年春天，劳延炯才等到爸爸回来；石先生回来得更晚，他转道去了陕西、河南，一九四四年才回到板栗坳。

向达先生回到李庄，一定要离了板栗坳，把太太孩子搬到山下去……然后他再次去了西北。[②]

……

董先生管家务，说起都伤心

要说山上众人爱戴、家家都离不开的，非萧大夫莫属了，可他辞职走了，史语所一时又找不到医生，只好请王守京暂管。

---

① 荣新江：《惊沙撼大漠——向达的敦煌考察及其学术意义；敦煌吐鲁番研究》，中华书局，2004，第99—127页。
　　中央研究院历史语言研究所与中央博物院筹备处、中国地理研究所共同组成"西北史地考察团"，赴西北地区的敦煌和黑水流域进行考古调查。
　　西北农学院院长辛树炽任团长，中国地理研究所所长李承三任总干事，向达任历史组主任，李承三兼地理组主任，同济大学教授吴静禅任植物组主任，劳榦和石璋如为历史组组员，并兼文书和会计，地理所周廷儒为地理组组员兼事务。
　　七月十六日至八月九日，劳榦和石璋如两人前往玉门关、阳关之外调查、试掘。九月二十二日离开敦煌，转往黑水流域调查，包括额济纳河、二里子河、居延海。
　　"内人小儿辈俱在此间，乏人照料，如去西北，非将彼送回湖南不可。而路途遥远，盘川之费，所储万不足以应此需。昨同锡予先生商量，拟将行笈所有书籍抄本，出售或抵押三千元，使家人辈回里有资，冻馁无虞，庶几彼时可以轻身就道，一意孤征。"（5月10日，向达致信傅斯年）
② 夏鼐：《夏鼐日记》，华东师范大学出版社，2011。
　　昨日向先生向营造学社接洽租房事。梁思成先生提出条件，除租金外，又要向家孩子不要来学社玩耍，最后又怕对不起傅先生。向君大怒。昨夜来余处诉说一番，今晨怒气未消。最初决定搬家赴乐山，但下午遇及，则更改计划，决定答应梁思成先生所提条件。（1943年8月12日）
　　梁思成先生上山，向先生租房事解决。（1943年8月13日）
　　向先生谓非俟此款到手，不肯飞兰。21日如不西上，拟返李庄搬家。（1944年3月16日）

这时候，她又有了一个孩子。人家大名叫董无量，没人叫，就胡乱叫个二嘎子。

诊所坐班，比研究员的时间还要严格，王守京于是请了张永珍照管二嘎子。

家务事便落到董同龢头上。董先生管家务……哎！说起都伤心。

他非常瘦，一看身体就不好。天热了露出手臂，更瘦，同人送他个外号："董同猴"。

他"生来一副不带喜相的面容"，"又不善与人交往，和不熟悉的人在一起，更是无话可说"。他也常常说自己，我没有办事能力，只好埋头研究学问。

但人不可貌相，偏偏不爱说话的，被人叫作"史语所第一勇士"。年轻人只有他，敢和傅先生当面争论。

董同龢是赵元任的学生，学音韵学，从清华大学一毕业就进了史语所，此刻正着手他的《上古音韵表稿》。像音乐这一类的知识，他比傅先生懂得更多。两人常常在西文图书室争论。傅斯年说："董同龢最爱抬杠。"①

这位勇士，拿出巨大勇气来对付家务……他家厨房，总是出事故。

他也要上班，不得不一早就做一大锅饭。有天，厨房忘记关门，一锅饭只剩下半锅——狗进去了。

董先生回来，看到此情此景，听人家责备他粗心，只是笑笑，把饭炒巴炒巴，吃了。吃完，找个"搭扣儿"钉在门上，走的时候别上门，狗进不去了。

哪天，不知道谁家的鸡溜进去，他没留意把鸡锁在里面。好家伙，锁在里头，不吃都不好意思，那只鸡拱开锅盖，吃得嗉子都歪了。

他不做声，把饭炒炒，一家人吃了。

以后注意着，关门时把狗和鸡都轰出去，再把门搭扣儿扣好。

---

① 陈存恭，陈仲玉，任育德访问；任育德记录《石璋如先生口述历史》，九州出版社，2013。

还有问题吗?

蚂蚁可是锁不住的。一大盆饭,爬满了蚂蚁。他不急不恼,拿开水一漂,照吃。

可怜的董嘎一,身体不好,医生嘱咐要静养。如何静养呢?锁在屋里。怕他无聊,给他几张纸,给把剪刀,让他自己剪纸玩。

一半天的时光,几张纸不够剪,董嘎一就拿被面当材料,继续创作。夫妻俩回来,看到被面上的大窟窿小眼睛,哭笑不得。

把这么个四五岁的孩子锁在屋里,大约每天都有惊喜。屋里必定放一只尿盆,有一次,董嘎一把尿盆打翻了。尿顺着楼板的缝隙流下去,楼下便是厨房,长凳上放着一盆熬好的猪油……

好在,水油不相融,等他们下班回来,仍然水是水,油是油,倒掉水,下面的油照样炒菜。[①]

他们夫妻俩就是这么大而化之,对这生活半点不挑剔。董先生还感叹说,国家穷困到如此地步,还让我们这些研究文史的人有饱饭吃,其实我们这套学问,晚个几十年再研究又有什么不可以!

这就是董先生一家人。

牌坊头

牌坊头很气派。

从大路上二十一级台阶,是牌坊样的大门,牌楼门柱留着楹联。门楣四个字:清高门第。上联:古栗树芳名,仰先公孝友传家,百忍宗风两铭。下联:曲江延世系,欣此日林泉托迹,青山流水赋闲。落款"同治圣主御极之元年岁在壬戌清和月朔二日 栗峰居士题"。如今已风化掉了好些字。

---

① 郭良玉:《平庸人生》,河南人民出版社,1997。

牌坊头（一）

牌坊头（二）

以前的建筑，没有这些题额楹联，就不算最后完成。

里头又是二十三级台阶，两边小竹林，有斑竹、苦竹，还有箬叶竹。不当它是风景，春天有笋；端午，这箬叶便是粽叶。

两棵大树，在台阶两头左右呼应。

底下桂花树，不知已有多少年，在这个地方住过的人，一辈子都不会忘记。

它究竟长了多少年啊，才能长得这么高这么大，长出这么多的枝叶，长得这么遮天蔽日。阳光得穿过层层叠叠的树叶，才能在地面上留下斑驳的圆点子。那树干，差不多，三四个人才抱得过来吧？

每年中秋的时候，满树都挂满金黄的米粒儿，空气都被染香了，轻轻一吸就闻到，啊，啊，啊，整个牌坊头都香得要命。

房东家有一个十多岁的孩子，每年这个时候，就拿着砍刀，爬到树上去，砍掉一些枝叶，让它长得更好。

掉到地上的枝叶，带着好多桂花。这时候，史语所的孩子们就等在树下，看大哥哥爬上树，看着大哥哥把旁枝砍掉，看着枝叶掉下来，大家就去捡桂花，一粒一粒，一粒一粒，就有了一捧，手里拿不下，就放进书包里。回家交给妈妈，洗干净，拿糖腌了做桂花糖。

几十年后，每一个回来的人都要问起，那棵桂花树呢？

拾级而上便是主院。

院门口，依然是竹林成片，绿树成荫。南边那棵香樟树，比桂花树还要大还要高。

抬起头，看不到顶，孩子们觉得有千尺高。这么粗这么高，谁敢去爬？那么高大的树，开的花，却小得让人记不住，掉在地上才看清，米粒一样。果子也小，连个果字都当不起，叫香樟豆。像一位上年纪老得不能再老的老人家，带着小得不能再小的小伢崽，好笑。绿油油圆溜溜的，又不能吃又找不出玩法，就让它在那里吧。

树叶子、果子有种特别的幽馥油润，跟其他树的气味都不一样。这棵树，平常没人特别注意它，好像它天生就该在那里。可你要是从台阶上来，突然发现这棵树不见了，那就可骇了。你走遍全世界都找不到吧，一个庭院里有那么大一棵树，它的绿荫，把大半个坝子都遮了。

这地方，说是乐园也当得起。

香樟树大枝条系着两条拇指粗的绳索，底下一个踏板，这是秋千。挨着的，门字的架子结结实实扎在地上，可以当双杠，也可以当树爬。小孩像猴子一样爬上去，爬过去。说像猴子，一点贬义都没有，爬得快还有奖励。还有一架滑滑梯，像条斜放着的船。附近小孩把它叫作梭梭板，从一边踩梯子上去，哧溜溜从顶上滑下，那种稍稍失重的感觉，又刺激又不至于控制不住，诱惑大了。

香樟树旁边，还有一棵金钱桔，这棵树很有意思。秋天，树上会结出一个个桔子，金灿灿的。

牌坊头航拍图 （黄凌 摄）

怎么样摘呢？大一点的孩子，站在台阶上，纵身一跳，就能抓住枝干，把金桔摘下。小孩子身高不够，只好老老实实从树下爬上去。

有些孩子干脆就坐在树上摘金桔吃。

嗯，酸。浓郁的酸味是生活里的稀罕味道。每年，盼着它早点开花，开花的时候就看着，算着，每朵花能结出一个金桔，开花的时候，可不能去动它的枝条，当心把花打落了。

从那开阔的大门跨进去，迎面左边是教室，忠义堂做了会议室，挨着食堂，合作社，门口有个乒乓台，是在磨盘上放一张门板……

牌坊头那座精雕细琢的戏楼院，自成一体，也是个四合院，考古组的办公室和宿舍差不多都在这里。

戏台和天井对面的看台，两边厢房，都改成研究室和工作台。

董彦堂的工作室在戏台，杜正雄要在旁边记录，两人同一间屋。戏台北边是拓片室，魏善臣、王文林、刘渊临几位先生共用一间，负责甲骨文拓片。南边是照相房，李连春在这里照相、冲洗照片。

北厢房是潘实君的工作室，高去寻和石璋如的工作室在南边。

看台改成的大房子，是李济、梁思永、李光宇、李景聃几位先生的工作室。李光宇协助李济，有很多东西得放在工作室。李景聃做辉县的大铜器整理，所以需要大桌子。李景聃没多久就离职了，空间就给了李光宇。

高去寻和杜正雄住在后面的小院子。石璋如先生开始住在戏楼院楼上，后来调查回来，就搬去高去寻那边住。①

千辛万苦《殷历谱》

在李庄安稳下来，董作宾便在那由戏台子改造的办公室里用功。

---

① 陈存恭，陈仲玉，任育德访问；任育德记录《石璋如先生口述历史》，九州出版社，2013。

他忙来忙去，那精神头，年轻人都自叹弗如。

他喜欢晚上还要工作。幸亏他有盏明灯。那盏灯，板栗坳最亮的一盏，还是傅先生在重庆买来送他的。有一个美丽的玻璃罩，点的是煤油，不像桐油灯那样烟熏火燎的。

他说，白天的时光总是不够用。吃过饭就去坐在油灯下，有时候，一手抱着孩子，一只手翻书、演算。

太太忙完，去把孩子抱走，提醒他，别太晚……

他常常讲，这样的生活，早就习惯了。

一个人的生活，冥冥中似乎早已注定。

后来，董敏知道，爸爸十来岁就开始这样的生活。白天，干杂货铺的活；晚上，温习旧书，读新书，写文章。

那间杂货铺，在河南南阳。而爸爸，差一点，就困在那间杂货铺里。

那时候，爷爷董士魁勉力经营那间杂货铺，维持一家人温饱。

董作宾的弟弟董作义突然亡故，才十五岁。董士魁受巨创一病不起。

那时，董作宾十七岁，正在念中学，他无话可说，退了学。帮着父亲进货、做手工、印袖套、写春联、刻章……

但他不相信，就此落进命运的陷阱。

他在杂货铺兼营图书，读完再卖。他和同学组成文社，写文章向张嘉谋、徐旭生请教。

他们是南阳著名学者。

张嘉谋曾是内阁中书，藏书家，家里有的是书，他在南阳首创新学，创办南都小学堂和敬业小学堂，在开封创办了河南省第一所女子中学——中州女学堂。

徐旭生法国留学回来，在河南留学欧美预备学校当教授。

他们借书给他，不遗余力指点他。这样两位先生，就是免费大学。

看他如此苦苦坚持，董士魁深知儿子志不在此，放手让他去走喜欢的路。

董作宾立即赶赴考场，以第二名成绩考上南阳县立师范。这一年是民国四年（1915），欣喜若狂的董作宾"剪发就学"。

就在那一年，董士魁旧病复发去世。

人生再次陷入困境。

董老夫人记着丈夫临终前的话，让儿子走他自己的路。她把商铺委托别人，老夫人和董太太省吃俭用，支撑着他完成学业。

他以第一名的成绩毕业，留校做了教员。

老夫人很满足了。

但她的儿子还有更远的路要走……董作宾犹豫了很长时间，觉得说不出口……他要去开封，张嘉谋在那里主持河南省育才馆。

好几次，如果少一点执拗的坚持，他就与这学术无缘。他的求学之路，远比别人要坎坷。而始终没有放弃学业，似乎就为了有一天，能遇到他为之付出一生心血的甲骨文字。

在育才馆，教授史地的时经训先生，嗜好金石之学，自己也收藏了一些殷墟甲骨，第一次向董作宾传递了殷墟甲骨文信息。

毕业后，董作宾留在开封，和同学一起创办了《新豫日报》。[①]

二十多岁、富有新思想的董作宾天然地被北大所吸引。两年后，他还要想走！

纠结犹豫，犹豫纠结，北京大学实在是一块巨大磁石。

是磁力，是宿命在召唤。

临行前，望着满面皱纹、风烛残年的母亲，爸爸忍不住自责悲伤。奶奶给了他最大的宽容和支持：你愿意出去就出去吧。别忘了回来看看我和你媳妇就行。

---

① 董作宾：《走近甲骨学大师董作宾》，董敏编选 . 张坚作传，上海大学出版社，2007。

　　　　* 一九四二：此心安处是吾乡 *

爸爸很早就有了一个媳妇，真是很早，十一岁。

奶奶病了很长时间，以为自己"不中了"。爷爷为他娶了十三岁的钱曼珍，"冲喜"。

在十一岁男孩心里，一个媳妇远不如一块好石头。——他正痴迷刻章，做梦都想要块石头。

但他是个温顺的孩子，一百个不情愿还是点了头。

他把这桩婚姻维持到母亲故去。

那时的戏楼院

如今的戏楼院

母亲故去，董作宾登报离婚。

为这个家庭操劳一生的钱曼珍，默默接受了这样的结局，也许她早已
料到。

他和钱曼珍的五个孩子，玉德、玉京、玉纫、玉婉、玉汸，勾勒出他
这些年的奔波求学历程，从南阳到开封，到北京、到安阳，孩子大了，他
便带在身边让他们读书。

在李庄，爸爸常常把奶奶的照片拿出来，给孩子们看：这是你们的奶
奶，她实在是太了不起了。——不管家里怎么艰难，依然放手让他走。

……

董先生一副宽厚脸庞，待人和善，他额头脸颊已有了好些皱纹，更显得眉目和顺。

他难得愁眉苦脸，从不以生活困苦为苦。他经历过的，远比这样的生活困苦得多，这算什么苦?! 既然他已经奋斗了那么长时间，就没有什么能将这一事业打断。他独特的人生经历，艰难求学的历程，让他深懂稼穑艰难，能够住在世外桃源一样的板栗坳，埋头他所热爱的学问……这算苦?!

他说话爱带着口头语："哎呀，我的老天爷，嗳嗳，老天爷！"听多了，大家就把"老天爷"做了他的绰号。

一闲下来，拿着他那个石楠木烟斗，抽两口，"老天爷"就开始说俏皮话。大家很快乐，他也跟着笑。

诸如说大家面有菜色，是只吃得起蔬菜的缘故，多吃点肉，自然就有肉色了。

他这种随口打趣的本事似乎与生俱来。

《殷历谱》涉及大量数字、推算，好些同人来帮他计算，一桌子都是纸，有人打算盘，有人拿笔算。

董先生忽然抬起头，并不是要说笑，只是自言自语："我们这不是史语所，是数学所。"

呵，呵呵，呵呵呵。埋头演算的先生们，从写满算式的纸上抬起头，太应景，忍不住要笑。

他的日常谐趣，赢得大家亲切的喜爱。

有些人吃了苦受了罪，觉得全世界都欠他，睡觉都是一张苦瓜脸，其实是太拿自己当回事。

他恐怕都没有时间去想，苦不苦的事，他忙都忙不过来。他经营的，是一部皇皇巨著——《殷历谱》。

这是他历尽万难才拥有的好日子。

人生一世，什么最难得？事业，知己，偏偏他都有了，奋斗终身的事业、灵魂相契的伴侣，人生至此，夫复何求？

四十岁那年，他找到他的爱情。

她是女儿玉纫的同学，开封中学他教过她们。如今两个女孩已是北大的学生。

史语所从北海的静心斋搬到蚕坛，董玉纫把熊海萍带来帮爸爸搬家。北大离得近，以后熊海萍便常常过来请教。

熊海萍酷爱文学，热爱民间文学、民歌，下过不少功夫，在北大选择的是美术史，研究青铜器纹饰。

还能更志趣一致吗！

民国二十四年冬天，他和熊海萍在南京结婚，在那里度过生命中最安宁、惬意的一段时光。董作宾开始从事甲骨文室内整理和编辑，熊海萍全力以赴照顾家庭。

一开始，是帮他搬家。结婚后，就不停在搬家，直到搬到这山坳。逃难的路上，他也一路说笑。

他不和气没道理。

他是幸福要溢出来，那些俏皮话就是幸福冒出来的泡泡。

山居寂寞，他凭空构造出许多消遣、娱乐的姿彩，纪念会啦，茶会啦，还有书道展览……中秋节图画比赛，元宵节的灯谜、诗钟，都是他的闲情逸致，都是他一手包办。①

长大后，孩子们好多事情都忘了，却记得新年同乐会上，他把大家逗得哈哈大笑。

潘先生修钟

这个周末，潘实君先生要去宜宾买东西。

---

① 陈槃：《山园感逝》，载《董作宾先生逝世三周年纪念集》，台北文艺出版社，1966。

凡是去买东西的先生，孩子们就称他为老板。潘先生在板栗坳是潘先生，坐船一出门，就变成潘老板。

潘先生是北京人，太太和孩子留在北平。他一个人在这里，不习惯大食堂当地厨师的手艺口味，便在戏楼院组了一个小食堂开伙。王志维也是北京人，很高兴加入进来。梁思永没搬上山的时候，也参加这个伙食团；李济上山也在这里吃饭。

潘先生个子矮，长相和气，圆乎乎的脸，眉目清秀。走路爱低着头，显得有点木讷有点拘谨，但他会变戏法！

晚上聊天，聊一些时局家常，有人想起——

请潘先生抓豆！大家看看。

他不声不响，也不动。众人催促再三，他才站起，走到油灯旁，用手去抓，抓那灯火亮处，三抓两抓，手里就有一颗颗黄豆。

大人小孩都惊奇得不得了。

他让小孩子去找根麻绳，拿个方孔的铜钱币来。麻绳从钱币中间穿过，两个孩子一人牵着一头。

潘先生就在两个孩子中间，捏着钱币，推过去拉过来，推啊拉啊，突然，那铜钱就在潘先生手上了。两个孩子仍拉着绳子，站在两边纳闷、惊讶。

旁边的孩子沸腾起来，大人也忍不住叫好。

有人好奇得过不去，一个劲儿问怎么办到的。

他笑笑，不语。

手里什么都没有，拿张手帕一蒙，想要啥就有啥！

不过，这个戏法受局限……

几位太太跟着他一道去宜宾，把小孩也带上。

来的时候坐过船，记忆却一片模糊。长大一些，山山水水更清晰。所有的风景，都抵不过宜宾城的诱惑。还有多久才到？还有多久才到？问了一遍又一遍。

书道展览

咦，请潘先生变几块饼干出来吧。

潘先生说："好。"他拿出手帕，展开扯了两扯，亮给孩子们，"看着，不要眨眼。变！"

全都瞪大眼睛。

手帕子拿开，什么都没有……

潘先生说，变出来放在宜宾城里，到了就有。

下船的地方叫洋码头。三条江在这里汇合，好雄壮。看了好一会大人还舍不得走，小孩子就催。

　　　* * 一九四二：此心安处是吾乡 *

石梯子上去，简直不晓得，宜宾是这样繁华一座城。都不记得自己来过，怎么一点都没看到、一点都不记得？

一路过去，一家一家银行、钱庄，二十多家！东街上，还有一处四行联合办事处，好大个气派。中央银行、中国银行、交通银行、农民银行联合设立，方便迁到宜宾的工厂恢复生产。

好多商号也从外地搬来，宜宾城里原来就有三千多家商号，这时候，有五千多家！

一家一家店铺，让人恨自己一双眼睛不够用。九顺全百货店、光大商号、中和染织厂、永昌祥绸缎店、立昌祥绸缎店、荣记商号、廖广东商号、皮仁堂、谦复恒布庄、大成堂、合众轮船公司、茂恒丝厂……

全是李庄不能比的大店铺！生意都不小！

东街的美纶商号，分号开到成都、重庆、上海，贵阳、昆明还有工厂，有代办处。

名气最大的是林家巷的宝元通，这时候代销了三十多家迁川厂家的产品。

迎面是个公园！原来是叙州府的考棚，改名叫作中山公园。一座钟鼓楼，好是雄壮简洁，宜宾人忍不住自我得意：云南有座鸡足山，离天只有三尺三；宜宾有个钟鼓楼，半截伸到天里头。

这座钟楼就是宝元通捐钱修的，花了六万多法币呢。以前，都是击鼓报时，有了大钟，到整点就报时，如今还兼着报警，全城的人都听得到。哦，哎！

孩子们看得眼花缭乱，听大人说故事，忘了自己来做什么。

去理发店是件大事，平常就是妈妈拿把剪子随便剪剪。隆隆重重一个队伍，老板只高兴一下就愣住了。李方桂太太特意从诊所带了酒精，先让人家洗剪刀！看人尴尬，便解释：怕染上虱子，洗一洗总归没什么问题吧？

当然——没得问题。

闷声剪头发，只听见推子噗噗噗。头发断掉的声音竟这么响。看得出来，不是一点问题都没有。

理发店，本来作兴闲扯两句。哪见过闷不作声的理发店？本是个聚会点，顾客往往是熟客，等在一旁无事可做，不说话干什么？师傅也只是手忙，嘴是闲的。时局，大事，东家西家的长短，气氛就热络了。

这习惯却叫酒精给擦没了。不仅是遭到质疑的老板，其他人，他们会不会觉得自己头上痒痒？

哎……

手艺还是不含糊的。手推子推了，还拿把小梳子梳，剪刀来来回回弄。弄得很是花式，你都看不清究竟剪到头发没有。往围布上一瞧就明白：怎么没剪到？

剪了头发出来，潘老板还带大家看了大观楼。

回来听到一个好消息，牌坊头的钟坏了。对孩子们来说，有关上课的东西坏了最能引起兴趣，操心明天还能不能上学。

一个很大的自鸣钟，上面有玻璃罩面。木框两边各有一个孔，是上发条的地方。一边的发条是让钟走，另一边让钟报时，每隔一个小时就敲一次钟。

工友刘福林取下来上发条，拿着钥匙一圈一圈拧，突然，听见里面"嗑嗒"一声，钟不走了。吓得手脚发软，赶快请先生们来看。真是不走了。

谁能干这个呢，只有潘先生，偏偏他去宜宾了。

有技巧的事情都要等潘先生来。

刘福林已经在门房煎熬大半天了。这时候两只手握在一起，握得手心出汗——修不好，不晓得要赔好多钱？怕是把家卖了也赔不起！这样的钟，也修得好吗？

潘先生终于回来，看了看，便把钟抱到戏楼院北厢房、他的办公室里。

刘福林跟着潘先生，想跟着进去，又觉得不对，就在门口逡巡。

大桌子上，东西归置得整齐顺手。书放在一边，右边一沓纸，透明纸——潘先生画图很仔细、很用心，画了图还用透明纸再描一张，用颜色区别遗迹性质，灰坑、墓葬、殷代墓葬、隋代墓葬各用一种颜色。边上有自来水笔，有钢笔，旁边一个小小的墨水瓶。

潘先生把钟放在桌子中间，找来软布，仔仔细细打扫了几遍，然后开始拆，把钟的机械部分从底座里取出来，一看，是发条断了。

刘福林急得心里只有那口钟，自己走进屋里都不晓得。眼睛落到桌面上，看到取出来的机械，更觉得罪过大：妈呀，这哪是人做出来的东西！小小巧巧的齿轮、皮带，哪里像是人做出来的东西！这断开的小发条，怎么接，拿什么接？

潘先生放下放大镜，笑了，请他不要着急，去做自己的事情好了。他埋着头，又拿起放大镜开始看。

潘先生整理过明清内阁大库档案，参加过殷墟的发掘，在侯家庄西北冈、小屯村担任绘图员。这时候，正在给梁思永先生的西北冈发掘报告绘图。

他的手很巧，大家都知道。哪时候学的这手精致活儿？不知道。

下了班一个人闷在屋子里，一动不动坐在桌前，拿着放大镜看，然后磨，磨了又拿放大镜看，又磨。你看不懂，看着无聊。

刘福林一天来看几次，不得要领。还是忍不住要来看，云里雾里……

过了两天，居然！潘先生居然把发条修好了。想不明白，潘先生是怎么把发条接在一起的？

第二天一早，孩子们看到，刘福林特意带着老婆一起到牌坊头来了。两口子给潘先生鞠躬，潘先生也给他们鞠躬，这边又鞠，那边又鞠。

孩子们看得好笑，这是谁感谢谁呢？

刘福林不知在说什么，说到一半，又鞠躬，他老婆也跟着，潘先生拦不住……

刘福林准是想起了老年的规矩，要跪下了，潘先生赶快拉住了他……

学校还是很有意思

以为钟坏了就不上学？你想错了！好些先生都有表，工友去看表摇铃是一样的。

有时候，学校还是很有意思的。

有一天，罗老师带了一个小兵来到教室。

刚刚换防来的，他们的长官和罗老师说，让他来上学。

史语所的男孩子和每一轮士兵都有交情，哪个星期不往兵营里跑几趟呢？有兵来，他们欢迎得很，暗暗期待着，罗老师把他安排在自己教室。眼巴巴看他跟着罗老师走，结果进了低年级教室，一个人坐。

他说话"共共、杠杠"的，哪个都听不懂。不晓得罗老师听懂没有。

住在兵营里，和比他大的兵操练打球唱歌，一点问题都没有；坐在教室里，高高大大，横竖都不对，局促，何况话又不懂。

孩子们对军装起敬，下课就围过来，七嘴八舌问。

"你去没去打过日本人？"

小兵："……"

"你打仗的时候怕不怕？"

小兵："……"

"你用步枪还是机关枪？"

小兵："……"

……

不知道怎么回事，没过几天，他就不来了。

看到他的人叹息，这点年纪，他爹妈咋个舍得？

学堂里的记忆，是为意外留着的。谁要是能把平常的课记住，起码要送他一打铅笔。

校长跟傅先生说，请其他先生来讲讲，讲课本里没有的课。

有一次请劳贞一先生来，劳先生讲《发明与发现》。

每堂课开头都免不了的，总有人对于铃声充耳不闻，还在嘀嘀咕咕、叽叽呱呱，老师都开讲了他还忍不住要讲。

劳先生停下来，专心看着他，不生气不责备，倒像是好奇的样子，想听他究竟在讲什么。他当然听不清了，教室里的安静像一阵波浪，终于把这杂音一点一点淹没。

劳先生讲，什么是发明，什么是发现，我们有什么发明和发现。

有意思。

第一个做出来叫发明，第一个看见叫发现。孩子们听懂了，马上就用。

"我将来要发明飞机。"

"飞机已经有了，不算发明。"

"我要发明我们自己的飞机。"

"……这个，算不算呢？"有人挠着头，认真想。

"不算。"

"去问劳先生，看算还是不算！"

"我发现了钱币。"香樟树下，孩子们打弹珠挖洞，常常挖到一些钱币，圆圆的，中间有个方孔。

"我们都一起发现了。第一个才算。"

还是有问题——劳先生做的竹简学问，算发明还是发现？董先生把大家都认不得的甲骨字认出来，算发现还是发明？发明和发现，都要讲究第一个。那好久好久以前，刻字的那个人呢？他才是那个第一个。

哎，还是有点说不清楚。

那廉君来讲标点符号，好玩。

那先生是旗人，个头比王志维小一号。他年轻，对小孩完全没隔阂。

孩子叫他"那那"。

他的眼镜片却比老先生的还要厚，一圈一圈，像瓶子底，听说一两千度。取了眼镜，可得好好记着放在哪里，要是忘了，那可麻烦。

有一次在图书室，眼镜掉在地上，那先生蹲在地上摸，摸半天都没摸到，左摸摸，右摸摸，前前后后，好容易摸到，镜片碎了。一个人去配眼镜都不放心，看得清路吗？要王先生陪他去，好可怜。

大家都笑，眼睛吃力，偏偏要讲这么小的标点符号。

那先生讲，标点符号很重要。他在黑板上写，下雨天留客天留人不留。又写，还是这些字。

咦，怎么念啊。

那先生说，标点符号为什么重要呢？你们看，标点符号不一样，意思完全两样。

他回转身打标点，上面一句就变成：下雨天留客，天留人不留。这是留不留呢？

孩子们一齐说，不留！

再来。这句话就变成了：下雨天，留客天，留人不，留。

意思完全不一样，是不是？

好玩，大家都笑了。

那先生也笑。他接着又讲，有一家财主，请了先生教书，教书先生就和财主讲条件，写了一张纸。他写的是什么呢？那先生又在黑板上写了一模一样两句：无鸡鸭也可无鱼肉也可日吃豆腐不可少不得束脩钱。

谁来点？

大家都觉得……有点费神。

那先生笑眯眯说，我来。看着。

无鸡鸭也可，无鱼肉也可，日吃豆腐不可少，不得束脩钱。

财主看了挺好，就聘他。

结果教书先生教了书，就让财主拿束脩钱。财主急了：你明明不要的！

教书先生说，我写的是这样：无鸡，鸭也可，无鱼，肉也可，日吃豆腐不可，少不得束脩钱。

哈哈哈哈哈哈！

……

甲骨文，谁都没看到过的字，想想都觉得难。有一次，董先生来给孩子们讲甲骨文。

董先生讲，我们现在的字，都是甲骨文变来的。

啊？孩子们有点吃惊。

他在黑板上画了一个小圈圈，圆圈底下画了一条有一点弯的长线，然后这条线上半中间出发，往左画一条短线。这就是甲骨文的"人"字。

你们看，这是一个人的侧面，他在行礼作揖。这是他的腿，这是他的胳膊伸在前面。人有两只手，因为是侧面，所以只看得到一只。

后来呢，就越来越简单，先把那个头减掉，就是一个胳膊一个腿，哎，这样了。后来呢，就把它横过来，就是现在的"人"。

哦哦哦。

又讲了"从"，又讲了"日"，又讲了"月"……

甲骨文，说起好古好古的学问，听董先生讲起也蛮好玩的，看董先生写出来，很有意思啊。

几十年后，回忆起这事儿，觉得不可思议：一个甲骨文大家，来给小学生讲课！

认识的字，带回家去玩。

晚上，工友要来关院门，留下角门自己关。开始很谨慎，早早关了，先生太太都在院里，谈天说地。

本来，小孩只有听的份。但实在是应景，那机智便拦都拦不住。

看啊，那就是"關"（关的繁体）。今天讲的，关，以木横持门户也。——工友正在做的事。

咦？

所以，关，闭也。《楚辞·招魂》里有虎豹九关。使神虎豹，执其关闭。

还有，还有，春色满园关不住。

还有，园日涉以成趣，门虽设而常关。

开始抢话。得其意就忍不住声音高，大人也被吸引来听。

关，界上之门也。

萧关逢候骑，都护⋯⋯

雪拥蓝关⋯⋯

要抢，就不让人把话说完。

还有《报任安书》，其次关木索⋯⋯

日暮乡关是这个关吗？

关关雎鸠是哪个关？

跟这些没关系！

⋯⋯

彦堂先生也要打人

星期天，董先生从办公室回来早。

熊海萍正在厨房和面，揉面，小萍旁边站着看，也想来帮忙。趁妈妈不注意，在面团上戳，不一会，小脸上，便有东一笔西一笔的面粉。看到这只小花猫，董作宾大笑：还不快去洗洗脸。

熊海萍低头看到，也跟着笑。

几年的时光，把年轻的海萍变成三个孩子的妈妈。

孩子们相继降生，这位受过新式教育、有着新思想新知识的女性，再也没有机会拥有自己的事业。

董作宾舀水帮太太洗手，一边问："小敏呢？又去放羊了？"

熊海萍又笑，一大早，一拨小朋友就来，一起出去了。小兴也去了。——这只羊长得太快了……

董先生说，是啊，小萍也要快快长大……长大帮妈妈做事，妈妈好辛苦。是不是？

熊海萍望着他，说出自己的担忧。

……

董敏长大了，带着羊出去探索天地。

大家羡慕董敏的时候，他却面临着一场重大变故。

黑山羊不见了！

要当学生了，本来高兴的。等到真的去教室上课，董敏却觉得一点滋味都没有。世界上的事情，大都如此吧。

那一天他去看教室——以后也是他的教室了，回家来，黑山羊就不见了，到处找都找不见。小山羊长成大山羊，董敏早就抱不动它了。要是没有绳子牵着，它可以走很远很远。

妈妈，羊到哪里去了？妈妈望他一眼，没有马上回答，走过来把他揽到怀里。

董敏顿时觉得事情不好，他挣脱出来，望着妈妈。一阵一阵的热浪从喉头涌上来，涌到眼睛里。他开始抽泣。他听不清妈妈在说什么，羊长大了……找不到那么多草……你要好好上学……

他一点一点认清这个事情，羊，给狠心的大人弄走了。眼泪就唰唰唰地掉下来。

就像突然走掉了同胞兄弟，你们每天一起玩，一起长大，你教他认梅花，认橘树……

他那么小就来了，一点一点长大，他那么温顺，那么依恋你，他看到你就高兴。

你以为他永远都在家等着你……突然，就卖掉了！说都不给你说一声！这样重大的离别，他不在家！

想起了……好多天以前，妈妈跟他说，小敏，我们把羊卖了？董敏坚决不同意，我可以放学去割草，我绝对不会影响功课。

大人，寒心得很！给你说什么事情，根本不是商量。他们想弄啥就弄啥！

他听不见妈妈还在说什么，就知道，他的羊，他的黑羊，他每天带着去吃草，一点点喂大的羊，再也见不到了。

哇！哇！哇！羊啊，我的羊！我不上学！呜呜呜……

那些天，董敏就像给人摘了心肝一样，想起来就哭一场。

妈妈托魏老板买回来一个皮球。

皮球能和羊比吗？我不上学。

羊卖到哪里去了呢？我到哪里去找他？会不会有一天，他自己走回来？

去上学，其实也没多远。过了牌坊头，挨着财门口，一进下老房就是教室。

这么近，那就，还是去上吧。

最终，你还能拗得过大人吗？

谁想得到，平常和蔼可亲的董彦堂先生，竟然也要打人！在先生们眼里，董先生一点架子都没有，在家里，他对待孩子也很仁慈。他的烤番薯不见了，回家对太太说，哎呀，来了好大一只老鼠，把番薯偷了呢。夫妻两个就看着董敏笑。

怎么会打人呢？也许是他不知道该怎么对付一屋子的小学生吧。

董先生教大家写字，他开始要讲，讲讲讲，孩子们只记得毛笔要握紧。他讲了就走了。

为什么要握紧呢？忘记了。要握到多紧呢，等下你就知道了。

大家就写字。

董先生不晓得什么时候回到教室了。他拿着烟斗，嘶噜嘶噜抽烟，抽着烟来看写字。

看着看着，他就要在后面抽小孩子的笔，一抽抽得起来的话，他就要打人。他拿什么打呢，拿他的铜尺子！狠不狠?!

可是，他不打别人，他打董敏，董敏就哭。董敏一哭，其他同学就知道董先生回来了，赶快把笔握紧，握到别人抢都抢不走。

有人怀疑，是不是要握那么紧。况且，毛笔字和甲骨文是两回事！

"他是写甲骨文的，写甲骨文当然要握紧——"

"甲骨文是最难的字，他都写得好，我们才学嘛，当然没有他写得好。这都要打。"这些话不敢去跟董先生商量，不过是大家抒发一下疑惑，也替董敏抱不平。谁知道下回他先打哪个！

挨打算什么呢?

哎……大人就是那个样子，有点不对就动手。平常讲道理讲道理，碰到自己小孩，一点道理都不讲！

"我爸打我，我把作业本藏在里面垫屁股，他打了半天不晓得打在作业本上，我还要装作很痛。"

"你现在藏作业本? 他看不出来? "

"穿棉裤才藏嘛。现在，现在只有咬牙忍着——哎，不想说了。"

"大人发现被小孩骗了，更生气，打得更狠……自己先打人的嘛，你跟他们讲不清楚。"

"说打就打，大人嘛，哪有道理可讲。"

"我要是大人，我就不打小孩，犯了多大的错都不打。"

哎，几十年后，说起童年都忍不住摇头，那时候的孩子，哪有一点"童权"！

以后，董先生就不打人了。他大概也没想到，一打打出这么大动静。董敏一哭，一切都静下来，暂停。

下课才知道，连别的教室都听见了。

夏天的晚上

夏天的晚上，蚊子很多，大家学着当地人，用艾草编成蚊香，哪！怕有人的手臂粗，点燃了熏蚊子。那样的浓烟，是熏蚊子还是熏人？药味，把夏天晚上的花草香味都压住了。闻久了习惯了，有人竟说好闻！围在一起，谈天说地，烟雾缭绕更叫人觉得热，于是"烟熏火燎摇扇子"。

孩子们脖子额头前胸后颈上，涂一层痱子粉。诊所的痱子粉，看着像是水，涂到身上一干，就变成白白的粉。一块一块白着，玩一阵，出一阵汗，渐渐就浸没了。

大人说话只能听着，小孩子不敢烦扰，敢去叨扰的，只有高去寻先生。

高先生是板栗坳最好的先生，孩子们恨不得不叫他先生，可是，不叫先生叫什么呢？不叫先生不是不尊敬他，是非常非常喜欢他。

他又高又瘦，有小孩给他取了个"高老仙儿"的外号，他一点也不生气。

高老仙儿算什么啊，还有人叫他"海狗贩子"！不知谁想出来的，高—High，去—Go，寻—Find，再由英语回来，变成海狗贩子。大人这么叫他，他还跟着笑。

他太太和孩子在沦陷的河北老家。一个人在这里，当然吃食堂了。可他时不时会去董同龢家吃饭。董先生家的饭……实在是不敢恭维，与其说去吃饭，不如说是去帮忙。

到财门口，太太们见了他，总要嘱咐：旧衣服千万别扔了啊，没法穿也不要扔，给我们拿过来。记住，记住了。

……小孩的尿布，或者变作鞋底……用处还多。

他给孩子们上过历史，没有书，夏商周、春秋战国、秦汉三国、隋唐明清故事掌故，把一帮娃娃弄得神魂颠倒，哪个小孩能够抵御故事的诱惑？

像这样美好的晚上，几个小孩子就约着找他，拉着他的长袍下摆，央求："高先生，给我们讲个故事吧。"他就讲，讲赵云，关云长，讲岳飞，讲戚继光、讲辛弃疾，讲东胡西域的故事。有时候，讲鬼故事，把胆小的孩子吓傻在那里。

白天，明明就是风景，这种时候，每团树影背后，可能都藏着一个鬼。

最后，还得是高先生，把吓得不敢走的孩子一个个送回家去。谁让他吓人的？

高先生也想去和大人聊天，但孩子们发现了他的秘密：有梁柏有在，他一准会答应。

香樟树下，桂花树下，席地一坐，孩子们围在身边，就开始讲。

可惜，到李庄第一个秋天，高先生就离开板栗坳。他大概一点都不知道，板栗坳的孩子们多么想念他。他参加川康古迹考察团，发掘彭山汉崖墓，直到第二年春天才回来。

考察路上，高先生拿铅笔在土纸小记事本写了发掘日记，记下崖墓的位置、环境、内部物件、摆布以及其他文物和民风民俗。有一天（1941年11月11日）的日记，边上写了这么一句题外话：赵舒廉捣乱，不挖花生，欠打手心十板。①

孩子喜欢他，不是没有道理。

先生们也对他印象深刻。

高先生一个人，手头自然比拖家带口的宽裕，但往往发饷几天就没了，结果他倒成了最穷的。他急难救困的名声一直留在史语所，因为这印象太深刻，后来到了台湾，他去美国讲学，李济、董同龢还专门请陈世骧先生"约束他的用钱"，怕他借光了回不了家。②

说起高先生，像是吹来一阵欢乐的春风。

高先生喜欢找人聊天。

---

① 杜正胜：《通才考古家高去寻》，载《新学术之路——"中央研究院"历史语言研究所七十周年纪念文集》，"中央研究院"历史语言研究所，1998。
② 李卉：《传薪有斯人——李济、凌纯声、高去寻、夏鼐与张光直通信集》，生活·读书·新知三联书店，2005。

其实晚上大家都聊天，桐油灯、菜油灯，小小一圈亮光，看不清楚的；那黑烟子能把鼻子都熏黑，了不起写封信罢。宝贵的日光可不敢浪费，写信那样的事，挤到晚上桐油灯下来做。

晚上都聊天，为什么偏偏说高先生喜欢呢？

刚到时，好些院子荒了有蛇，工友做了蛇夹，给每人都送一个。就像一把长长的竹剪刀，出门随身带着，可以充作手杖，碰到蛇就是武器——工欲善其事必先利其器的意思，可是谁也不见有什么成果。工友告诉大家怎么夹，夹住它的头，蛇就缠绕在夹子上。这时候拿着夹子狠命摔，把蛇摔死。还说，这些蛇都是菜花蛇，没毒，但先生们还是要怕。

头一个夏天，大家不敢出门，都窝在自己屋里。

高先生开始还不怕，不怕不是真的不怕，是没有碰到。有一晚从花厅院后门回来，上了月台再下台阶就可以回到戏楼院。突然看见，月台上爬了蛇！定神再一看，不止一条！

他一下子慌了，完全忘记自己有蛇夹，忘记蛇夹原来是夹蛇的。他拿着个蛇夹，退，退，退回牌坊头去找人。

然后，高先生晚上再不敢出门。那花池里有个蛇窝，胡占奎把它清理干净……啊，他又可以去找人聊天了。这个院聊完，还去那个院。

想起高先生，平淡的日子，有了动静。岂止是动静，简直是一件值得大书特书的盛事。

大大小小的孩子，跟着他，去牌坊头下面的水田里夹鳝鱼！

黄昏就有小孩知道，高先生晚上要去夹鳝鱼。财门口的一个小孩知道，等于所有小孩都知道了；住在南厅院的董敏听说了，晚饭都吃得无滋无味，就盼着高先生早点出发。先生们听说，也兴致勃勃跟着要去。

不知道怎么回事，就几步路的事情，弄到这么晚才出发。

夜黑，有几个星子，可是看不见脚下。

要点火把。火把就是船夫的纤绳，用旧了，不敢再拉船，砍成一段一段，头上浸了桐油。当地人叫作纤杆子。拿火把有技巧，要顺着风，你要不会拿，火把会被吹灭。

有人迫不及待，路上就开始试着手里的夹子。这玩意儿能夹起来吗？

会咬人吗？有人胆怯。

更胆小的人冒出一句：我可不敢吃。

嗯，哪哪！好吃。刘师买来做过。

新鲜的活动让大家跃跃欲试，带着夹子——不敢用来夹蛇的夹子，今天晚上就要派上用场了。

你想想那个场景，点着火把，一大溜的人，高高低低，有大人有小孩，走在窄窄的田埂上。

水稻收割过了，稻田里还留着稻杆。鳝鱼要把头伸出水面来，大约是呼吸新鲜空气。等它一冒头，上面就有夹子等着。

谁知道，蛇不敢夹，鳝鱼却也不好夹，它不会自己缠上来啊。

这里有一条，哎，跑了，又有一条，跑了。终于有人夹起来一条，哈哈哈！不会夹的就来观摩，看是怎么夹起来的。仿佛是，看的人也有功劳，叫他赶快放进鱼篓里。越来越多的人会夹了，夹起来，都装在鱼篓里。

会夹了，也不是每次都能夹到。小孩子更是心急，一会去看鱼篓，一会去看鱼篓。田埂很窄呀，这边的大人就说，小孩不要乱跑，别掉到田里去。话还没说完，小孩已经跑到那边去了。

努力好久，鱼篓都不知道装了多少鳝鱼，心意满了，于是打道回府。

走过田埂，爬上台阶就到了，明天，就可以吃自己抓的鳝鱼了。

一个大队伍回到牌坊头，来到食堂后的厨房。拿一个大水盆装点水，等着看满盆子的鳝鱼。

高先生把鱼篓倒提起来——就看到几滴水！一条鳝鱼都没有！

怎么回事？

怎么回事？

"你提回来没觉得变轻了？"

"好像是……轻了。"高先生也觉得奇怪，为什么没发现？

但这又不怪高先生。鱼篓缝隙太大，鳝鱼不用费力就溜走了！它又不是一起溜走的，是一条一条走的……

一大晚上的辛苦都白费了！

哎哟……可惜……哎！……呵呵呵……哈哈哈哈哈哈……看高先生拿着个空鱼篓，倒倒倒，什么都倒不出来，有些人遗憾得很，有些人却开怀大笑。笑完，看见空鱼篓，还想笑。

谁去……借的鱼篓……啊？

有人找到问题的关键，可惜被笑声淹没了。

你要相信，在乡下，事情自己会长腿，何况这种点着火把的盛事。明明就没有一个当地人，可是第二天，乡民们都在说，昨天半夜，那些研究院先生，一大帮子人，拿夹子去夹鳝鱼。结果夹一晚上一条都没夹起来！八辈子没听说过这种事情！伸手就捉起来了，娃娃儿都会，做研究的先生，是做不来这种事情！

哈哈哈！

船夫的女儿

去李庄的大路边，离黄桷树不远有一户人家，姓涂，世代以拉船为生。

主人叫涂进武，快五十了。两个儿子长大成人，也在江上拉船，娶了妻，在附近修了房，经营自己的家。

在家时间少，多在风里浪里出没。

拉船是一项折磨人的苦力。几十个人，给那百十米的纤藤子绑着，腿脚尤其得稳稳地扎在地面上，默默地把全身的力气使到肩膀上，拖动那几十上百吨重的货船。

肩上的搭袢儿，双层的家织布缝成，让皮肉少受些苦。

搭袢儿像个口袋穿过圆圆的竹扣，扣到纤绳上。这竹扣也是楠竹编成，年长日久难保会松动。在爬滩的时候，苦力们便要手脚并用，要在那当口起身提一口气，你可能就犯了大错：竹扣脱落。慌乱之下，一瞬间跟所有的力量脱了榫，而掉进江里。慌张的援救往往总是来不及，他便长眠在江水里了。

即便不出意外，他们的肩膀、脊柱因为承受了超常的力量，而留下病痛。完好的皮肉破了，或者竟有裂开的疮口，红肿发炎，即使在那上面摩擦的是一块布，却也像楠竹纤绳那样可恨。直到这伤口复原，天晓得，它怎么能复原呢，结了痂，结成茧，肩膀上长成一个"驼峰"……

苦雨烈日，从黎明到薄暮，年复一年，从青年一直到垂暮，蹒跚在人类极限的重负之下，眼睛盯着江边可以下脚的地方，就这样永久地走下去。而他们的垂暮之年，也就比其他人来得更早。有人，一直走到坟墓，才能终于休息下来。

他们的父亲、祖父，一辈子就是这样过来的。在长江边上来来去去，挣得一日三餐。如果你怜悯，对他们说起造孽的话，他们会说，这就是命啊，几辈子都干这个，哪个挣得脱？

不过，傍晚的时候歇下来，叼着一根旱烟管，看伙夫在船上推豆花，煮豆花，看袅袅的炊烟在江上升起，看身旁的青山绿水，那样情景，那份自在，也是旁人难以揣度的吧。

女人撒手西去的时候，涂进武的小女儿才六岁。

如今，这座农家小院只有两个人，没人请的船夫和小女儿。

老船工希望女儿维持着母亲在世时的体面。早晨给涂仁珍梳头，拉船的手却干不惯这细活，只一味使力，把小姑娘梳得直叫唤，头绳绑得那个紧，简直就是绑贼。老船夫也有些挫败，小姑娘的头发竟比纤藤子还难驾驭。

两个人都受罪，一拍即合，去镇上剪成女学生最新式的齐耳短发。清爽利落，小姑娘在理发店的镜子里看痴了，梳这种头发的女生，都在学校里，排扣上衣，一色的青裙子青鞋子，要是她也有一身，哎……家里哪有这个闲钱。再说，穿裙子干活……自己想了都好笑。

不拉船靠什么生活？何况他还要抽两口。涂进武再也养不起女儿，涂仁珍就去跟着三哥三嫂过。

八岁上，涂仁珍有了后娘。后娘每天要喝酒，涂仁珍就去李庄给她打酒。

二哥三哥常常跑重庆，一去就是一两个月。挣了钱，兄弟俩合伙请人打了一条过渡船。十二三岁的时候，涂仁珍接过这条过渡船，三哥就踏踏实实去放长途。

长江两岸的人来来往往，就靠这样的小船过渡。在李庄一带江面上，有着七个渡口。志诚渡口和凉亭子渡口不定时，若是有人急于渡河，便在对岸高声喊，摆渡船听到，便把船摇过河去。

江边

李庄岸边，常常有十来条过渡船。

这样的船能坐十来个人。船头只掌舵。船尾掌舵划桨，木头机关很机巧，那桨片很灵活放进水里，很方便收到船上。一只手掌舵，一只手划桨。三嫂有空就来帮忙，三嫂有了小孩，就只有涂仁珍一个人，过渡的总有人愿意来帮帮忙。

从木鱼石到仙临场，河中间牛口坝有一处尖尖石。

一些年轻男子摇船，明知道并没什么风险，却成心叫船上人担心，好凸显自己作为船夫的骄傲，一边夸张地摇着桨，一边对那并不险的滩，骂出肮脏话来！

涂仁珍一个小姑娘，不怨天不怨地，安安静静就把船摇过去。不愿听肮脏话的人，年轻的姑娘媳妇们，专门等着要坐她的船。

赶场天特别忙，闲天里，有些商贩还要赶溜溜场，坐过河船去赴顺南石鼓的场期。这职业也有自在处，闲天她不想去就不去。

收了铜板，拿回家交给三嫂过日子。有时候过渡的人带一合米，作过河费。要是正好她的后娘没酒了，而她歇了船回来的时候又忘记了，或者拿了米不方便打酒，就得再去一趟李庄。

涂仁珍便在这份命定的日子里渐渐长大。她也读过书，要说有好喜欢呢，不见得。没钱再交学费，不读也就不读了，说起是命，一切就接受了，自然平顺。

她长得敏捷轻巧，因为触目便是青山和江水的缘故，那一双眸子，清明而灵动。歇了船，拴在岸边，她像一只鹿子在板栗坳的山坡里、石板路上来来去去。

李庄赶场的日子

这一天是李庄赶场的日子。还没有入秋，天亮得早，从板栗坳到江边有好远的路，稍一耽误天就大亮了。

闲场的时候，还可晚点起床，赶场天可不敢。天刚蒙蒙亮，涂仁珍就起床了，收拾停当赶快出门。她光着脚从石梯子往下走，一面走一面算计着，这一场要买块圆镜子。她从桂花院走过，看到窗下桌子上就有一面，那杨家女儿，每天上学前，就在面前照一照。

涂仁珍一直奇怪，这个女孩究竟叫什么名字。听杨太太叫她"脑袋"，脑袋？①想不明白。她每次听到就会琢磨，却一直琢磨不出来。

涂仁珍一路走一路笑，到了码头，解开缆绳，在船上候着。天色还早。

等到江雾散开，十几艘渡船便在江面上来来往往。对面石鼓、顺南、志诚乡的人，成群结队带着自家的鸡鸭青菜来赶场，有时候罩了鱼，捉了黄鳝，带到李庄的大场来卖个好价钱，再把油盐带回家，还有余钱，给闺女扯上几尺花布，带上一包细点心，让孩子高兴好几天。

这时候，李庄镇上的铺家，都已开了铺板，收拾家具了。

最早开门的，是栈房。往来客商大都是鸡鸣即起，不等天亮就要赶路。

随之而兴的，是鸦片烟馆。

李庄有很多人抽大烟。前清就没闹明白，忽然一会儿，绑几个鸦片烟鬼，说是严禁鸦片，贴了告示，种鸦片也犯法。过一阵，烟馆又纷纷开了门，也没人来查封。

军阀来了，又让大家都种，不愿种的，还要交"懒捐"。国民政府禁烟的时候，据说，四川从政府官员到下力的脚夫，有一半的男人抽鸦片，大户人家太太，抽鸦片的也不少。

镇上六七家常常开着。

烟市街背后的三四间矮房子，是穷烟鬼厮混的烟馆。常常在烟馆开门之前，门口便倒了一个肮脏邋遢、失了人形的人。

大烟馆也有堂皇的，门向着街开，不过门后总有一块厚厚的布帘子。这

---

① 杨时逢的女儿名叫杨娜黛，与"脑袋"声相似。

是缺德生意的遮羞布，还是自知里面景象难看要挡人视线，就不得而知了。

撩开布帘子，通道两边是两排床，排到房间尽头。平常的不过是一排木架子床，垫张草席，数榻并陈。讲究的，雕花大床单置一室。抽烟的人横陈其上，床前还体贴地放着凳子。

女人抽大烟，从来不去烟馆，叫一个小丫头去"打烟"。捏着个酒杯放在柜台上，装了烟膏子，再捏着酒杯回去……

有钱人家管不住儿子、丈夫的，甚至怂恿他们抽——还不至于短了这点烟钱。在家里抽抽烟，总比一天到晚不沾家、去赌去嫖要好。等到上了瘾，抽到卖房子卖地才来后悔。

烟市街说是街都小了点，做的是正经生意。多的是叶子烟，山烟、河烟都有，赶场天还有水烟，不过抽水烟的人不多。那些包装漂亮的香烟，就不是普通人能问津的了。重庆上海来的老刀牌、强盗牌，有钱人家小孩子集烟盒子，当画片，拿出来叫人眼馋。

早早开市的，有卖油条油炸糕的摊子，还有卖猪肉的铺子。

至于杀猪，凌晨三四点就开始忙。前一天便约好的杀猪匠，半夜不慌不忙地来了。

等到猪匠一刀下去，哀号变成认命的咕噜，最后的哼哼，表明一切结束。滚开的水，褪毛，开膛破肚，忙活大半个时辰，一头猪变成了一面雪白一面鲜红的两扇猪肉，天亮之前，主人按规矩请杀猪匠吃一碗"开边"，便把猪肉送到铺子里来。

星散在小镇各处的大小面馆，这时候也热腾腾地忙碌起来，抄手、臊子面、口蘑面、燃面，坐下喊一声，堂倌就应声传给厨房。还有一种刀削面，左手托一团置好的面团，右手持一块铁皮磨成的刀，像削皮一样，轻灵迅疾在面团上削着，厚薄均匀的面块便翻飞到沸腾的锅里……这情景就能吸引不少人。

正街上，王胖子开了一家映辉相馆。人们稀奇了一阵子，却很少有人进去。差不多只有大户人家，重要的时候去拍一张全家福。

慧光寺街

　　这相有很多讲头。那炭笔画的，一看就是画嘛；照相这个事情，让你端正坐着不要动，他钻进机器里，摆弄半天，又钻出来，突然咔嚓一下……那一下搞了啥名堂就说不清楚。留下个人影子，真真的你自己看了都不敢相信。

　　都说这终归是不好的事，那么真的影子，魂也必定摄去不少，危险！又说，拍了照就乱了八字，以后说不定摊上什么事。

　　有人胆子大，想试试，横竖就一回……终于还是止步，想想自己长得好看吗？况且，也没有好衣服穿，况且，就留一张影子！要那么多钱！

　　不过，怎么样呢？同济大学来了，相馆生意就好起来了。

　　街上的小吃店，却是生意一直都好。

　　苏汤圆的招牌在正街中间。一般的汤圆馅料，猪油白糖之外，要么加芝麻，要么加花生，他的汤圆馅料可不简单，据说是受了苏州八宝粥的启发，发明出来的。红枣、莲米、核桃仁、花生仁、橘红、樱桃、黑芝麻、白糖，拿猪油拌了，用糯米粉皮包成圆球。水滚开后，下锅十分钟，白汤圆便一个个浮起来。皮薄到半透明，再心急都得等它凉一凉，咬开，又香又甜又糯！

那是什么香，什么甜？花生、芝麻、核桃的香长短相配，白糖、红枣、橘红的甜君臣相佐，才能这么圆满悠长！

这条街的味道，简直就像春天一样五彩缤纷。住在这条街的人以及饥肠辘辘的人，逢场天早晨，从很早开始，嗅觉便受到一轮又一轮温柔的空袭，要么给唤醒，要么简直受罪，非要买上一两个才肯甘心。

黄家的桐子叶麦粑，蒸笼一打开，新鲜的桐子叶清香就扑到脸上来！新麦细细磨成粉，发酵，加进红糖，揉揉揉，桐树叶包成三角形的一个个，泡酥酥、热腾腾、香喷喷！可惜这时节过了就没有。

还有一种嫩苞谷粑，把苞谷磨成糊，略略发酵，加上白糖和猪油，就用苞谷衣包成一个一个，蒸熟。新鲜苞谷的香味和蒸熟后油浸浸的甜味会把一条街香透。每到出苞谷的时候，李庄街上就有十来家做苞谷粑粑的，出名的要算老场街的严家。

小吃，离不了红糖白糖。

李庄原先没有糖，是广东人带了种子带来的工艺。

开始几片甘蔗成林的时候，人们并没有太在意。

"老广"请人建了一个圆亭子，石柱子撑起两三丈高，人们也不知道做什么用。亭子中间两个大石碾子并排一起，碾轴上方的碾辕，二丈多长。

天冷起来的时候，砍工们川流不息把一捆捆甘蔗送到糖房，人们知道新鲜事情要来了，便一窝蜂跑去看广东人榨糖。

那榨机！两头牛拉！哦哦，原来，甘蔗从两个石碾子中间喂进去，出来就是糖水！带着果香的甜蜜味道满面扑来，简直醉人，要让人起鸡皮疙瘩，要让人吞口水的。

那糖房！大锅大灶，每个锅里都有糖浆在沸腾，熬糖匠拿着一个长柄勺子，挨个搅动，不停地舀出来又往锅里倒，仔仔细细看那糖汁。

糖房里，从早到晚热烘烘地甜，简直要甜死人！灶是昼夜不歇，要一两个月才熄火——一冬的甘蔗榨完了。

满镇上都飘着一股幽幽的甜香，让人就想在这气味里做个好梦似的，有点撩人。

有人暗暗替他们算了一笔，一两个月的辛苦，换来的不止一两年的收成！于是，李庄的糖房漏棚就多起来，以至于县中富室大都是制糖起家。到如今，镇上哪个大户人家家里没有糖房呢？

原先，李庄转运经销的货物，粮食和盐是大宗。如今，糖也成了大宗买卖。糖房出来的水糖和漏钵糖，只好本地售卖，砖糖销往宜宾、重庆；漏钵糖在漏棚加工成白糖、黄砂糖和橘糖。

橘糖又叫橘红，本地产的红袍柑拿糖腌了，算得上一味药呢，止咳化痰，消食化饮。自古以来，谁吃过这么好吃的药?! 本地人珍贵，卖到外地更成了稀罕物。

到了民国，李庄的砖糖、白糖，在南溪六县、沿江一带家喻户晓，一直卖到了湖北湖南。镇上数得出的糖房漏棚就有好几家。练祥林的练家糖房、何紫垣的何家漏棚、曾廷光的曾家糖房……至于没有名号、名气不大的糖房漏棚，还有十来家之多。最大一家漏棚主颜瑞之在麦坝乡，有一次，一笔就卖出三千多斤白糖。

因此，李庄的糕点出名也就不足为奇了。

提起糕点，文星街的永通祥是第一号。张经武经营的这家老字号，前门开店，后院设厂，有糕点作坊，还有酱园作坊、油坊、槽坊。那排场，两百多口酱缸，一百多个醋坏坛。

永通祥的字号不仅在李庄赫赫有名，在南溪县也算大户。永通祥的蜜饯、橘红、白片糖沿江卖出去，当作稀罕礼品。永通祥的老师傅姓黄，都尊称他"黄大案"。不说他的技艺如何精湛，单说他的弟子，在泸州、乐山、绥江地方的糕点铺独当一面，就是专门来这里学的手艺。

绸庄布店最是宽敞堂皇，店面洁净。乡下人，或者镇上手头不宽裕的，不大好意思进去。近来已有重庆来的洋布，那真的是好，幅面宽得多，却又细又匀净，漂亮细致的印花再洗也不褪色。厚的同呢子一样，薄的像绸子，可是价格贵，卖不赢土布。

正街往江边走，快到江的地方往左一拐便是席子巷。青石板路只三四尺宽，两边是两层的小青瓦木楼，木门木栅栏，屋檐相接，留出一线天。

这时候，巷子里的杂货铺、面馆也已开门。不一会，许许多多人挤在巷子里，石板路便水泄不通了。两边的屋檐下，数不清的竹席子，一卷一卷靠着墙。地下摆了各种各样蔑货，一摞一摞的筲箕、撮箕、箩筐、竹篮，一盘一盘的纤藤子……

小巷拐角处有一家当铺，屋檐下吊着一块招牌，上面写了一个字：当。进门，壁上贴着一些纸条，毛笔写着：虫咬各听天命；失票无中保不能取赎……柜台比其他店铺高出许多，台上设有木栅，留有方孔。小孩子，递送东西得把手举过头顶。

走进当铺，心情自当是不好的，败落到典当的地步，柜台又那样高！

席子巷接着，是老场街。中间就是祖师殿，后来的国民小学，现在已经是同济大学的医学院了。

相隔几步，是张席珍的府邸。老场街走完，往江边走是羊街。

街上有一家永兴源酱园，老板叫颜银洲，原是永通祥学徒，又本分又聪明，学成以后自立门户，从宜宾龙德昌请来掌缸师傅，稳稳当当把生意做得越来越大。就在羊街买了房子，厂房也搬到后院，规模和老东家不相上下。

再过去有家面坊，左柏林开的。以前呢，李庄的面条都是手工做，民国九年，他从内江买回来一台手摇面机。大家稀奇，都来看机器做面。把面粉和上水，放进面机，只需摇着面机手柄，面条就出来了，匀匀净净！又轻巧又省力！

后来，张玉清在伍家滩装了一架水车，木船两舷装上木轮，木轮带动石磨，借水力磨面粉。他在镇上盐市开的面厂，生意就越来越大了。

磨面粉可以，碾米也可以。胡家坝的张子清、王子恒在白庙村鸦雀沱开了碾米厂，用溪水做动力碾米。

电力加工，那是同济大学来了以后的事。张官周买了一台米机，同济大学给他提供了一台十七千瓦的电机，德国造的，他的粹精米厂，全南溪县第一家。

后来，镇上邓庭光、张兴发都动了心思，到重庆大华厂买来十千瓦电动机和米机，在镇上开办米厂。

羊街八号是罗南陔府邸。他腾出房子安顿梁思永一家和刘敦桢一家。第二年，同济大学附设高级工业职业学校搬来，再也找不出地方，罗南陔又把罗家祖祠腾出来，给了职校，不收租金。

隔壁六号住的是行医的罗甫周，腾出几间房给了李济一家。

羊街走完就能看见江。羊街尽头，便是罗永光的新院子，如今已是镇中心国民小学。

隔壁就是张家祠堂——现在挂着中央博物院筹备处的牌子。上河坝的场口，巍峨耸立着的东岳庙，已是同济大学工学院。

鼎鼎有名的来今雨轩茶楼，在下正街。坐在茶楼，看不到江，感觉到江在那里。

正街往另一边走，线子市街一家一家店面，主要货品是家织土布，织房收来线子，在木织机上织成土布。

纺线是农家妇女做完粗活之后，一点消遣性质的劳作。往往几岁十来岁就跟着外婆跟着母亲学会了，摇着纺车纺出线子，挽成一个个八字，有了数量便拿到这里来卖给织房。贴补家用，或者买点姑娘家稀罕的花粉胭脂。

多数人买的都是这家机土布。乡下人叫作疙蔸布，虽说再粗，也不至于像树疙蔸，叫起来，特别是和洋布比起来，却觉得恰如其分。

再往场口就是有永通祥的文星街，说过了。

出场口有条巷子不过几百米，叫作铁铧巷，五六家铁匠铺，整天叮叮当当响。门口一张案板上摆着锄头、镰刀、锅铲、菜刀、铁勺、火钳，里头墙边一排排靠着斧头、铧犁。炉膛里一年四季燃着熊熊的炉火，铁匠师傅一年四季挂一件牛皮围裙，师徒两人轮流抡着大铁锤，烧红的铁件在那砧板上千百次地捶打，大锤成型，换了小锤轻敲细琢，完了，咻的一声浸到旁边一桶冷水里。普通人家过日子的东西，都是这里一锤一锤敲出来的。

出这样大力玩命，铁匠却难得威猛，多的是筋骨紧缩，肌肉硬邦，许是都叫这炉火烤干了？整年活在高温里，脾气却冷，火候钢火，开不得玩笑，人力对付铁家伙，再没有多余的劲头。铁匠铺从不吆喝——活计都摆着，爱买不买。哪家的菜刀不卷刃，哪家镰刀锋利，都有数的。

巷子头里有家小茶馆，一览无余的堂屋里，几张木桌子，四边围着长条木凳子。一桌四个人、八个人，再挤，十来个人也挤得下，赶场天，庄户人在这里歇脚"吹壳子"。

文星街往外是麻柳坪，在场边上，一溜房做了同济大学的职工宿舍。赶场天，敞坝里有鸡有鸭，有的用篮子装了一两只，更多的，是拿稻草索子绑了脚爪，摆在地上。

更不必说，那背了一背红袍柑，摘了几十把大葱、蒜苗，挑着两箩筐萝卜白菜的，数不清的摊子四周一摆，本来还算宽敞的地界就渐渐不透风了。

出场口，还有下坝人挑着担子赶来。

米市街的买卖是镇上主要的买卖之一，天色未明，满担满担的米就挑到这里，精米、碛米，细的粗的糙的精的，从场口源源不断地来，不管怎么打挤，中间一定要留出窄窄的路径，容买米的和米经纪来往通行。

早年间，李庄每年销米两万多石，连重庆还只有一万石呢。李庄经营粮食的商户有一百多家，资金丰厚能够长途运销的，就有十多家。

粮食、盐、糖，就这三宗大买卖，带动起八百多家商户。

好几条街都有杂货铺，都不及黄记杂货铺大，货品全。梳妆台、各色大小缝衣针、顶针，绣花针，绣花绷子，重庆来的花露水、雪花膏，万金油、百宝丹、八卦丹，三星牌牙粉，牙刷……男子戴的瓜皮帽，各种鞋子，有细料做的，也有布做的，大都是布底。下江人来了后，牛皮的鞋子都找得到……赶场天铺子里人多得透不过气。

小市摊上，卖女人有关的东西。洗脸的土葛巾、细洋葛巾，重庆来的香胰子、白胰子、镜子、梳妆盒、水粉、胭脂膏子，上海的雪花膏都有！最引人的，是铜的、银的、包金、贴翠的簪啊、钗啊，耳环、手镯。这些东西，自带着诱惑，有钱没钱，大姑娘小媳妇都被勾住在摊子前站好些时间。

小春市街杂粮生意也不小。麦子、黄豆、胡豆、豌豆，各种豆子，各种口袋、箩筐、担子，从星罗棋布到密密实实。走到头就是江。

成千的男男女女来来去去，小镇上就像潮水漫过，哪一条街都是水泄不通。人，人，人，每条街巷，都是人。面对面讨价还价，也像隔着山一样喊；总有人，为着一点细微得说不出口的原因吵起来，更是要把声量提到

李庄旧街景（李约瑟　摄）

极高，压过周围的嘈杂，才能让对方听见。而一旁劝架的，没有压过这双方的声音，如何来劝？

这天气里，热烘烘的汗味可是不敢恭维，好在过不了一会就自动适应。这场子里，斯斯文文说话就等于蚊子叫。要是你还没有习惯，耳朵恐怕也会给震得嗡嗡响。

中国人乐观，生与死，都有一场热闹仪式，嫁娶婚礼，更要搞成一场狂欢，但那是有回数的。平常的日子里欢愉和放肆，怕是托付给这样的赶场吧。热闹，热闹，字都是这么造的嘛，就是在市里嘛。

这声浪达到高潮已快要到中午，热烘烘的喧闹潮水才会渐渐退去。然而这时候，茶馆、酒馆、烟馆、饭铺、小吃摊的生意，会加倍地好起来。

镇上有好几家数得出的饭馆，王春和饭店、金华饭店……颇能做几个菜，等到下江人来了，也许是占了地利，离慧光寺不远那家叫"留芬"的，变得特别有名，老板姓温。

除了现成菜——盐花生米、皮蛋、盐蛋、卤牛肉巴子、猪头肉卤的烧腊，出名的菜品有白斩鸡、红烧鱼、清蒸鸭、鱼香肉丝、炒肝、炒杂碎、白片肉。白片肉何以有名呢，比起鸡鸭鱼来，要廉价些普通些，而味道却一点也不简单。它得要选择肥瘦相当的猪肉，白水煮到刚好，切成薄片，蘸上一点用糍粑海椒制作的调料，肉质又嫩又香，似乎化渣。细细咀嚼，还有核桃仁的滋味。

同济大学的教授，研究院的先生，有了重要的聚会，就在这里叫上一桌。

大学生穷，那菜又实在太诱人。每月几个人凑钱来打打牙祭，鱼香肉丝那美满滋味几十年不忘，炒杂碎，其他地方有吗？

下江人来了之后，说起一种东西叫作味精，倒一点点……于是各家饭店悄悄买来尝试，乖乖，这叫什么味道？吃得人想吐！后来晓得了，一点点真的是一点点，只要一点点，管你什么菜，鲜！

然而下江人的口味是个问题。温老板不知从哪里请来一位名厨，在店里带厨师，生意也就更加红火起来。这秘密算不上秘密，不久小镇上的人

* 关山万重 *　　　　　* * 192 * *

都知道了。各家饭店纷纷请来名厨，传授厨艺。似乎还暗暗较着劲，你从宜宾请，我到泸州乐山请，更有不服气的，从成都、重庆请了来。

不用说大饭店，这时候，小酒店、小饭铺也坐满了人。李庄的白酒，度数高、味道醇，在川南市场上一向很有名。一桌一桌，自然也要高声呼喊，才能让本桌的人听见。连铺子外也免不了支起桌子，几个人一坐，高声大气说着话，偶尔捉了酒杯，啜一口，那话就越说越长了。

忙不过来的还有茶馆。镇上有着大大小小的茶馆。简单的露天的，矮木桌竹椅子，赶场的农夫，货出手了，钱到了荷包，家里急需的东西也买上，坐下来歇歇脚，呼朋唤友，谈天说地。一亩三分地的日子，少不了这样的欢畅。

讲究的茶馆门口，有堂倌高声地迎候送往：

大爷来了！

茶钱给了！

多谢了！大爷走好！

……

如若茶馆里坐满人，一踏进去，迎面而来便是众声喧哗汇成的巨大嗡嗡声，各桌你讲你的、我讲我的。么师提着长嘴的铜茶壶，灵活穿插其间，在过道里拉长声音招呼：看到！看到！鲜开水！鲜开水——来了！

这样的场合，没有人嫌吵。

舍不得铜板进饭铺，在那小茶馆一坐，买两个粑粑，喊一碗面吃了，天南海北、家长里短，这一天才算是满足。

大家都说，那些年，李庄的场赶得上县城。

涂仁珍摇了三趟渡船，她今天要早点歇了。她把铜板包在手帕里，系好缆绳，轻轻巧巧从船上跳下。挑水的哑巴担着水桶，赤着一双脚，裤腿高高挽起，正要朝江里走。沿江下半城的人，都从长江里挑水。家里没人挑的只能买水，看远近，一挑水挣几分钱，最远的不过一角钱。哑巴便以挑水为业。涂仁珍抬起头对他笑，哑巴也笑。

她急匆匆地走，希望那摆市的货郎还没有走吧。光着的脚在冰冰凉凉的石板上，溅起小水花。

水井街一年四季难有干爽的时候，石板给新鲜井水洗得干干净净。这条街有一口双眼古井，上半城的人，吃的多是这口井的水。

涂仁珍到小市上看了一圈，又改了主意，还是先买米吧。

以前，到下午时分，小镇的场算是散尽了。不过去年夏天开始，镇上有了新风景。

同济大学平出一块坝子做操场，就在东岳庙下面的江边。每天下午，许多学生就在这里跑跑跳跳，跑步、打篮球、排球、网球，还到江里洑水，下江人管这叫游泳。江边上的男子大都会两把，根本没有个名称，就叫作洗澡。

女学生也到江里去，游泳！

拿本地人的话，说出来都不成样子！

穿个啥？你想象不到。镇上不开化的老人家眼珠子都要掉出来。光天化日，大姑娘家家的，露着胳膊露着腿，咳！咳！成个啥样子嘛，这些妹子将来嫁不嫁人？要嫁人，哪家敢要？

说说说，说了半天，人家照样游。没有哪个害怕，反倒把镇上的年轻女子也勾得心痒痒。

在家里和大人吵：人家同济女学生都去！

大人绝不让步：你等我死了再出去丢人！

结果怎么样呢，三十多年后，风气渐闭的时候，李庄姑娘带着游泳圈穿着游泳衣到河里游泳，没人觉得奇怪。

对于这样的事，涂仁珍在合不拢嘴的惊奇之后，抱着一种公平客观的立场，人家游人家的，至于她，却是不敢的。

现在，涂仁珍再也不必懊恼忘记给后娘打酒。

研究院开了合作社，她喜欢到这里来，少走好多路！合作社东西不多，有酒就够了。她喜欢魏老板，和和气气，对人好，说话好懂；其他的先生，说的话可不好懂。

涂仁珍也觉得魏老板肯定会功夫：提着几十斤东西，从山下上来板栗坳，五百多级台阶，都不得歇口气！

她看到他一口气不歇上来的吗？没有。反正大家都这么说。

她喜欢香樟树下那个秋千，不打酒也爱去。研究院的人来了，她照样去。

两手抓牢了绳索，两只脚趿定踏板，身子直屡屡的，不要人推送，稍稍一弯膝盖，一用力，那秋千便荡起来。风送着她，像生了翅膀，飘飘的衫子就到了云端，她可以荡很高很高。

有时候研究院的先生出来走走，这灵动的风景惹得他们也在一边看。殊不知，秋千上的人，更好奇这些先生。她可不是没见识的乡下姑娘。阔人也好，穷人也好，她什么人没见过？

他们待人客客气气，那份体面文雅，你学都学不来。再热的天，人家也是长衫鞋袜整整齐齐，她见过各种的人，却从没见过这样的。读书的人，做学问的人，读多了做久了，才能有这样的体面文雅，比她见过的哪样的人都更让人心下折服。

传说吃人的时候，小姑娘一点不怕，也不信。照样来打酒，荡秋千。

第一次听到吃人的传言，她就去杨家。杨家做豆腐，做好给研究院厨房送去。杨清云说，吃啥子人？！厨房进进出出我没看到过！

听到这样说，她便铁心相信，再不去问。

还有人要说吃人的事，她就不大耐烦，哎呀呀，这种事情都要信，没点出息。人脑壳骨头是买的，拿牙刷洗干净，做研究用的！

涂仁珍家门口有两株桂花树。周末，同济大学的学生上山来玩，就会给这两株桂花树引过去。见了面，双方都惊异——那些年轻学生，简直不知道该怎么说！

她不敢仔细看那男生，只盯着女学生看，眼睛都直了。女学生耳环手镯一样不戴，全身上下清清爽爽，和她一样的齐耳短发，淡蓝的衣衫合身合体，揞在腰上，青色裙子撒到小腿，脚上一双带袢儿布鞋。那么素净，不是乡下喜欢的花红柳绿，却那么明媚，让她舍不得错开眼。

他们稀罕她家的桂花。在她家门口站住，闭了眼使劲嗅。他们给她钱，央她摘一支。她爬上树，摘了几支下来，扎成一束。

看着他们心满意足地离去，涂仁珍一直望着……

再瞧瞧身边的人，夏天，打着个赤膊，系一条粗疙瘩布短裤，像什么样子！比起这些天外来客，他们简直就是野蛮人。

她常常回想这些人的模样，羡慕得叹气。她清亮的眸子渐渐蒙上一层忧伤。

有个孩子也来逃难

离板栗坳十多二十里路，有个地方叫竹林湾。

村里有个男人，结了婚，有了孩子，才几岁。突然有天，出了门就再不见回来。

没有田土，没有生计，几十里外嫁过来的女人，打草鞋卖。

草鞋是鞋的祖宗，古人叫作"不借"。为啥不借呢？哪个兴借草鞋穿啊！每逢李庄赶场，母子俩就早早起身，候一场，卖得出多少不一定。

富裕人家一天吃三顿饭，乡下人，吃一顿早饭，晌午饭三四点吃了，晚黑就不吃。再穷的，一天吃一顿饭。

这母子俩，比再穷还要穷，穷得卖鬼。一天一顿饭都说不上！哪有饭？白米饭半年都吃不上一顿。

草鞋卖了钱，去买"河苞谷"。船运到李庄，都说是云南来的。岸边，山一样堆着，一张大围布围了。买不起一升买半升，半升就是五合。

拿一合苞米推成粉，煮苞谷羹羹，掺点牛皮菜在里头。一天一顿，晚上饿得心慌，爬起来喝冷水。

看着八九岁的男孩，骨瘦如柴，这么下去不是个办法。女人咬咬牙说："少云，你去你大舅那里。"

少云听了，心里咯噔一下，可也不敢说什么——小小年纪学会了认命。

晚上，女人抱一捆稻草到床边地下，继续打草鞋。给舅舅的两双已打好，还要给少云打两双。底已有了，女人拿个锥子，把鞋底的经条挑出，把纬条穿进去，纬条拧劲儿要一致，松紧不一就不结实，也不好看。

一边挑，一边压，一边说，你大舅也是在帮人，还有你一个小弟弟，你去了，看到有事就做，不要人家喊，不要一天尽晓得耍……

嗯。

人家住的是主家的屋，你不要搞啊跳的……

嗯。

到舅舅家，要有眼力劲儿，说你，你要听得……女人说着说着，把自己眼圈说红了。

嗯。

那里下江人都是高门大户来的，可不要去惹……

妈，我晓得了！不晓得高门大户咋个高法？妈尽絮叨这些，最怕的事情却不提。

女人侧过脸，忍了好久忍不住，泪水滚落下来。

少云脱了衣服，蜷进破棉被里，把头也埋进去，无声地哭，妈呀，我要是遭吃了，你就没儿子了。哪个来给你养老送终？

早起，女人就把剩下的苞谷都推了，煮了苞谷羹，煮得稠稠的，尽够儿子吃饱。尽早带着儿子上路，不想碰到村里人。不想碰到，却偏生碰到人问。

"去哪里哎，这早？"

"……去他……大舅那里。"

明明说的是实话，却像个心虚的贼。

路上对少云说，你看看你瘦得，去吃两年饱饭，就好了，长大了就好了……

少云心里有气：两年？待得出两年去？

妈开始说大舅。他那地方穷，帮人都找不到。你大舅脾气也怪，帮人帮不长，这家不好，那家也不对，你帮人嘛，哪有那么多讲场。还是你表叔帮他。不晓得他们还有活路不？

十几里路，走得两人气喘吁吁。后来就说不动话，埋着头只走路。好不容易到了高石梯子。母子俩坐下歇。

少云问："妈，你煮饭那家我可以来不？"

女人说："你不要来，万一人家不高兴。记着昨晚给你说的话，妈得了空来看你。走吧，上完梯子，就到了。"

石梯子难得走啊，走得少云腿肚子打战。

"妈，我走不动了。"

"再走几步。在梯子上咋个歇？"

这种地方，这地方要逃命怕是逃不掉……

"再走几步，你看，都看得到了，那棵树。"

走到那里，身子发虚，就心慌，喘不上气。坐下才说："硬是走不动了。"

母子俩就又歇。

越走不动越害怕。远远看到一座坟，侧身望去，竟还有。旧的坟，新的坟。少云的心突然惊慌地乱跳起来。

他想让妈别送他去了，他可以学着打草鞋，他再也不喊饿了，他可以去干好多事，都学得来的……妈晓不晓得，那地方的下江人要吃小娃儿……

"走吧。"妈问了路，于是又走。少云终于什么话都没说。

走到牌坊，又是梯子。上去一座阔气院子，少云展眼唬了一跳。雕花窗户上糊着白棉纸，里头一点声音没有。大树下吊着秋千，还有个梭梭板，也不见人。

女人见到高朗的八字壁朝门，也有点气馁。她左右瞧着，像是对少云，又像自言自语：他说是院子右手边，进去不进去呢……

正没法开交，旁边小径走来一个女人，抱着孩子。她打量着娘俩，笑着说："他姑到了！上一场陈海庭就说你们来，才刚出来望了两趟。"女人赶紧迎上，拉着少云：快叫舅娘！

舅娘前头带路，带娘俩绕着进那小院子，和那阔气厅堂连在一起的，也有个小天井。少云看得咂舌，心想，妈说也是白说，这样的房子，哪个敢去搞？搞坏哪点，卖了你都赔不起。

从过厅出来，他们住的是小院西边，一溜两三间大屋。

舅娘和和气气的，让女人到里屋坐下。

女人打量着张永珍，比结婚时见着还要水灵。见她怀里的小孩儿，长得嘟嘟胖，一路走动也没有惊动他，放到床上仍睡得安安稳稳。床上还有个孩子，原来这个才是她自己的，叫金辉。

抱着那个，是"董太太家老二，人家要上班"。

女人抬起头，将高房大屋环顾一遍，沉吟着出不了声，半晌才说："家头难……"一开口，眼圈就红了。

张永珍赶紧说，他就只你这个姐姐，只有这个侄儿，还能眼看着吗？

女人紧着把少云从背后拖出来，一边说，就是给舅娘添累赘。硬没得办法，来拖累你们……

张永珍说，拖累个啥，哎，我晓得艰难，一个人拖个娃儿，又没个生计。过两年就好了。

不一会儿，陈海庭回来了。他没有多的话，问一句"来了？"不等姐姐回话，又说，我还要下山挑米，厨房等着在。回头又说，晌午吃了再走嘛。

两个女人说着一些闲话。

少云打量着屋子，想，不愧是大财主，下人也住大屋！他依在门边，见正屋中间一张高桌子，贴墙一个大柜子，看抽屉上铜拉手，亮闪闪。

突然响起一阵铃声。少云抬起头，四处望。舅娘说，是学校下课。听着听着，外面就喧闹起来。

少云鼓起勇气问舅娘，下江人是不是要吃人？

舅娘笑着，看一眼少云，对女人说："不晓得哪里造出来的，不要信。你就没见过恁好的人！我给几家太太洗衣服，工钱不亏人不说，钱，就摆在桌子上，也不得锁。人家信你。肥皂啥子，都不得锁，自己拿就是。好得很，多好的人，那些啥子话，不要信。"

她转身出去在柜子抽屉拿出一个纸包，打开来。

"你看，董太太给的。那些人，才是菩萨转世哦，他儿子吃奶粉送我奶粉，他儿子吃的饼干，也送我们。给，少云也尝尝。"

少云不敢接，妈也不让，说："恁金贵的东西！留给弟弟吃。"舅娘塞了一块在少云手上："啥子稀罕物，没吃过，尝下。"

少云让那饼干摊在手上，妈无可如何，笑着说："不敢吃，把嘴吃刁了！"舅娘笑吟吟地说："还能天天吃呀？"

少云舔了舔饼干，心都化了。

舅娘顺手把柜面擦了擦，接着说："还有个全先生，他请客炖肉，只喝汤，肉捞出来，全都送我们。就是他说话，咋个说我们都懂不起，呵呵呵呵呵。"

舅娘留着女人吃饭。白米饭，少云吃得眼圈都红了，心想，就是遭吃了，也值……吃过饭，女人打叠鞠躬，白得发青的脸上，一双眼睛红着，咬牙走了。张永珍跟着淌眼抹泪，看女人走得凄凄切切。

少云就跟着舅舅。

他还是不放心，等舅舅回来，又问："大舅，听到说，研究院的人要吃人？传得远得很，多远的人听了都怕。"

"你听哪个说的？"陈海庭问。

"不晓得嘛，我们那里都在说，卖柴的送柴去，去一个遭一个，说给你弄一下，你就迷住了……"

“那是造人家的舆论！在哪儿吃？咋个吃法嘛？人这样东西，不能生吃嘛！”

“拿蒸笼蒸来吃！就像蒸馒头。小娃儿迷了就傻了，就放进去。蒸熟了揭开来，还笑眯眯一个个！眉欢眼笑的！真得很！”

“啊？——哈哈哈！……哦哟……哈哈哈哈哈，嗬……嗬……嚯，嗬……嗬……”

看到大舅笑成这样，少云觉得，他们村的人可能是弄错了。

舅娘抱着金辉，也忍不住笑：“世人的嘴，当真是信不得！”

“乱说八道，我就在厨房，总要在厨房吃嘛。哦哟！……哈哈哈，要好大个蒸笼？……还眉欢眼笑……我天天在厨房打转转，我咋个没看到?！”

笑一阵，又说：“都晓得了嘛，你们还在乱说！”

“哦……那他们在这里搞哪样？”

“搞研究嘛，你哪个懂得起？”

“那些娃儿要拿玻璃锤烂捉人，是不是？”

“我不晓得，你哪里听这些来哦?”

……

舅娘伺候张家太太，间天的，帮研究院的几家太太洗衣服。回家做了饭，和少云一起吃。大舅算研究院的长工，在研究院的厨房吃饭。

张太太住在天井后面，一座别致四合院。每间屋，都装上了玻璃窗！这房子让少云开眼界。关了窗户清清楚楚看见外面！你说有多好。

再往里，是个美丽后花园，四季都穿着青春衣裳。里面种了玉兰树、黄桷树、桃树梨树，更不用说，娇黄的迎春，满地的杜鹃，春天一到，云蒸霞蔚，疑心漫天彩霞怎么落到地面上。

有一次少云被这满园霞彩逼住眼，却不敢往里走。呆呆看了半晌，回过神来赶紧逃走，像闯了禁地。

这座四合院的女主人，张符五太太，一年四季大都躲在屋子里。她住的屋子，玻璃窗户却是不敢开的。她不知道生了什么病，夏天也得躲在帐子后面——别家的床都靠着墙，她的呢，特意把床和墙壁留出空间，供她起坐。

冬天，自然是不敢出门了。小袄外还有三镶三滚的袄子袄裤，烘笼从不离手。现在大家都穿薄衫子了，她还脱不下来夹的。

张太太，讲究！

少云看舅娘给张太太端洗脸水，拿一个铜脸盆装了水，用香胰子搓毛巾，西洋毛巾。我的个天，那是啥天物，那个香！搓块毛巾，满屋子都闻得到。可惜，胰子用了就要变小。要是他也有一块，指定舍不得用，就留着拿来闻香。

舅娘把毛巾搓了，透，透，透，透干净，那水也香，眼都不眨就泼掉了。再换盆干净水端过去。毛巾本来就是干净的。人家的毛巾，每个人用一张，都是新的。

舅娘家，一个木盆，一张家织粗葛布，哪有毛巾舒气？一家人用，用到多旧，黄了硬了，成了布巾巾还在用。

少云也学着舅娘，先拿香胰子把毛巾搓干净，他喜欢做这个事情。拿着香胰子，沾了水滑滑的，抹在毛巾上，使劲闻香气，揉了搓了再清干净，给太太端洗脸水。

张太太精神好的时候，和少云说话，说他瘦得，可怜。

她家两个孩子，儿子念书，女子也在外面念书的！

张符五也是讲究。人家是有钱人家的公子嘛，倒盆洗脸水，下来吃顿饭，都要搞一顿排场。吃顿早饭，桌上也摆得归归一一。

张先生戴着眼镜，高高的个子，人长得舒舒展展。有点像研究院先生那种模样。不过他是本地人，少云看着张先生，就不像看着研究院先生那么害怕，那么觉得要赶快躲开。

张先生对舅舅舅娘客客气气，不是说，看你帮人的懂不起啥。也耐烦，和他们说话拉家常，一点不装大。听舅娘说起少云，跟着叹息一回。

舅舅那个活，没点力气干不了。从古井挑水到厨房，要上两台石梯子，一台就是二十多梯。那石梯子拿人得很，一百斤的桶，一脚一脚，梯子窄，不容人歇口气。厨房的大水缸，要装十一挑。澡堂洗澡水都从这里舀。从坨角头挑米上来，也费脚。该买啥菜了，厨房的师傅晓得喊，舅舅就去李庄买，买了挑回来，挑回厨房，就不管了。

舅舅一天闷声不响做事。

就是恶得很。有一次少云不晓得咋个惹着他，抬手就要打。舅娘说："你打他做啥子哟，他那个样子咋遭得住你捶？"

他看起恶，动手也少。手比脑子快，不是阴在肚子里恶。一劝就劝得住。话少，以前是没人讲话嘛，他那地方穷，穷对穷，没什么好讲。有人一起过日子，话就渐渐多起来。

邻居们

舅舅在牌坊田旁边买了一溜干坡地。虽说是亲亲的舅舅，少云知道自己是来逃难，懂得眉眼低着，大人喊做事一声不吭就去，去地里干活，松土，种菜，回到家，打扫打扫，小零小碎的事帮着做。家里吃肉，舅娘让他去地里掐蒜苗，少云高高兴兴跑去，一溜烟掐回来。

没事就缩在屋里，从不去跟当地小孩玩。

穷孩子面贵。跟人家玩？你不够资格。明白自己身份，不好去的。

看到外地孩子，除了资格问题，还有个怕惧。哪敢搭个话！眼睛是灰的，头发也是灰的，脸相都是长脸长脸的，不一样，跟他不一样！跟本地人也不一样。

那些娃儿胆子大，比当地的孩子胆子大。别看他是个娃娃儿，不怕人的，他不惹你，也不得怕你。

听到说，他们把玻璃锤烂，包起来。你要是惹他，他就扔你！你看到是个纸包包，里面装的是玻璃渣！玻璃尖尖栽到肉里头，那还了得?! 乡下人本来老实，何况他。他要是一个人单独碰到他们，很有点害怕。

每天都听得到上课下课的铃声。坐在教室里，听先生讲，下了课就玩，这能是自己的命？吃得饱饭，哪里还敢想读书的事！你一个逃难的，还想读书?!

漂亮院子里住了一个大胖子。少云断定他是个外国人，不是外国人，能长得这么胖?! 不是外国人，怎么穿那样奇怪的衣服？胸口空一块不说，正中间一颗扣子！好笑不好笑？照少云看来，那样的衣服只能算半件。

还有个年轻人，却又瘦。人家都是吃三餐饭的。吃三餐，还这样瘦?! 吃过晚饭，两个人常常一起，在附近转一转，这两个人走在一起，看着真是好笑。

他常常听到隔壁传出好听的声音，那声音能钻进人心里去，让人把眼前的什么烦难事情都忘掉。他心里存了一个大大的疑惑，想看看谁能弄出这样的声音……有一次，他瞅准没人，走到那边屋子，隔着窗户看到，是那个年轻人！案几上有一块好看的木头，上面有几根线，那个年轻先生一拨弄，好听的声音就传出来了。

没多久，年轻人的太太带着女儿来了。

有一天，少云看到那个年轻人，脱了长衫，只穿件裰子，光着臂膊在院里劈柴。少云吃了一惊，仔细看他，都不大会的样子，真怕他劈不好，劈到自己。

天气好，那对年轻夫妻在院子里，看小女儿学走路。小孩胆小，摔倒就哭。两人一左一右，在一边拍着手：过来！小女儿便鼓足勇气，摇摇摆摆三五步，闭着眼扑进爸爸或者妈妈的怀里……

冬天的时候，少云十岁了，大舅给了他一件旧袄，露着棉花，又大，框在身上。

他出去干活，来来往往，碰到研究院的先生，没有哪个恶他。在家里前前后后打扫，也要碰到人家的。

他站一旁偷偷打量。

乡下人，一百年都没见过这样的人！只好说身子手脚长法一样，眼睛、眉毛、头发都不一样。说不出来这眼睛鼻子不一样在哪里，但一看就不一样。

乡下的人，妈啊，舅舅啊，舅娘啊是一种人；这些人是另一种人，不像是凡尘托生。

但是好人！

你过你的路，人家走人家的，从来不说你穷就横你，呵斥你。人家对邻居，管你再穷，不相欺。虽说你不敢跟人家攀邻居，不敢正眼去打量。

既然没有哪个会凶他恶他，为啥不走玩走玩呢？

香樟树下那个秋千，他想去，可一次也没去过。远远看着那些孩子荡一荡……那个梭梭板，看人家坐得眼热，就够了。爬竿？他才不敢去。妈在，说不定又要说他猴跳马跳。

他喜欢那个戏园子，墙上用整石头抠出很多人物动物图形，有马有鹿子，鹿子的角，活灵活现，就像真有一只鹿子，在向前跑。还有文武战将，脑壳只有鸡蛋大，长长的胡须拖到胸口，一根一根，比头发丝还细，你说要好多工程才做得起？还涂了颜色，呵！威武煊煊的。

都是有来历的！你没有来历，能上墙上画？可惜，是哪些，他就认不得了。一排一排，三面墙上都是画。不晓得费了好多力气费了好多工夫好多钱？

戏台子也有办研究的先生。瞅着没人在外面，他就去看那些画。有一次他看得入迷，一转身看到那些先生出来了，他们都比本地人高大。

他想赶快走，万一人家骂你，你都懂不起！可是人家一眼就看到他，一点也没有说要撵他走。

他低着头，等人家走过去，那些先生脚上，洁净的袜，洁净的鞋。先生们穿的是棉袍长衫，有一位抽着烟斗，和旁边的人说话，一点都听不懂。

泥着一双脚折进大厅，人家也不得哼你一声。

胆子大些，开始去厨房里串。

那些人的生活！啧啧！

上班的有伙食团，大厅后头有大伙食团，戏楼后头有小伙食团，家属屋里还有小厨房，可以在伙食团吃，又可以在小厨房吃。

为啥他们比本地人高大？人家的生活开得好！那个生活，开玩笑！请起厨房头，伙儿、打杂师样样齐，天天都像乡下要办大事的样子。天天这样过！

人家日子过得松活，眼气不来！

人家又不在你这里取钱，又不在你这里做生意，天天吃了饭就办研究，有政府给钱！你晓得研究啥？人家有办公室，你哪敢跑去人家办公室？根本不敢去。

有一天在厨房看到一个老人家，是研究院的先生！看着奇怪。

不晓得为啥，他到厨房做饭，还很愉快的样子。可能是，政府要给他钱，所以也不怕一个人？还是，屋里头的饭吃够了，自己来做做？我们这里都是这样，家里的饭是屋头的做，真正在外头上灶，还是男的。老先生做，厨房掌勺的刘师也在一边看。

穿着长衫，就不像做饭的样子嘛。可是，你想都不敢想，人家做啥吃？说出来吓死你。

整鸡整鸭！

灶上一个烤箱，底下有炉桥，烧的是炭。烤箱像个抽屉，拉出来，油啊盐啊豆油啊，生姜、花椒、海椒啊，糖，还有橘子皮！反正各种作料，再添水，是鸡还是鸭子？放进去，放进去就把抽屉关上。

慢慢地，香气出来了，钻进鼻子，少云就走不动。

老先生不知道什么时候走了，又回来，把抽屉拉出来，拿个铁抓手儿，把鸭子翻个面。

抽屉拉开的时候，那浓郁肉香，让少云一口一口吞口水。

整鸡整鸭，怕是你一点点钱办得到的？

就是有钱的村民家也吃不起！见都没见过，给你你都不晓得咋个做法。
这狗日的味道……简直要杀人。

少云从大厅走过，不像从前那样着急忙慌。研究院那些娃娃儿在玩啥呢？一个个蹲在地上。

香樟树下，泥地挖了五六个小洞，那些男孩拿手指头把一个玻璃珠弹进洞里，又拿出来，弹进下一个洞。

那些娃儿，穿的啥，没见到乡下人穿过！短袖的衣服，压在短裤子里面，肩膀上还挂着两条背带子！神气活现！

玩得讲究！把珠子拿出来，还趴在地上看，瞄准了再打。这样金贵的衣服，也弄得一身泥，不晓得回家去挨打不挨打？

玻璃珠子有时候打进洞，有时候又瞄准地面的玻璃珠子，弹出去打那个珠子。

那玻璃珠子不经打，说不定就打碎了。看来，弹珠各人是各人的。有些人看到自己的碎了，就吵，吵几句，黯然收场。可能定了规矩，也没有哪样好说；有个娃儿看到自己的珠子被打，跑过去一看果然碎了，就哭。做哪样哭得恁伤心？想是宝贝得很，一个人的弹珠是有数的，碎一个少一个。

哭一会，就拿张纸出来，去把那些碎碴捡来包起来。少云警惕地站起身，转念一想，要扔也不该扔他，要扔也是扔那个打碎了弹珠的，他们一伙的小孩。

包起来也是那么小一点，和他想象的不一样。

那小孩把玻璃碴包起来，谁也不扔，一个人伤伤心心回家去。

包起来做哪样呢？还能粘起来？拿什么粘？

少云朝大厨房去。听背后叽叽喳喳在说，要去看恶鱼。前后脚，那些娃娃也来了。

厨房里有两条乌鱼，养在水盆里。

"信不信，这鱼能咬断你手指头。"

"咬断你手指头！"

"我不是说咬断你手指头，是说咬断手指头。哪个把手指放到它嘴里，就咬断哪个的手指头。"

"那你放进去试？"

"我傻呀，我都晓得还给它咬。你看，提得起来！"那些娃娃儿，拿筷子去逗乌鱼，摆得一地都是水。

"哎呀！出去！"

大舅高声喊，喊几声都喊不听，脸就拉下来了。

他不会说，真有可能咬伤手；搞得一地都是水，看滑倒……他不得啰啰嗦嗦讲道理，没得那个耐烦心。眼睛一瞪，大声武气一吼："出去！"

男孩们见这个人招惹不起，哄地起身，跑了。厨房里其他人都看着笑。

少云眼见这群人呼啦啦朝兵营去了。兵营！少云暗暗想，打死他也不敢去，他们还是胆子大。心里头羡慕：哎呀，兵！有枪！枪可不可以给他们随便摸？怕是不许吧？

五、一九四三：烽火连三月

抗战大事记

1月11日，中美、中英分别签订新约，美、英交还在华租界，废除一系列在华特权。

5月5日，鄂西会战开始。

9月8日，意大利宣布投降，并投入同盟国一方。

11月2日，常德会战开始。

12月1日，中、美、英三国在埃及首都签署的《开罗宣言》发布，要求战后日本归还占领中国的所有领土，包括东北四省、台湾、澎湖群岛等。

作为国家，中国在世界新秩序里，有了前所未有的地位，但中国的抗战，已到了最艰难的时刻。人民如入炼狱，一遍一遍被战乱、饥饿、灾荒肆意虐待。

史语所大事记

2月，继续甘、宁、陕考古，调查兰州、平凉、邠县等地遗址。

3月，调查乾陵、醴泉、咸阳等地陵墓及石刻，并至洛阳调查石刻。

发掘成都琴台古墓，九月再行发掘。

4月，调查西安、耀县碑林及遗址。

6月，调查武功、凤翔、宝鸡遗址。

6月、7月，蒋介石电饬研究"唐代文化"及"提高民族素质"。8月，所务会议推请傅斯年、李济、吴定良、凌纯声研拟方案呈复。

8月，在临潼调查秦陵。

又是一年

牌坊头的大厨房里闹热得很。

厨房宽，两台大锅大灶，还有两个小灶，灶前，一堆劈好的柴，一大堆折断的树枝连同枯叶。另一边靠墙有两口大缸，空间还余裕得很，够好几个人打转。厨师、伙计，各忙各的。

正巧这天赶集，送柴的山民已经熟门熟路，歇息片刻扯几句。

陈海庭把米倒进缸里，把头上帕子取下擦汗，又从腰间抽出烟杆。见灶台上放了一条剖好的鱼，刘师正在案板上切肉丝，连声道："呵！呵！"

刘师便说："先生们要加菜，都拿了钱。昨天高先生说要加个菜，庆祝庆祝；刘先生又拿了来；你看这是，刚刚王先生又来，我让他看这一地，给他说，要不您先留着，一天加一个，多庆祝几天？哈哈哈……"

"是为山下那事？"

"哪里是山下，是全中国的事！哼！"

"就你晓得？我才下山来，我不晓得？到处都在喧！废除条约。"

"哦，哦，好，好，你晓得，晓得就好！"

厨房进来一个人，是少云，他对陈海庭说："舅娘问你今天下不下山，要下山再买点糠回来。"

陈海庭说，晓得了。

少云也不走。

"咦，不回家站着干啥？"

"我想，我想跟你一起下山，看妈。我跟舅娘说了。"

"才要跟你说，你娘娘病了。你就去看看。说要在镇上另外租房子住……"

"娘娘得了啥子病？"

"老了嘛，就病了嘛。"

"妈住到哪里？"

陈海庭说："才刚说起，还没影呢。你先回家去吧。"

少云转身要走，刘师叫住他。这一老一少合得来。少云话少、安静，刘师性情轰烈，煎炒烹爆，干的也是轰轰烈烈的事，一动一静两人倒是祥和得很。

刘师指着地下，帮我把那豆角摘出来。少云知道，做那点子事，是给他一个留下来的理由，好处多多。

一块锅巴，一面浅黄一面焦黄，硬硬的嚼出米香来，这零食闭着眼一咂，都是幸福。有一回得到一碟油渣，撒了点毛毛盐……这，这！贵重得他不敢接。刘师说："吃嘛吃嘛，我是不得吃。闻了一天油烟子，只想吃口清淡的。"

伙计不耐烦，等不及地问："那么，是咋个废除呢？"

"美利坚国先废除了，还有英国，其他的国家，西……那些外国名字不好记，反正就是都废除了。"

"那是，不好记，外国名字都怪得很。"

"那些条约又是些啥子？"

"我又没在政府做事，我咋个说得清！我晓得这是好事，对全中国人，对你对我，都是好事。就是原先答应割地赔款，都不作数了，你想想，割出去的地方，就算人家的，你那里的人，就随便人家欺负，现在拿回来，归中国管，还是做自己的中国人，是不是好事？"

有一围虚心听众，刘师说得越发得意，说得众人都点头。

老彭进了财门口，一担子的颜色放在天井中央，深绿的大葱，翠绿的豆角……白菜简直就是几朵巨大的花。老彭取下毛巾擦擦汗，擦出一张干爽的笑脸。

太太们陆陆续续走过来，都看出来，问他："哟，有什么好事情啊？"

老彭拿出油印传单，说："我想，你们可能想看看，就带了两张。"

萧太太接过传单，太太们都凑过来一起看。

> 英美两国政府自动放弃在华特权！
>
> ……
>
> 三十二年一月十一日，在战时首都重庆和美国首都华盛顿两地，中英新约和中美新约签署，中、英、美三国政府同时向全球公告。
>
> 跟随英美，法国、比利时等西方列强也相继废弃了不平等条约，而日本和意大利因为和中国是交战国，条约自动作废，这意味着，中国近代被迫签订的丧权辱国条约，大大小小总共七百零九个，到此全部废除。[①]

另一张传单写着：

> ……从此，我们把租界、领事裁判权、驻兵权、内河航行权等等各种由于不平等条约产生的名词，送进了中国博物馆；从此以后，中国恢复了完整的国权，半殖民地或者次殖民地的屈辱付诸历史长流……自由平等的光辉从晨曦里簇拥而来。
>
> ……

同济学生，写了海报贴在街上。李庄有多大呢，不一会全镇人都被这喜讯点燃了热情。

同济的斯图伯教授有一台收音机，屋里挤了很多教授，椅子不够，大都站着，支着渴望的耳朵，收听蒋委员长对全国人民的讲话。

[①] ［美］费正清，［美］费维恺：《剑桥中华民国史》，中国社会科学出版社，2018。

过去，可以把一切的问题都推到这些不平等的条约上，今后，就没有诿过卸责的余地了。全体同胞必须同心一德，互相激励，痛自悔悟，彻底革除颓风污习。

学生们欢喜得泪流满面。他们传阅着一张《大公报》，这张报纸经过了无数的手，已经给汗水和泪水浸透了，字迹也变得模糊不清。不要紧，年轻的学生早已能把它倒背如流。

蒋委员长宣布，全国放假一天。

李庄人激动万分，加入学生的队伍，欢声雷动的不仅是李庄，在重庆、成都，在中国后方各个城市，人民涌上街头，庆祝这个挺胸抬头、扬眉吐气的伟大时刻。

伟大的假期里，劳延炯却被一根长钉子刺伤了大腿。

滑滑梯坏了，工人把木板取下来，还没来得及修。

兄弟俩发奇想：这不正是个跷跷板？于是，吭哧吭哧搬到木头柱子上架起，一个坐一头，跷起来。上面有个长钉子，扎到大腿才晓得……

幸亏穿得厚，不然还不知道扎成什么样。

于是，到诊所，用碘酒擦、洗，痛得要命，还要挨骂。

回到家，挨骂的还有哥哥。

春天到了

又一个春天到了。

初春的腊梅，老叫人觉得是一幅没画完的画，在等着谁来画。画家来了，一点一点，米粒样的新绿从枝上冒出来，然后，像小婴儿的拳头，慢慢地小心翼翼张开来。

满山坳的枝头冒出鹅黄色的嫩芽，一抹一抹新绿抹上树梢，叫人惊讶，绿，有这么多种！深绿、浅绿、老叶子的绿，新叶子的绿……

风，变软了，变暖了。它从远处来，带来不寻常的礼物。

财门口堂屋壁上，有一个燕子窝，一到春天，两只燕子就飞回来。

飞回来有些日子没有动静，过一阵儿，窝里就有小燕子。老燕子飞出去，叼了虫回来喂小燕子，又出去，飞进飞出。

轻轻盈盈，就到了稻田，那么流畅地低下去，似乎是不小心，尾巴掠过水田，水面就起了细细的一圈一圈波纹，荡漾开去。转眼又飞到竹林里，停在树梢上。那么光亮的羽毛，那么轻快的翅膀，那么俊俏的尾巴，飞得那么漂亮！

它们飞回来和孩子们一起过春天，让孩子的春天热热闹闹。

到冬天天冷了，它们一家就走。等到第二年春天，又会有两只燕子飞回来。

回来的两只是这家人的哪两个？

它们从哪里回来，飞了有多远？它们怎么记得那么清楚，李庄板栗坳财门口的堂屋壁上有一个窝？它在天上飞，又不像地上，有路有地名。天上除了云什么都没有，而一次也没有走错过，难道它认出地上的路，认出地上的房子？这件事情很值得研究。

等那么十几天，里面就有了一窝小燕子。有人猜是三只，有人猜四只，细细的声音，短促、明亮，叽叽喳喳，叽叽叽，啾啾啾，一直在说，不知道说什么。站在下面，望断脖子也看不到。

每幢院子门口都放着梯子，下面宽，上面窄，财门口也有，靠在进门的角落里。

劳太爷在厢房看一帮男孩，兴致勃勃把梯子搬过去，搬进堂屋，竖起来，要爬上去看燕子。

"你们看就看，莫要去动它。"

"晓得！"

男孩一齐回答。

只有一个幸运的孩子看得清楚。下面的孩子，仰着头，耐心等着上面的人下来。耐心不够了，就催：下来，该我了。

萧长庚不到两岁，也想上去看。就趴在门槛上咿咿呀呀。

谁敢抱着他上梯子？谁也不敢。

只有等长大了自己爬上去看。

他长大都明年了。

就是，他长大燕子都走了。

燕子还要回来的呀，等燕子回来。

小长庚就去隔壁找妈妈，对妈妈说，叽叽叽叽，鸟，梯梯，哥哥，鸟。

听不懂。

长庚很着急：梯梯，鸟，叽叽叽。

妈妈笑了，却不帮他。萧长庚摇摇摆摆回到堂屋，上不去也舍不得离开，趴在堂屋门槛上看。

劳延煊在讲，燕子是悲伤的鸟，燕燕于飞，差池其羽。劳延炯也会背，叔爷爷正在给他讲《诗经》。

劳延炯在梯子上等了好久，老燕子都没回来。他从梯子上下来，没有看到小燕子吃虫。

梯子下有小孩讲，我觉得燕子不悲伤，他们好高兴的。

走，我们去二楼……

二楼有两个窗口，说不定也可以看到小燕子。于是等不及的就去二楼，从那窗口伸出头去看。虽然远了点，可是比站在地上看强多了。看得到小燕子的头。

可惜董嘎一看不成，可怜，给锁在屋里呢。

我们财门口有燕子！

别的院不一定有，学校里有了显摆的宝贝。

有四只小燕子……

小燕子嘴巴张老大，嘴壳黄的，嘴壳里面也是黄的……

老燕子去外面叼虫……

每个小燕子都抢着吃……

好像是他们喂大的一样，财门口的主人集体觉得与有荣焉。放了学，带着其他院的小朋友来看。一路上，主人们就抢着为观光客人介绍，他们的小燕子。

从牌坊头到财门口，短短一段路，观光的小客人也等不及了。

让客人先爬上去看，是必然的礼貌，我们有的是时间看嘛。

一个一个爬上去看，看完了下来，就说话。

课本上都有燕子。

他们去南方过冬，春天才回来。

南方是哪里？

……

春天它就回家来。

过了这么久，走了好远的路，回来，还找到自己的家，孩子们就感动。

不知道，南京的家、北京的家、河北的家、湖南的家、山东的家还在不在？日本人的飞机是不是把家炸掉了？要是有一天他们回去，还找不得到以前的家？

……

"你说那些娃儿，稀奇燕子！一个二个爬梯子上去看！"晚上，张永珍对陈海庭说起。

"当真看得痴！"陈海庭忍不住笑，"没见过，稀奇嘛。"

少云听了却新鲜，他们以前住的地方没有燕子？

我们这里，常常看得到燕子，不是每家人都有！燕子是个稀客，要选好人家做窝；燕子选了你那家，一家人都高兴。

燕子到了一个新家，衔泥衔草回来做窝，泥点撒在地面，没有哪家会嫌。

燕子来了，家家都要招呼小孩，不要去搞不要去弄，要好好对待它。

燕子这里住住，那里住住，它到了哪里，都搭个自己的家。没有人嫌它。自己找吃，也不要你家的吃食。这就尊贵。

少云想，自己也像燕子，不，比不了燕子。他也是这里住住，那里住住，朝有吃的地方去。不是说舅舅舅娘不好，吃人家就不尊贵嘛。长大就好了，可以自己挣钱，养自己，养妈。有时候想，要是妈能到这里，随便帮哪家，一家人在一起，那就好了。

栗峰老人

这年春天，和燕子一起到来的，还有一位王献唐先生。

董敏去爸爸书房的时候，常常看到他，有时候，他也到董敏家里去。他一来，爸爸就会很高兴，他们聊得很起劲，聊好久。

他高高的个子，戴着眼镜，瘦瘦的。有一次，两人在写字、看字，董敏进去，好一会儿他们才发现他。

爸爸告诉他说，王伯伯是爸爸认识很久的好朋友，十多年前就在一起考古，那时候，还没有你呢。

那时候，他们一起在城子崖龙山遗址勘查发掘，对山东其他遗址进行了普查和小型发掘。他们一起成立山东古迹研究会，傅斯年任委员长，李济任田野工作部主任，王献唐任秘书，董作宾是委员。所以，王先生和史语所的好些先生都是旧相识。

后来他当了山东图书馆的馆长。抗战爆发，他选出二十多箱珍品书籍文物，运往曲阜。

曲阜也不安全，可是没有条件全部运走，他从二十箱中拣出了五箱。这时，政府官员都疏散了，经费没有着落，王献唐求亲告友，还把自己的收藏卖了，才凑出运费。

他和编藏部主任屈万里、工友李义贵，过铜山，经汴郑，出武胜关，走了八天，到达汉口。路上遇到三次空袭。

到汉口就"弹尽粮绝"，再也拿不出钱了。

似乎天无绝人之路。他们在汉口装船时，碰到了迁校去四川万县的山东大学老乡！山东大学愿意以聘请王献唐兼课为条件，负责将书物运到四川，预付了八百银圆的兼课费。

王献唐把文物放进乐山大佛寺天后宫内一个干燥的崖洞，砌了洞口，安排李义贵就地守护。用他在武汉大学执教的收入，维持他和李义贵的开支。

一九四一年二月，他去重庆，国民政府任命他为国史馆筹委会副总干事兼第一组主任。

他推荐屈万里去史语所，给董作宾当助手。

不久，他自己也来了。

在重庆工作不大愉快，不想待了。傅斯年和李济就向中英庚款董事会事务所推荐他为"考古及艺术史组受协助人"，邀请他到史语所，养病读书，撰写《中国古代货币通考》。

他和傅斯年都是山东人，一个温文尔雅，一个是跌宕不羁，两人私交很深。

两人同年，四十七八，一个说自己，从少年跳到了老年，一个自称：栗峰老人。

他到史语所，算是客人。董先生安排他住在田边上，对面就是庶务室。

他一到，董先生就特地去信，告诉善本书库管理员王育伊，"（王献唐）查阅图书享受所中同人待遇"。

他在大食堂吃包饭。以前张官周常写信请山上的先生们下山聚会，这时候，客人名单里，就少不了王献唐了。梁思成先生也请他吃饭，肯定是很高兴啦，微醺着回家，一路上心里流淌的都是诗。

董作宾特别关照这位老朋友。家里做了牛肉，给他送一盘过去。做了牛肉馒头，也要送几个给他。有一次，还买了十包卷烟送他。

傅先生也常去看他，每次去重庆一回来，就去田边上找王献唐——帮他买药，买笔买烟送他，请他吃饭。

王献唐先生诗词、书画都好，治印也很有功力。

除了给外地好友寄书画作品，他也给山上的朋友们画画——大家都来索。给王叔岷画菊，给萧纶徽画山水，给劳榦画花卉立幅，为李光宇画了巨幅荷花，为罗筱蕖画荷花，还为李庄镇长作画……画完，自己先欣赏，颇不俗，送出手，心里还有余味。

李济也是他的老相识，王献唐能到史语所来，受益于中英庚款"考古及艺术史组受协助人"计划，而李济就是计划审读人。而他的父亲李权老人，曾是皇家管文物的官员，一辈子读书写字，尤其喜欢作诗填词。老人家还上山来拜访王先生。

王先生常和董作宾一起去李济家，就一点不奇怪了。

山下还有一群同好，罗南陔、罗伯希、张官周、张访琴啊，恨不能天天邀他聚谈，谈文物收藏，谈诗论词，书画往来乐此不疲。

有一天，董敏在家里，门外飞进来一只绯色蝴蝶，翩跹翻飞，董敏不由得追了过去，蝴蝶忽起忽落，眼见擦着他的手臂，一下又飞过他的头顶。

爸爸拿扇子一扑，真没想到，一扑便落到地上。

爸爸于是把蝴蝶拿去给王献唐伯伯看。王伯伯也很喜欢，画了一幅画，还题了一首诗：画出蝶衣色带绯，太常往事忆清微。年来惯作并固蔓，扑向春风一叶飞。

蝴蝶一直挂在王伯伯的墙壁上，过了一年多，被虫所蛀，行且尽矣。王伯伯还舍不得。"辑存残翼于此，亦一纪念品也。"（后来，2010年，董敏把这幅原件赠存青岛王献唐研究会。）

中秋，一大早，爸爸摘了几支桂花，插在瓶中，给王伯伯送过去。王先生还没起床，他说，人还没起，香气便透进帐中。中午，王伯伯约爸爸几个人到江边小饮，有劳仲武先生、屈万里先生、劳榦先生。

晚上爸爸约大家赏月。

"清光照映，田水清澈，桂香时时沁人，心甚爽舒，异乡之乐境也。"王伯伯在给友人的信中说，栗峰的日子，和重庆比起来，真是仙凡之别。

没过多久，董萍就叫王献唐伯伯干爹了。——中国人就是这样，两个人互相喜欢，喜欢得很，就想把这份感情延续到儿女那里。

干爹还给小萍写了一首诗。

示小萍

不道人间又是秋，西风落叶仲宣楼。亦知无奈愁中老，喜闻卢家唤莫愁。

苦日子

孩子们在香樟树下打弹珠，挖洞挖出来的方孔铜钱，以为好古好古，其实二十多年前还在用，一千文一串。至于为什么埋到地下，又埋得这么浅，起个什么作用，就不太清楚了。

后来用的是五文、十文、二十文、五十文、一百文、二百文的铜圆，还有国民政府发行的一分和半分的辅币，也是铜的。

老人喜欢银子，一两二两三两五两十两，白花花的，挣了钱换作五十两的银锭，叫作元宝。一个一个攒起来，看得见自己的财富。

不过即使是散碎银两，买东西也怪不方便。

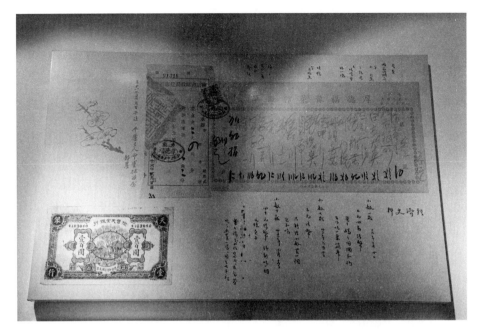

当时的货币

民国二十二年（1933），政府宣布不用银两，改用银圆，十四元银圆折合十两银子。

银圆有很多种，有袁世凯头像的叫袁大头，有孙中山头像的叫孙洋，这是"龙板"。

还有"川板"，五角、一角、半角都是四川铸的。

还有"鹰洋"，别看是外国银圆，用久了才晓得其实成色好，也不晓得外国究竟是哪一国。上海的外国银行发行纸币，都拿它做兑换标准。因为鹰洋信誉好，市面上出了假鹰洋。

四川军阀来了，各办各的造币厂，造出来的银圆叫作"杂板"，李庄人都不想要，做买卖认定只要袁大头、鹰洋。

民国二十四年（1935）十一月，国民政府通令统一全国币制，发行"中央券"。这一年四川才实际归顺中央。李庄人开始用起"中央券"，叫作"国币"或"法币"。

老派人不喜欢，但有什么办法？钱这个东西，用到一段时间，自然就习惯了。法币有一元、五元、一百元、五百元、五千元，还有一万元的。拿到手里都是钱，说不得喜欢不喜欢。

过了几年，民国三十一年（1942）四月，市面上又有一种"关金券"流入，一元关金券折合法币二十元。

直到民国三十七年（1948）八月，政府发行"金圆券"，法币和关金券才一齐都不用了。一元金圆券抵银币一元，折国币三百元。再过一年，"银圆券"来了才吓人，一元银圆券兑换五亿元金圆券，刚出现的银圆券，基本上就是废纸。这是后话。

现在，钱还没成废纸，但是生活着实不易。

以前，史语所发薪水都是大洋。到李庄之前，大家领的薪水就是法币了。

董彦堂先生做了一个记录，董敏一直保留着：

> 小敏一岁，（民国）二十六年（1937）二月二十四，二元四角法币，爸爸妈妈可以和朋友们吃一桌筵席。
>
> 小敏七岁，（民国）三十二年（1943）六月二十日，三元，只能给小敏买一个包子。
>
> 小敏十岁，（民国）三十五年（1946）四月十日，四十元法币，只能吃一个叉烧包子。
>
> 同年，爸爸请了四位客人，在留芬吃了五菜一汤，用去七千元。

中央银行的十元券，有孙中山头像。民国三十四年（1945），此票一张可以买得：最廉之香烟二支；带棍之小圆球糖一个；五香花生米十粒；小而薄之烧饼一个；寄平信五封、挂号信二封。

一九四二年，和五年前抗日战争全面爆发时相比，四川的食物平均指

数涨了一百二十倍，衣物更是涨了近三百倍。^①

永远不要觉得，眼前的苦日子就苦得过不去，遇到再苦的生活，都得一口一口咽下去，因为，更苦的还在后头。

李庄生活水平每况愈下，物资匮乏，物价开始飞涨。研究人员的薪水已大大缩水，越往后越不值钱。

战事中的政府，决定对公服人员发放一部分薪水，另一部分用食米或碛米替代，叫作米贴。

通行了一千多年的货币制度，宣告枯竭。史语所和其他教育科研机构的同人，以自己殚精竭虑的学术成果，换来黄谷或者碛米。

史语所一封公函，派遣本所出纳管理员萧纶徽、庶务管理员汪和宗前去接洽领取员工食米。

> 迳启者：前准教育部三月二十三日地一四二三二号来电，中央研究院兹商准粮食部，自四月起价拨贵院南溪部分员工食米 80.2 石，请向当地粮政机关洽领，详细办法另行函达教育部。准此，兹派二人前来。
>
> 三十二年四月十九日

这已是等米下锅的日子，却还有断粮之虞。

有两月不曾领到食米，傅斯年专门去函，恳请仓库通融，先将两月食米如数拨发，或酌借。

> 仲阳、铭淑两先生左右：
>
> ......
>
> 兹以敝院在李庄两所之员工，已有两个月未领到食米，特请敝

---

① 四川联合大学经济研究所；中国第二历史档案馆：《中国抗日战争时期物价史料汇编》，四川大学出版社，1988。

所芮逸夫先生前来奉商。如承贵仓库惠予通融，先将六七两月份食米如数拨发，或酌借若干，感何如之。一切托芮先生面达。……

傅斯年

（一九四三）七月二十五日

面对越来越艰难的生存条件，傅先生不得不忍辱负重，八方作揖。这一时期，他曾给王梦熊写过一封求助长信，他是驻守宜宾的四川第六区行政督察专员兼保安司令。

请您不要忘记我们在山坳里尚有一些以研究为职业的朋友们，期待着食米……敝院在此之三机关，约（需米）一百石，外有中央研究院三十石……

凤仰吾兄关怀民物，饥溺为心，而于我辈豆腐先生，尤为同情——其实我辈今日并吃不起豆腐，上次在南溪陪兄之宴，到此腹泻一周，亦笑柄也——故敢有求于父母官者。[1]

……

史语所的医务室早已无药，新来的张医生令全所人大失所望。"许多同人去看病，张大夫都说要喝开水。他也被起了绰号'开水先生'。"[2]

没有药的诊所，叫他能有什么办法呢。

病患越来越多，形势一发不可收拾。

董同龢的孩子患上痢疾……

董同龢太太患痢疾。

夏鼐病了……

陈文永的小孩夭折。

---

① 那廉君：《追忆傅孟真先生的几件事》，载《傅斯年印象》，学林出版社，1997。
② 陈存恭，陈仲玉，任育德：《石璋如先生口述历史》，九州出版社，2013。

吴定良的女儿病了……

每一家，都是"经济已处于绝境，恳请惠助"。

……病了，……病了，……病了。

……病了，……病了，……病了。

……

傅斯年病了。

他的血压陡然升高，躺在床上焦头烂额。

等他能够从床上起来，人们看见，他的头发猛然白了一大片。

死　亡

爸爸从西北回来不久，奶奶就病了，病了好长时间。劳延炯发现，大人都不怎么说话，说话也不让小孩听。这种气氛，让他有点透不过气来。

这件事情，像一场暴雪把爸爸的好性情给冻住了，他变得沉默寡言，到处打听找医生。

医生也没有办法，但爸爸不肯放弃。他去给奶奶抓草药，当地人给他送来偏方，他都要试。他让妈妈把那些草药煎了，让奶奶一碗一碗喝下去。

奶奶叫阎克誉，妈妈告诉延炯，爸爸小时候背的诗，都是奶奶教的。

"江南可采莲，莲叶何田田……""所嗟人异雁，不作一行归……""落霞与孤鹜齐飞，秋水共长天一色"……都是奶奶教的。

……

可那些草药，没能救下奶奶的生命。

劳延炯长大了，不再像三岁那样，问弟弟哪里去了。他领会了死亡的冰冷，那亲爱的脸，再也看不到，温暖的手，再也没法抚摸；死亡是另一个世界，亲人去到那里，再也不会回来。

那天早晨，奶奶的灵柩抬走，爸爸一直在山坳上哭，哭得声音都哑了。

有一天，李光谟放学回来，有人告诉他：快回家吧，你姐姐没了。

他赶快跑回家，家里人已经哭成一团了。

他不相信，他的姐姐，他十七岁的姐姐凤徵，真的没了。

听说，姐姐临走的时候，拉着爸爸的手，说，爸爸，我要活下去，我要考同济大学，永远不离开您和妈妈，还有爷爷奶奶……

房东罗甫周为李家做了最后一件事，捐出家里的棺材；张官周拿出自家一块地……

直到来到墓地，光谟仍然不肯相信，他真的再也见不到姐姐了。坟上的幡，还在清风中摇动，好像姐姐有话要说，像姐姐要活下去的心愿，轻轻摇动。

两年前在昆明，小姐姐就没了。如今，大姐姐也没了……

李济的心，已在绝望中无所安顿。

一双爱若珍宝的女儿，花朵一样，刚刚绽开，就这样眼睁睁的，一个一个离开他，李济被击垮了。他万念俱灰，要辞去考古组组长一职。

傅先生宽慰他，劝解他，可是真正的痛，是无法宽慰无法劝解的。

吵　架

就在这时候，傅先生和李济先生大吵了一架，为什么事情呢？哎，孩子要等长大才能弄清。弄清之后，只剩下无奈了。

因为物价太高，傅斯年提议，将史语所与博物院筹备处使用的照相材料、费用分开。

中央博物院筹备处设立时，傅斯年为筹备处主任。第二年，改聘李济继任筹备处主任。

两个单位的人员互有交织，两家分别隶属于中央研究院和国民政府教育部，在李庄也分居板栗坳和镇上张家祠堂两处，"两院有合作关系，究非一个机关。今日物价高贵之下，分别办理，情理之常"。

但在一起久了，要详细事前区分有困难，也许工作人员也没有严格认真执行。

有一天，傅斯年找李光宇上山，查问照相室的材料使用情况。李济听说后立即火起，修书责问傅斯年。

傅斯年意识到在礼数上不够周全，回信反复表达歉意，"无任惶悚之至""实极抱歉，敢不泥首请罪"云云，解释自己实无他意，最后向李济伸出橄榄枝，"明日开会，仍盼兄到，轿子照旧下山去接"。

傅斯年能有这样的言辞和姿态，实属少见。然而李济并未领情，第二天带着一肚子火气到板栗坳参会，凌空抛出"六斗米弹劾案"，指控庶务管理员汪和宗"冒领米贴"，借此弹劾傅斯年。

史语所和中博筹备处的公函你来我往，为此事争执多次。傅斯年在给朱家骅、叶企孙的信中说，**此次济之先生之演"八蜡庙""全武行"（幸未"带打"），本为借题发挥之事，其不高兴事并不在于此**。他详细列出两人发生龃龉的四件往事：博物院展览、查照相室、关于夏鼐的路费薪资，甚至还包括去年两人的玩笑话。其中，查照相室是主因，但能够较劲的，便是木匠于海和的六市斗米一案。

于海和是史语所的木匠，借给中博筹备处。史语所发过工资之后发现不该发，去信要求退还，计有五月工资九十元和伙食一百八十八元以及米贴六市斗（碛米）。

而中博按本地木工最高待遇，照于海和的出工天数计算工资，随信附上法币八百八十三元，比史语所要求的高出好些。

史语所回信称，借调员工不按工结算，此办法不能入账转报总处。史语所庶务室收下二百七十八元，退回其余六百零五元，要求中博退还六市斗碛米。

中博以五月七日市价每市斤六十五元，折合法币三百九十元送上。

史语所不同意，一定要实物。

看吧，两人任性使气，火气甚大地较量起来。

李济向粮食部、教育部陈书，控告汪和宗"重领米贴"。傅斯年也呈请中央研究院彻底查明。

李庄的众多学者眼看同室操戈，梁思成、林徽因、曾昭燏等，屡屡相劝，最后竟到李济的老太爷李权老先生也被卷入进来。他给傅斯年写了一封信：闻小儿济近与足下似有互相龃龉之处，伏唯小儿随侍左右十余年矣，尚肯俯念旧交详予指导……

同事的纠纷矛盾，竟然让一位随所流亡的老人出面斡旋，傅斯年深感惭愧内疚，写一封长信致李权老先生，详述经过，"临书悲痛，百感交集"。

李济不依不饶，傅斯年也坚持要求中研院给出明确的结论。

七月十四日，叶企孙回函傅斯年。

关于向博物院索回木匠之米代金事，兄及汪君毫无作弊之事实嫌疑及动机至为明显。济之兄随意诬人，殊属失当。但亦只能假设此因心绪不佳所致而原谅之。

七月二十二日，傅斯年收到李济一函：

……六月二十一日所务会议时，本席以……木工于海和在外索取五月份第二份米贴之嫌疑，曾临时动议弹劾庶务员汪和宗，……兹查此事系出误会，理合自动撤销前次提案，以兹结束。

第二天，由中博筹备处的郭宝钧与梁思成上山，与史语所的凌纯声、李方桂、董作宾、吴定良等汇合，一同拜访傅斯年，并留下一函：

关于本所庶务室为木工于海和向中央博物院索回五月份米贴

事，据同人考察此事经过，绝无预图领取双份米贴之动机及事实。兹特郑重证明，以兹结束，即希亮察为荷。

此致　孟真先生

凌纯声、梁思成、李方桂、董作宾、吴定良、郭宝钧、岑仲勉、丁声树。三十二、七、二十三[①]

过了几天，八月二日周一，在早上的国民月会上，傅所长特别提出："与李济主任以米贴纠缠事已告结束。"

应傅斯年之邀，中午，李济上山来了。一见面便说："My old man, I am sorry for it."傅斯年说："没有什么，没有什么。"两人于是谈了起来，相谈甚欢。傅斯年留李济吃了午饭。[②]

夏天，前鹏来了

傅斯年和李济的较量中，有两个人夹在中间，想必是尴尬而难过。

尽管傅斯年并不想将其他人牵连在内。

在给朱家骅和叶企孙的信中，傅斯年解释弹劾案的缘由、冲突的起因，自然免不了要提到李光宇、李连春，提到之处，专门用括号注明：此人甚老实，久为济之调下山去！提到李连春时，也不忘说一句：此人亦老实。

不管如何，李光宇是照相室管理员，李连春为技佐，都免不了两边为难。

李光宇常常在山下博物院，吃饭就一个人打发。

有一天，他在街上吃了一碗汤圆，又香又甜又糯，很是可口。哪想得到……

他有胃病，在考古工地待过的人，多半都有胃病。他在考古工地的时

---

① 王汎森，潘光哲，吴政上：《傅斯年遗札》，社会科学文献出版社，2015。
② 夏鼐：《夏鼐日记》，华东师范大学出版社，2011。

间可长：民国十九年（1930），他在龙山镇参加过李济主持的山东城子崖考古发掘，第二年三月，参加了殷墟的第四次以及以后第六、七、八、十一、十二次的发掘。

他一直受着胃病的苦，不知道汤圆那东西好是好吃，却不好消化。积在那里，半天都克化不动。胃便疼起来，而越来越厉害，以致背都扯得痛起来。

同济医生说是胃溃疡，可以做手术。但他害怕手术，只肯吃药。

民国三十二年（1943）春天，北平牛肉胡同。

牛肉胡同原先叫作牛肉湾儿，在西单南边绒线胡同西口那儿。它弯曲成一个 W 形。李从伊一大家子便住在这里的一个四合院内。

李从伊是前清的举人，当过知县，民国成立后赋闲在家。

李光宇念到大学三年级，家里境况不容再念下去，他辍学去邮局当职员，又去做小学教师。要负担一个大家庭，这点薪水很吃紧。

他的弟弟李光海还在上高中。

光宇进了史语所，光海也考进了唐山工程学院。

李光宇两个妹妹，进过新式医科学校，在协和医院当护士。三妹妹结婚去了石家庄，先生在石家庄火车站当站长。她把四岁的侄女、李光宇的女儿前明带走了，减轻大家庭的负担。

民国二十六年（1937），李光宇有了儿子前鹏。下半年，他就跟随史语所去了长沙。

第二年十月，史语所的人员迁到昆明。战火烧到长沙，长沙城里却还有一些公物没有运走。

情势危险，普通人都不能进长沙。傅先生找俞大维和何应钦，给了李光宇一个"少将团长"的名头，给一套军装，让他以团长的名义进城。即便这样，要将东西运出也是困难重重，只能择出重要标本运到重庆，再把存在桂林的古物运回昆明。

他刚刚离开长沙，那场惨烈的大火便燃起来，一直烧了三四天。[①]

只身犯险的事，怎么能让家里人知道？

日本人占了北平后，牛肉胡同这一大家人，只知道光宇在昆明，还要去四川，就再也没有消息。

这一天，李光宇的信到了。

祖父说，你们还是去四川吧。鹏儿要读书了，他不能受日本人的教育。

妈妈告诉前鹏，爸爸在四川一个叫李庄的地方，他生了胃病。前鹏很久没有见到过爸爸，连他的样子都记不得了。

收拾好行李，前鹏就跟着妈妈上路了。

等到一家人聚在一起，说起路上的一切，前鹏才明白，爸爸在板栗坳等着他们到来的几十天里，那种牵挂和担忧，那种焦愁，一点也不比在路上好受，因为无能为力——

李光宇收到电报，简直"内忧外患"。

他不敢想象，这母子俩怎么到后方来？日本人占了那么多地方！

北平出来，要有日本人开的通行证；经过敌伪占领区，那是要重重盘查，万一有点差错，可怎么办？

国军和日军正在湖北会战，山区里有国军的游击队……不敢想。

一家一家逃难，还有个照应……三千多公里路，一位小脚太太，带着五岁半的孩子，这路途，实在耗费想象力。

李光宇在筹备处看到一份《大公报》，主笔张芸生写他在河南的所见：

  饿死的暴骨尸肉，逃亡的扶老携幼，妻离子散……吃杂草的毒发而死，吃干树皮的忍不住刺喉咙绞肠之苦。……

---

①《史语所大事记》民国二十九年（1940）四月条：李光宇此行系疏运长沙的图书至重庆，并顺道把存桂林之古物运回昆明。民国三十一年（1942）三月条：日军侵长沙，本所留存长沙圣经学校的部分文物悉告损失。

看得肝肠寸断。

此刻，他只能想，想出这么一条路线：从北平坐火车，到郑州，从河南到湖北，再到重庆。到了重庆就好了，坐船到李庄。

在北平家里，走之前大概也商量出了这么一个路线。

一上路，意外比计划多出太多太多。

从北平到郑州有火车，以后就难讲了。

刚刚到郑州火车站，一下火车，就被眼前的情景惊呆了。一群一群的难民，坐在地上。刚刚从别处逃来的难民，衣衫褴褛，挑着箩筐，担着担子，挽着包袱。

空袭警报响了。车站里的人从候车室跑出去，外面的路人，脚夫，挑担子的，呼叫声，哭喊声，乱成一团。

人们四下跑。没人有主意该往哪里跑，朝东边跑的跟朝西跑的撞在一起，真有炸弹落下来，能躲到哪里呢？

上一次轰炸留下的弹坑里！听说，上次炸过这里，下次就不容易炸到。

飞机叫着飞过去，扔下炸弹。

生，死，全听天意。

恐慌过后，是巨大的茫然。有一位妇女再也站不起来，坐在地上，绝望地空洞地坐着，极度的饥饿让她哭都哭不出来。人们似乎忘了自己要去哪里。

前鹏和妈妈也只能躲进路面的弹坑里。前鹏先爬起来，挽着母亲走回候车室。妈妈的小脚好遭罪！……

看着周围的人，小小的前鹏觉得心里苦。这个孩子有一颗敏感的心，总是看到别人的苦。

……

往前走没有火车了，也找不到汽车。一脚一脚往西走。越走越凄凉，看到的难民越多，奄奄一息倒在地上的人，嘴里仍在慢慢嚼着稻草；拉着板车的女人，卖掉自己的儿女……到最后看不见了。大家都不说话，默默走一程，又分开。

河南。民国三十一年到三十二年（1942—1943）春天，一夏一春，滴雨未下，大旱之后，蝗灾来了，所过之处颗粒无存。三百万人死于大饥荒，三百万人西出潼关做了流民，沿途饿死、病死、扒火车挤踩摔轧而死者，不计其数。

他们该怎么走呢？

河南一百一十一个县，日军占据四十三个；国军控制着其余六十八个。中共的部队则活跃在豫北和豫东地区的敌后根据地。

要从三不管的地带摸索一条路。路在嘴上，如果见得到人的话。

有时候找到一辆独轮车，母子俩坐在车上，半天颠下来，一身骨头都不是自己的。但这毕竟也算是交通工具。

许多路，是靠脚力。李太太拄着一根竹竿，身上挽着两个大包袱，一手拉着前鹏。

更可怕的，一天都见不到任何人。前面的村庄，一眼望去，死寂一片，不止没有人，连一只鸟都没有。焦枯的土地上没有一寸草，树皮也扒完了。这样的情景无法描绘，它就是末日。

他们找到一间破庙，撩开蛛丝网，扫一扫灰，歇了一夜。害怕有人，谋财害命；害怕有老虎……整夜不敢睡。

第二天，继续走。

小孩子勇气可佩。母亲的愁苦焦虑，他都没有，他只一心帮着妈妈克服困难。

穿着薄袄走的，走了七十多天，到了重庆，妈妈让前鹏换上短裤。

在李庄接到母子俩，简直就是劫后重逢。路上一切，问都不敢问，到了就好，到了就好。

李太太虽然是小脚，却有着开阔的心胸和面对现实的巨大勇气，对于这两个多月想起来就后怕的路途，李太太说，多亏了鹏儿机灵！

过了半年，潘悫太太带着潘木良，从北平来到板栗坳。

也是坐了火车，坐过牲口拉的大车，走路……这样的路途，谁说得准哪天到呢？

下船并没人来接。

走在路上，潘木良对母亲说："妈，你看那边那个人，多像我二大爷。"

潘太太一看，那个"像二大爷的"，不是别人，正是潘木良的父亲！

潘太太也是北京人，高高个头，大方豪爽，颇有燕赵之气。过了很久，还把这笑话讲给人听。

潘先生一家搬到财门口，这时，李方桂去了华西坝的燕京大学，他们便住进李家住过的这几间房子里。

陌生的爸爸

李太太到了板栗坳，担起全部家事。她在桂花院旁边开了块地种菜。有一种苋菜，前鹏以前没见过。这个菜有趣，紫红的叶子，炒出来的菜汤，也是红的。赶场的时候，李太太就等在家门口，等着乡民挑担子过来。前鹏发烧，妈妈叫了滑竿带他下山看病。

爸爸仍是每天早出晚归。

在北平，爸爸缺席前鹏的生活，在板栗坳，却也是一样。

对从来没和他生活过的父亲，前鹏觉得有些陌生。爸爸……他没有对待小孩的耐心。没耐心倒也罢了，脾气还不太好，没事最好不要招惹他……

其实李光宇天生热情，不过前鹏得等一阵子。

前鹏在子弟校上课，看不清黑板。既然他没有和父亲交流的经验，他也不怎么和老师交流。任他怎么努力，还是看不清。看不清就任他看不清，他不明白怎么回事，就一堂课一堂课地混。

爸爸从不过问他的功课。

妈妈的过问，帮忙多而责备少。

前鹏在课堂上混得悠游自在，既然黑板上的字看不清，他就去看周遭事物，去看春耕夏耘、秋收冬藏。

他们一家住在桂花坳进门左手边，房子讲究得很！木头的房子处处都弄得很漂亮。前鹏住在里面房间，光线不是很好，床旁边有一个大桶，以前用来装谷子，现在是空的。

里屋住的是杨时逢家，女孩每天去李庄上中学，男孩叫杨光驹，比前鹏大些。

右边的房子——那个鸦片烟鬼的房子，空着好长时间。陈寅恪先生不来了，留给李济一家，现在，李先生再也不会上山来住了。

傅先生一家从花厅院搬了过来。

给他们家帮忙的当地人，叫龙嫂，她稀罕小孩，过来过去，她爱招呼他们说说话。过来过去的小孩都能听李庄话，前鹏也快会了。

里屋住的是汪和宗先生，他娶了一位李庄姑娘王友兰。秋天，他们刚有了宝宝。

在男孩子的经验中，这样的婴孩，男女不辨，除了哭，不知道还会做什么。

四合院的天井，是几个男孩的娱乐场所。

天好反倒没得玩，晒麦子，晒谷子，晒黄豆。

一下雨，就好玩了。三个差不多年纪的男孩，把出水口堵起来，让天井变成一个池塘，舀水玩虫子，把那些陆生动物放进水里，看它们怎么游泳。夏天的时候，脱掉鞋子进去踩水，踩上大半天。水越来越少，就把塞子拔掉，看着那水，汩汩地流出去，流进外面稻田里去。

每到赶集的前一天夜里——

农家杀猪总是在半夜。一声惊心动魄的凄厉号叫，划破了乡村寂静的夜晚。

不止是前鹏听到，杨光驹、傅仁轨都听到了，第二天，几个孩子碰了面很兴奋，原来大家都在夜里听杀猪。

那个动静！

人去捉，那猪哪肯束手就擒呢，必定要拼尽力气逃命。钻进竹林也要给捉出来。就不该叫嘛，半夜三更，看也看不见。不叫，说不定还能躲得过，一叫，就知道你在哪里了嘛。

果然被捉住了。果然叫声定在一处了。等到它被绑住，必定发出拖长的求救声、凄惨的哀告声。然后，惊叫声戛然而止，它已经给杀了。

说起来，眉开眼笑。

几十年后想起，小时候可真缺德，一条猪临死前，各种各样的叫声，让他们听来竟是津津有味，那么有意思。

大人可能给这半夜号叫弄得失了睡眠。世上的小孩子，简直是另一种生灵。再难的日子，他们也能打量出乐子来。

大路另一侧有一处农房，隔着一块菜园地。三四间屋，顶上盖着秸秆稻草。

妈妈不让前鹏走太远去玩，不过，去旁边的农家走一走，怕什么，天天都看到的，那家主人看见他会招呼他呢。

他跳窜窜走在田埂上，经过菜园子的时候，一条花蛇慢慢腾挪出来。

他不知道菜园子会有蛇！立住脚，定睛一看，黄绿色花纹，好大一条蛇！头皮发麻，脊背发麻，连脚也麻了。

对面一个人在锄地，头上包着一块白帕子，看见研究院的小客人给吓在半道上，笑着说，不要怕嘛，没得毒。

乖乖，没毒也是一条蛇！

前鹏和那蛇僵持住了。

门背后走出一个女人，走田坎过来接他，前鹏简直要闭上眼睛。回头去看那条蛇，却不见了。女人对他说："不要怕，这个蛇好，帮我们捉老鼠。"

屋子里有一股味道，潮湿的霉味道，畜类粪便的臭味道，淘水的酸味道，全都混杂着，熏透了泥墙、泥地。

墙角堆着农具，木锹、犁耙、锄头、镰刀……前鹏好多都不认识，不知道做什么用。

屋子中间有架纺车，一个小女孩，年纪和他差不多，有模有样坐在纺车前，两脚踏着踏板，一手摇动着纺车轮子，一手拉线、挽在手臂上。

前鹏看住了。

女人站在屋中间环视四周，你看，你看，也没啥吃的，没啥给你吃。

女人捧了一捧花生在手上，吃几个新花生吧。

前鹏不吃。

女人看着懂事的娃娃："吃吧，吃吧。我们家黄德彬，也在学堂读书的！"

回到桂花坳的家，站在干净木地板上，想起那不好闻的气味，它是苦日子的味道。

每年观音生日，妈妈会带着他下山去。

下山路上看得到两边的坟，常常有新坟，看得人心里苦。哀哀的哭坟声，听得人心里苦。

到羊街约李济太太。济之奶奶很清瘦，心里的悲伤却很重。前鹏和妈妈陪着她，到江边等渡船。

李庄镇里，庙宇菩萨都没有了。人间的苦难，却一点也没有减少。对岸的慧灵庵，因此得了两岸的香火，一到这些日子，都往那里去。济之奶奶要去为两个女儿烧香。

一个年轻姑娘也在摇渡船，看她那么轻俏，却老练沉着得很。她摇着船从对岸过来。

一条上水货船，帆张着，远远地来了，河面上映着倒影。一群纤夫，沿着河岸边，一步一步迈着沉重的步子。

那么重的船，那么小的人，给长绳子拉着。

像被什么重物击中，前鹏看呆了。他们是人，却像牛马一样，承担着不该属于人的重负。从此，做牛做马，是一个形象，再也用不着翻书查字典。

他们一步一步走近，情景更可骇：这就是一群苦力犯！他们像是被绑在了一起，全都垂着头，默默地把全身的力气都使到肩膀上。

还有一个老头儿！他的头发稀薄斑白，即使低着头，也能看见枯瘦的脸上满是皱纹，露出来的四肢，那么瘦。他无可奈何地拖着沉重的步子，拼着最后一点力气拉着纤绳往前迈步。

他们把缆绳系在岸边，把那块早被汗水浸透的搭布在江水里清洗一番，歇下来，吸着旱烟，说说笑笑……他们明明是活生生的人！

不是有汽船吗？都坐汽船不好吗？烧煤带动机器，不用人来拉得这么辛苦……

他要是说，他只会拉船不会干别的，连种地也不会，那他从哪里挣钱养活他自己，养活屋里一家人？

前鹏自己跟自己说话。

烧完香，坐了渡船回来，上水货船已经走了，前鹏大大松了一口气，他不想再看见那些可怜人，不想看到这样的人间景象。

你满心的同情怜悯，没有用，一点用都没有。

彦云姐妹

七岁那年，彦云有一件"壮举"。

表妹来家里玩，彦云带着彦遐和表妹，摘了指甲花，洗干净，加了白矾擂成浆，敷在指甲上，十个指甲都敷上，张着指头坐在屋里等，又不大敢走动。等得实在不耐烦，拨了那团红泥，才有点浅红，一洗就更浅了，几乎不见。算不上成功。

彦云说，我们下山去吧。立刻得到两个妹妹的热烈响应。因着口袋里几个钱，不由得生出无穷的想象：一个人一个橘红？还是吃个粑粑？一袋花生米，可以吃好久……

"我要买一本书，有图画的，可以看很久很久。"两个妹妹听了，大失所望，话都不想说了。

很快到了李庄镇上。东走西走，东看西看，好看的，好玩的……三个人莫名其妙就定在一家饭铺门口，炉子上坐了一口大锅，上面摞着十几层蒸笼，小圆格子里装的是粉蒸牛肉。

那香气，香得作恶。

有钱壮胆，不怕。七岁六岁五岁，三个小女孩昂昂然走进饭铺，坐下，要一笼粉蒸牛肉。

蒸笼牛肉扣在盘子里，撒几粒芫荽。暗红翠绿，冒着热气。

喜滋滋拿起筷子——还没怎么吃，就没了！

这味道，这味道，叫人神魂颠倒。太，太，太……太好吃了！

三个小孩的眼光，从那空盘子抬起一交汇，不由得恶向胆边生：再要一笼！

还是没吃够。

要是有多一点钱……要是……

不能再吃了，兜里有几个子儿，其实早就数清楚了的。彦云把钱掏出来一数……不够。再数一数，还是……不够。

两个妹妹开始慌……

彦云镇定指挥："不要慌！你去学堂找舅舅，我们在这里等你！不要慢慢走，太久了人家就看出来，要快！"

走掉一个人，饭铺伙计也没有在意，根本不知道守着空盘子的女孩心里的煎熬：舅舅在不在学校？万一不在，如何是好？就算在，生气不拿钱怎么办?

万幸,舅舅在! 钱也拿到了。

回家自然不会跟大人说,可这事不消一天就传回来,引起一轮惊讶。

"哼,哼! 你们胆子好大! "

都不大听得出,是生气还是好笑。

"是哪家店? 也不问问有钱没钱,就给你们吃! 哈哈哈! "

隔几天说起,还要笑。二爸笑,妈妈笑,说给爷爷听,让躺在床上的爷爷也笑笑。

有和气的妈妈,有二爸爸疼爱,爹爹多半不在家……倒也不怎么想他。

彦遐认得好些先生,看见他们碰着大人,都笑着点个头打个招呼。

田边上的厢房,住着一位邓恭三先生。

他在北大,做胡适的学生,考进北大文科所。在昆明,听陈寅恪先生的课,做陈先生的助教。他是研究生们的山长,自己读书,校《宋史》。

有一天,邓先生看到彦遐,牵起她的手,带她去家里。她给牵着就去了。隔邻隔壁嘛,田边上早前就是她的家。看着邓先生,是个斯斯文文的先生。

到家,邓先生拿出饼干盒盒,让彦遐吃饼干。她想,那么远来的,还记得带饼干盒盒?

彦遐从没吃过饼干。做成这样子好看,小巧,她拿了一块——好吃得想哭。

慢慢吃,慢慢吃。

邓先生看她吃得斯斯文文,满眼怜爱看着她:"我也有个女儿——又拿,又拿。"

"她在哪里? "彦遐把手背过去,好吃到这个地步就不好再拿。

"她在北平,比你小。跟她妈妈一起,在北平……再拿一块。"

彦遐不懂 "七七事变",不懂沦陷的滋味,懂得邓先生想女儿了。

看彦遐不肯再拿，邓先生找张干净的纸，提着饼干盒盒，倒，倒，倒，怕是一大半都倒出来了，包起来。

这包饼干带回家，简直就是过年。

可惜，邓先生没多久就去了重庆，把妻子女儿接出来。他去北碚的复旦大学教书，终于可以和他的女儿在一起了。

喜欢出去，自然出去有很多好处。

同济大学的学生晚上要在禹王宫演话剧，怕人多，还要送票。

高去寻先生有两张票，带谁去呢？

走到下老房，碰到彦遐。"小朋友，我带你看戏，去不去？"彦遐做梦也想不到有这样的好事，欢喜得心怦怦跳。也不敢就答应，转身回去问妈妈。

处久了，先生们都信得过的，妈妈自然同意。彦遐就跟着高先生到李庄去。

看戏！不说看戏，就是吃过饭，出去走玩走玩也是件美事！梯梯坎坎走下去，到了李庄，禹王宫戏台下，好多人先来了！

同济的先生有凳子坐，家在李庄的自个带凳子，站着的也是兴致盎然，不生一丝埋怨。

是文明戏！

不是以前，敲锣打鼓咿咿呀呀一句话转半天，不唱。穿的是现在人的衣服，说的是现在人说的话。

……

戏台上不亮，一个太太坐在屋里，来了一个少爷。有个仆人在背后，又不出来。

戏台上黑了，又亮了，对嘛，这才看得清楚嘛。咦，台子上又换了个地方。哪个人说话，灯就照着哪个人。少爷去找一个丫头，说了半天话。说说说，少爷说了丫头说。

太太出来了，穿着好看的旗袍。还有个老爷，都在屋子里。外边有人闹起来……闯进来，吵吵吵。差点打起来。

看得眼皮子打架……彦遐振作精神，要是给高先生看到了，下次准不会再带自己。彦遐看了一眼坐在旁边的高先生，专心看着戏台上，没注意到自己打瞌睡。

仆人在家里喝酒，那个丫头是他女儿。老妈子也跟他们是一家。要丫头子跪着发誓，不然就要天打雷劈……少爷跑到人家家里来了。

眼皮又开始打架，头搭在旁边的手臂上……

夜黑尽了才完，高先生把彦遐带回板栗坳，交给彦遐妈妈。

每天早上，九一太太家，必是早早生起炊烟。九一先生早吃过，赶着下山去了。

彦遐一早醒来，想起已经看过文明戏就激动，吃饭也忙着讲，讲昨晚上看的叫《雷雨》，一点一点想起来讲。

饭桌子边只坐着几个女孩。

彦云专心听她讲，觉得莫名其妙。筱蕖听了哈哈笑，问她，然后呢？然后呢？……素萱放着筷子等张太太，抿着嘴笑。

张太太收拾完，走过来说："还在说，还不快吃了上学去。"

彦遐常常让彦云帮忙做作业。姐，作文开不了头，帮忙开个头。彦云就帮她开头。姐，这道题不会，帮我做了吧。彦云就帮她做。

放了学，彦云一步也不肯离开家，她心疼妈，就在家里帮着做这样那样。她多做点事，妈的辛苦就减轻一分。照看弟弟妹妹，担水，纺线——六七岁上，就会摇那纺车的了。

妈从来不说苦，彦云在心里替妈苦。谁让她是家里老大呢？她不做这些事，谁做呢？她不陪着妈妈，有谁陪着呢？她陪着妈，把妈的苦都看在心里。

学堂里的人，都叫妈黄校长、黄老师，村里女人说起她，摇着头叹气：

九一大婶，这辈子，不容易！

真的是不容易啊……

不敢恨爹爹，对大烟、大烟馆恨得要死。爹爹平常是个好好的人，放学回来给她们检查功课；烟瘾上来过不到瘾，就要骂人摔东西……爹爹，跟他亲不起来。

她们管张九一叫爹爹，叫张九三爸爸。孩子们亲近的，是这位爸爸。

出生时拥有同样寄托的兄弟俩，有着截然不同的命运。

张九三原先和长工一起下地，去张山砍柴，回来劈柴，挑水，碾坊碾碎米，挑稻谷到镇上，换成麦子苞谷挑回来；纺好的线子，拿到线子市卖给织房。

及到地卖得差不多了，哪里修路，哪里打滩，张九三就出去混口饭吃，有时也去拉船。

外边去扛活，也省着把钱带回来，给她们买吃买穿。

彦云心疼二爸，吃力的粗活都是他。看到他忙里忙外，想到他在外面打滩、拉船，她心里一阵一阵地疼。

换作两年前，要不要考中学真是费思量，宜宾的中学，南溪的中学，要住校，读得起吗？

李庄有了私立宪群女子中学，这件事就好办些。史语所迁来不到两年，王宪群用自己的养老田收入办了女子中学，几个儿子也出资张罗，学校就用了她的名字，叫宪群女子中学，她的儿子张官周、张访琴做校长、董事长。

这所学校，就是现在的李庄中学。

这个时候，这一家人正热心办学校，幸亏一般人看不懂将来，要是能看到……还是看不到的好。

高年级毕业，彦云彦退便去考宪群女中。鬼才晓得咋回事，彦退考上了，彦云却没考上。

彦云伤心得在家里哭，妈妈说："你不要难过。妹妹先上，你明年再考。你们两个要是一起考上，我还交不起学费。"

中学有制服，太贵。妈妈买来家织白布，挖了黄姜染成黄色，照样子给彦遐做校服。彦云看着。

妹妹拿回来的书，语文、数学，物理、化学、生物，还有英语。彦云看着，又难过。

田边上，住着一位年轻先生叫王铃。

彦遐放假回来，王先生碰到她："嗬，上中学了？"彦遐点点头：嗯。

王先生又问："开始学英语了？"彦遐点头说是。

王先生说："你想学英语，可以来找我。"

啊！当然是太好了！突然又迟疑：英语刚刚开始学！万一，万一……万一问几个问题，一个都答不上来……

但她飞快地答应了，她答应的同时就拿定主意，约上板栗坳的堂姐仲敏一起去，也在女中读书的。这样稳妥，有个人掩护。你答不上有我，我答不上有你，万一都答不上来，有个人遮脸。

哪里想到，年纪轻轻的王先生，根本不得为难人。岂止是不为难，教完英语，还煮面给她们吃。煮好端来，两个姑娘受宠若惊，看着面不敢动筷子。

王先生说，Go ahead. Go ahead.（吃吧，吃吧）。两个姑娘都笑了，还是不动。

王先生又说，Help yourself. Help yourself.（别客气，别客气）。两人才拿起筷子，吃起来。吃着，吃着，面底下卧着一个荷包蛋！

学英语还有面吃，还有荷包蛋，任何时候想起，心里都会一热。

然而还是开学了。彦遐碰到王先生格外亲切，老远看见就笑着喊王先生。

就要放暑假了，彦遐心里一动，却好久碰不见王先生。

彦遐不好问，不知道该问谁，却一直留着心。

李约瑟

有一天，彦遐进去田边上。她早想好了，嗯，如果碰到别的先生，她就理直气壮地说，找王先生；如果碰到王先生，她就告诉他说，还有二十多天就要放暑假了……

结果让她大吃一惊，她看到一个洋人！真正的洋人。

金色头发，蓝眼睛，高鼻子，个子那么高，又高又大，好些先生和他一起，但彦遐一眼就看到他。连傅所长和他走在一起，也显得不那么胖了。

镇上有洋人，彦遐知道，却从来没有碰见过。这时候猛然碰到，那鲜明的模样，叫她吃了一惊，怎么长的？人还可以长成这样子？她又好奇，又有点紧张。她想好的话在心里乱作一团，于是跑了出去。

回到家，心还在怦怦跳，对妈妈说，有个洋人，到板栗坳来了。

彦遐不认识的这洋人，叫李约瑟。几十年后，彦遐才知道，这位李约瑟，她从人群里一眼就看到的洋人，他为中国、为中国人做了那么了不起的事业。

他作为文化参赞来到中国，遍访中国的学术机构，了解到他们需要什么——教科书、实验设备、化学试剂、访问专家，等等，了解哪些地方需要这些东西，又有哪些东西可以运送过去。

他出访的身份部分代表英国皇家学会，更多时候，他是一名外交官，中英科学合作馆——一个新机构——的馆长。英国政府决定，这个机构正式隶属英国驻重庆的大使馆。

为了保证他的安全，英国政府让他去军械处领了一把韦伯利左轮手枪，还拿到了十八发子弹。

在重庆遭受轰炸的时候，他一直待在那里。冒着各种危险，在战时中

　＊ 一九四三：烽火连三月 ＊

国进行了几年"史诗般的出游"。

他要帮助中国大学摆脱困境，此外，他头脑里有一本书。他在执行公务时可以观察并记下所了解到的一切，他的官方使命和他个人的研究，有很多交叉重叠的地方。

一九四三年二月二十四日，当他搭乘美国军机沿驼峰航线到达昆明时，整个中国的学术界都在等待他。

当天晚些时候，他饶有兴趣地观看了当地人嫁接李树的全过程并做了记录；他对中国学者的长衫也很好奇，于是请裁缝为他做了一件。他被裁缝使用的算盘深深吸引，于是在典籍中找到了关于中国算盘最早的记载……

李约瑟在刚到达这几天所做的调查，以前很少有人去做——不论是中国人还是外国人。他现在更加确信，只是稍作探究调查，他就能发现中国人自己都不了解，甚至连西方那些最受尊敬的汉学精英也不知道的东西。

他打算了解的一切——中国农民如何耕地，中国人如何修建桥梁，如何炼铁，中国医生为病人开什么药，游乐场放什么样的风筝，中国人攻城用的大炮是什么样子，如何修建水坝，如何烧砖，如何堆干草垛，如何做马挽具……所有这些，在他看来都很有价值。

他现在确信，他和鲁桂珍曾多次谈论过要写的一本书，确实值得一写。出版这本书，为了消除西方世界对中国人的偏见，这种偏见完全是出于无知和缺乏了解。他要向西方世界阐明，中国的科学贡献是多么的深远和巨大。

应该写这样一本书，不为别的，就是为了还中国一个公道。

在援助中国抗战的艰苦岁月，他率先提出战后国际科学合作及建立国际科学机构的设想，最终促成今天的联合国教科文组织建立。

李约瑟去了成都，在这个学者云集的城市做了短暂停留。他在这里邂逅了年轻的黄兴宗——后来成为他的秘书、他的知己，随后的几年里，经常随他一起出游。半个多世纪后，黄兴宗撰写了《中国科学技术史》中的一整卷书。

当他在六月造访李庄的时候，身边带着这个机灵的年轻人。

六月七日，他们来到板栗坳。山坳里的学者，他们的才学和热情，给他留下深刻的印象。他掩饰不住自己的喜悦，写信告诉太太：那里的学者，是我迄今会见的人们中最杰出的……

他和傅斯年结下深厚的情谊。

当天晚上，他和黄兴宗在桂花院的傅斯年家住了一个晚上——主人为他们腾出房间。李约瑟还带着一把中国文人喜欢的折扇。傅斯年用贵重的银朱，在这把黑折扇上写了一长段《道德经》。"**我得另外买一把扇子，因为这把扇子太珍贵了而不能做日常使用。**"

傅斯年和学者们带他参观这里的宝藏。那些珍宝让他大开眼界，考古组的青铜、玉器，殷墟的甲骨、竹简，语言组记录了中国各省方言的留声机唱片……

他提出关于科学史方面的许多问题，在这里引起了普遍兴趣。许多研究员东奔西跑地去发掘他们所想得起的各种有趣资料：例如公元二世纪爆竹的文章段落；几次重大爆破事件的记载；1076 年政府颁布的禁止将火药出售给鞑靼人的诏令，这比通常认为的西方发明火药的时间早了两个世纪。他也找到证据，证明中国是最早将磁性罗盘用于海上航行的国家。

在这个时候，他问出了一直盘旋在脑海的那个著名的问题：

为什么中国有经验科学的技术发明，却没有产生近代理论科学？为什么现代科学只产生在西方世界？

在他开始调查中国历史之后，又一个问题浮出水面——为什么在前 14 个世纪，在掌握自然现象知识为人类造福方面，中国远远胜过欧洲呢？

这两个问题就是《中国科学技术史》这一项目的主要源泉。

傅斯年介绍他认识了王玲，史语所的助理研究员。正是这个年轻人此后的鼎力相助，李约瑟才能完成他的巨著《中国科学技术史》。

王铃在听了李约瑟的一场有关中国科学史的即兴讲座后，立即行动，为来访的客人"找出一些有趣的材料"。他能准确地察觉到需要哪些东西，并且干劲十足，想一劳永逸地找出以前从来没有被解释过的一切——他的国家发明制造火药的整个复杂的传奇故事。

从某种意义上来说，一次讲座改变了一切，改变了王铃的人生。也可以说，李约瑟的热情感染了王铃。

一九四六年，在李约瑟的帮助下，王铃到剑桥工作了十年，协助李约瑟从事研究工作，尤其是帮他准备这部巨著最初的几卷。

所以，在《中国科学技术史》的序言中，李约瑟用了很长的篇幅，表达了热情洋溢的感激之情。

所有这一切全都是因为长江畔山坳里的这次邂逅。

之后，李约瑟的官方工作也有了进展：英国官方终于同意，李约瑟通过"驼峰"空中桥梁为中国科学家提供援助。至少每周一次，在返航的飞机上都会给他留出空间和适当的载重量，来运输在加尔各答采购的一箱箱物资。

假如重庆方面的物理学家需要几本《自然》杂志；或是成都的生物学家需要手术刀和解剖台；或是中国地质勘测局的地质学家需要几块岩石薄片，或需要掸邦有毒植物的清单；如果昆明的科学家需要第九版的《理化常数表》；假如李庄中央研究院的考古学家们需要某种牌子的拓印纸，以便能够拓下甲骨上的文字，李约瑟现在可以为他们弄到这些东西，并用美国的军事飞机运来，所有的运费由英国政府承担。[1]

---

① 文思淼：《李约瑟：揭开中国神秘面纱的人》，姜诚、蔡庆慧等译，上海科学技术文献出版社，2009。

为什么再也碰不到王先生呢？好长时间，彦遐不知道那洋人走没走，不好随便进去。眼看暑假就要结束，她心里急，王先生走了吗？走哪里去了？还回来不回来？

有天实在忍不住，去看王先生那间屋子，碰到那先生，装作是随便问起，这才大吃了一惊：王先生跟着英国人走了！

走了？！

啊，去重庆了。

"还回不回来？啥时候回来？"

那先生一乐，说："不回来了！"

彦遐听了，心里落得空空的。又怀疑是逗她，抬头看那先生，正觑着眼往她身后吃力地瞧。

她转身往后看，王先生过来了！

彦遐喜欢得要跳起来，那先生也笑出了声。

……

第二年，王先生真的走了，去了重庆。彦遐再也没有见到王先生。隔了几十年，彦遐才明白，那先生逗她的话，原来也是真的。

八卦亭住了个少数民族

茶花院再往南，有座八卦亭，当地人都这么叫，其实是个八角形的亭子，两层，也是三重檐的八角攒尖顶。看到过的人讲，和旋螺殿样子差不多，可能没那么多名堂讲究。

楼上的壁板上方有雕花窗栏、窗户。

楼下只八根柱子，四面空着，放着一个巨大无比的碾子，都叫作八卦碾子。碾磙子比家里用的碾子大一倍还不止。从来一粒米也不曾碾过，哪条牛拉得动？

这摆布有些奇怪。不用，修来做啥？

传说是风水上的需要。

这种话，这种事，太太们听多了，有些人信，有些人不信。有时候信，有时候不信。信呢，太神话了，不信呢……几十年后，当年的孩子们，走了那么多地方回来，还把这传说说得几乎不走样。那是听谁说的呢？

八卦亭八卦碾子就摆在那里。孩子们都知道，有一阵，那八卦亭上，住了一个高高个子的少数民族，他是李霖灿先生从丽江带回来的。

哇，李霖灿先生可是一个传奇人物。他带回来的"少数民族"也是个传奇。

李霖灿从云南丽江回到李庄，带着一千多册东巴经卷、图录和大量祭器、用器，还带回了和才，他的纳西朋友。

带回博物院来，大家都把他当作宝贝。

研究人类学，研究甲骨文，和才来了，不是宝贝是什么。李济要找他，自然是近水楼台；来了一位比甲骨文更"原始"的另一种文字的活专家，董彦堂怎么能放过这机会？他便常常下山去找他聊天。

和才质朴得可爱，又有一股聪慧灵气，大家都喜欢他。

曾昭燏小姐要求年轻学者学好英语，和才来了，也强迫他每天学英语，亲自教他。

傅斯年、董彦堂安排李霖灿和才到板栗坳去跟张琨学国际音标。

和才说什么也不愿去——英语都学了，还是怕音标。他说，明明是两回事嘛。

李霖灿劝，劝得和才简直要哭："这些横行霸道的螃蟹蚯蚓符号，我是绝对学不会的。"

李霖灿又劝，曾小姐也来劝。

任何一种语言，都要使用音标……

"……你家就别再难为我了。"

李霖灿一直劝，董先生也劝，李济先生也劝。

正确使用音标，对日后纳西文字语言的发展会有极大帮助……

"那，好吧。"

董先生开始有点发愁，把他俩安置在哪里住。没想到山上那个八卦亭子，和才喜欢极了，欢欢喜喜住到那楼上去。大约这木亭子，让他想起家乡的木楞子房？

别看和才开始抵触得那么厉害，学起那些"蚯蚓螃蟹符号"来，却很认真。

他看见董先生的甲骨文书法，便跟着学。不多久，拿出一幅幅麽些文书法作品来，叫大家吃一惊。他还写了送人，董敏也有一幅。

董敏发现，爸爸的书房里多了一张行军床，李霖灿就住那张床。

爸爸想听听"快绝平生的第一手资料"。不过，他这愿望落了空，分不出时间来听丽江。

李霖灿一来就适应了山居生活，日出而作日落而息，一到晚上便不由自主哈欠连天。

等到李霖灿醒来，已是晨霞满天，爸爸的"干活"早已结束，他一直就是这样的——干活是自己的事，天亮他又要开始办公了。

董敏忘记了，在昆明的时候，李霖灿就来拜访过爸爸，他忘记了。当然不知道那是神奇的缘分。

爸爸一直帮助他。为他写了介绍信，还送他一盒点心路上吃……还有好多人也在帮他，曾昭燏小姐、吴金鼎博士。

他奉艺专校长之命，去丽江考察。哪想到一到点苍山就出了麻烦，他一路作画，军警疑为间谍，给扣起来。曾小姐赶紧写了证明书去救人。

盘缠用光了，他想不出办法，硬着头皮向董先生求援。

他一个艺专学生，向学术界的人求助，他自己心里都没底……哪晓得董先生看到信立即行动起来。

> 救人如救火。彦老不仅解囊相助，拿出五十元作为倡导，吴金鼎博士对我这个年轻人印象甚好，也随着捐了五十元，更难得的是他的夫人王辛宜（王介忱），也拿出五十元来，说是免得我陷身草原流落于边疆。曾昭燏女士也慨助五十元法币，我曾随她和吴金鼎博士在点苍山学习考古……
>
> 不仅如此，彦老仍在四面八方惨淡经营他自命为救人的工作。半年后的一天，我正在写文章，邮差送一封电报到我桌上，拆开一看：中央博物院拟聘兄加入调查工作，可否，请电覆。
>
> 李济、董作宾

李霖灿接到电报，立即回复：愿一试之。

中央博物院不久寄来了聘书，接着寄来薪水和调查费。"给我的名义是助理员，月薪是法币一百六十元整。"不仅解了他的燃眉之急，同时寄来的还有一笔调查费，六千六百元法币！

李霖灿大吃了一惊，学术界果然不同凡响！既不需要你返处述职，又不要你先行呈核计划。这么低名分的人，可以自由自在地在那个遥远的地方支配这么庞大的数字！

这数字把他吓坏了，"骤然感觉到肩压沉重"。

……

住在爸爸的书房里，李霖灿自称"兼了半个书童"，常常帮爸爸擦亮灯罩。

和才也快活得很。李霖灿说："你不上山来，该要后悔吧？"和才笑了，不说话，摸摸头，又笑。

他们的结识也说得上神奇。在白地碰见了——和才本来是去那里学经的，碰见李霖灿，就跟着他走了。

他生在丽江鲁甸像阿时主村，父亲很早过世，母亲一个人拉扯大六个男孩两个女孩。

他和哥哥几次被征兵，集训几个月又遣散回来，他不识汉文也听不懂汉语。天晓得怎么回事，和才自己都搞不明白，我们就更搞不清楚了。最后一次，随部队走到昆明，他生了一场大病，奄奄一息被弃在路上，居然一路乞讨回到了家。

他在一些奇奇怪怪的地区浪迹好一阵子，回家种田，久了又生厌，决定去白地学经。

白地是东巴教的发源圣地，这儿的东巴通天达地，不论是经典诵读、祭奠场地的布置安排，还是仪式过程以及各种法器的使用，都有非常严谨的规定，因为大山深岭，区域封闭，传统祭天仪式，保留得非常完整。

此时李霖灿正在白地，进行规模最大的一次考察，带着喇嘛、法师、马锅头、背夫十六个人。民国三十一年（1942）二月，在白地，和才与李霖灿相遇，一生命运就此改变。

和才对李霖灿所做的麽些文字研究，对这些民族学、社会学、人类学相关的调研工作很感兴趣。二月二十一，他正式加入麽些民族学术调查的行列。

这段艰苦旅行，和才称为"自寻死路"，八个月，行程一千多公里，他们按照《开路经》里描述的地名，一站一站，丽江、鸣音、宝山、永宁，这些地方还好，左所、木里、俄亚这些地方，盗贼四处横行，杀人劫舍。

两人患难与共，出生入死。

和才对李霖灿说："我这一生走了不少路，也经历了许多事，如今看来，还是研究学问最有趣，天下最有用的是学问。"

等到调查结束，"李先生问我愿不愿意到博物院去，我不愿意到内地去。我便对他说不去。他说为什么？我说不为什么。后来我见他心中难受，只好说去"。

李霖灿回忆是这样的，走之前，李霖灿对和才说：

> 此次回四川述职，对你我都是另一番新局面的开始。咱们一时也说不准何时再回丽江来，少说也得一年。你还是回去与你家高堂禀报一声，听听她老人家的意思吧。

本来纳西人不愿意离乡，但事情顺利到难以想象。和才的母亲说，你跟李委员去吧。我很放心，因为他是菩萨。

李霖灿怎么也想不明白，自己怎么成了菩萨，不过和才能和他一道走，他非常高兴。

在李庄，他们与语音学专家张琨合作，共同完成《麽些象形文字字典》及《麽些标音文字字典》两部经典，为日后的东巴文化研究奠定了基石。

这对同生死共患难的异族兄弟，在民国三十七年（1948）分别。

那年冬天，"中央博物院"奉令撤往台湾。

李霖灿对和才说：

> 咱们同生死共患难，真的跟亲兄弟一样。只是这回局势变动，关系实在重大，我却不能代你做主，因为要渡洋过海非同寻常。我只能说，跟我去台湾，我相信中央博物院会继续有个位置给你的，如果情况真不如预期，我这样说，我有一碗饭，你就有半碗饭。你多想想，做个重要的决定吧。

和才想了几天，决定不去台湾。

> 我是生在山坳子里的人，山路再远，爬都可以爬回家去。隔了海水我就没办法了。只好和你家在此分手，各奔东西了。

寒风凛冽、雪花纷飞的冬日，他们在南京下关火车站洒泪痛别。

路警在逐车关闭铁门了，和才从窗口伸出手来要摆。我明知此一别，再也难相逢，忍不住眼泪滴下，口中却与和才同时喊出了四个字：后会有期！①

此生，再无相见。

曾小姐

史语所的孩子称呼父亲的同事，按老规矩，不是应该叫叔叔伯伯吗？孩子们却按西洋规矩，叫着先生太太。开始也是叫的叔叔伯伯，后来年轻人多了，赵元任的太太就说不好。

赵元任是史语所语言组的组长，罗老师唱的《叫我如何不想她》，就是他谱的曲子。

为什么不好呢？赵太太说，史语所的先生，本来就差了一辈。长一辈也是叔叔伯伯，晚一辈也是叔叔伯伯，不好。她说就叫先生太太吧。

赵先生赵太太虽然没有到板栗坳，但是这个规矩带来了。

夏天的晚上，先生们不再躲在屋子里用功，都从自己屋子里出来，太太们也出门来，要不在财门口里，要不在牌坊头，哪哪哪，搬了凳子，天井的桢楠树下，或者那香樟树下，或者戏楼院台子下，聚会聊天。

曾小姐。

曾小姐是个独特的存在。有段时间她住在茶花院，和游小姐住在一起，

---

① 李在中：《朵云封事》，北京出版社，2018。

游小姐是她的同学，进了史语所。这两位小姐，当地女孩几十年都忘不掉：她们穿的是裙子！

曾小姐和劳太太差不多年纪，却是小姐。也和劳太太同乡，普通话带着湖南口音，说快了冒出"么子么子"，劳延炯格外觉得她亲切。

因为她是小姐，一举一动有着新奇的说不出的魅力。孩子们感受得出，却不能问。有些好奇可以问，有些好奇不能问，小孩子也是懂的。

曾小姐叫曾昭燏，她自己不结婚。

她的曾祖父叫曾国潢，是曾国藩的兄弟。

几十年前，曾国藩为曾家女性定下了一个"功课单"，每天清晨到午后，食事，衣事，细工。曾家女子，清幽娴静，大门不出二门不迈，洒扫庭除，相夫教子。

曾国藩他想不想得到，才过去几十年，曾家的女子不仅远远地走出深宅大院，漂洋过海去念书，还一个个立誓不嫁人。

堂姐曾宝荪便是曾昭燏的榜样。

她是曾国藩的曾孙女，去伦敦大学留学，回来创办了大名鼎鼎的艺芳女子学校。宝荪入了基督教，她和弟弟一起，约定终身不嫁不娶，教书育人。

曾家女孩都去艺芳读书，这个姐姐，深深影响了曾昭燏。

曾昭燏是南京大学胡小石高足，学古文字学、古器物学。毕业教了一阵书，考进南京金陵大学研究班，学位快要拿到手，她放弃了，自费去伦敦大学攻读考古学。她有主意得很。

去留学，哥哥嫂嫂都帮她。她哥哥曾昭抡是麻省理工学院化学博士，南京大学化工学科的开创者，北京大学化学系的现代化改革者。中国大学的毕业论文制度，也是他首创。

曾昭抡那时正在南京大学做化学系主任。他娶了一位才华横溢的女子，叫俞大絪，是傅太太俞大綵的姐姐。

曾小姐去伦敦一年后，俞大絪去了牛津大学，攻读英国文学。

在伦敦大学，曾小姐为自己的功课和方向伤脑筋，便写信去问傅斯年。

"没有和家里人商量，因为他们于中国考古界情形完全不懂，于外国考古学尤其不懂。"既然傅斯年可以指点夏鼐，当然也可以指点指点她。

她向傅斯年求教：不读学位，在中国有没有关系？假使我能得奖学金，则在英国尚有二年或三年的时间，除写一篇论文外，其余的时间，应当向哪一方面研求？

希望您为我个人着想，为中国的考古学发展着想，我学什么东西最有用处。

那年，她二十七岁。

从伦敦回来，她和同学夏鼐、吴金鼎一起进了中央博物院筹备处，中博这时候正在昆明，她参加了苍洱发掘和彭山考古。

如今，为田边上那一院子的书，又因同学来了，曾小姐上山来住。晚上她随便去哪个院都受欢迎。茶花院的梁思永，牌坊头的董作宾，早在昆明就熟的。花厅院的傅先生，是姻亲、师长。

财门口太太们，瞧着她小小个子，想象不出在考古工地上是个什么样子，像个出土陶俑？

太太们一早起来，大堆事情就挤到眼前：一大家人的早餐午餐晚餐；冬瓜、南瓜、青菜、萝卜、辣子，过节要买上猪肉，这是前天晚上就要想好告诉给老彭……做不及的衣衫，补不完的袜子，纳不完的鞋子。万一家里人有个头疼脑热，万一孩子弄伤了这里那里……

日常生活的油盐柴米、生儿育女的拉扯牵绊……曾小姐的天地，完全不是这样局面。如今她是中博的总干事，负责日常行政工作。不只埋首学问，事情也干得漂亮。

李庄期间，中博在重庆办了三次展览，展出铜器和石器；在李庄张家祠，中博举行了七次展览。一九四五年，中博还去参加了印度孟买国际文化展览会。

她快活得很，中午不休息，教博物院的年轻人学英语。她的日子一点不孤清。

瞧见太太怀里的孩子，她压低声音：睡着了啊？声音温柔至极，抬起头是一个笑脸。这时候，太太们会不解，会感慨，对着她看不见的将来暗暗叹息：难道，就做一辈子学问，就跟学问过一辈子？难道，就不怕孤单？

眼前她是那么满足，生命，是她最喜欢的样子。

有月亮的晚上，大家在院坝里看月亮。李霖灿脱口吟出"春江潮水连海平，海上明月共潮生"。曾小姐接下去：滟滟随波千万里……还没说完一联，别人就抢了：何处春江无月明。

到了"愿逐月华流照君"，大家都卡住了，那诗句就在各人脑子绕，可是谁也抓不住它。有人就跳了往下接，"昨夜闲潭梦落花"，一直到"落月摇情满江树"，然后大笑着各自回屋，睡觉。

"半夜有人敲门，问什么事，门外说，想起了，那句是'鸿雁长飞光不度'！"

第二天，大家听李霖灿说起，再笑一次。

……

六、一九四四：山中小儿女　不解忆长安

抗战大事记

3月4日，中美空军混合大队袭击海南岛，击毁日机30架。

3月29日，中国驻印军开始进入孟拱河谷作战。胜利的曙光已经在东方的地平线上升起。即将全面崩盘的日军，在中国土地上杀红了眼，发起豫中战役、长衡战役、桂柳战役等大规模决战。

5月，中国远征军在滇西反攻，配合中美联军缅北作战。

5月25日，日军占领洛阳。

6月19日，日军占领长沙。

8月4日，驻印中国远征军攻克缅北重镇密支那。

8月8日，衡阳陷落。

9月8日开始，日机对重庆连续进行大规模轰炸。

9月14日，中国远征军攻克腾冲。

11月初，十万日军围攻桂林，守军两万官兵拼死抵抗，十天浴血巷战，11月10日桂林陷落。同一天，柳州也陷入敌手。

史语所大事记

1月，中国太平洋国际学会奉军事委员会指示，商请本所主持编纂《中国民族史及疆域史》。

3月，第四组体质人类学部分划出，成立"体质人类学筹备处"，院聘吴定良为筹备处主任。本所第四组主任由专任研究员凌纯声继任。

3月，在李庄板栗坳自办子弟小学，成立校董会。次年5月立案。

5月，西北科学考察团调查敦煌、洮沙、民权等地，发掘敦煌佛爷庙墓地。

8月，调查月牙泉被盗墓地。

10月，在月牙泉与玉门关外从事考掘工作。

过 年

元旦放假，董先生的新年同乐会，最是动人心弦。

大厅堂挂了国旗、灯笼，还有许多花纸。门口贴上一副大红对联："岁序又更新，装了一肚皮国仇家恨，卧薪尝胆之余，何妨散散气；寒酸犹似旧，剩下满脑子诗云子曰，读书写字之外，且自开开心"。对联是屈先生撰的，王献唐先生写的隶书。

里头墙壁上挂了许多书画，桌子拼成一长溜，四周围摆着椅子。等着人来。

先生们早起先互相拜年，坐一坐聊一聊……十点，同乐会开始。

太太孩子们都去。椅子不够，好些人站着。

这一天大人会格外宽容。孩子们嬉戏打闹，只要不打起架来，大人都不干预。

要动员几个人表演个节目什么的。

孩子们唱歌、跳舞，罗老师教的。唱歌还好了，跳舞很难的。傅仁轨、李培德、劳延炯、萧梅……男孩多女孩少。男孩心里疑惑：跳舞，不是女孩子的事吗？就算不是，也实在太难，学不会。咦，怎么样呢，一边怀疑学不会，一边跟着学，还是会了。

徐义生先生唱了一段昆曲，他一早从石崖湾那边过来。杨希枚先生唱了京戏。

同乐会要到下午四点才结束呢。

董先生说，谁来背首诗？

小敏说他会背《元日》。但要他站到中间来，死也不肯。

还有谁，还有谁？

都会嘛。诗词多，会背的孩子也多，但是不肯"表演"。诗词是功课，学堂背给先生听，家里背给大人听，一个人的时候在心里吟诵，对着山，对着树，对着寂寞的石板路。

谁肯表演一个节目？

孩子都动员不动，先生们更不好意思，董先生动员半天，没人肯。好不容易，那先生讲了一个笑话，可孩子们听都听不懂。

文雅的笑话受挫，更没人尝试。只有董彦堂先生自己来了。

董先生就讲："我来学一个弹棉花。弹棉花知道吧？"

"知道知道！"大家好奇得紧。弹棉花谁不知道。棉被用久了压实了，就拿出来请人弹，把棉花弄松。很大一个弓，上面有弓弦。

"我们老家弹棉花，背着弓，四处走，就这样弹，一弹，得儿！得儿！当！当！我给你们学啊。"

还没开始，有人就笑。全都看着董先生，他刚刚清了一下嗓子，有人开始无声地笑，嘴角上扬，做好大声笑的准备。气氛就浓郁起来。

董先生说的是河南话：

"啥么工，样劈眩，灶木棒脆怨。亿金滑，罢个欠，垛了岸卜咬，邵了岸卜摊。

得儿得儿，当！当！当！得儿得儿！当！当！当！"

哈哈哈，学得真像！……会方言的一听就懂。

一些人听懂了大概，也跟着笑。

"什么？什么？"有些人听懂的比"大概"还少，就问。

董先生就又说一遍，还是河南话……得儿！得儿！当！当！当！得儿！得儿！当！当！当！

比上一次还学得好，最后几声，闭了眼睛听，就像真的是在弹棉花。

有人着急地问："几个钱？是几个钱？"

"八……个，啊哈哈哈哈哈。"

怎么也不肯背首诗的孩子，突然成了小弹花匠：一斤花，八个钱，多了俺不要，少了俺不弹！得儿得儿，当！当！当！

啊哈哈哈哈啊，啊哈哈哈哈哈……哦哟……哈哈哈……

成片的笑声爆发出来。

先懂了的再跟着笑一遍……

好……董先生接下来说的话，没人听清。

写到这里，也忍不住笑，这种词，最懂方言的音乐性，专门去请河南人说给我听，又笑。弹棉花的词有多好笑呢，人家天天走村串户这样唱，从来没人笑。

好笑的是情景。牌坊头的忠义厅，一屋子读书人，做学问的先生，太太和孩子们，听董先生学弹棉花，笑，解释，又笑。

局面打开，笑话就越来越多了。

大厅里好久没有这样的笑声。

乱世里辗转，学问没有丢，日子苦，能够做学问就有依傍。

谁也想不到，更苦的日子还在后头，熬过了缺医少药、衣食难保的日子，终于有一天等到了复原的消息。

谁能料想得到，回到南京，是又一场动荡。

这间充满笑声的厅堂里，有谁，能想得到将来的转蓬之悲?

板栗坳的冬天，冷得昏昏沉沉。天也没个好脸色，阴不阴晴不晴。晚上围着熏笼说话，坐上一会就再也坐不住了。那冷，要钻进骨头里去。

四周望去却依然是绿的。桂花树是绿的，香樟树是绿的。绿了一个冬天，有点无精打采。竹林也依然绿，一处一处，一丛一丛。小径上铺着黄叶，走上去，就有细细碎碎的声响。

稻田一片一片的黄，是一垛一垛的草，远远看着，枯黄里反着白白的水光，是冬景里最亮的部分。

等到最冷的时候，阴冷的空气里，甜甜的香味在热情地飘散。过得去的人家都要做炒米糖、苔丝糖。

乡下在意的，是这传统的年。

涂三哥爱个好。过年前那趟，在重庆扯了两块花布，洋布！一块给老婆，一块给了妹妹。

涂仁珍这块，青绿底子，洒满娇黄的碎花，摸上去跟丝绸一样。看看，那样细的线，哪个纺得出来！那样长的线，一个接头都没得！咋个做出来的？

她一见就爱死了，一时半刻丢不下。

这样好的布，自己缝，哪里缝得好，请裁缝做！

李庄裁缝铺的生意好得打挤！

她是要去赴筵席的呀。掰着指头等，千万不要错过出客。老板心里有数，都赶在年前。

到那天，她一早去裁缝铺，在一排衣服里看到那鲜亮的排扣衫子，简直像亲人重逢。到底人家是裁缝！刚刚好！一穿上，人都不一样了。老话说的不错，人靠衣裳马靠鞍！

拿回家像是着了魔，老是逼她的眼。她拿起来左看，右看，贴在身上看……没有一面镜子，可恨。

今天要出客，当然得穿上了。她从来是一件夹衣就过了冬，新衫子罩在外面，她埋头左看右看……没有新裤子，她挑了那条竹布的。穿上三嫂给她做的布鞋，雪白的底子，踩在地上，怪可惜的。过年的喜乐，包涵这份轻微的罪过。

齐了，出门。

板栗坳半山上黄桷树那里，立着三根灯柱，叫作万年灯杆。一到过年就点亮了。三盏灯，叫作三官灯。

这天不出船，是闲逛性质，鲜亮的衫子，更让她心情鲜亮起来。她轻快地走在路上，让拱肩缩背的人惭愧，简直是提前见到春天。石梯子上显见比往常人多，她跟人打招呼特别热络。

她到了江边，哑巴从水蹬上走过来。冬天江水冷，石蹬子是好意，不能太高，不然打水又不方便了。她不敢打扰他，看着他走下来。

哑巴见到她，眼睛一亮，对她竖起大拇指。夸她的新衣服呢！

哑巴不会骗人的。她的脸微微红了，看到哑巴挑着水走过，觉得他一年到头真辛苦。

她要去赴船帮会的筵席。二哥三哥年前回来几天又上了船，回不来，她成了代表。

每年帮会要请大家团年。

各行各业都有帮会，你要是不交钱进去，受了欺负没人帮你讲话。跑长途的交份子钱，过渡船下半年每一场收你点钱，也不多，家家都拿，过年点灯、办席都在里面。

点灯是件大事。

码头边，立着一根灯杆，足有二十多米高，腊月十五点灯，一直亮到大年十五。这种事情大意不得，风浪险滩，靠了神佛保佑才闯过来。

拜自己的神，不要外人。

船帮会的筵席与众不同，就摆在江边上，显得与河神亲近。今年在对岸仙临场。都有船，大家摇到对岸去，平常渡客，今天只渡自己。不想摇船的，搭了别人的船，舒舒气气坐过去吃席。

每家来一个两个人，也有百十号人，也是好大一个场面。支起架子搭了篷布，江边上十来桌一摆，那真叫排场。

大碗的肉，大盆的菜，划拳，喝酒，看划拳，看喝酒，喧闹一场，一年的辛苦才有了着落。

李庄镇上也热闹起来。

家家都兴兴头头忙起来，买年货，贴春联，写福字，做年饭，小孩子就算闯点祸，都不兴打骂。

总有人说，今年似乎没有往年热闹。每个时代的老人，以为自己看到的才是盛景，就讲古，其实也是听来的：前清时候，镇上演高桩！

说是演，其实几个小孩，戏妆戏衣扮成戏上的样子，绑定在十几米高的杆子上一动不动，杆子固定在大木箱上，地上的人推着箱子走。

出了街，一镇的人都跟着走，跟着看。

后来会做的人不多了，渐渐就没有人再办。

舞狮子的、耍龙灯的，一直流传到现在。队伍开始不大，一家一家的孩子出门跟着，要跟几条街，队伍就大得挤不动。店铺门口、有钱人家，狮子龙灯就停住，要人家拿钱打发。

板栗坳的小孩，也有跟着大人下山的。碰到龙灯狮子，不敢甩了大人的手，跟着走太远，虽说李庄不大，住在山上到底不熟，万一走丢了，爸爸妈妈哪里去找你？

九一先生家，过年反倒不像往常热闹。筱蕖回羊街去，素萱要回家，也要去羊街，给姑父姑妈拜年。

陈海庭家里杀猪。他学过，就还没有上过手。少云也高兴帮忙，这是手艺呢。

杀猪匠过来的时候，黑毛猪关在圈里——平常，这猪早上出门找食儿，晚上回家吃一顿。今天不让出门——一点没费事就捉来绑住。

致命一刀下去，有个里手帮忙，吹气，褪毛，开膛破肚，两扇鲜红的猪肉，铁钩子吊在架子上。

又拿了那锋利无比的刀，几划几砍几剔，猪头，猪肩，排骨，余下的，一刀一刀下去，像裁缝剪布那么流畅。

案板上一会就摆满了。陈海庭来来回回看着这盛景，看不够。在心里把这些肉分成两半。

早起就对老婆说了，她竟说："我不看，我见不得，见不得，养了大半年。"她是故意磨蹭吧？这时节还不见人影。"就是没出息，见不得杀猪，养它一辈子吗！"陈海庭在心里笑叹。

便吩咐少云：去喊你舅娘，跟她说杀完了。

少云屋里看一趟出来说，不在家。陈海庭简直要打人，笑着说，你咋个恁没用！

又过一会，张永珍和董太太从拱门进来，张永珍一边走一边叨叨，要不得要不得，那咋个要得！

她见了陈海庭，大声说，董太太说只要一块。陈海庭大吃一惊，那咋个得行！说了平分的！

猪仔是人家出的钱，糠也是人家出的钱，人家就是要一大半也说得过去。

两人急了，说："不得行不得行！"董太太说，那再要点猪肝吧！

这，这，这，这是怎么说呢？钱，全是人家出，自己得一头猪！突然成了富翁，夫妻俩却没有半点喜色。

"要不，帮您做成腊肉？"

王守京说，不用不用，你们留下吃吧。

……

背柳、猪肝给董太太拿了过去。

送一刀给老表，把这事说了一遍，不好过。

再提一刀给嬢嬢拜年，再把这事说一遍。

张永珍生了病一样，恹恹的。熏腊肉、灌香肠，都在想心事。

晚上问陈海庭："你说他们吃不吃得惯香肠腊肉？"陈海庭瞪大眼睛说："恁好吃的，吃不来？！"想了想，自己笑了，"这又没得怪味，咋个吃不来？按说，都吃得来……"隔了一会，想起什么来："吃过，吃过，吃得来！都是下江人，都吃得来！他们肯定也吃得来。"

张永珍有盼头，病好了。

板栗坳也有客人来，傅仁轨的表姐来了。大家都叫她"小妹"，只有傅仁轨叫姐姐。

本来高兴的，过几天就没那么高兴了。表姐！大你四五岁，注定的和弟弟不是一路人。又用功又听话，能妥妥帖帖适应大人的一切无理要求，这一比，哎！哎哎！

本来假期就不像个假期，表姐来了，就更不像了。

你以为可以好好玩一玩？白日做梦！

妈妈趁假期给他补习英语，跟上课没有两样，还有作业！梁先生家梁柏有也来一起听。

三个人一起上课。高兴的是梁柏有，小妹来了，两人都像捡到宝。

做完作业，交给傅太太，得了夸奖。在堂屋桌子上抓子儿，一会儿，又到院坝里跳房子。"小妹！小妹！""蹦蹦！蹦蹦！"，蹦蹦是柏有的小名。满院子都是她俩的欢声笑语。

傅仁轨呢，老要挨训，听讲不专心啦，半天做不完作业啦。妈妈怎么没想到，他小好几岁呢。

"那那！现在就要放鞭炮啊？"门口两个女孩清脆的声音在问。

那那来了？肯定是来找他的！

"彦堂先生那里还有呢，傅仁轨呢？"

果然，救星来了。

傅仁轨听见找他，心思顿时生动起来，站起来就想出去。起身看见那先生兴兴头头进来了，手里拿着一串鞭炮。

"坐下！作业做完才能去玩！老想着外面，老想着玩，一心不能二用！学习不专心，不养成好习惯，什么事情都做不好！"

可怜的傅仁轨，看一眼那那，赶快低头望着作业本，一动不敢动。

尴尬的，还有那先生。迎面一盆冷水，拎着的鞭炮是点不燃了。

不是在过年吗？！

那那万万没想到，会是这么一番境遇。他垂下眼睛，退退退，退到堂屋，转身出了大门，对着两个女孩做个鬼脸，溜之大吉也。

你说，这种年假有什么滋味？

到年底，家家都会买上一只鸡，好歹过年嘛。

年三十这天，劳延炯哪里都没去。

太太们忙忙碌碌，别家小孩子要么去李庄看稀奇景，要么忙着新鲜物事——拿竹篾片做灯笼，扎成各种样子，方的圆的，随你喜欢好了，贴上白棉纸，晚上好提着出去放鞭炮！

他却在家里怄气，打定主意不吃年饭，谁来劝都不吃。

为啥呢？为过年鸡和大人置气。

哎！

买回来的时候，还是个毛茸茸的小东西。鲜嫩的鹅黄色，毛球球，东走西走，叽叽叽叽。好玩。哪里想得到那么远！

哪一顿有点饭粒菜汤，劳延炯就拿去喂它。有时候是空碗，延炯一敲，它也摇摇摆摆过来。

慢慢的，绒毛不见了，长了硬的羽翅，长成一个鸡的模样。一敲碗，都没看到它在哪里，就飞一般旋到面前来。越长越大，认得人，就有了感情。

天气越来越冷，大人在商量过年，劳延炯想起它是过年鸡，就难受。过年吃鸡，不会因为小孩子伤心就不吃。

这世间的事情没道理！做哪样鸡就该被杀，被人吃？而且，你辛辛苦苦养它，大人认都不认！说哪里是你养大的……

它一点都不知道就要被杀了，还高高兴兴到处走，到处找东西吃。"你还是赶快跑了吧，跑到后面山上去，到了山上，哪里还找得到你？"

但这只鸡一点都听不懂劳延炯的忠告，每天晚上回家来睡觉，一点没有逃走的意思。

"你要明白，大人都心狠的，养你是为了杀你……"劳延炯看着鸡，一天比一天难过。

终于到了过年这天。

鸡被捉住了，他听到那惊慌逃命的叫声就知道。

劳延炯躲进屋子里，他救不了自己的鸡，只好躲起来，流泪。那个从一个小绒球慢慢长大，他一敲碗就飞奔过来，每天晚上回到屋外墙角睡觉的鸡，被人捉住了翅膀。它在哀求放了它，在哀求他去救它。而他，一点办法都没有，眼睁睁任由它给人宰掉，变成一盘菜！

太没道理！他没有办法定一个规定，小孩养大的鸡不准杀，但是，这世间的道理总要给小孩留一条出路吧，他不吃总可以吧？

谁来叫都不吃。

劳先生家一大家子人，拿着一个不肯吃年夜饭的孩子，没有办法。爷爷，叔爷爷，爸爸妈妈都来叫……他就不吃。

爷爷坐下来说："哎，不来……犟！"他深叹一口气，没动筷子。团年饭少了人，上年纪的老人家会伤感，会想到真正少掉的人，会想到自己……

劳太太抱着小女儿安安，刚刚坐下，看了先生一眼，先生也正望着她。劳太太笑着说："留着菜呢，等下饿了晓得吃。"

看大家都望着爷爷，叔爷爷说："小孩子家，饿一顿没事。哎……明天爷爷带他去李庄！"

安安伸出小手去抓筷子，捏着筷头，一双乌黑的眼睛望着劳先生说，"吃，吃！"又跟着说，"庄！庄！"……大家一笑，饭桌上的气氛缓和过来，回到过年上头。爷爷也笑了。

……

吃过饭，劳先生对太太说：以后不要养了吧？

以后就不养了。

劳延煊没有了跟班，一个人提着灯笼到院里去放炮。

爸爸抱着安安。安安人小，胆子却不小。鞭炮在面前爆了，她赶紧把头埋进爸爸怀里，然后立起头格格笑。

劳延炯在屋里，听不见，看不见。哥哥进来，给他几个雷公炮，他心里……也没怎么动。渐渐，远处的爆竹声多了，密集起来。

董先生五十大寿

三月二十日，是董彦堂先生五十岁生日。

这一年，他开始代理史语所所长一职。

在昆明，他对大家说，朱家骅代理院长，傅斯年代理总干事，李方桂代理所长，我们这一群人，就是三代以下的人民。

现在，他可不好再开这样的玩笑。

大约和他人生中不得不接受的事情一样，他不会推，也不好推。接了，就只能战战兢兢竭尽心力。古物、人员的安全，融洽关系，制定章程，买药看病，筹粮筹款，千头万绪。

也不过在他繁忙的生活中再添一桩俗事罢了，反正他早就习惯了，命运若不给他时间，就拿身体来耗。

董敏看到爸爸在编一个长卷。他忙得很带劲，不像他平常那样，皱着眉头，半天都展不开。

平常的工作是个什么情形？在那工作室，披览、抄写、摹绘、计算，亦或是木坐呆想。

有时候他高兴地对人说：“我算出了文丁十三年（公元前 1102 年）六月二十五日丁亥，是一个恒气的夏至，与这一片卜辞所记密合。”

别人：……

他拿着模本讲解：“帝辛征东夷时候，在帝辛十年十一月十六日癸丑这一天，从‘亳’往‘鸿’，当晚就到了，这天是儒略日的第 1296240 日。”

别人：……

或者：“商朝人用的是无节置闰法，到周朝才改用无中置闰法。”

别人：……

诸如此类。

别人听来，将信将疑都无所依傍。

董敏当然更是一点都听不懂。

爸爸编辑的是《平庐影谱》，就是按年谱记载自己的经历。

爸爸马上就是五十的年纪了，他要回顾自己的一生。

二十一岁，离家。县立师范毕业，留校做教员；二十五岁，育才馆毕业。二十八岁，他来到北大，做旁听生。

两位恩师这时都在北京，张嘉谋是北洋政府国会议员。董作宾借住在张家，谋了一份誊写讲义稿的差事。

徐旭生正是北京大学教授、教务长，他欣赏这位小老乡，请他来家当"西宾"，把北大《猛进》杂志事务交给他，介绍他到北大旁听。

就这样，董作宾用两年时间，自学了中国语言文字学家、文献档案学家沈兼士以及文字学家钱玄同教授的各年级课程。

要多少坚持，多大韧劲?!

不过也难说，爱一样事情爱到没有它便活不下去，那还有啥好说，杀头坐牢都要去，何况只是受点苦，心里指不定多舒坦?

一份不屈不挠的努力终于开花。他考取了北京大学国学门研究所研究生。

通过书信向王国维请教，他的甲骨文学识大有长进。

董作宾加入了新成立的考古学会，见到了甲骨文原片。古朴神秘的骨片龟板，朦胧可辨的古老文字，他尝试着读了几块，竟能大致读下来……

在这个时候，他定下志愿，要研究甲骨文。凭什么呢?

北京大学第三院工字楼国学门研究生宿舍，暑假只剩下董作宾、庄尚严这几个人，留在学校清理故宫文物。

在一间大办公室，庄尚严睡桌子，董作宾打地铺。酷热难耐，两个人睡不着，聊学业、聊家乡，聊将来，一直聊到深夜。

董作宾突然坐起来，说出了内心最热烈的愿望——

"甲骨文很有前途，你是学考古的，我是河南人，我们一起去我家乡发掘甲骨如何？"

这番主张引起了庄尚严的兴趣，他也坐起来说，只是你我两人，一个搞歌谣，一个学考古，对研究甲骨文最重要的基本知识小学、训诂学、音韵学一无根基，如何办理得了？我看还是等等再说吧。

董作宾抢着说，等等？若等你在课堂上、书本中学好了文字学，人家的甲骨文字典早就在书店里卖了呢……为今之计，只有占先，一面发掘，一面研究……有了新材料，就有新问题，就逼着你非读金文小学，细心研究思考，自然会有新局面、新结论。

半夜宿舍里，发布雄心，受打击，不服气……

躺下，睡了。①

再不服气，这事岂是一人一力可以完成？

三十三岁，董作宾任北大国学门研究所干事，从事方言和民歌民谣的收集整理研究。京师九校改组归并，北大教授一起南下，他应聘为中山大学文学院副教授。

在那里，他结识了助他得偿所愿的重要人物——傅斯年，此时刚从国外留学归来，出任中山大学教授兼文学院院长和历史系、中文系主任。

一个大胆开创，一个诚恳谦虚，两人一见如故，一拍即合。

这年秋天，中山大学的语言历史研究所成立，傅斯年兼任主任，聘请董作宾为编辑员。稍后，中大的语言历史研究所作为班底，成为中央研究院之下的史语所。

首先开展的就是安阳殷墟发掘和甲骨文研究整理。在正式发掘之前，董作宾被派去进行了一次摸底，以查明是否还有值得发掘的有字甲骨。

"读了董作宾初访安阳报告后，傅所长毫不犹豫，马上开始在小屯进行初步发掘……"②

---

① 董作宾：《走近甲骨学大师董作宾》，董敏编选，张坚作传，上海大学出版社，2007。
② 李济：《安阳》，商务印书馆，2011。

从此，史语所开始了历时十年的大规模的安阳殷墟科学发掘。

这一年，董作宾三十四岁。

从此，董作宾的名字便与殷墟考古和甲骨文字研究连在了一起。他实践了自己当年的"豪言"，"一面干一面学，一面发掘一面研究"，不断地往"牛角尖"里钻……

这是一个重大时刻，不仅仅对于董作宾而言。沉睡了三千多年的殷墟，迎来重见天日的时刻，这一时刻，标志着中国考古学的诞生。

七七事变之前，安阳殷墟共进行了十五次发掘。

参加发掘的阵容十分豪华：郭宝钧、李济、梁思永、夏鼐、李景聃、石璋如、李光宇、刘耀（尹达）、尹焕章、祁延霈、胡厚宣、王湘、高去寻、潘悫……

《平庐影谱》里，绝大部分内容是殷墟发掘和西南辗转。

大家起哄，他就顺水推舟，办一个祝寿活动。祝寿活动其实是个展览，设在牌坊头的忠义厅。

迎面一个大大的寿字，柱子上粘贴着贺词和照片。西壁和南壁一部分，挂着组合整齐的甲骨拓片、摹片、印刷样张，南壁大部分，汇集了史语所在广州、北平、上海、南京、长沙、昆明、龙泉镇的工作照片，门内东壁，挂的是甲骨文断代各时期的标准实物照片。

厅内列着三长排桌子，第一排是董作宾的著作，有专册、油印本，还有印谱。他是治印名家，章虽已赠人，留在谱上的，可都是他的得意之作。

第二排是《平庐影谱》，折叠成册，展开来铺满好几张桌子。从安阳开始，他的个人轨迹始终和史语所在一起；有工作有生活，他的生活也离不开史语所，他和熊海萍婚前的浪漫之旅，也在殷墟工地。

另一列是信件，国外国内的，有长辈有晚辈，还有以前的同事离所后写来的。

引人注意的，还有一幅谭旦冏为董作宾画的肖像，上有劳榦的题词：长松百尺灵岳千寻，静陂万顷皓月满林。谭旦冏是画家，时任中央博物院筹备处专门设计委员及编纂委员。

那廉君素以爱早闻名，那天，当他到达的时候，屈万里已经坐在那里登记，好多人已经到了。

孩子们比大人更高兴，围着三排桌子跑来跑去。

山下博物院、营造学社、社科所和同济大学的教授以及镇上的士绅们，都来签名道贺参观，宁静的板栗坳，简直像过年一样，热热闹闹，喜气洋洋。

有人提议，请彦堂和自己的肖像合个影，对比一下，看看谭旦冏的艺术造诣。

在影谱前，很多人都能找到自己的身影，信笺前，大家也仔细寻找，看有没有自己的手笔。

有，真的有！看到那字，顿足抱怨自己：当时为什么写得这样丑！要不是我抽了重新写？

有人坦然：本来就写得不好，何必换，这才是存真。

有的人抱着欣赏的态度：这是《兰亭序》笔法，这是柳公权，这是褚遂良，这是欧阳询……

中午，寿星设薄酒答谢大家。开席，全体起立，高举酒杯祝福寿星，然后边饮边笑，边吃边谈。

客人相继离去，董作宾余兴未尽，领着全家出外散步。

虽然天天在一起，可是很少有这样休闲的时光。爸爸妈妈都很高兴，董敏、董兴、董萍都长高了。

妈妈说，今天这样高兴，请石璋如叔叔来给我们拍张照片吧。

全家人在咏南山门拍照留念。①

---

① 董作宾：《走近甲骨学大师董作宾》，董敏编选，张坚作传，上海大学出版社，2007。

栗峰小学上课了

又一拨小不点到了读书的年纪，下老房的学校就挤不下。

办个子弟校！

牌坊头的门厅，原来就是教室，桌椅板凳都现成，一点不费事。

这教室，是个什么气派？

又宽又深又高！装得下几百人！雪白粉墙，柏木壁柱，柏木地板。举头一望，窗棂门栏，全是细雕的精致花样。有同学说，那种木头叫金丝楠木。

学校叫栗峰小学。全中国，有哪所小学校用甲骨文题校名？这所学校就是。

罗筱蕖小姐做学校的教务主任。

罗老师，那么漂亮的人，她在意卫生一点也不奇怪。

每天上课之前，大大小小的孩子，从高到低站成一排，检查卫生。看手心、手背，看指甲缝有没有泥，张开嘴看牙齿脏不脏，还要看耳朵后面。哪个孩子没洗干净，就让他回家去，洗干净再来！

后来罗老师选了一个学生来检查卫生，这个学生就是劳延炯。

这是特别的赞赏。你看，他不是最大的孩子，和他同龄的也有好多个，老师却偏偏选了他。他怀着一份骄傲，自然更要认真对待这一件寻常小事。

每天早上，劳延炯把刷牙洗脸当作一件正经事。

他拿牙刷蘸了牙粉，仔仔细细刷牙。

昆明带来的瓷脸盆，走过那么远的路，难免磕磕碰碰掉了瓷，露出黑色的底胎。盆底的两条鱼，依然鲜艳夺目，装了水像要动起来。

他开始认认真真洗脸，一点都不像有些小孩那么敷衍，捣鼓两下、胡乱抹两把了事。哪天上学不是穿得整整齐齐？手心、手背都干干净净，指甲缝里一点泥都没有！

教室后面就是忠义堂，堂前一棵大树，笔直挺拔，长出气势来。听当地同学说，这种树叫桢楠，管它叫什么吧，你看看就明白，端正的地方就要种这样的树。

每个礼拜一，先生们开周会，就在忠义堂。孩子们来上学都看得到。大人说，可以看，不能弄出声音，不能讲话。

十几级台阶上，这厅堂显得比教室还宽阔。正面墙上挂了孙中山像、孙中山遗嘱。先生们都站着。另一头，一张桌子两张圈椅，密密挨着。吸一口气，就闻得到檀香，幽微而矜持。

这情景，谁敢说闲话？

这是从日常生活断开的时间，发生天大的事情，也要等这几分钟过去再说。里面的爸爸叔叔伯伯，在做一件不能打扰的事。孩子们安安静静站在门口看，一次也没有出过错。

周会开始，念孙中山遗嘱：余致力国民革命凡四十年，其目的在求中国之自由平等。……深知欲达到此目的，必须唤起民众，及联合世界上以平等待我之民族，共同奋斗。现在革命尚未成功，凡我同志……是所至嘱！

念完遗嘱静默三分钟。萧纶徽先生是司仪。

听大人念遗嘱，有些话懂，有些话不好懂。有个事情：静默的三分钟，萧先生又不看表又不看钟（钟在外面看不到），他怎么知道时间到了？可是谁也不敢问。

幸好，不止是孩子好奇，有一次，那先生问萧先生，你怎么算时间的？萧先生说，我数数，数到一百八。

然后呢，先生对自己的研究做简短的报告。孩子们就不看了，回到自己教室去。

下课要捉迷藏，隔壁李光宇先生管着的、堆满箱子的屋里很适合藏身。

这些箱子一般长方形的，只有一个，很长很长，起码有二三十尺长。箱子和箱子之间，有缝隙。有一次门开着，有人就跑进去藏，爬到箱子上面，藏在缝里。

没被同伴发现，先给大人发现骂一顿。那还藏什么？

里头的四合院，没有租给史语所。擅长交友的跟着房东家孩子进去过。院子里那棵树，没见过，进门一看就呆了，世界上有这么好看的树！把其他的树都比下去。

褐色的树干简直就是做出来的，要不然那么整齐？从下到上由粗到细。叶子只长在顶端，怕有一米多长，羽毛一样仔细梳理过。一柄一柄认真地长，像是计算过，一丝不乱生在树干上，长成一把伞。一片绿云，冉冉的奇特幽香。仰头看，一丝一丝的光亮从朦胧的绿云中间透出来，美得不讲道理。

哎哟，这是什么树？

这是杪椤树。

杪椤树？杪——椤，写出来看看呢？

写不出来。

难怪！名字都写不出来。哎哟哟，一棵树，长得像做出来的一样，仔细看，仔细看，还是觉得没有道理。

两口大水缸里，有红金鱼！不能去搞，捞出来就死了。院中间还有个池子，水深，池子里开着荷花，白石头栏杆围着。花呀树呀比别处的更上心。

人家的院子没有租给我们，孩子们懂规矩得很，没人领，就没起过进去逛逛的念头，可惜失之交臂。

没有那么多老师，分不出仔细的年级。在那间大开间的教室里，高年级坐一边，中年级坐一边，各有各的黑板。更小年纪的，也有自己的黑板，有的还穿着开裆裤，都不好意思叫作小学生的……

高年级孩子少，劳延煊、梁柏有，还有两个当地孩子：黄德彬、李炳章；低年级的就多了，劳延炯、萧梅、杨光驹、芮达生、傅仁轨、李前鹏、潘木良、李建生……更小年纪的，芮榕生、全宝宝、董兴都来上学了……

孩子们走进教室，哟！两三层楼那么高，抬头看屋顶，看窗栏雕花，想把花样看清楚，脖子都要望酸。

外面墙上挂着一口钟，有一个钟摆吊着，嗑囊嗑囊。工友是当地人，叫刘福林，他有个摇铃，拿着一摇，叮铃铃，就上课。叮铃铃，下课。

老师就是史语所的先生太太们。先生们都有自己的学问要做，于是就规定说，有上学小孩的人家，要派出一个人来教。但是呢，有些先生没有孩子，有些先生的孩子没有在板栗坳，也来教。

先生们等到该上课的时候，才到牌坊头的教室里来。

石璋如先生教高年级的地理。他三十八九岁，作风端简，不笑。一张学问脸。什么叫学问脸呢？整天想着学问，就长成这样。

孩子们没有理由怕他，怎么说呢，是不可亲。

他还在河南大学做学生的时候，就被学校派遣到史语所的考古发掘队，参加安阳遗址的发掘。

在板栗坳，看书，整理标本记录。走在路上也在想事情，碰上小孩，忽略不计。孩子们碰上他，规规矩矩问个好，就完了。等他回应，人都走过了。

高年级学生懂事，想到石先生的太太小孩没在这里，也来教书，不笑就不笑吧。

中秋，董彦堂先生搞了一个画图展，先生太太和孩子们，会画的都画了来，挂在厅堂里展览。孩子们最喜欢的一张画：月亮高挂天空，上面坐着个小女孩，她把手伸长到地上，想拿供桌上的水果糖饼。

小孩走到这张画面前，就走不动，越看越喜欢。

谁画的？你想破脑袋都想不到，石先生画的！那么严肃，却最懂小孩的心！哎。

几十年后，石先生还记得，"小孩子很喜欢这张图。"

哎，怎么回事？

都是研究文史的学者，教小学生绰绰有余。可好些先生还是为难：不知道该怎么教，实在是不会。

年轻先生会不会好些？张苑峰来给高年级讲国文。他是山东人，长得高大，讲台上站着满面春风。学生答不出或是答错了，他抱歉地笑：这个不难，不难，你看……这种笑，很安慰人。

屈万里先生，也请来教国文。

他原先在山东图书馆。前年才到这里，来给董作宾当助手。

屈先生温文尔雅，满腹诗书面对几个娃娃，依然一丝不苟。上课不拿书，孩子坐好就开始讲，讲《诗经》，讲《论语》《孟子》《庄子》，讲唐诗宋词……

孩子们拿来写字的是草纸，是黄的，写过大字，还有空白的地方，拿来写小字，写屈先生讲过的诗词。大字小字都写满了，也不扔，带回家去给妈妈。

罗筱蕖总管着学校教务，还教体育音乐。她常常拿着一根竹鞭子，带大家跑步也拿着，很有威慑力。大小孩欺负小小孩啦，撒谎啦，在黑板上乱写啦，老师让做的事不做啦，就拿那个鞭子打手心。

在乖孩子眼里，那条竹鞭子威慑意义大于实际意义。在调皮孩子那里，它可不是个摆设，真要落下来打在自己手心、屁股上的。就到处去找救星，于是有了无数的植物新发现：某种草的汁液涂在手心，某种叶子捣碎敷在手上，挨打就不痛！

这种事儿，其实都是事后弥补，难道谁能未卜先知，知道他哪一天会挨打，而早早就把汁液涂在手心里？到真的挨了打，又羞耻又沮丧，早把新发明给忘记了。挨过了，痛倒也不是很痛，半顿饭功夫能过去，要紧的是，万万不可让家里大人知道。知道了，再挨一顿也说不准！

哎……大人懂不懂，这种事很伤感情的。

教音乐的老师很多。张素萱老师、董作宾太太都能教。

三个班各上各的课，音乐课就一起上。

罗老师有一架风琴，她踏着风琴伴奏，教大家唱《五月的鲜花》，唱《义勇军进行曲》。

五月的鲜花，开遍了原野，鲜花掩盖着志士的鲜血。为了挽救这垂危的民族，他们正顽强地抗战不歇……

在外面，每家每户出去的兵和日本人打仗……他们死在战场，再也回不了自己的家……

起来！不愿做奴隶的人们！把我们的血肉筑成我们新的长城。中华民族到了最危险的时候……

远山远水来到这里……唱着这歌，懂得了悲愤，把那些说不出口的爱和恨唱出来。

有时候，对面山坡上的兵也唱聂耳这首歌。

这边稚气的童声，那边热血男儿的雄壮声音，歌声里有沉痛，更有希望和慰藉。牌坊头、田边上的先生们，为这歌声吸引而歇息一刻。①

游戏难免惹祸事

孩子长大些，男女界限就开始分明。女孩子对兵营一点兴趣都没有。

妈妈用花布缝一枚铜钱，成一个小小的圆，中间缝一截鹅毛管，缝稳当，插上五彩斑斓的公鸡毛，就是一个鸡毛毽子。在院里踢，一下一下，

---

① 1942年11月25日，傅斯年致朱家骅信提到：小学已办好，小儿及各同事之子女皆入学，此又吾兄之赐也。本书采用《史语所大事记》所记时间。

看谁踢得久，看谁踢出的花样多。

抓子儿，拿布缝一个小口袋，里面装上沙，然后找四个或者六个子儿——要选差不多大小的石子儿。几个子儿撒开来，沙包扔起来，把子儿抓在手里。要赶快，不然接不住沙包。子儿越多越难抓。

女孩子还喜欢用一根毛线，挽在手上，变成各种各样的形状，一会是方的，一会儿成了菱形，然后呢，方框里面又有一个菱形。这是一个安静的世界，男孩子不玩。那些简单婉约的情感，太不容易体会。

财门口女孩少，萧梅整天和男孩一起，呼啸着来去，好玩得很。她从来不藏心思。剃光头，说剃就剃了，连思想工作都不用做。学堂里挨打，装作害怕捏着手，突然张开来，一个铜笔帽在手心里。听竹鞭子打出"噹"的一声，她开始笑。

除了不去兵营，哪样游戏都不阻碍她。

跳房子算是共同游戏。有时候用粉笔，有时候捡根树枝或者竹竿，在地上画出格子。单脚跳小格子，双脚跳大格子。

后来去了国外，发现外国小孩子也玩这个。没有大人教，小孩子天生就会？

男孩女孩能够一起，玩不厌的只有捉迷藏。一个人找，无数人藏，不受人数限制，不受男女限制。千百年来，一代一代的孩子都这么玩，到长大到老了，坐在自己家的沙发上，想起往事。当初一起玩的伙伴，现在藏到哪里去了？就在一个国家就在一个城市也找不见？

后来，傅仁轨藏得最好。知道他住在美国，可是谁都找不到他。是故意的？就愿意做个没人打扰的平凡人，也未可知。

名气大有名气大的难处，名气大了，要你做事，做的事你又不喜欢，你做还是不做？你答不答应都麻烦。

要是说，国家都要破了呢，就像他的父亲，不敢不去……

现在他还小，想不到那么远的事情。

这一次是劳延炯找。按规矩，他得蒙着眼睛，等大家藏好再睁开。

上课是教室，放学就是游乐场。厅堂后面是房东家，有墙隔着，绕到旁边进出。房东可以到前面来，小孩不可以到后面去，那是人家的家。劳延炯从来没有越雷池半步。

他扑在墙上，等大家藏好。墙的上壁有镂空的图案，窗上就有很多洞。他眼睛贴着小洞往外看，房东家的孩子在做什么呢？

院子里静悄悄的，什么也没有。

突然，什么东西从对面戳过来，猛地戳到他的眼睛上。劳延炯捂着眼睛，倒在地上大哭。

哭声把大人都招来了，藏起来的小孩一个一个从藏身的地方出来。

劳太太带着延炯去了诊所，王守京没见过这种病情，也没有药可用。她有点着急：坏了坏了，坏了坏了。

眼睛边似乎有什么脏东西，王老师给他清洗干净。只好又回家。

茶花院的办公室，像课堂一样摆着一溜桌子，先生们正在收拾书桌。一个小孩怯怯进来，说一声："劳先生，劳太太让你回去。劳延炯眼睛瞎了。"说完转身就走。几位先生都抬起头，小孩已经不见身影。

这莫名其妙的骇人消息，不仅劳先生，后面的陈槃庵先生也一起愣住了。劳先生觉得不可思议，也不敢耽误。

劳太太把延炯带到外屋里，在床上斜靠着。延炯已经不想哭了，可眼泪不由自主地流下来。劳太太拿着一张干净毛巾替他擦，急得无可如何。见先生回来，就说，董太太说，弄不好眼睛会瞎。说着，滴下泪来。

劳先生走到近前，仔细看着那只眼睛，看了一会，轻轻拨开肿起来的眼睑，问："一点也看不见？"

劳延炯说："嗯。痛。睁不开。"

劳先生问："怎么弄的？"

劳延炯说："没晓得哪个嘛，突然就戳过来。"

劳先生耐心看着，试试睁开呢。延炯流着泪：睁不开，睁不开。

劳先生回身对太太说，明天去请医生看看。一边把毛巾交到她手里。

劳太太的眼泪像珠子一样落下来。

这一晚，劳延炯就住在外屋。一家人都放不下心，睡不稳。一见淡淡有点天光，便都来看延炯的眼睛。

看延炯能试着睁开了，便问："一片黑吗？看得见我吗？"

"嗯，痛，看得见。"

劳太太几乎要落泪：眼睛并没有瞎！

只是红着，像兔子的眼睛。

那痛也并不消失，反而扩散开，贴在眼睛上。

院里芮太太、全太太……都问起，九一太太也过来看。萧太太还拿了鸡蛋过来，说要增加营养才好得快。

学堂杂记

上课前检查卫生，劳延炯没来，是罗老师检查。

这边检查，那边笑成一片，有人笑得弯腰顿足。罗老师说，大家站好，笑什么？

芮达生站好，开始说，说到一半又笑得弯腰，傅先生不讲卫生！昨天晚上，傅先生……嗬嗬哟哟……吃了花生米不洗手……嗬嗬嗬嗬……手指头……被老鼠咬了！

哈哈哈……

哈哈哈哈！

简直莫名其妙。

罗老师说，小孩子不可以乱说话……丁零零，铃声响了，大家就进教室去。

老师还没有来，大家就接着讨论：睡觉都有蚊帐啰。傅先生是把手放到

＊一九四四：山中小儿女 不解忆长安 ＊

帐子外面被咬的？还是老鼠爬到蚊帐里面去咬的？

太可笑了。手在外头，老鼠哧溜哧溜爬上去；或者，老鼠到帐子里，从哪里爬过去找手指？从身上？从枕头上？啊呀呀……

老师来了。

翻开书。

有孺子歌曰："沧浪之水清兮，可以濯我缨；沧浪之水浊兮，可以濯我足。"孔子曰："小子听之，清斯濯缨，浊斯濯足矣，自取之也。"

这是什么意思呢？萧梅一个字都没听见。

"萧梅，不要看外边啰。"

"萧梅，上课要专心。"

"萧梅，你在做什么？是不舒服吗？"

萧梅回过头看着黑板。

下课了，孩子们呼啦啦出去玩。

一个乡民提着陶罐子等在外面，等着大家下课。孩子们就知道，他来要童便。

谁要是有尿，就跟着他到僻静处，把尿撒到他的罐子里。听说，家里有人病了，拿这个当药，喝下去。

男孩撒了尿回来，跟大家讨论：真的要喝下去呀？耸着肩猛一阵摇头，想象不出那东西怎么喝得下去。大家都想不明白，真的会喝下去吗？真的可以治病吗？

铃声又响了，大家就回到教室。

傅仁轨和萧梅同桌，他拿着两个金桔回来，放在桌上：给你！

一声没有。萧梅一动不动坐着，困在自己的情绪里。

这是很绝情的。人家热心热肠，爬树摘了来，你不说要不说不要。要不要，都得谢一声吧。

幸亏小孩元气足，不容易伤心。傅仁轨又问："你怎么不出去玩？"萧梅淡淡地说:"我不想玩。"

下午放学,萧梅被罗老师留下。"两位先生都说你不好好听讲……先生都很忙的,抽时间来上课,不好好听讲,对不对得起人?"

萧梅乖乖地把手板心拿出来,挨打,也没什么感觉。

倒是罗老师奇怪,这小姑娘咋回事?平常不是这个样子的。她便问:"你今天怎么啦?"

萧梅说:"没什么,罗老师再见。"

……

谁要觉得小孩子日子好过,简直就是没良心。

萧梅没法跟谁去讲,讲也讲不出来。这个心胸开阔的女孩,一点小事从不介怀的女孩,到了有话讲不出的地步。

走出教室,走到门口,不想回家,不回家有哪里可去呢?萧梅在路边蹭。蹭进竹林里,眼泪一颗一颗落下来,越哭就越伤心,越伤心越哭。

她在担惊受怕。她的苦,没有人懂。

哭了又哭,哭了又哭,哭累了,都不想回家。

傅仁轨约她回家,她不想走。两人寻了块石头坐下,傅仁轨就说,我给你看这个。

他把书包里从身上取下来,放在地上,拿出两本课本,又拿出五个玻璃弹珠,"不是这个。"最后找出一团被压得皱巴巴的、已经变成深绿色的不知什么草。

"这是免痛草。涂在手上,就不痛了。"

萧梅问:"你试过?"

傅仁轨说:"还没有。试试看嘛。"

变了色的草怎么挤也挤不出汁液来。两个人就坐在地上说话。

"大人都这样,要不就打人,要不就不理人……"依他们看,不理人还好些。

学校里，老师打人，还算是讲点道理；家里大人，有什么道理可讲！谁能搞得懂，这世界上的爸爸是怎么一回事？耐烦的时候，写了《满江红》讲给傅仁轨听；不耐烦的时候——傅仁轨学习认真又听话，规规矩矩懂礼貌，还不是要挨打。

这对于大人的评价，固然是孩子们的心声，却没说到萧梅心坎上，她还有更严重的事情……

突然，兵营那边传来惨叫声。两个小孩吓了一大跳。站起来往兵营那边看，有一个人被吊在树上！

"是逃兵，抓回来了。"

那声音瘆得人心慌，两个人赶快回家去了。那一团免痛草掉在地上，刚刚坐过的地方。

嫁给人家，人家不要

劳延炯的眼睛复原得差不多了。怎么好的呢，自己好的。

医生也没有办法，爹妈还能怎么办呢？只能靠诚挚愿望。今天比昨天更好，红丝越来越少，痛也越来越轻，看得越来越清楚，给他们极大的信心和希望，劳太太以更大的信心更深的挚望，期盼着这只眼睛完全复原。

至于那个捣蛋鬼，拿什么戳伤了儿子眼睛的捣蛋鬼，轻而易举就获得了原谅。

他们自然也不知道，小肇事者受着怎样的折磨。

一只眼睛有问题，虽然也不妨碍看，世界却变窄了。一当眼睛好了，劳延炯也就把这事忘了。

有那么多可看的，好久都没去看了。他跟着爷爷去长江边看涨水。没有这个小尾巴，爷爷也好久没出门。

那时候，长江上有几条轮船，从叙府经过李庄到南溪的这条船叫长宁，还有条船叫长远，从重庆到李庄，这两条船，四季都可以走；还有两条船就大了，一条叫长虹，一条叫长天，因为吃水深，只有夏天涨大水的时候才走，上叙府、下重庆。

所以涨大水的时候，可能是四条船的某一条在江上走。

爷孙俩还走在石梯子上，就听到轮船的汽笛声。劳延炯一听就说，长虹号到了。

爷爷问："你能听出来？"

劳延炯点头说："能，我一听声音就晓得是哪个船。"

大船小船的声音一听就准。大船的汽笛粗壮，像一百只母牛在一齐叫唤；小的船，汽笛声就尖，像在吹哨。同样是大船，怎么区别呢？只好靠猜啰。

走到江边，嘿，果然就是长虹！

夏天江面变宽了，好雄壮的江。

船一到，岸上总是站了好多人，接人的，送人的，不接不送的，也喜欢去看，看江上的船，看船上的人……

回到财门口，看见董同龢先生在研究一团黑乎乎的面团。

劳延炯走过去，哇，哇呀，我的天！方圆几里的蚂蚁都来了。它们招呼招呼，把一个面团都爬满了。

董先生就拍，拍不干净。一面拍掉一些，一面反倒把一些蚂蚁拍进面团里面。只好耐烦地一只一只捉下来，捉了好久都捉不干净，董先生说，算了，无所谓了，反正蚂蚁也可以吃。他干脆把蚂蚁揉进面团里，做成馒头蒸了。

劳延炯吃着自家的饭，惦记着董先生家的馒头。这馒头会是什么样呢？实在又不好说要去看。

大家都感觉得到，萧纶徽先生的心情好起来了。从昆明开始，萧先生的心情一直不好。

虽然大家心情都不好。

到了李庄，在板栗坳安安稳稳住下了，萧先生的悲伤，压在心底的悲伤，没有消散，反而像一粒种子，生了根，长出藤藤蔓蔓……无边无际地蔓延开来。

他想念他失去的儿子，他拿着心里的痛没办法，就喝酒。喝醉了从李庄回来，还要哭到半夜。

直到他又有了一个儿子，他的悲伤才渐渐止住，变得开朗积极起来。

不知道板栗坳水田里为什么有这么多鳝鱼。

场天也有人卖。赶场前一晚，多是半大孩子捉了回家，一早拿鱼篓装了到集市上卖。

这个事情有点奇怪，鳝鱼长得和蛇差不多样子，吃鳝鱼不害怕，要是蛇呢，无论如何吃它不下去。

喜欢吃这东西，还要本事。越来越多人发现鳝鱼好吃，可是不会杀。

萧先生家特别喜欢吃鳝鱼，他也会弄，他在财门口院子里杀鳝鱼，太太们也来观摩。

萧先生搬个小板凳，坐在水盆边，一块木板斜靠着。看仔细：从水盆里捉一条鳝鱼，捉稳了，在盆边上使劲一摔，这鳝鱼大概就痛晕过去。然后用一个长钉子把它的头往木板上一钉，刀子在颈脖（大约是颈脖）横着一刀，顺手一折，竖划下来把鳝鱼剖开，刀尖剔掉骨头，再用刀背一刮，鳝鱼就成了白白的一块。划几刀而不断，最后齐脖子那里一切，扔进碗里。好，结束！下一条！

……

萧梅突然看见，劳延炯也在一旁看她爸爸杀鳝鱼。她惊喜地看着他，打量着他的眼睛，一直以来她暗暗受着的苦，一下子结束。

空气变轻了，呼吸变畅快了。空气本来是轻的，在心事里，却又湿又重。

……

她早知道有这种后果，就算鬼抓着她的手，她也不会干这样的事。

她不过是想找个谁都找不到的地方，绕到谁都不去的院里藏起来。突然看到墙上镂空的洞里，有一双滴溜溜的眼睛。

好啊，居然作弊！居然偷看！

萧梅顺手捡了一根竹枝在手上，猫着腰挪到墙根底下。抬头看看，那眼睛还在。

我来教训教训你。哈哈！地下有什么？鸡屎。她拿着竹棍去粘上一点那东西，忍着不要笑出声来。

她把那恶毒的武器，从那个洞戳过去。

她无数次闭上眼睛，时间可以重来就好了。

那天晚上，不知道爸爸妈妈怎么就看出来是她。她什么也没说，但她的样子，让他们一眼就看明白。他们气昏了头，忘记了打她。

好半天，谁都不说话，那沉默在萧梅听来，像惊雷一般。

妈妈有点失魂，没头没脑地说："瞎掉了，瞎掉了，怎么办？怎么办？把萧梅嫁给小炯好了。把萧梅嫁给他。"

萧先生狠狠地瞪了萧梅一眼："嫁给人家，人家还不一定要呢！"

她的苦日子就这样来了。

一早醒来，本来白纸一样的一天，一睁眼就想起劳延炯眼睛瞎了这件事情，这张白纸就皱成一团，展不开。……将来，嫁给人家，人家不要……不要怎么办呢？这种事情，远远超出了一个七八岁女孩的经验……叫她想都不知道该往哪里想。

……那个时候，谁都不要她。

这个大说大笑的女孩，这么些日子，简直凄凄惨惨戚戚。谁叫她惹出这么大一件祸事？

老天爷，劳延炯的眼睛总算是好了。

这眼睛差点瞎掉的大事件，无声无息就痊愈了……

　　劳延炯一直不知道是谁戳了他的眼睛。直到七十多年后，萧梅自己说出这事，劳延炯仍然不相信：不是她！不是她！不可能的！她记错了，大家都知道我的眼睛坏了一段时间，她以为是她，绝无可能！绝无可能！

　　为什么呢？

　　因为史语所的小孩从来不去后面，后面是房东家，没有租给我们。我从来没有去过，萧梅也不可能去。要是萧梅可以去，我为什么没去过？

　　……

看电影

　　小孩的盼头，就是过年过节，可一年的节，真是太少了！要扳着指头盼多久，才是下一年？

　　幸好！每周都有星期天，日常的期盼，就全指望它了，还在星期六上午，人还坐在教室，心就开始飘忽……下午可以到处游走，第二天，不用一早起来，不用睡意还没全消就开始背书……星期天，让板凳放在桌子上吧，让算术、古文、英文统统 ByeBye（再见）吧……秋千啊，滑滑梯啊，兵营啊，橘子桂圆，长得怎么样了？山上的桑葚野刺梨，等他们都等得不耐烦了……

　　这个周六，劳先生要带着延煊、延炯去宜宾！

　　你相信吧，一有好事情，一切就开始跟你作对。大人故意慢腾腾的，什么牙刷牙粉，毛巾，哎呀呀；时间呢，一会嫌它走得太慢，一会怕它过得太快……哎呀，萧太太来找妈妈，她有什么事啊，等他们走了再说不行吗？

　　下山路远，万一错过开船……早点走，走快点，到江边上了趸船，买了票坐着等，岂不是安心得多?!

东愁西愁，简直心力交瘁……

上了趸船，心情立刻清凉。这是一篇游记的序言，多少美妙即将展开……

一开船，世界就清爽了。

轮船上的领江，是个老头子，鲞黑面庞，拿一根旱烟管，指东指西，水手都听他的指挥。

明明是一样的风景，在船头和船舷两边看，很不一样呢。

咦，没过多一会，宜宾就到了。

好繁华的地方！

旅馆登了记出来，找一家饭铺吃饭。

饭铺门口，便有轰轰烈烈的香味长驱而出，奇怪的是进去坐下，各种香味混杂着油烟气，反倒弄混了。爸爸要了一盘回锅肉，一盘豆角，呀！好吃到说不出话来，回锅肉，这里的名菜，名副其实！四川人的口味，真是轰轰烈烈的细致。

从一条小街穿出去，他们看到一家电影院。

爸爸的脚步慢下来，延炯心里有点紧张：难道还看电影？

兄弟俩长这么大，没进过电影院。看到那海报就痴痴的。海报画得真好，左角一个巨人，右下角一个小人，天上一张飞毯上，站着两个人张开手臂……中间写着四个美术字：月宫宝盒。

海报下边一个小窗口前，好些人排着队。

爸爸轻声问："看不看电影？"

兄弟俩都没有说出话来。

劳先生站到队伍最后去了……看到爸爸手里三张票，劳延炯欢喜得心都要飞出来。

门口站一个人收票，劳先生把票交给他。

进去大堂，天棚上两盏大灯，也不怕费电，把堂子里照得跟白天一样，一切都看得清清楚楚……爸爸一准在想，要是板栗坳也有这么亮的灯……

墙上写着一些美术字：抗战必胜、建国必成、小心扒手、请勿高声喧哗……

电影院地面是平的，椅子是藤椅，没有互相连着。万一前面的人个子高，挡了视线，可以挪一挪。藤椅扶手上都有一个洞，有经验的看客带了茶杯好放进去……

大灯熄了，电影开演。

王子被巫师施了魔法，变成盲人，王子的随从变成一条狗，好可怜。好揪心……

盲人遇到公主，又是巫师来捣乱，可恶……

终于，巨人出来帮了忙，恶巫师受到惩罚，王子当上国王，本来皆大欢喜了，随从却不愿意留下来。怎么？他不要当官，要自由自在到处走……

啊，原来是这样。

大家长舒了一口气。

电影院出来几步，有一个卖五香牛肚的小摊。爸爸没有问，领着兄弟俩坐下来。摊子旁边点了一盏电石灯，散发出强烈的气味。白亮白亮，照着摊主切牛肚，那刀那菜板和那块牛肚，像是遵守它们之间的秘密协定，完全没有手起刀落，刀都没离开菜板，飞快，一块牛肚就变成了丝。淋上酱油香油，端过来摆在小桌上的，就是这么一盘。

一人拈了一根……怎么做出来的？舌头都找不到了！

这美味，记了一辈子。几十年都想不明白，宜宾人怎么什么都会做？牛肚也能做出这种味道！

这东西，确实麻烦。鲜牛肚洗，洗了拿刀刮，再拿明矾擦，擦了又洗，然后煮，煮了又刮。这才搞清楚原料。

一锅清水烧开，盐、料酒、八角、桂皮、葱段、姜片和牛肚下去，小火咕嘟咕嘟三四个小时，起锅。

切成丝，淋上香油，撒几粒香菜，鲜，爽口，妙不可言。

天上一弯月牙儿，父子三人走回旅社。

孩子们心满意足，平常已经是睡觉时间，可今天哪里还想睡觉。

"你说，阿菩去找巨人的时候，贾法知道不知道？"

"开始不知道，知道了也没用，他的法术碰到巨人就失灵啦。"

劳先生听着两个孩子一路说着话，突然看见路边影影绰绰一片废墟，他心里一惊：这就是日本飞机投炸弹，炸死了人的地方？

家有女儿初长成

彦云也考进宪群女中。

课堂笔记课堂作业要用钢笔。买不起，只能买个笔尖。找一根趁手的细竹竿，划个口子，把笔尖绑上去，就是钢笔。墨水也太贵，镇上有墨粉卖，买来兑成蓝墨水。

吃不起学校的包饭，妈妈一早就把中饭做好，姐妹俩每天带饭到学校，中午拿开水泡一泡。

这都是小事。

交不起学费，才是大事。妈妈拿不出两个人的学费。

彦云就去学校对四老爷讲，学费，学费缓一缓，等谷子收成下来，卖了，就交学费。先让我们注册。

讲这些话，苦得心都缩作一团。

彦云站在桌子旁边，像个要饭的。

她不去谁去呢。

有一年开学，家里竟没存下粮食，早上吃一碗麦羹羹，带一个两个红苕，如何能让个十三四岁的姑娘挨到下午放学？中午，在教室做作业，还是饿，出去转一圈，看看能不能忘了饿。不行，街上的粑粑铺、面馆、饭馆，飘出来的香气，要抢人。

下午放学还有课外活动，姐妹俩从不参加，下课就回家。

彦云回到家，脱下制服，就去水井担水，回来帮妈妈做饭。她心疼妈心疼二爸，心疼这个心疼那个，想不到，她这副样子，特别让人心疼。

王志维住在田边上，天天见到彦云，提着书包、带着饭篮子去上学，下了学回来，担水、找柴，内向沉默。这么个女孩，这么点年纪，这么懂事……房东家这个女孩，勾起他的身世之悲。

涂仁珍隐约听到，家里在给她说亲了。爹越来越靠不住，为那点大烟，弄得鬼鬼祟祟。她把这事想象得严重，不由得疑惑起来。后娘，能把她当亲闺女，来为她着想吗?! 可不敢放心。

这些年，她热眼看着"中央来的文化人"，心里头折服得要命。她暗暗下了决心，要嫁就嫁个有文化的人。她总要找个有文化的，要是他们提的不合她的心意，哼，她根本不答应。再他们怎么说，她也不答应。

她回家去探探口风。

堂屋没人，却有一股酸臭刺鼻的恼人味道，她吸溜着鼻子，分辨不出究竟是什么。睡房里传出不一样的动静，砸东西? 水缸子落地?

她迟疑一下，几步跨进去，眼前景象骇了她一大跳。爹被结结实实捆在床上，仍在万分挣扎，闹得满脸眼泪鼻涕。地上几摊污物，还倒着个喝水缸子。女人见她回来，喘着气颓然一坐，说，哎，背时哦，造孽。

"啥都吃不进去。吃点啥都要吐，喝水都要吐。"

涂仁珍说不出话，也看不下去。自己那点心事，早吓到爪哇国去了。

后娘去灶房撮柴灰，涂仁珍跟着，听后娘说前后的事。

戒个大烟，遭那么多罪。要是她来，不见得狠得下心肠，坚持那么些天，可是不狠下心，这事不是个了局!

涂仁珍便去给后娘打酒，还掐了把豌豆尖拿回来。

第二天又去，哎，哪个晓得，这究竟要熬多长时间?

涂三哥这趟回来，脸色就不大好看。

吃饭也丧着脸。

三嫂要他搭把手，他都不耐烦。接过那盆水萝卜往矮方桌中间一墩，一屁股坐在矮凳上。涂仁珍也就跟着坐下。出萝卜就天天吃萝卜，白水煮了，蘸点海椒盐水，有碗米饭，还是欢喜慌了。

三哥吃饭快，呼啦几口就扒拉完。大娃慢条斯理地认真吃着。

三嫂坐一张黄浸浸的竹椅子，抱着二娃，奶完这才坐过来。涂仁珍正帮她盛饭。

三哥已经挪到一张条凳上，高高地对着涂仁珍吼：

"你给他说没有？这是啥时候？他去打听打听，米一天八个价！再抽，我不供了，我这点工钱我供不起！"

"说了嘛，早就说了。没得钱，就戒脱了撒。"

三哥瞪大了眼睛："我不信，他戒得脱?！上回也说戒了。"用睁大的眼睛探索这话的真假。

"你不信自己去看。"涂仁珍放下筷子，似笑非笑望着她哥，"你不相信戒得脱又喊他戒？"

三哥更来气："我就说嘛，咋个恁砍切！"气冲冲站起来，扭头朝院子里走。

涂仁珍不晓得她哥要做啥，噌地站起来。三嫂望着兄妹俩，怀里的孩子哇一声哭起来，她站起来一边哄着孩子，一边走到门口看。

涂仁珍追到院子中间，跑出去在她哥后面说：

"哎呀，真的真的！听到我讲嘛！"

三哥似乎也还没拿定主意往哪里去。回爹家，去骂一场？也不是没骂过，有用吗？听见涂仁珍在背后喊，就站住了。

"不戒咋弄嘛，光顾他抽，他两个喝西北风啊。面都拿去卖了，再就要揭瓦了，后娘晓得不是办法，发狠了，找起人来捆他。不得了，在屋头撞墙杀人，捆了几天几夜。我看了都过不得，遭罪得很。熬过来就好了，想吃东西了……你去看，脸色都不一样了。"

三哥半是相信半是狐疑地走回来，说，我明天过去看。

第二天回来，咋呼呼的。老婆问他咋了，他便说，那个李炳章，牛高马大了，还是个娃娃儿。下了学不回来，就喜欢去搞我那船，刚刚儿还想划出去。给他一顿骂！他以为我要打他，跑得飞快！哈！哈哈！

"哪个李炳章？"

"哪里还有第二个！冲口那家，他爹妈打纤藤子的。"

老婆说："哦，他呀。你没回你爹家？"

三哥眉眼一展，说："咋没回，下山先去看来。咦，他硬是弄来戒了！"

"咦，她还有办法哎，"说起难以置信，转了口风又说，"是倒是说戒了，说是说……"

上船之前，三哥不放心，对涂仁珍说，你回去看着点，不要又去靠！

涂仁珍在心里嘀咕：我看得住？

三哥就像看见她的心思，说："啥都在涨，涨这点工钱管不到用，你要看着他……"

读书的时候，涂仁珍常在九一家进出，和彦云姐妹都熟，彦云叫她涂七妹，彦遐喊她涂七姐。

真有人来提亲的，对象却是彦遐。

旁边兵营的许连长，换防来了一段时间，不知道怎么，就看上彦遐。思慕却不得办法，竟自己上门来提亲。

这天黄昏时分，带了个兵来。

连长上门，九一先生吃一大惊，见他军容严整，笔挺站着行了军礼，然后把帽子端在手里。小兵规矩站着，手里捧着一个纸盒。

九一先生赶快请他们坐下，连长坐下了，小兵不坐。

连长把帽子端在手里，待要张口，又没说出话来。他调了几下坐姿，开始说，他家乡在哪里，也读过书。父母怎么样，兄弟怎么样。有一个也在当兵，现在也不知到了哪里……所以，他……

九一先生听到一半，猜着大概。心下里踌躇着，耐心听他说完，才要开口，连长又忙说，张先生不用着急，我也是明白的，总要商量商量。我三天后再来听回话。

他来前已想好，给人留几天时间。不知道为甚说了三天。让小兵把盒子留下，告辞。

张太太初听也大吃一惊。还那么小！点了灯，两人仍在商议，家里隐约悬着一颗雷。

第二天，筱蕖和素萱过来吃饭，张太太说起这事，轻轻叹口气。筱蕖说，怕什么，他敢怎样？！

素萱一边帮着摘豆尖，一边说，二妹妹可比不得你，看这两天放学回来，都不敢出门了。又对张太太说，干妈放心，史语所在这里，他们不敢怎样的，很快又要换防了。他们来了三个月了吧？

张太太想了想，说，差不多。

不巧，到了那天，天色已向晚，九一先生却不知为什么事情绊住，还没见人影。筱蕖和素萱吃过饭也留在屋里。

连长走到半途又让那兵回去，只一个人来。依旧是军容端整。九一太太请他进了厅，泡了茶，摆了点心。他见衣料盒子从签押桌移到案桌上，似乎根本没动过。

九一太太同他拉家常，问了问他其实也久未通消息、也不知道现在怎样的老家，连连叹息。然后极尽委婉地铺陈：彦遐小，要完成学业。不读书是不行的，总是要完成学业。

连长听完，落落离去，九一太太不由得悬了一份心。

彦遐上学放学，路过兵营便加快脚步。

所幸这许连长并不豪横，不自在了好些天，自己搁开了。

山茶花，朵朵开

孩子们发现一件怪事，逯钦立先生又不是老师，却常常跑到教室里来。
他住在茶花院，已经毕业进了史语所，继续汉魏六朝文学史的研究。
茶花正开着，年年开，小姐们还是欢喜得很，邀约去那院里看花。
逯先生不看花，却跑到学堂的教室里来画画。
罗老师不明白，为什么这些天黑板上总有画？
谁画的？
孩子们告诉给她说，这是逯先生画的。
有一天，梁柏有正要去上课，逯先生在门口等着她，让她带一封信，说要交给罗老师。他郑重对柏有说，一定要亲手交给罗老师，记住了吗？
柏有点点头。
底下的事，孩子们就不知道了。

开始，罗小姐不知道为什么，那年轻研究员，得空就来学校的黑板上画画，画屈原、陶渊明，画虎啸、马奔。是山居寂寞找点乐子？
拆开小信使送来的信，她心里明白了。
新天地开始，爱情就这样来了。

逯先生托人提亲。
托的是傅先生！这一辈子，傅先生可曾做过这样的事？
罗南陔自己就是读书人，对于来到李庄的读书人，他是竭尽心力地照顾。对傅先生，当然信任，然而这问题，切身关系自己的爱女，爱女一生的幸福。对逯君，毕竟不了解。
不好开口，托罗伯希去信问问傅先生。

好了，我们可以看到傅档案里最有趣的内容。

接到伯希来信，傅先生回了一封信，有心要促成。

他先说明史语所的助理研究员之资格，"依法律所规定，等于大学之专任讲师，然中央研究院之标准，远比各大学平均之程度为高，此时敝所助理研究员就业大学者，至少为副教授"，又说"此一职业，在战前颇为舒服，今日所入几夷为皂隶，弟亦如此也。若在战事结束后，固不宜如此，唯值此剧变之世，一切未可测耳。"

为了说明逯钦立当时之学术成就及将来前途之远大，又有这样一段话：

> 彼于八代文词之学，造诣甚深，曾重辑《全汉晋六朝隋诗》百卷，用力之勤，考订之密，近日不易得之巨篇也。惜此时无法在后方付印耳。一俟抗战结束，此书刊就，逯君必为国内文学界中知名之士无疑也。

还有什么可担心呢？只是，对于父亲来说，这封信少了一条关键内容：是否婚娶。三十多的人了，按理……

罗伯希再度来信。

> 孟老赐鉴：
> 　　当日下山曾将尊意详告家叔南陔，昨收手书随即转陈，奉谕，逯君学识渊深，又承先生介绍使得附为婚姻，实深厚幸。唯以逯君家在齐，曾否婚娶无法察到。大示未及，颇以为考虑。转恳先生再为详示如何？容当由家叔具复矣。……
>
> 后生　罗伯希
正月二十七

傅斯年做了一番查访后，再给罗伯希回信。

伯希先生左右：

惠书敬悉，此点正为弟所注意而不敢苟者，故前信发出之前，已经明逯君并未婚娶。先是逯君友人托弟写信，弟即对之云，此点最重要，须证明。其同事友人遂共来一信，证明其事，故弟乃敢着笔也。彼时又查其入此填表及在北大填表，均未婚娶，当时办法家人多一口即多一口之米，故未有有家室而不填者，逯君平日笃实，不闻其说不实之话，故几经调（查）而后以前书相呈也。先是彼在昆明时其父曾来信嘱其在外完婚，事隔三年，又经迁动，原书不存。彼最近又向其家说明一切，当有回信，唯彼家在沦陷区交错之处，信每不达，回信当在半年以上耳。谨此奉覆，余另，专颂著安。

傅斯年谨启

二月二十一日

这封信的后面，还附有史语所一群研究人员的"保证书"，张政烺、傅乐焕、王明、劳榦等，签名证明逯钦立"年逾三十，尚无家室，以上所具，确系实情。"[1]

罗南陔的顾虑打消了："读书人不打诳语，何况是傅先生所言。"

托同济大学的福，李庄镇上亮起电灯的时候，南溪县城还没通电。镇上人稀奇兴奋，闹出不少笑话，拿扇子扇，拿嘴吹，看能不能把它扇灭吹灭。

在羊街罗家，小孩子大白天也守在家里，一会去拉一下那根灯绳，一会又去拉。开开关关，关关开开，惹得大人吼住这个又去追那个。

---

[1] 王汎森：《逯钦立与〈先秦汉魏晋南北朝诗〉》，载《新学术之路——"中央研究院"历史语言研究所七十周年纪念文集》，"中央研究院"历史语言研究所，1998。

就在这明晃晃的房间里，罗家的妯娌们议起九姑娘要嫁给研究院先生逯钦立的事。

苦日子过了好久？大家总算有件喜事来张罗。妯娌们都在说，逯先生怎么追的九姑娘，九姑娘怎么看上的逯先生……

"就是有一点——外来人靠得住吗？"

外来人娶当地姑娘，已经有了先例。前年，史语所的汪和宗和李庄姑娘王友兰结婚，张官周也帮着张罗，婚礼就在张家大厅举行。

"王友兰嫁给汪先生，不是过得好好的？她两个妹妹常常去板栗坳，说那位汪先生和气得很。他们的小女儿也常常抱回天福堂来。"

"和气不和气，到底是要走的！那时候——天远地远，怎么办？"

罗南陔倒是坦然得很，读书人都靠不住还有谁靠得住？再说了——再远也是中国。

未来女婿上门来，第一次相见，翁婿二人相谈甚欢。植兰书屋，挂着一幅罗南陔自己画的条幅，"幽兰生前庭，含熏待清风"，从条幅说起，一直说到陶渊明。

逯钦立研究先秦文学，说起陶渊明，那不是信手拈来？罗南陔后来打趣：这从古至今啊，幸好只有老丈人考女婿，要是有女婿考老丈人，我罗南陔恐怕要出丑了！逯君真是大才子，学问了不得。

罗南陔一心把婚礼办体面，他想，逯先生研究古典文学，怕要传统婚礼才配这对才子佳人。

罗家此时已拿不出钱，怕委屈女儿女婿，罗南陔悄悄卖了四十石田，要风风光光把女儿嫁出去。

筱蘩一听说便急了："像我这样的女子，怎么可能坐着花轿，吹吹打打去结婚呢！"

她是什么样的女子？

在成都，入民先队、晨呼队，进抗战剧团，上街游行，抗议日军的大轰炸……如此新式的女儿，蒙着个盖头……

罗南陔给问住了，迟疑着说："是倒是……不过，这只是你的意见，逯君呢？他怎么想呢？"

逯钦立听说未来岳丈竟为他们的婚事卖了地，大吃一惊，绝不接受这番盛情。

罗南陔于是顺从两人心意，婚事简办，在植兰书屋举行一个订婚茶会，在板栗坳办一个简单的结婚仪式。

那根本就是个赛诗会。①

董先生高兴，席上喝了两杯酒，满面红光。

民国三十三年（1944）闰四月，逯钦立和罗筱蕖小姐结婚。两人搬到了财门口，住在向达一家住过的房间。

劳太太被邀请为他们铺新床。——这是富有寓意的举动，在中国的传统中，这种事情绝不是随随便便请一位太太就能担当，她必须能干贤惠并有着好名声，大约还必须儿女双全。她性格谦和，因为这样的性格才能让大家庭和睦，一句话，她必须接近完美，如劳太太这样，才能担当这一重大的角色。这样的太太来铺床预示着新人将来的幸福。

订润格

一直到董敏长大，才听爸爸说起，当年在李庄，李庄人对他们这些下江人，有多么喜爱，他们对他的爸爸，是那么爱惜和体贴——

在李庄这么个地方，早就分不出移民还是土著。这里的民情，本就有一份对外方人的温暖，现在，来了这么些学者，他们恨不能敞开自家客厅日日聚谈……

---

① 阚文咏《李庄深巷里》，《当代》2018 年第 4 期。

李庄、南溪、宜宾、长宁、江安，爱书画懂收藏的人不少。

董作宾的篆刻是几岁学起，十三岁就能刻章挣钱贴补家用。甲骨文书法更是一绝，他又和气好说话，有人索字，提笔就写。

他的书案，堆满求字的纸张，叫朋友们看了都替他发愁。

字幅拿到，欣喜……继而，歉然……又找不到个办法说出口。

几个人约着议议这事。有王献唐，有傅斯年、李济、陶孟和，有罗伯希，有张官周，有梁思成、梁思永，有陈永龄，还有位老人家，叫梁叔子。

罗伯希已过中年，年轻时在川军二十六集团军当过少将参谋，对军阀混战深感失望，辞职回了乡。

如今有点发福，习惯了挺直腰背，显得威武胖大。见过大世面，办事又严谨，在宜宾县田粮管理所做过事，在南溪保安大队当过大队长。其实是个文人，可能自己也觉得不合适。

他家底厚，自己也会经营。入股宜宾大华实业，大华实业经营洋货，烟糖棉麻买卖做得很大。

他索性把职辞了，专心对待文化。

他书法好，尤其擅长甲骨文书法。提笔是件高兴事，常常为人书写招牌、匾对；画得一手好国画，画了送朋友。西泠印社社长马衡，赠他一副洒金对联："梅阁生春，华堂集瑞"。

如今，董作宾、王献唐、刘师德就在李庄，他早就与他们过从甚密，兴之所至免不了书画相赠。

一行人来到茶社。

堂倌见到这群人到来，对自家人那么样，不用大声招呼，礼貌地引到楼上雅座。

推让梁叔子先生坐了上首，其余各人零落坐下。几年过从，常有这样的聚会，早已不拘形迹。推窗便见江，江风吹来，更是畅目开怀。

一沓茶碗抱上来，一一分送到各人座前，另一位提了长嘴茶壶，冲茶。

大家眼睛都定在一处，看完两位堂倌的表演，屋里立刻茶香袅袅。堂

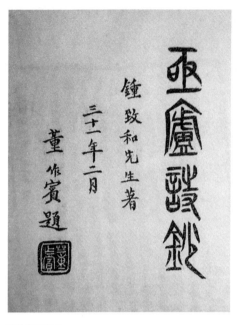

董作宾题封二

倌下楼，不一会儿，送上来一副笔墨纸砚。

梁叔子便说道："彦堂先生断不肯提，我们若是想不到，就不应该了，这才是艺事往来的正道。他说算不得什么，如今的情形，各位都知道，自然应该照艺术市场，为他订出润格……今天，我就倚老卖老，做主了……"

梁叔子写得一手好字，好些地方都留着他的墨迹，峨眉山、青城山、文君井、苏坟坡、普陀寺……用笔起落，懂得其中甘苦。

他正要提笔，一旁的张官周赶忙说："哪敢劳动梁先生！晚辈来献丑罢！您说，我来写。"

董作宾先生专攻殷墟甲骨文字先后二十余年，书品久为社会人士所珍赏。近因手缮论稿，无暇应酬，而求书者踵至，积纸盈案，深以为苦，兹代定润例如左，以节烦劳计开。

一、集甲骨文字对联一副，润笔国币三百元。

二、临摹甲骨文字单条一幅，润笔国币五百元。

三、收件处：国立中央博物院号房。

四、一星期后取件。

卅三年七月一日订[1]

---

[1] 唐吟方：《雀巢语屑》，金城出版社，2010。

张官周写出这篇"账单子"。

这样子办事情，好。

热情欣赏，关怀体贴，原该是这样的。要把董先生请来，不是把人放在火上烤？当着人，推辞，是不知情；感动，怎么放？

梁叔子从长宁来。老先生是个美男子，年逾古稀依然神采丰赡。

在外面做了五十多年的官。清朝的知州知府，云南广西四川，姚州、建水、建昌、柳州、浔州……办学建书院、创职局、革陋习。

民国后，广西军政府财政司司长、四川盐运使、眉山专区督察员、省参议员、国民大会代表。

解甲归田，长宁县志已断了一百三十年。县长愁眉不展之际，他回来了。两三年时间，交出一套十六卷、六十万言的《长宁县志》。然后出钱在长宁办了一所中学。

几间屋子的图书和收藏，是他快乐的源泉。

他有个儿子叫梁颖文，柏林大学留学回来，此刻在重庆任民国军事委员长行营秘书，长宁人众口相传，都说是蒋介石的军机秘书，其实还是个经济学家，担任民国经济部次长、重庆大学校长；媳妇赵懋华也了不得，留学回来当上民国立法院终身立法委员。

老人家好相处得很，没有官气。

在他家庄园周边，种了一大片龙眼荔枝。龙眼坠梢，有人路过顺手摘了尝尝。家丁报给管家，管家报他：要不要布下看守，来个抓一惩百？

梁叔子听了，哈哈大笑：何至于此！命人拿竹篮装了，分送众人，感谢邻人照看。

漫长仕途里，天南海北每到一地，拜访当地文人藏家，诗文书画相交，最是乐此不疲。李庄来了这一些人，他心中喜不自胜，怎肯错过这千载难逢的机会？

……

还在史语所刚搬来的第一年，当地文人便和外来学者有过一次难得的

"唱和"。

亲朋友人为南溪钟致和老先生刊印《亟庐诗钞》。孟和先生题签，董作宾甲骨书法题篆封二，梁叔子作序，傅斯年作叙记于后。

傅斯年对川南人文的盛赞便出自这篇叙文。

> ……知今日西南之系于中国者，盖远过于巴蜀之于炎汉矣。晚来南溪，暂获栖止，益惊其邑中人文之盛，诗人辈出，后先相踵，而钟致和先生一时之大雅也。……①

钟先生，何许人也？

傅先生刚到李庄，书架上便添了一套《南溪县志》。这套县志，便是钟致和主修。后来带到了台湾，如今陈列在傅斯年图书馆。

钟致和比梁叔子小几岁，光绪二十九年（1903）中举，升任滇西盐运使，眼见官场积弊，一己之力难以革除，便绝意仕途。应乡老敦请，出任龙腾书院山长。

他精通诸子百家及近代文学，世称"川南文豪"。在成都、南溪、叙府联立中学教过书。南溪县成立文学馆，请他出任馆长，负责主讲周、秦诸子，指导学生修汉史。

他的字——"南溪县政府"门牌，是他的手笔。

---

① 《李庄镇志》。

《亟庐诗钞》叙

傅斯年

民国二十有六年，邪马台之野人倾其巢穴而入侵。斯年奉其职事，漂泊于西南天地之间数年矣，滇池巴渝不遑宁居，闻其雅正之音，观其甲部之学，知今日西南之系于中国者，盖远过于巴蜀之于炎汉矣。晚来南溪，暂获栖止，益惊其邑中人文之盛，诗人辈出，后先相踵，而钟致和先生一时之大雅也。近日，亲友朋门人发起刊其诗集，张子访琴、官周伯仲征词于余，余不学诗，要当长吟其作，缅想其意，而后可以赞其比兴之所寄容，其词采之所工。然而伻者在门，立马以待，斯唯有言其大者，且梁仲子世丈已有序述其妙美好词者，尤不烦余之词费也。夫一邑之人才如此盛。一家诗章之可传如此多，只征今之世运在乎西南方，将翊赞国家之将兴，润色一时之弘业。二三十年后之人视今日戎州南溪者，当以如吾辈之觉汉有蜀郡会稽。然则此诗之刊行，岂仅为桑梓征县存哉。

他爱诗词，在县城温家花园弄了一个"晚香诗社"。

如今哪里还能寻到这卷诗词集呢？

座中人不免感叹，钟老先生已仙逝两年了。

两碟花生米、两碟萨琪玛和两碟油酥饼，分放在三张小桌子上。经常在一起，不用客气，各人自取自便。

从眼前说到外面，又从社会拢到桌面上来。

想不到，小小一个李庄，这么多有意思的人……

傅先生说："此地人文之盛，实在是教人惊讶……"

"人文之盛不敢说，爱好金石书法，倒也有些世家。"

"远的不说，就说现时，同济有位赵公勩教授，教德语的，书画那是家学，行草更是了得！"

"他是宜宾赵场人，他父亲赵亮熙，工书善画……"

"南溪包家，出了位名家包弼臣。他爷爷包宽、父亲包融芳都是书画高手，他自幼受家风熏陶，花鸟、山水、人物、竹石……进京城拜名师，自创'包体'，那是全川闻名。"

张官周说，济之先生博物院那里，"张氏宗祠"的匾额便是他写的。

"吾也爱吾卢，拟拥书一万卷，种桑八百株，寓形宇内复和知，慢商量权树婆娑，其盐安稳；我自用我法，曾历世七十年，服官二千石，把酒风残经老也，谁审识本来面目，过往行藏。"

梁叔子听了摆手笑起来，这是三年前七十大寿，他自撰的寿联。蒋介石送了贺辞，何应钦送了贺联，堂屋里挂的却是自己这副。

"张家仓房头那一房，男孩女孩自小都是弹琴学诗写字学画。可惜……

"仓房头的张问燨和赵亮熙便是表兄弟，两人交情好得很，赵亮熙在处州（浙江丽水）当知府，那么远的路，张问燨去了两次，去看他。

"他家和包家也联姻，张问燨是包家的外孙，他儿子张增鼎又娶了包弼臣的侄女——他们有个女儿，如今在山上的子弟校教书。"

众人恍然，哦，哦，哦，原来是她。

罗伯希接着说："他妹妹张增莲，是我么叔母，一手好字，连么叔也自愧不如，小孩发蒙写字都是她教呢。么叔的字也是拿得出手的……"他么叔便是罗南陔，长他十多岁，隔着辈分，但两人志趣相投得很。谈起时局、书画，说不完的话。

傅先生到李庄后，少不得和罗南陔打交道，早对他赞赏有加。下江人到来，亏得这些乡绅们关照。

国立剧专不是一样？

于是又说到江安，江安有一位黄荃斋，当过省议员的黄四老爷。

国立剧专迁到江安，也是江安人欢迎而一力促成。但校址定在文庙，就有人顾虑、不愿意。

黄荃斋召集众人，出面演说："孔子严夷夏之别，孔子，圣之时者。……孔子若处此抗战时期，定当自动让出文庙。"于是一片欢笑，再没人说什么了。

"他家三位女公子，才名轰动成都。大姐稺荃，专攻楚辞，诗书画俱佳，被称为'蜀中才女'。她现在是重庆国民政府国史馆筹委会编审，也是立法委员，她先生冷融——宜宾专员冷寅东，便是他兄长。"

李济沉吟一下，因问起："江安？战前清华研究院的，周书舱仿佛也是——"

"对，他就是江安人。"梁叔子道。

李济转头对思成思永说，任公先生的得意弟子，和徐中舒同窗，他对甲骨文很有兴趣，我们在北平展览殷墟遗物，他和中舒常常来。

后来考取剑桥大学，专攻世界史、近代外交史。欧战爆发那年回国，听说去了山西大学。去年大学解散了，不知道他到了哪里……现在怎么样了……

哎……

哎……

"有朝一日抗战胜利，快了！……"

"等到那天，想留也留不住你们。"

"这里很有意思，有你们……这里，也是'回望成故乡'。"

隔了一天，董先生知道了这场以他为名目的聚会……写字送人，同道交流，实在是分享快乐……这些可爱的朋友，叫他说什么才好！

说什么才好？

是的，从昆明到这山坳里一年又八个月，你看，物价又上涨得多么凶。柴五倍，米六倍七倍，面、糖、肉八倍，肥皂九倍、饼干十倍，都是日用必需之品。至于布，以阴丹士林为例，初来时两块钱一尺，现在已经涨到十八块了。……肉，是饭桌上不常见的东西，如果有一家杀只鸡或买一条水鼻子，甚至大伙食团吃一顿炸酱面，那简直是山村里最重要的新闻了。

有人离开有人来

两年时间过去，有些年轻人毕业就走了。

研究生攻读期限一般是两年。

早一期的有任继愈、马学良、刘念和、周法高。马学良周法高留在史语所。任继愈去了昆明，到西南联大任教；刘念和去了四川师范学院教书。

迟一期的王叔岷也已毕业，进了史语所。两年时间，王叔岷完成《庄子》考校和思想论文，集成《读庄论丛》。毕业便进入史语所。一如过去，鸡鸣即起，操练古琴，晚间一灯如豆，细细清写，校释《庄子》。

李孝定跟着彦堂先生，在戏台上"唱了三年戏"。

这三年中，师徒二人，据大门板摆成桌子的两边，就在戏楼院的戏楼上，唱了三年戏。他是跑龙套，戏码就是这本《集释》，彦堂先生是京朝名角，唱的是大轴，戏码是《殷历谱》。

李孝定一毕业，就作为助理研究员进入史语所。[①]

大约因为来得迟，王利器延迟了一年毕业。他毕业去了四川大学。

他和刘念和又在成都相聚啦，刘念和家就在成都东顺城街。[②]

有人走，也有人来，杨志玖这年三月到了板栗坳。

史语所要撰写《中国边疆史》，劳榦、岑仲勉、王崇武和他分头撰写。

山村当然适合读书治学，又没有敌机轰炸，但他到了不久，就患了疟疾。

"傅先生到宿舍看我，我正在吃奎宁，他要我多吃几片。"

药也可以随便多吃？

"我吃后不久大吐一阵，很难受。但病也好了，从此未再犯。""若药弗瞑眩，厥疾弗瘳"，原来是这个意思。[③]

病好以后，杨志玖开始了自己的工作。

这年秋天，财门口的全汉昇先生走了。

他是去美国哈佛大学进修，太太和孩子还留在板栗坳。

----

① 李孝定.我与史语所；新学术之路——"中央研究院"历史语言研究所七十周年纪念文集[M].台北："中央研究院"，1998.

彦堂师将自藏的朱芳圃《甲骨学文字篇》借我，我将研治诸家考释甲骨文字之作，以毛边纸录成签条，尽行黏贴其上，天地图中，也朱墨灿然，批注殆满。如此又一年，那本《文字篇》，成了胖胖厚厚的一大本，第三年开始撰写《甲骨文字集释》，又一年而成书。

② 王利器.李庄忆旧；新学术之路——"中央研究院"历史语言研究所七十周年纪念文集[M].台北："中央研究院"，1998.

我的论文太大，大约二百万字，订成八册，一九四四年六月才完成。

得知我学业完成，四川大学中国文学研究所所长向仙樵来函邀请我回校协助办理研究所。傅先生赞同，说："你回去川大也好，以后还是把你找回来的。"

当时的成都，平津学术名流云集，王利器为川大的文学研究所聘请陈寅恪、李方桂来设讲座，除本所研究生外，川大中文系、历史系和华西大学、燕京大学、齐鲁大学的先生们亦来听讲，一时成为盛事。我们便在刘家设宴招待。

③ 杨志玖《我在史语所三年》。

"太平洋学会"接到"条子"（蒋介石手谕），要他们写一部《中国边疆史》，学会将任务推给史语所。

一九四四年二三月间，傅先生来信要我去参加《中国边疆史》的撰写。因南开大学不放人，只算借调。

《中国边疆史》，由劳榦、岑仲勉、王崇武、杨志玖分别撰写秦、汉、魏晋、南北朝、隋、唐、宋、辽、金、元、明、清各代的疆域史实。

田边上的丁圣人也和他一起走了，到美国哈佛大学和哥伦比亚大学进修。①

走了全汉昇，他的同学何兹全要来了。

一生最安详的时光

芳川和爸爸妈妈坐船到了李庄，高去寻先生已经在岸边等着了。

他坐了小船到江中间来接。他可真细心呀，叫的滑竿，也已经等在岸上。

下了船，妈妈抱着芳川坐滑竿。

高先生和爸爸一起，跟在滑竿后走路爬坡，一路说着话。他们是同学，当然有很多话要说。

上山的路有点窄，有很多梯子，可他们一路说个不停。

到了一个院子，上楼梯进了一个房门，是个厅，对直进去，是一间小屋。高先生搬了行李，不上小屋，拐进了左手的一间大屋。放好行李，高先生告辞走了，原来他不住这里。他要是也住这里就好了。

妈妈打开行囊，铺好床，让芳川睡一会。一路上，芳川都在发烧，吃过几次药，烧已经退了。

芳川睡不着，看着妈妈把锅、碗、热水瓶，从网篮里拿出来，放在方

---

① 全汉昇.回首来时路；新学术之路——"中央研究院"历史语言研究所七十周年纪念文集[M].台北："中央研究院"，1998.

  进入史语所以后，傅先生嘱咐我专门研究中国经济史，期盼拓垦这尚未有人耕耘的园地。

  历史组的先生们，几乎是一人治一朝代史，考古和上古史方面有董作宾、李济、高去寻、陈槃等，劳榦专治秦汉史，李光涛潜心于明史研究。

  我从宋代的商业着手，和所内的先生们少有深入交流，常常和社会所的梁方仲先生书信往来。或者当面切磋探讨，"以获良友砥砺问难之益"。

  一九四四年，《唐宋帝国与运河》出版，获得民国教育部特别颁奖。

  这年十月，得到了千载难逢的机会。由于傅先生和社会所陶孟和先生的提拔，我和丁声树一起到美国哈佛大学和哥伦比亚大学进修。社会所的梁方仲则由美国去到英国。

桌上，坐下喘气。

大屋真大，足有二十平方米。后墙靠墙放了一张脱了漆的八
仙桌，桌旁有一张太师椅似的大圈椅。

方桌右手的一张大木床，三面有半尺高的木围栏，可能不止
一百年，当年似乎油漆过，看不出是红还是黑，只留下红的黑的
条条块块。

和大床并排，有一张单人白木床。小床的床龄比大床小得多，
可床帮的白木头，已成深黄色。

房顶上铺了层薄木片，木片上可能是屋瓦了。

这间房的光线好，朝院子的一面是大木格子大窗，后墙上也有窗户，
冲着野外。

一会儿，高伯伯来喊爸爸，带他到牌坊头大厨房去打了饭回来。打回
来一锅热腾腾的大米饭，满满一大碗菜，又去打来一热水瓶开水。

一锅饭吃了个精光，菜也吃完了。

乡间的夜，黑沉沉的，从后窗望出去，全不见灯火，天上的星，眨着
眼。远远几声犬吠——芳川很快就睡着了。

安静乡村的夜晚，就像一床温暖的棉被，冬夜里钻进去就不想再出来。

芳川他不知道，就在第二天凌晨，妈妈给吓坏了。

快天亮的时候，妈妈听到一种声音：嘎嘎嘎嘎，嘎嘎嘎嘎嘎。

什么东西在叫？这么难听，像个疯子在笑，瘆人得很！

妈妈心里害怕，又不敢大声叫喊。隔壁董同酥家，只隔一道木板墙，
况且身旁的孩子睡得正香。

她低声叫醒爸爸，问："你听听，这是什么叫声？哪里来的？"

爸爸仔细听了，说，是夜猫子叫，像从牌坊头那边过来的。

"是夜猫子？要是夜猫子，这不是叫，是笑！"

小时候记住的事，会在对景的时候跳出来吓你。

妈妈大娘家的换妮，患了女儿痨。有一天，夜猫子也是这样嘎嘎嘎嘎地笑，没过几天，换妮就死了。都说："夜猫子一笑，要死人。"又说："夜猫子进宅，无事不来。"

现在夜猫子笑，不知道要出什么事。

越怕，那嘎嘎嘎嘎的声音越刺耳，幸亏东方发白，嘎嘎声才戛然而止。

乡村的第一个黎明，就这样到来，笼罩在不祥的忧虑中。

听说牌坊头的大树上有个夜猫子窝。

后来，什么事也没有发生。

后来，妈妈说，猫头鹰的叫声带来的不是不祥，而是幸福吉祥，"在板栗坳的两年，是我们一生中最安宁的时光。"

本来爸爸北大毕业时，傅先生便约他去史语所，但他去了日本留学，仙槎伯伯资助的。

他因为神经衰弱提前回国了，回来就不好意思向傅先生求职，怕自己的身体适应不了研究工作。

他去了教育短波社，办《政论》，写政论文章。

杂志办不下去，有一阵没有工作，穷到什么地步，穷到妈妈只能去卖旧衣服。

爸爸神伤了好长一段时间，热情、理想都消散了。想想这几年，办杂志、混机关，不过是糊口罢了。

思来想去，他想定了，学问才是安身立命之所，史语所才是他该去的地方。

芳川后来才知道，爸爸一直没去史语所，想留在重庆，是因为自己。芳川小小年纪就生了两次大病，一岁做了个大手术。在医院住了半年，住院遇上轰炸那就更甭提了……抱着孩儿，一手举着输液瓶，刚刚放到地下室的临时病床，突然上铺垮了，上面躺的是一个成年病患！

要不是妈妈正躬身整理，那个人砸到芳川身上，那还得了？

……龙头山没有医生，板栗坳就医也不方便，况且路途遥远，小孩儿承受得了？

如今，芳川总算平安长大，爸爸真要考虑自己的出路了。仙槎伯伯派到山东做省主席，他要爸爸跟他去山东。

但爸爸想好了，要去史语所。

傅先生回信，叫你来你不来，你的同学高晓梅、全汉昇都是副研究员了。

于是就来了。

板栗坳是个读书的好地方。

安宁的日子，爸爸是这样过的：

每天黎明即起，早饭后即去研究室。研究室极简单，一张桌子，一把椅子，如是而已，连个书架也没有。日出而作，日落而息，每天看书抄材料。

荒疏几年，到山坳里才看到同学同事那么丰硕的成果：去年，董同龢拿出《上古音韵表稿》，劳先生的《居延汉简考释》完成；今年，《史料与史学》下册都出了，董彦堂先生马上要拿出一部《殷历谱》……

爸爸荒疏了几年，更想把失去的时间补回来。

爸爸在李庄完成了三篇文章:《东晋南朝的钱币使用与钱币问题》《魏晋的中军》和《魏晋南朝的兵役》。①

安宁的日子，妈妈是这样过的：

在食堂吃了十几天，妈妈开始做饭。

---

① 何兹全.大时代的小人物[M].北京:北京大学出版社,2010.
　　无尘淆之乱耳，无跑飞机轰炸之劳形。大家都安静读书，各不相扰。
　　全汉昇是我北大同班，一九三五年毕业后他就来史语所，一九四一年他写了一篇《中古自然经济》的文章。文章写得好，很受傅斯年先生的称赞，似乎还得了当时教育部的奖励。说老实话，我有些嫉羡他。

厨房就在住房楼下。也是相当大，一层板从中间隔开，前面饭堂后面灶房。

饭堂门口也有一口大水缸，能盛十多担水。

饭堂的门很大，挺亮堂的。中间一张八仙桌，桌面上裂开好多缝。大约从未上过油漆，烟熏火燎，黑黄黑黄的。

桌旁是两张条凳，又窄又长。木桌正面摆着张旧椅子，成了芳川的专属品。

妈妈把楼上搬下来的盆盆罐罐摆在桌上，走进灶房。芳川也跟着走来走去。一进去，什么也看不清楚，过一会才看出个眉目。

后墙上开了个挺小的窗。窗下垒着柴火灶，灶上安着大铁锅，盖着木头盖子。

灶火门对面，贴墙放着一大堆松毛。

妈妈从劳太太家抱来一捆柴，劈好了的。劳太太芮太太来教她生火："擦根火柴，点上松毛，用吹火筒吹着了，架上劈柴，锅开了，水耗得差不多了，熄小火，一会儿就不用烧了，停一刻钟，把饭盛进瓦盆，再炒菜。"

洗米，择菜……准备工作做完，放米入锅，开始点火。

妈妈划了火柴，也点了火，可是那吹火筒，却吹不了。

芳川看妈妈，一吹就要笑，一笑就跑了气，火吹不着，可是怎么也憋不住笑。光是笑，老大一会子，火，总是点不着！

十天半月后，妈妈练好了吹火的技术。做饭也熟练了，做好饭再炒菜做汤，有条不紊，简直得心应手。[1]

妈妈性情爽朗，人又大方，很快和院子里的人熟悉起来。

郭良玉喜欢热闹，财门口的聚会，太太们多不过在一旁听，她不一样，况且她从重庆来，有不少新经验。大家喜欢听她讲话，因为有了她，这聚会格外热闹起来。

---

[1] 郭良玉：《平庸人生》，河南人民出版社，1997。

真是折磨

柳州疏散的时候，前明正在柳州。上一次见到爸爸，还是四五年前在昆明的时候。

四岁，前明就跟着姑姑去了石家庄，跟着姑父的岗位走，石家庄住一年，汉口住一年，又到长沙，后来是昆明。正好史语所那时候也在昆明，姑姑带着前明去看过爸爸。

那里有一位潘叔叔，变戏法给她看。

后来爸爸去了李庄，前明跟着姑姑姑父去了柳州，一晃，前明就要小学毕业了。

前鹏觉得，这段时间，爸爸的话少了。妈妈也睡不好觉。

爸爸说，柳州要打仗，在逃难了。

那是一场异常悲惨的逃亡。

人群像百川汇海一般涌向火车站。万头攒动，一片混乱，人们争先恐后，在密密实实人墙里，挤出一条逃生的缝。

美国《生活》周刊一九四四年十一月二十日刊登过一组照片，《中国大逃亡：大量民众因广西桂林、柳州战争背井离乡》。

> 人们在战争临近时又开始疏散——步行，乘坐黄包车、马车或者火车。虚弱有病的人躺在路边，甚至死在那里而无人过问。一旦能乘上车，人们害怕失去座位，无论如何都不愿出车外，所以恶臭难以忍受。人们一层一层地挨着，以至于底下那层的人窒息而死亡。

……

读到这些，李光宇坐立不安，可又忍不住要找来看。

她姑父是火车站站长，应该能得到一个座位？……

这种大逃难，恐怕站长也没有办法？……

这么想，那么想，没法不想。

他们出来了吗？走到哪里了？到哪里应该有消息来啊？盼着来一封平安电报，一天一天落空。

前鹏看到，爸爸的白发一根一根冒出来。

史语所里订了《新华日报》，没让公开看。

李光宇一到李庄就找报纸。有一天找到一张《新华日报》。上面登载的《桂筑二千里》，记录了难民撤退的悲惨景况。

> 我们挤在这列长车的最后一节车厢的车顶边缘上，白天一任风吹日晒，夜里冷得发抖。最难堪的是无时无刻不提心吊胆，稍一不慎，就会摔下车来。我们的附近坐着一位湖南人，晚上打瞌睡跌了下去。他的妻子儿女终夜大哭。记者与友人手靠拢手，互相关照，或者轮流讲一些笑话，以刺激过分疲惫的精神，强自挣持，于九月十八日午刻到达柳州。柳桂之间，全程不过一百六七十公里，平时一夜即可到达。这一次却实足走了六天。

还是不要看的好。

秋天，劳延煊考上重庆的南开中学。家里，劳延炯俨然成了大哥哥，可惜妹妹小。有个弟弟就好了，妹妹和弟弟不一样，不好带出去满坡跑。带出去弄伤了这里那里，不要爸爸妈妈骂，自己就会心疼。

劳延炯少了伴儿，有点落寞。这些日子，空气突然紧张起来，小孩也感觉到了。发生了严重的事情，先生们都变得严肃沉重。

让大人们陡然紧张起来的是一个名字：独山。

晚上在劳太爷的厅堂，围在烘炉旁，都在说独山。

每个院落都在讨论战事。

董敏觉得自己是个大孩子了，常常挨在长袍边，听大人讲话。因为情势危急，先生们碰了面站着就说，忽略身边还有个孩子。

说的都是独山。

其实，独山在哪里董敏都不知道，看大人的样子，也许离板栗坳很近？

仿佛是，日本人打到独山，很快就可以打到重庆。重庆！难道政府还要搬？如果政府都要搬，他们说不定还要搬，他们还能搬到哪里去呢？

前鹏能感受得到，爸爸的心都要碎了。每天回家来，妈妈紧张地看着他，像要从他脸上搜索出希望。爸爸说，他们就是跑出来，也不一定拍得到电报……没有消息，就是没有事，就是平安……

几个月后，家里才终于接到电报，姐姐到了重庆。爸爸赶紧买了船票，去重庆把姐姐接回来。

怎么逃出来的？

不是不想说，实在是自己都说不清楚。

路上人多得不得了，车站更是密密麻麻，下脚的地方都没有。车厢已经挤不进去，只得爬上火车顶……再困也不敢打个盹，姑姑拉着前明的手，一秒都不敢松开。

第二天火车不走了，下来走路。走到脚底起泡，还得走。

坐了板车，又走路。走，走，走……走到贵阳，等了三四个月，才买到去重庆的车票。

……

新的逼迫又来了。

前明也是近视眼，在柳州上学，老师在上面讲，她看不见，成绩就不好。最后一期，都在路上逃难，哪有学上！

爸爸很着急，让她进子弟校高年级补习半年。前明被爸爸逼得很紧张，哪里都不敢去玩，天天上课，下课就回家，也在背书。

眼睛不好，听课就吃力，大人却不知道。

知道潘叔叔住在财门口，能去找他吗？有时间去找他吗？就是潘叔叔过来，她也不敢说，想看他变戏法。

对板栗坳，印象？有什么印象，就是念书念书念书。以至于到了宪群女中还是紧张，生怕又落下功课。

几十年后，听上去，逃难的记忆都没有在板栗坳赶功课那么深刻。

七、一九四五：初闻涕泪满衣裳

抗战大事记

5月8日，德国无条件投降。

7月26日，中、美、英三国发表《波茨坦公告》，促令日本无条件投降。

7月28日，中国军队收复桂林。

8月6日，美军向日本广岛投下第一枚原子弹。

8月9日，美国在日本长崎投下第二枚原子弹。

8月15日，日本天皇裕仁广播投降诏书。

9月2日，日本代表在东京湾美国"密苏里"号战列舰上签署向同盟国投降书。

9月3日，中国国民政府宣布，举国庆祝三天。

9月9日，中国战区日本投降签字仪式在南京举行，日本中国派遣军总司令冈村宁次在对华投降书上签字。

史语所大事记

1月，西北科学考察团发掘大方盘长城遗址。

2月，由傅斯年先生主持，经劳榦、岑仲勉、王崇武、杨志玖分撰秦、汉、魏、晋、南北朝、隋、唐、宋、辽、金、元、明、清各代的疆域史实，定名《中国疆域史》。

5月，发掘洮沙阳洼湾墓地。

6月，调查民勤沙井遗址。

8月，调查四川理番戎语。

9月，派石璋如赴南京准备复原。

行政院函本院接办上海自然科学研究所及北平东方文化研究所，后者之图书归本所接收。傅斯年赴北平处理。

11月，发掘武威古墓。

儿童的节日

这年特别冷，下了好几天的雪。

早晨，董敏给叫醒起来，发现天光已大亮。糊着白棉纸的窗上，透进不一样的光辉。坏了，迟到了。他一边懊恼，一边推开窗屉往外看，才知道不是日光，一夜的雪，积了半尺左右，天地都换了颜色。雪花纷纷扬扬仍在飘洒，董敏忍不住伸手去接。

快把衣服穿好！妈妈在催。

这雪让董敏快活得不得了，他急急忙忙去洗了脸吃饭，想赶快出去看看新世界。一出门就愣住了，那一树红梅！那一树红梅啊，胭脂一样映着雪色，怎么看怎么精神！

"别跑，地上滑！"妈妈赶着吩咐他，也给这白雪红梅惊了。董敏向妈妈道了别，朝学校走去。等会儿下了课……雪啊，千万不要化了……董敏哪里知道，爸爸妈妈快给炭钱愁死了。

过年的时候，芳川到板栗坳还没有多久。第一个年，却不让他过！

家家吃过年夜饭，孩子们提着灯笼放鞭炮，大人也出来凑趣，放得响的，得到一片喝彩声。财门口院子里一片欢腾。

芳川从小身体不好，来的路上一路发烧。过年这么冷，爸爸妈妈不敢放他出去折腾，怕有反复。

听见人家都在热闹，这"年"却没有自己的份，芳川困在家里，像困在笼中的小鸟，团团乱转。

看他急成那样，妈妈搬来张木椅子，让他站在上面，看人家热闹。

哎！

不一会，就听到芳川在那里哇哇大叫。

何兹全和郭良玉一看，吓坏了！

芳川的头卡在两根窗条中间！身子出不去，头也缩不回来，急得大叫。

大人也着急，砍断窗条吧，怕震坏了他；用锯锯开吧，黑天半夜，哪里找锯去。

两人商量，一人拉一根木撑，不能不用力，又不敢用大力，悠着劲，把两根窗条的距离撑开一点儿，哎嗨，靠着木头的那点弹性，芳川的头终于缩回来。

这就是第一个年！

那就盼吧，四月四日儿童节，有聚餐，有化妆游戏，还要拍照。

都要准备点特别的装饰，有的是花环，多半是帽子，妈妈也给芳川糊了一顶花花插插的帽子。

牌坊头饭厅里，摆了矮凳矮桌，有肉，有豆腐，还有鸡蛋、青菜，儿童节的饭，和平常有多大差别吗？但孩子们吃得别提有多开心。吃过饭，形形色色的帽子戴在头上，平常玩的游戏，戴着帽子似乎别有意味，不过，等到回家，很多人的帽子就不见了。

板栗坳又有一年多没有医生了。张医生走了，还是请王守京管着诊所，就她一个人，也没有护士。不行的话，只能下山去找同济的医生。

都盼着山上来一位医生，茫茫中等了这么久，因此徐德言大夫和他太太的到来，受到大家发自心底的欢迎。全所的人都感到安帖，像诸药里加了一味甘草。

而且，他太太就是护士！多么好。

徐医生治好了芳川的老毛病。妈妈把芳川的情况仔仔细细告诉徐大夫，常常感冒，一感冒就并发肠炎。徐大夫听了，让她去买些中药鸦胆子。装进干净的玻璃瓶，再放点硼酸，冲开水封好，泡上一天，用那清水灌肠，可以根除。

不过，徐大夫说，灌下去要忍几十分钟。

妈妈灌了药让芳川躺着，她歪在一旁讲故事，分散他的注意力。

这法子真是管用，芳川的肠炎好了。

徐大夫夫妻俩，和气得不得了，特别是徐太太。他们没有孩子，但徐太太对小孩非常耐心，很爱孩子。

她把学校卫生检查作成制度。画一张表，每天早课前，她到教室检查孩子的卫生，手脸干净不，指甲剪了没有，衣服洗过没有。如果很经得起检查，就在名字底下画个红星；中等的，画个蓝圈；差的，打个黑叉。过段时间总结一回，红星多的，奖励手绢或者铅笔。

芳川对这件事上心得很。每天都催着妈妈把衣服洗干净，

他只有几件换洗衣服，两条妈妈做的工装裤，一件洗得不灰不蓝的小大褂，冬天一件小棉大衣，大人的衣服改的，另外就是三两件旧衬褂，一件夹背心。

最好的，是一件红毛线衣。

他常常穿了红毛衣去上课，回来就说：

"妈妈，我今天得了个红星！"

有时他穿了那件洗干净的旧大褂，大约也得了红星，回来他不说啥。

天气已经热了，他要穿红毛衣上学，妈妈坚决不同意，让他穿了那件洗也洗不干净的小大褂。

他很不情愿地走了。

中午放学回来，气得很："我说穿毛衣吧，您不让，今天大夫说我的衣服不干净，给我得了蓝圈。我有十二个红星，人家董嘎一，也有十二个了，他今天得了红星！"

……

这时学堂添了新的一拨学生，大教室仍有三个班，高年级的学生另一间小教室。现在上学，董敏和弟弟妹妹听到铃声再过去也不会迟到。从过厅跨进另一道门就到了，就是教室。

每天，芳川回家就给妈妈报告：

"妈妈，今天上算术，王老师问董嘎一：一尺有多长，一丈有多长。董嘎一说反了，他说一尺这么长（两臂一伸），一丈这么长（两个指头拉开一点距离）。董嘎一说完了，董嘎一不见了！"

郭良玉忙问：他哪里去了？"

芳川说，王老师一指头把他戳到位子底下去了！

……

郭良玉也去子弟校教语文。

孩子们很喜欢这个新老师，她比院里所有太太都新式。她不仅是上课的先生，下课还和同学们一起玩双杠。吃过晚饭，她带着芳川和他的小伙伴们一起去爬山，对面的小山，也不高也不陡，吃过饭慢慢走上去，看夕阳。

放学后，孩子们多半在牌坊头玩到吃饭才会回家。

有一天，远远山路来了一行人，朝牌坊头走，抬着东西，吃力地从梯子上来。等上来坝子才看清，抬着一只豹子！

一个坝子只听脚步响，都围了过去。

起码两米长，黄褐色的皮毛上，遍布黑色的斑点。

抬豹子的人说，这是金钱豹。"你看它身上的圆圈，如果它吃过一个人，那圆圈就裂一个口，像开了一朵花。"

胆小的人，本提着心，靠了人多才借了胆子的，快到跟前便不敢再前挪，可是藏在人身后看不真。

胆大的孩子已站在近前，在数豹子身上的花，算它吃了几个人。乱糟糟的没人数清楚，因为它躺着。

董敏有点怕，蹲在后面。听萧梅说，死都死了，怕什么！于是鼓足勇气也钻到前头去。

真真的看到豹子，脸，鼻子，胡须，呀，皮毛好漂亮！恨不得上前摸一摸……突然一个激灵，不会活过来吧？

前鹏回家对姐姐说，学校门口有豹子。吃一个人，身上的圈圈就爆开一个。

前明听了大惊：豹子到学校了?!

前鹏说，死了的，抬上来的，你快去看。

前明有点动心，转而又说，我今天要把这两课背完，背完再去。背完，妈妈又叫吃饭了，吃完饭赶忙跑过去。

豹子不见了。

有点失落，又安慰自己：豹子有什么好看，怪吓人的。

山里有豹子、老虎，算不上怪事。晚上老彭上山也说，是真有。说是挖了陷阱，等了二十多天，才终于捉到。后来呢? 后来呢? 死豹子弄到哪里去了……埋了? 卖了? 没有下文……

……

少云要走了，董二嘎万般不舍。

二嘎子回到妈妈身边，有空就回来找张永珍，好像那里才是他的家。——他有什么事情好忙呢? 什么时候没空呢? 于是天天来。一道门就过去了，又不怕丢。他心实，喊他吃饭，就留下。

董太太来叫他，回去告诉他：陈孃孃有小弟弟了，懂不懂? 过去玩可以，不可以吃饭。煮的三个人的饭，你再吃就不够了。懂不懂?

二嘎子点点头。

吃过饭去，陈孃孃说，哎呀，来嘛来嘛，咋个都有口我们胖胖吃的，来吃嘛。

为啥那里才像家? 那里有个男孩跟他一样大，他们一床睡一个妈妈带大；还有个少云哥哥，对他百般迁就，要什么给什么。要骑马马，少云就伏在床上，驮着胖娃娃来来去去；金辉看了也要，三个人在床上闹成一团。要看窗子，少云就抱着他，一边说，不要戳哦，孃孃要骂哦。他把窗纸戳破个洞，也没听见骂。

娘娘快要死了，少云都不知道，直到妈来接他，才晓得。

这些年，娘娘一直跟着大孃，可是，有儿有孙的人，死在姑娘家，不名誉！这种事情，人家要说，当面不说背后也要说。儿孙活到哪个时候，人家就说到哪个时候。你哪个敢？

大孃在李庄街上另外租了房子，把娘娘搬过去，让少云妈去住，男人也不敢置之不理，回来了。

女人到板栗坳来接少云，包了红糖来。女人面色好看了，看见少云又比上次长高长结实，和舅舅舅娘说着话，千恩万谢。

别人还可，屋里一个小孩，赶紧贴到少云身边，攥着他的衣角，嘴里说着"不走，哥哥不走。"嘴角一扭一扭，眼里汪满泪水，就要决堤。

张永珍赶紧对他说，胖胖，听话，不哭，哥哥回去看娘娘，还要回来，过两天就回来。

抬头对女人说，董太太的二娃儿，实诚得很！

女人想起第一次看到那个安稳睡觉的孩子，心里一软。拉着衣服给他擦掉眼泪。想跟他说说，怕那孩子听不懂自己满口土话，变了声调一个字一个字柔声说，乖，乖。

两个女人轮番哄他，就不肯撒手。少云蹲下去跟他保证：回来，回来找胖胖，才哄得放了手。

少云跟着妈妈回去。

"妈，那个人也回来啊？"

"他总是你爹嘛，一家人要团拢才像个家嘛。"

……

"妈你晓得不，研究院的娃娃都是灰头发灰眼睛？"

"不是的哦？那个娃儿，刚才那个，不是研究院的啊？"

"嘿嘿嘿。都说那些娃儿横得很横得很，我看也没得好横。大舅一吼，跑都跑不赢。"

"他！咋个——"

"研究院的人，都不恶。还没得大舅恶。"

"你大舅他还敢恶？"

"大舅再恶，也不敢打人嘛。就是说话少，凶嘛。"

……

"妈，有一种东西叫琴，你听过没有？"

……

"弹琴的先生，不会劈柴，后来就会了。"

……

女人若有所思说："你大舅这一次倒干得长……"

"嗯，研究院对他好！好得很！"

……

娘俩说着话，不知不觉就到了镇上。

香樟豆，圆又圆

有一天在家里，筱蕖悄悄对逯君说了一句话。逯君欣喜地问，真的？筱蕖羞涩地笑着点头。逯钦立高兴得讲不出话来，眼睛亮闪闪地望着美丽的妻子。

眼看身子越来越沉，筱蕖却没事人似的，走路仍然健步。院里太太们都感叹。只有逯钦立瞧着不放心，总要抢着去帮忙。筱蕖倒不耐烦，说，哎呀，我又没有生病！

一天晚饭后，筱蕖正要出门走走，逯钦立突然想起，问筱蕖："那天说的事，你跟表姐说了吗？"

罗筱蕖想了一下说："还没有。"又想了想，说："这些年，好些人给她提亲呢，她都看不上，要不然也不会拖到现在。"

"那她看重什么？"

"她啊，看重人品、学问。"

"那就好办！"

"总还是年岁相差得太多，而且——"

逯君望着妻子说："我知道你怎么想的，试试看嘛。"

筱蘩说："她就是受了姐姐那件事的影响，她姐姐叫芸萱。哎，舅舅走得早，从小，我妈妈把她们姐妹接到我家读私塾。芸萱和我大哥，才是悲剧呢。"

"怎么呢？"

"我大哥聪明得很，冯先生很喜欢他。哪晓得大表姐来了，灵性更高。我大哥不服气让一个女孩儿抢了先，两人在功课上你追我赶，落了第二下次准把第一争回来，都不服气。

"家长看在眼里，我爹爹妈妈，舅妈，觉得他俩青梅竹马，年岁相当，才貌相当，又是亲上加亲，都觉得这是桩好姻缘。结果，哎……"

"怎么了？"

"怎么了？只他俩死不情愿，有什么办法？两边都一力撮合，芸萱给送回家，说得泪眼婆娑，硬是答应了才让她回来；大哥躲到石板田，石板田是罗家的祖业农场，爹爹写信去劝他。"

"结果呢？"

"哎，还有什么结果，婚礼仪式一完，我哥就躲在石板田不回家，说是照顾祖业，回家一趟都不跟芸萱打招呼。两人冷冷淡淡过了一年。我妈把芸萱送过去，都怀孕了，还把她气回羊街，大哥也不回来看看。结果孩子生下就死了，没多久，大表姐也走了。人走了，我哥伤心了，觉得对不起她，到她墓前一坐就是半天。——她就埋在石板田。"

逯钦立说不出话，长吁了一口气。

哎！

被谁辜负呢？他吗？你看他半天半天坐在墓前后悔，也可怜。怪得了哪个？哪个都怪不了！爹爹妈妈，能不为儿子好？能不为侄女好？舅妈，能不为女儿好？都是好心好意，却落得——

世间最难解，这般前世的冤家。

"我们一起长大，我最理解素萱。看到姐姐这么个结局，她发誓绝不将就——快二十八了，不慌不忙。她常常说，就陪着妈妈过一辈子。舅妈着急，我妈也急。不敢催，也不敢逼了。只有我爹爹不急，说，好女不愁嫁，这样知书达理的女孩儿，肯定会找到如意郎君。"

"你还耽搁什么？说不定他俩有缘呢。"

"只是——"

"哎，说辜负，世道最容易辜负这样的人。"逯君说的是李光涛。

几年山居日子，他已经四十七八。

逯君鼓励他去追求张素萱。几番暗示明示，李光涛在心里掂量来掂量去，实在难以有所行动。

逯钦立心里替他着急，又催筱蕖。

"要不请芮先生帮忙？"

筱蕖赶忙说："先等等，提亲没用，过不了自己这关，没用的。我这个表姐，我们一样的。我去说，明天就说。"

素萱沉静，她的美不见得惊人，却天长日久。

她家在仓房头，离着江很近。爷爷张问燔是个儒雅秀才，宽厚仁慈，让小孙女们放了脚去江边踩水。

父亲去世得早，幸好姑姑疼惜关照，接了姐妹俩去羊街念书，当自己女孩那样恩亲。

素萱从南溪中学毕业后，到板栗坳来了。像筱蕖说的，沉静温柔，不慌不忙。

九一太太很疼爱这侄女，素萱叫她干妈。本来就是亲戚，这下完全是自家人，回家就帮干妈做事。

六同别录

　　独山城北的深河桥，成为日军侵犯中国的"最后一桥"。日军从深河桥撤退后，节节败退。

　　西线也不断传来好消息。中国远征军和盟军配合，消灭日军五万多人，滇缅公路外援运输线恢复，解除了大后方西线的威胁。

此时在板栗坳，大家都感到，胜利就要到来。

先生们在忙一件事，抄写自己文稿。傅先生准备在李庄石印出版，单出一册《六同别录》。何以要单出呢？傅先生在《编辑者告白》中说了。

一九二八年，历史语言研究所在广州成立之时，《历史语言研究所集刊》便创刊。以后史语所几经迁徙，《集刊》仍出版不辍，战前出到第十本。直到太平洋战事爆发，港沪商务印书馆被占据，史语所的稿子损失数百万言！

在李庄的六年，可谓是成果丰硕，可是，集稿容易出版难。等到抗战胜利，到史语所离开大陆的一九四九年，不过两三年时间，《集刊》一共出到第二十本，大多是这六年的成果。

《六同别录》编辑者告白

《历史语言研究所集刊外编》到现在出版的有三种：

第一，《庆祝蔡元培先生六十五岁论文集》，二十二——二十五年出版，已绝版。

第二，《史料与史学》，独立出版社发行。

第三，《六同别录》，在四川南溪李庄石印，本所发行。

这一册《六同别录》何以单出呢？自抗战至"珍珠港"，本所的刊物续由港沪商务印书馆印行，因为就印刷技术论，非托他们办不可。太平洋战事突然爆发，港沪商务印书馆被敌人占据，我们的稿子损失数百万言（详见本所《集刊》十本一分，177—182页），于是不得不在后方另谋印行。我们既无固定的印刷费，而我们的刊物关于语言学者，需用国际音标，其他又需要大量的铜版、锌版、刻字、表线、照像影印，等等，所以近来的《集刊》所载文章，范围远比从前缩小了。补救的方法，自然是向能作铜版、锌版、刻字等技术者商量。但是，不特我们没有这钱，他们也没有这工夫，因为他们的工作实在太重要了！他们仿佛想汉代墓画上的摇钱树！不得已，作一局部的补救，是自办一个石印小工厂，也曾经努力过一下，仍以办得太晚，钱不够而未成功。目下只好就李庄营业的小石印馆，选些篇需要刻字、音标，而不需要图版的，凑成这一本，用石印印出。其他需要图版的，照像影印的，仍是无办法。

这一册何以名《六同别录》呢？其实这里面的论文，都是可以放在《集刊》里的，因印刷技术之故，单提出来，故曰"别录"。六同是个萧梁时代的郡名，其郡治似乎即是我们研究所现在所在地——四川南溪县的李庄镇——或者相去不远。其他的古地名，大多现在用在邻近处，而六同一个名词，颇近"抗战胜利"之意，所以就用了它。我们信顾亭林论文格的话，不取古地名的，犹之乎我们不取古文一样，但是，总要有个标识，所以便用萧梁的一个古地名作为标识，更没有其他任何意思。

这里边的论文，在印刷上全受印刷者的支配，所以没有工夫由各组主任详细看过，同事详细商榷过，只可作为初稿而已。将来总要再版的，那时候再删正。

各篇都是作者自己抄的，这样办法，错字可以少些，然石印工人有时因上版不清楚描补一下，自然可以描出很大的错误来，这是作者抄者所不能负责的。因为这样，书式全不齐一，也是无可奈何。此时能印这类文章，纵然拿一幅丑陋像见人，也算万幸。

民国三十四年（1945）一月　傅斯年

一九四五年一月，《六同别录》上册石印出版，一年之后又出版了中册和下册，那已经是胜利以后了。

这不仅是一部学术著作，也是一部纪念文集。在六合大同的时刻，纪念这段难忘的时光，纪念曾作为六同郡治的李庄——她终将以自己的伟大奉献而名垂青史。

下面是《六同别录》的目录。

可能读起来有点滞涩，那自然难免，有些字连打出来都困难；你却不要不耐烦，这是学术的花朵，这是真正的诗篇。这是山坳里苦心孤诣的心血结晶，这是烽火岁月里，罹悯不迁、患难弥坚的见证。而且，如你所知，它只是六年成果中很少一部分。

胜　利

有一天，孩子们在板栗坳看到天上有飞机。

飞机都到板栗坳来了?!

有人说是日本人的飞机，要丢炸弹，要赶快躲起来。有人说不是日本飞机，是我们自己的飞机，自己的飞机怎么会丢炸弹?

没有权威，谁也说服不了谁。

"是我们自己的!"

"是日本的! 我看到过!"

日本飞机，谁没看到过? 丢炸弹，谁没看到过呢……

看到过，那已经是五年前了……究竟是谁的飞机呢……

前鹏三年前路过郑州，遇上轰炸。为什么日本人的飞机横行霸道，想去哪里就去哪里? 想在哪里投炸弹就在哪里投炸弹? 为什么我们没有自己的飞机? 这是不是我们自己的飞机呢?

教室里，孩子们议着议着就说到间谍。言之凿凿：白天拿镜子反光，晚上点火把，都是间谍。

啊? 有人吓得捂着嘴。

"板栗坳? 有日本间谍? 我……不相信。"

"你不相信就完了。你告诉我，飞机往哪里投炸弹?"

镜子、火把就是暗号。

家家都有镜子! 这个问题……好严重。大家支着头想。

"不是我们认识的人……"

"不是板栗坳的人，跑到板栗坳当间谍?"

"藏在哪里的?"

……

天已经很热，这一天，李庄街上的响动有些异常，这种动静，怕是全镇的人都出门了，人们从下午就开始喧闹。到半夜里，还有人点着火把，喊叫、唱歌、敲脸盆，足足闹了一个通宵。闹土匪？不大像……学生游行？为什么？

怕不只学生吧，这样的动静……

究竟出了什么事情？

板栗坳的人，爬到山顶上，望，却望不见什么，半夜在家里听，也听不出名堂。

第二天，从一大早开始，天空就没有好心情，阴云密布。不一会，泼天泼地的大雨下来了，更加重了心中的疑虑……

情形太奇怪，董彦堂先生一早就起来，等着高先生下山去打听消息。

老彭迟迟没有到。

这可真是让人着急！

大雨还在下，高先生回来了。他冲进董先生的办公室，上气不接下气，顾不得擦一擦头上身上的水，对董先生大喊："日本投降了，我们胜利了，抗战胜利了！"

不一会儿，天晴了，同大的学生游行队伍也到了，他们挥舞着花花绿绿的旗子，这是床单、枕套、旧衣服甚至报纸做成的，他们走了一个通宵，庆祝等待了十四年的胜利。

这消息传遍山庄。每个新加入来的人，要听先前知道的人再说一遍。每个人都愿意再把这消息说上千百遍……

胜利了！

日本投降了！我们胜利了！

胜利了！胜利了！

有些人，说着说着，笑着笑着，就滚下泪来。

这场倾盆大雨，是集聚了十四年的泪水。

＊ ＊ 一九四五：初闻涕泪满衣裳 ＊

中午过了，老彭才上山来，可惜，他的消息已经不新了，但人们还是像第一次听到一样，互相说，胜利了。我们胜利了。

魏先生几步跨进合作社，把合作社的酒、花生米全都拿出来，请客!

家家都弄到下午才吃午饭。

……

没有说放假，没有先生来上课，就放了。

孩子们聚在院里讨论，那个叫小男孩的原子弹究竟有多大。

就鸡蛋那么大，投下去，日本就投降了。

鸡蛋那么大?! 就把日本炸没了?

不可能，天上看着小，其实不止鸡蛋那么小。

咦，胜利了，还上不上学呢?

……

九月二日，这是一个载入史册的日子，同大教授守在收音机旁，收听日本向同盟国无条件投降的降书签字仪式。

仪式在当时世界上最大的军舰之一——美国"密苏里号"上举行，此刻正停泊在东京湾。各国代表公推中国代表第一个登舰。

中国代表团团长徐永昌上将第一个登上战舰，雄壮的军乐立刻奏响，旗帜冉冉升起。在场各国代表肃立致敬……这是中国人雪耻的时刻，这个历史瞬间，是属于全体中国人的骄傲。

收音机旁的人，早已是泪流满面。

所有人的心情，随着好消息一振，虽说走的日子还没定，但那肯定不远了。

孩子们突然发现，大人的脾气统统变好了。他们也是突然发现的吗? 这几年，孩子们过得太苦了。大人嘛，吃点苦应该的，孩子们太可怜了。

史语所给每家发了一磅毛线，让孩子们——好久没穿过新衣服的孩子们，穿着新衣服回南京。

萧太太给萧梅织了一件毛背心，用红白蓝三种颜色织。这件鲜丽的背心走到哪里都逼人的眼。人人都要定睛看看，都忍不住夸：哟，真好看。

尽管那毛线扎人，隔一件衣服还毛烘烘地扎，萧梅忍着，忍忍就忘记了。谁叫它是新衣服呢，谁让它这么好看呢。

本来只是试试，萧梅跑出去玩了半天才回来。妈妈说，要脱下来放好，要等到去舅舅家的时候再穿。

人们突然注意到，今年的桂花特别香，今年的茶花特别美。

好事情来了。

素萱认定了质朴忠厚的李光涛，这位能从浩瀚烟海找到历史端倪的先生，让一向从容稳重的姑娘怦然心动，满心里涌动着女儿的朦胧喜悦。

李光涛自是欢喜过望。

但张太太说，不行。

下江人，这个年纪了，谁知道家里有没有太太？

哎，这个节骨眼上！

学者们又一次联名打包票。看到一模一样的事情再次发生，筱藻和钦立都来不及笑，还不知道管不管用！

芮先生动了脑筋，他去和罗南陔先生说。

芮先生是个好人，又热心又能够帮忙。一个团体里，少不了这样的角色，像个兄长或者叔叔。

他年纪稍长，四十七八，谁有事托他，保证热心。傅先生董先生固然是大家长，而芮先生，更像是情分上的家长，年轻人肯把贴心事告诉给他，有事必得托人，第一个想到他。你看，你看，板栗坳一桩一桩喜事，哪件少得了他？

现在，张素萱和李光涛，两人情愿了，母亲反对，这僵住的局面又得要他穿针引线才行。

他和关键人物罗南陔商量。这次，罗南陔和孩子们站在一起，竭力说

＊ 一九四五：初闻涕泪满衣裳 ＊

合成全：做学问的男人，只要有真才实学，便胜过黄金万两。这样的男人不管什么年纪，都是金龟婿。

张太太同意了女儿的婚事。双方年龄都不小，婚事便赶紧提上日程。正在这当口，抗战胜利了，这是上天给予的最好时机。

民国三十四年（1945）九月二十一日，农历八月十六，李光涛与张素萱结婚。婚礼在板栗坳举行。

先生们纷纷送上贺礼，王献唐和董作宾送上贺联：画眉韵事传京兆，坦腹清标忆右军。董作宾还单独送上一副甲骨文联：出幽入明，为学日益。东有启明，西有长庚。

逯钦立手书婚联：得妻约简助昏教 拟则休祥纳吉文。劳榦录朝鲜《中宗大王实录》数语以贺李光涛大婚；马学良彝文《太上感应篇》节录以贺李光涛大婚！

大婚贺联

李光涛、张素萱和张母包崇懿 （李小萱 提供）

　　孩子们送了张老师一张贺卡，一个一个，郑重签上自己的名字。这张可爱的贺卡，他们的老师保留了一辈子。

　　和从前一样，李老太爷主婚，董彦堂先生为证婚人。董先生撰了一首《香樟集》，又叫《栗峰谣》，以致喜庆。要知道董先生专门研究过民歌民谣的。

一

　　　　香樟豆，圆又圆。
　　　　研究学问不值钱。
　　　　来到李庄四年整，
　　　　没人问俺热与冷。

光身汉，下决心，
娶个太太待俺亲。

二

山茶花，朵朵红，
三院学子最多情。
折一朵茶花求婚去，
第一个成功是逯卓亭。

三

山茶花，年年开，
戴一朵茶花下山来。
自从大桥会一会，
李光涛相思苦难挨！

四

拿起笔，写封信，
要给小姐通音信。
情书一束送上去，
果然打动小姐的心。

五

风吹竹叶颤簌簌，
小姐在门前望情哥。
嫂问姑：
你在那儿看啥子？
我看那，长丰轮客人恁样多！

六

张打铁，李打铁，

买点礼物送小姐。

几次下山等长虹，

又怕人说"是把衣料接"。

七

月亮光光，打水洗衣裳。

洗得干干净净，

穿着上仓房。

仓房头，有高楼，

楼下歇，遇到张三姐。

三姐眯眯笑，

喜得光涛双脚跳。

一跳跳到板栗坳，

三天三夜睡不着觉。

八

八月十五桂花香，

十六月亮明光光。

素萱光涛成婚礼，

他们俩，

花好月圆乐未央！

真要走了吗？

说起要走，又半天都没动静，真要走不是一时半刻就走得成。想想来的时候，要多少车、多少船，所有的图书、古物又要重新打包……

一个月后，石璋如作为先遣人员先回了南京。

也是在九月里，王献唐先生也走了。他计划跟随国史馆筹备委员会回去南京。

这天早上，萧梅很早就起来了，她要跟着爸爸下山，去送王献唐先生。

早上六点，董彦堂先生，屈万里先生，还有逯钦立、石璋如先生，还有事务员劳仲武先生……小路上走着十几个人的送行队伍。到了李庄，罗南陔、李权老先生和济之太太陈启华也来送别。

九点，船来了，董彦堂先生也上了船，他要把王先生送到宜宾。

爸爸回来，董敏觉得他很伤心。他长大了，懂得这样的感情了。比如你的好朋友，离开了你，不知道什么时候还能再相见。你就老是会觉得，自己心上少了一点什么。也或者是，心上生出一根丝线，也随他走了。

这时候，开了一两月的桂花已把板栗坳香透。

当初大家到这里来，在这里住了五年，像家人一样，彼此照顾，熬过艰难岁月，熬到胜利——

不是要走了吗？孩子们简直奇怪，家家都在做着走的打算，还有人来！

董敏发现，爸爸的研究室，就是那间由戏台改成的房间，突然多了一个人。他就是张秉权。他的书桌摆在一边，是一张四方的八仙桌，一把藤椅。他说："正是跑龙套所站的位置。"

董先生的戏台，从来不缺跑龙套的。

白天，他在研究室里读董先生的藏书，晚上在宿舍里看宋元明清诗话笔记小品。①

董敏想不通，都胜利了，大家都要搬家了，他为什么还要来。但看张先生，一副自得的样子，既来之则安之的样子，好像惬意得很。

他才来，自然不会想着走。

哈哈，他到这里，还有个重要任务，给人家当伴郎。他的西装，也有重大用途。

---

① 张秉权《学习甲骨文的日子》。

　　上班的第一天，董先生从他那由旧书箱、木板、砖块搭成的书架上，取了一部郭沫若的《卜辞通纂》要我先读，后来他又给了我一些玻璃纸小片，要我描摹《殷墟书契》上的甲骨刻辞。

　　这是基本训练，也是他平生第一次接触到甲骨文书籍。张秉权念大学时，曾选修过胡小石教授的《甲骨文》与《书学史》等课，但那只是口耳相传，只能从黑板上认一些甲骨文，从老师的口授中，学到一些如何从《说文》《尔雅》以及金文中追溯甲骨文的方法。所以一旦摸到印刷那样精美的书，就十分喜爱。

　　据说傅孟真先生主张新进所的助理员，应该先多读点书，力求充实，然后再发表文章。这与我的想法，不谋而合。所以那时念书，没有精神上的压力，随心所欲地搜集一些准备将来著述之资料。

　　当时，我们所用的卡片公家并不供给，完全要自行设法，自给自足。于是废纸残片，都用来当卡片，甚至朋友来信的信纸信封的空白处，都剪下来作札记之用。

　　物质条件，虽然那样简陋，但是同仁们的研究工作异常勤奋，日以继夜，努力不懈。

　　＊ 一九四五：初闻涕泪满衣裳 ＊

八、一九四六: 仁里主人自难忘

战后大事记

4月30日，国民政府发布《还都令》。

5月5日，南京中山陵举行国都还都大典。

"……回念在此八年中，敌寇深入，损失重大，若非倚恃我西部广大之民众，与凭借其丰沃之地力，何以克奠今日胜利之弘基？而四川古称天府，尤为国力之根源，重庆襟带双江，控驭南北，占战略之形胜，故能安度艰危，获致胜利。其对国家贡献之伟大，自将永光史册，奕叶不磨。"

史语所大事记

3月，组织复原工作委员会。

4月，调查川、滇交界僰人文化。

5月，立碑纪念。董作宾题额"山高水长"，"留别李庄栗峰碑铭"陈槃撰文，劳榦书丹。

7月，体质人类学筹备停止进行，仍由本所接管。

8月，北平"东方文化研究所""东方文化事业总会"及"近代科学图书馆"一并由本所接管。本院设置"北平图书史料管理处"，以所长傅斯年兼主任。

10月，调查杭州古荡一带墓葬区。

11月，本所迁回南京鸡鸣寺路原址。

山高水长

这时节，晚间的闲聊都是回南京，都在等着傅先生一声令下。等来等去，免不了心急起来，急了两三个月，眼看着又是一年，还在板栗坳说走的事情，生活却不过还是原样。这原样当然不是一点不变的原样。盼头近了，心绪就开始乱。

孩子们只知道傅先生走了，不知道他在外面忙啥。

傅斯年接受北大代理校长和西南联大常委职位，在重庆、昆明、南京和北平之间奔波。李庄的事情，只有董彦堂先生一力支撑。

傅斯年虽然不在李庄，可最操心的还是这里："研究所可能在六月搬，亦须延至八九月，到时方定；南京住房无有，正设法建筑；……装箱，切实办理，每箱须有表，由装箱者二人签字负责；公物箱子中绝不得加入私人书物，到南京时，由装箱人以外者共同开箱。"〔民国三十五年（1946）三月，傅斯年给董彦堂的信〕

千头万绪，这位山东人仍然没有忘记细微之事。

他特别嘱咐："……研究所留下之物件，均不得自行送人，就其所在之屋送给房东；……房钱支付全年，不照月扣，一切务与房东维持友谊，因他们待我们甚好也。留下东西全送房东，全不出卖，无用之书亦然；弟如在五月将北大之事摆脱，即返李庄。"

南京的住房问题……正在大批修建职员住宅。四月，"故假如五月开始，本院似可在六月走，五月二十必须装齐，可以动身，以后或延一二月，然只有人等船，无船等人之理也。"

……

先生们早就说，要在板栗坳留个纪念。

栗峰碑拓本 （劳延炯 提供）

大家凑钱买的青石碑板，到了，斜靠在桂花树下。

撰文、书写郑重其事。

陈槃庵写好碑铭文字，交给劳贞一。吃过晚饭，劳先生就去那里写。

墨，砚台，毛笔，搁笔，小小一个瓷砚水壶……太零碎，拿木盒装在一起。劳延炯跟着去看爸爸写字，安安也要去，邻居孩子见了，也跟着走。

小路上，走着这么四五个人的队伍。劳先生在头里，端着一个木盒，后面一溜小孩，单个单个跟着。到了桂花树下，劳先生让延炯去魏先生那里找张凳子。"我去。"萧梅跳着就上去了，延炯便拿砚水壶去装水。

牌坊头有荡秋千的、坐滑梯的，见有新鲜事情，呼啦啦下来了好几个，在那桂花树下围成一圈。

磨好墨，劳先生没动笔，拿出一张纸，读，再读，又看石碑。

然后，劳先生开始写。

这块碑板比一个大人矮不了多少。一百六十一厘米高，六十八厘米宽，在这样一块斜靠的碑上写字可不好写，得半蹲半跪着。从上面写下来，上面特别不好写，几乎要趴着，底下也不好写……每一行都这样，看着都觉得累。

写到天黑，看不见了，第二天又去写。顶额留出的地方，董先生来题额。

写好，再请人刻。碑刻好了，立在桂花树下。

留别李庄栗峰碑铭

李庄栗峰张氏者，南溪望族。其八世祖焕玉先生，以前清乾隆间，自乡之宋嘴移居于此。起家耕读，致赀称巨富，哲嗣能继，堂构辉光。本所因国难播越，由首都而长沙，而桂林，而昆明，辗转入川，适兹乐土，尔来五年矣。海宇沉沦，生民荼毒，同人等犹幸而有托，不废研求。虽曰国家厚恩，然而使客至如归，从容乐居，以从事于游心广意，斯仁里主人暨诸军政当道，地方明达，其为藉助，有不可忘者。今值国土重光，东迈在迩。言念别

留別李莊栗峰碑銘

李莊栗峰張氏者南溪望族其八世祖煥玉先生以前清乾隆間自鄉之宋嘴移居于此起家耕讀自致貲

稱鉅富招嗣能繼堂構輝光本所因國難播越由首都而長沙而桂林而昆明輾轉入川適得樂土爾來

五年吳海宇沉淪生民荼毒同人等雖牽而有託不懈研求雖日國家屢息忒而使客至如歸從客樂居

以從事游心廣意斯仁里主人暨諸耆碩當道之明達其為藉助有不可忘者今值國土重光東遷

在邇言念別離堂府一時故實不為錫傳以宣昭雅誼則後賢其何述銘曰

嵩階綠市學府高門芳鳳光地滄海濤九州鼎沸我懷我好音爰來愛託朝堂振滯鎔火鉤沈

江山毓靈人文舒捲舊家高門芳鳳光地滄海濤九州鼎沸我懷我好音爰來愛託朝堂振滯鎔火鉤沈

安居求志五今皇皇中興洪洪雄武冀名京哉我學府我東日歸我情依遷英辭末擬惜此離思

中華民國三十五年五月一日國立中央研究院歷史語言研究所同人傅斯年李方桂李濟凌純聲

作賓粱思承勉丁聲樹郭梁思成陳槃芳韓苟遣夫石璋如全漢昇張政烺董同龢高去尋夏

鼐俾樂煥王崇武楊志玖李孝定何頔金為學良歲耕望黃彰健

石鍾張東權趙文濤滕王文林胡占魁李連春蕭綸徽那廉君東光宇汪和宗王志維王寶先魏菩臣

徐德言王守京劉淵臨李臨軒于錦繡羅筱張李緒先同建陳槃撰文董作賓題額勞榦書

新立的留別碑

离，永怀缱绻。用是询谋，佥同酾金伐石，盖弇山有记，岘首留题，懿迹嘉言，昔闻好事。兹虽流寓胜缘，亦学府一时故实。不为镌传以宣昭雅谊，则后贤其何述？

铭曰：

江山毓灵，人文舒粹，旧家高门，芳风光地。沧海惊涛，九州煎灼，怀我好音，爰来爰托。朝堂振滞，镫火钧沉，安居求志，五年至今。皇皇中兴，泱泱雄武，郁郁名京，峨峨学府。我东日归，我情依迟。英辞未拟，惜此离思。

中华民国三十五年五月一日

国立中央研究院历史语言研究所同人：傅斯年，李方桂，李济，凌纯声，董作宾，梁思永，岑仲勉，丁声树，郭宝钧，梁思成，陈槃，劳榦，芮逸夫，石璋如，全汉昇，张政烺，董同龢，高去寻，夏鼐，傅乐焕，王崇武，杨时逢，李光涛，周法高，逯钦立，王叔岷，杨志玖，李孝定，何兹全，马学良，严耕望，黄彰健，石钟，张秉权，赵文涛，潘悫，王文林，胡占魁，李连春，萧纶徽，那廉君，李光宇，汪和宗，王志维，王宝先，魏善臣，徐德言，王守京，刘渊临，李临轩，于锦绣，罗筱渠，李绪先同建。陈槃撰文，董作宾题额，劳榦书。

魏善臣和刘渊临拓了片，每位先生得一本拓本。

李连春先生来拍照。

照相机支在脚架上，给布罩着，那块布外面黑色，里面猩红色，相机镜片上涂了药水，怕光……李先生钻到布里面，然后从布里钻出来，手里捏着一个小橡皮球。

孩子们站在一边围成一圈，目不转睛盯着看……等半天……又是董敏！就朝相机走过去了！这个时候，相机快门咔嚓一声响了。

"董敏！我要告诉你爸爸！你害我牺牲一张胶卷！"李先生生气，骂董敏。

这下董敏站住了，可现在站住有什么用！

连教室里都有了离别的氛围。

我们要走了，这个送给你。

嗯。

我以后回来看你。

嗯。

……

面对面的，就开始展开以后的思念，认真地说着负不了责任的话。

嗨，以后我们考一个大学。

嗯嗯，我就可以去你家，假期我们可以一起坐船，一起回来板栗坳，你可以住我家。

嗯，好。

我一辈子不得忘，这房子，这棵树，你要好好留着……等我回来。

嗯。

梭梭板也要留着，秋千要留着……

嗯，都留着。

喜事连连

到这里还不到两年的芳川，并没有什么走的愿望。他一点都不想走。

在这里，比在重庆好，好得多。不用怕炸弹，再也没有空袭警报，不用操心爸爸上班路上被恶狗咬……好像也没有生什么病……有这么多同龄伙伴，这里就是最好的地方。

可是，人生哪能没点遗憾，哪怕七岁的人生也免不了啊。你看看院里，哪个人没有个兄弟姐妹，除了他？你数数！李建生有弟弟还有妹妹……董嘎一也有弟弟，哪家没有，就他是一个，哎……

妈妈一早就去劳太太屋里，太太们都去她屋里，帮忙照顾。那天，劳先生也请假没有去上班，孩子们去上学，看到他在外面天井里转来转去。

芳川很失落。

看看人家，又要生弟弟了！也可能是妹妹。弟弟妹妹都好啊，但是，弟弟是人家的弟弟，妹妹是人家的妹妹。

看人家劳延炯，放学回来马上就去看弟弟……哪天他放学回来，也有这样的喜讯等着他？

大家都送鸡送蛋，劳姑婆进进出出，端出煮好的红鸡蛋。全院大喜，当然大喜了，人家又有了弟弟！

芳川有多么失落。

潘二江还小，不大会走路，潘太太做家务也得抱着他。但她性情敞亮得很，院里常常听见潘太太的大笑声。

看看，人家潘木良也有弟弟。

看看人家罗老师，那么年轻，人家，又要生弟弟妹妹了！

芳川实在气不过，去责备妈妈："妈妈，你笨死了，人家都赶过你了。"

……

天气热起来。

板栗坳又有了一件热闹事。

那天，牌坊头的屏门大开，张灯结彩，南厢房摆了酒宴，一拨人来过了，又一拨人来。

杨志玖和牌坊头房东家的姑娘张锦云结婚啦。

可惜，新娘的父亲，张符五先生没等到这一天，他失足渔塘身亡，已经一年多了。

……

· 一九四六：仁里主人自难忘 ·

后来孩子们才听说，傅先生不赞成这婚事，……杨志玖没有听从。

当然了，答应在先，难道因为傅先生反对，就去对人家反悔吗？

亏得傅先生不在板栗坳。要是在，会怎么样呢？

……

没过多久，杨志玖带着新婚妻子回了南开。[①]

汪潪有个小水壶

汪潪喜欢舅舅。舅舅一来，总要给她带吃的，蜜饯啦，饼干啦，桃片糖啦，舅舅不可能空手来的。

一看到舅舅来了，她就在妈妈臂弯里雀跃，妈妈差点抱不住。

舅舅看到她就笑，把点心提得高高的给她看。汪潪只看得到包得贴贴的纸包，上面有红纸，麻绳打了一个漂亮的结。

她伸手要，舅舅把点心放在桌上，拍拍手把她抱在怀里，汪潪三岁了。

她摇摇摆摆朝舅舅跑过去，舅舅就蹲下，等着她，把点心给她抱着，然后把她们一起抱起来。

---

① 杨志玖.我在史语所三年;新学术之路——"中央研究院"历史语言研究所七十周年纪念文集[M].
台北：中央研究院，1999.

　　这年六月，我经所内同乡汪和宗介绍，要和房东小姐（张锦云）结婚。我写信告诉了傅先生。傅先生不赞成这桩婚事，说，不应忙着结婚。而且今后天下将大乱，日子更难过也。他劝我退婚或者订婚而暂不结婚。我已答应同人家结婚，如反悔，道义上过不去，未听从先生的规劝。

　　我结婚后，傅先生来信祝贺：南宋时，北方将士与江南妇女结婚者甚多。不知是否有委婉讽喻之意。

　　在我结婚之前，已有两位山东同事与当地人结婚，先生对此不以为然，说，你们山东人就爱干这些事！

　　我婚后不久，南开大学文学院院长冯文潜先生来信说，南开大学将于本年下学期就在天津开学，要我回去上课。

　　我以为，本是借调而来，理应回去，便写信告诉傅先生，哪想傅先生更恼火，他未覆我信，却让史语所停发了我的工资。我因不愿违背当日对南开的诺言，也就顾不得先生的警告了。

　　事后我才醒悟，先生把我借调，本有意把我留在史语所，借调本是名义或手法，好比刘备借荆州，一借不还。……我则未出茅庐，拘泥细节，书生气十足，辜负了先生的一片苦心，至今思之，犹有遗憾！

抱回家。

桂花院里面的三间房，是她的家，她和爸爸妈妈。堂屋里有柜子有桌子凳子，一间房里有大床，一间房里有小床。

进了堂屋，舅舅和妈妈说话，老说老说，汪潘就急了，指着桌上说，打开，要，妹妹要吃。

舅舅和妈妈就一起笑。

……

院坝那边，几间房，住着一个胖伯伯和他的太太，还有他们的儿子。还有一个龙奶奶。

有几个大哥哥，常常在天井里，玩。他们比她大，大好多，大得差不多就像大人那样。

去天福堂。妈妈说。

汪潘就晓得要回外婆家。

外婆家是一个院子。院子里种了芭蕉，一片一片大叶子，那么大，那么绿。芭蕉花，红得像要燃起来。

她喜欢那个串串红，高高的在绿叶子上面开出红花来，一束一束，像一串串爆竹。

汪潘总是高兴地扑进去，扑到那一丛丛的绿叶红枝里面去。

花朵是小喇叭，短喇叭里头还有长喇叭，又细又长，就是这个！摘下来，一吸，就是一股冰凉的水，又甜又香。

她摘不到，外婆帮她摘，三嬢四嬢放学回来，也帮她摘。

吸一口，就扔了，一地的红喇叭。

外婆家的门槛，那么高，汪潘手脚并用爬进去。

外婆赶上前抱起她。看不够，亲不够，亲亲，再亲亲……

小潘，走了，哪时候回来看外婆啊？

汪潘就咯咯笑。

......

　　三岁的小女儿看着外婆，外婆看着怀里的外孙女儿。外婆看着她花瓣一样的红嘴唇，看着她圆圆的鼻头，看着她晶亮的眼……外婆在这双眸子里，看到自己的忧伤，看到深远的离别，却看不到这离别的尽头。

　　难道她只能看到她长到三岁吗？

　　她是多么想看到她长大啊，她是多么希望能亲手照拂她长大，长成一个大姑娘，然后，有人来提亲……外婆笑了，笑自己。

　　她怎么就把女儿托付给了下江人？

　　那时候，下江人才来一年多。

　　来提亲的是下江人。提的是下江人。

　　全李庄都没有这样的事。

　　她一听就摇头，不行，下江人这一条就不行。

　　嫁了下江人，迟早跟着走。不行不行！迟早的事，闺女走了，回个门山远水远，不行！

　　又有人来说媒。

　　下江人可真是倔啊，一连来了六个，提的都是这个年轻人——汪和宗。

　　史语所的，怎么勤恳，怎么踏实，能干……

　　哎，再怎么好，下江人就不行啊。

　　直到第七个媒人，来了。

　　怎么一回事？讲了半天还是同一个人！

　　这是天意吗？这大概就是天意吧。

　　一个人，你不能拒绝人家七次吧？这要是天意……将来的事，哪个说得准呢。

　　你说，这世上的缘分是怎么回事？

　　等到四十多年后，汪潆一遍一遍感叹，这世上的缘分究竟是怎么回事？

她的爸爸，汪和宗，是山东青州人。

从山东师范学院毕业后，在青岛大学当了职员，然后就一直跟随着两个人，从北到南地辗转。一个是校长杨振声，一个是沈从文。

民国二十二年（1933），杨振声、沈从文辞去青岛大学职务，回到北平，编教材，主编《大公报》"文艺"副刊。汪和宗也跟到了北平，负责这两项事情的抄写。

七七事变之后，杨振声、沈从文与北大、清华的教师逃离北平，汪和宗跟随他们经武汉、过长沙，到达昆明。

青云街六号一个院子里。杨家，沈家，再加上刘康甫父女，组成一个"值得纪念的临时大家庭"。那时，傅斯年、李济、罗常培等也经常到这里吃饭聊天。

"编教科书由杨振声领衔主管，他却不常来。朱自清一周来一二次。沈从文、汪和宗、张充和则经常在青云街六号小楼上。沈从文任总编辑，分工选小说，朱自清选散文，张充和选、点散曲，兼作注解，汪和宗负责抄写。"

他既是书记官，管抄抄写写，那时候没有复印机，普通刻钢板、印制材料一档子的事，他都包了，又是后勤总管，管大家的吃饭。[①]

后来又搬到呈贡云龙庵。

来来往往的人很多，很热闹，成了昆明郊外一个文化小中心。"几家人一起吃饭，大家拿钱，请一个女工做饭。我们把钱交给汪和宗先生，他负责统管。他是我们大家的小朋友，呵呵……他真的极能干……"[②]

民国二十九年（1940）前后，由沈从文介绍，汪和宗进了史语所。

一个山东人，如此辗转，从北到南走过那么多地方，最后到了李庄，娶了一位李庄姑娘。

这世上的缘分究竟是怎么回事？

---

① 中国社会科学院文学研究所：《沈从文研究资料》，知识产权出版社，2011。
② 苏炜：《天涯晚笛——听张充和讲故事》，广西师范大学出版社，2018。

汪潗有个小水壶，白得绿浸浸的，上面有两个小孩，大约跟她差不多大吧？拉着一根长长的线。她很喜欢这个小水壶。不喝水也要抱着，抱着转来转去地看。要是他们两个能从水壶下来，她就有了两个朋友。

星期天，三嬢四嬢也常常来，到板栗坳来。

有一天，四嬢把汪潗的小水壶打碎了。

看着四嬢把小水壶跌了，水壶碎了。

两个人看着地下。三岁的汪潗，九岁的四嬢，看着地下，水壶竟然碎了，一下子不能理解怎么会发生这样的事情。

该怎么办啊？

小水壶没了！那两个放风筝的小朋友再也见不到了，她的朋友，四嬢一跌就没了，四嬢是个大坏蛋！

水壶没有了啊，水壶没有了。

妹妹要走了，妹妹没有水壶了。

哇——

汪潗哭起来。

讨厌四嬢，讨厌四嬢，水壶没有了，妹妹没有水壶了！

这是三岁的生命里最委屈的事，妹妹没有水壶了！妹妹要走了，妹妹没有水壶了。

这一场号啕，把四嬢吓呆了。

怎么哭这么久？别的事分了心，还在忍不住抽泣。

爸爸回来，汪潗扑进他怀里说，小壶，壶，又哭开了。

妈妈说，哎呀，又哭又哭，哭了一上午了。四嬢把她的水壶打了。

爸爸就说，好了，好了，不哭了，爸爸再给买一个。

买回来，汪潗说，不是，不是，不是这个。

完了！

四嬢不敢到板栗坳，小侄女一看到她就哭。

要走了，妈妈把汪濬抱回家，让外婆再看看，再看看。

四嬢一定要买个壶赔给你。

四嬢把零花钱都拿出来，买了一个小壶。

汪濬把头摇得像拨浪鼓，不是！不是！不是我的壶啊——

四嬢都要哭了。

……

要走了，要走了。小濬要走了。哪时候回来看外婆啊？

小濬去南京，小濬要跟妈妈一起回来。是不是？

小濬长大了，自己回来。是不是？

小濬长大，外婆都老了。

小濬回来，外婆就老了。

外婆你过来我跟你说，我要回来看你。

说　媒

最不想走的芳川却最先走，妈妈带着他回了济南。过了俩月，所里再派先头人员回去，考虑家属不在板栗坳的，把何兹全、王崇武和周法高派了回去。

所有人都知道，离别就在眼前了。

王志维的着急，却和别人不一样。他担心的是，哪天，说走就走了。

王志维长得高大俊朗，这高大是有来源的，他有四分之一的蒙古血统。来的时候，他才二十四五，六年时光，把他变成一个已过而立的中年人。

他住在田边上正厅的南厢房——那是彦云以前的家，旁边就是他管着的西文图书。

每天早早起来，在院里背单词、背英语文章……绕着天井里大水缸走来走去，有时也走到对面小山上去，回来就在图书室看书，或者抱着一本英汉词典用功。厚厚的一本，边角已发白，书页过手的地方微微发黑，一页一页摞起来成了一段密码——成就一本字典的金色年华。以后，胡适先生的英文书信都由他代劳，靠的正是此刻的努力。

孩子们很喜欢他，他也从不拿着大人的架子，愿意带小孩子玩。一多半的小孩都给他带着去看过那些书，谁看得懂呢？那也是"看书"——看看书的样子。

现在，他希望这离开的决定，能等等他，等等他牵挂的姑娘。

怪就怪，他带过多少小孩来"看书"？她的妹妹弟弟都来过，却从来没有和她哪怕打个招呼？

现在，人家已是十七八岁，不能让人当作小姑娘对待，牵手就跟着走。

这桩心愿不是突然冒出来。胜利的消息，在别人都是喜悦，而他，暗自后悔，细细体味着咫尺天涯，这不就是说的他吗？隔壁邻居住了六年！却没有机会和她说过一次话！

一年一年，看着她从一个小姑娘变成大姑娘。她有着一张端正脸庞，挺直的鼻梁，阔嘴唇轻轻抿着，很少开启。一双大眼睛毫不犹疑，你却难以猜测她的世界。他相信那样的坚定，藏着一份深情。

姑娘认识他吗？看她在路上走，心无旁骛的样子，王志维一会觉得应该认识，一秒钟后又觉得可能不认识。

他不得不有所行动了，托了杨时逢太太去说媒。史语所的太太都熟悉彦云的妈妈张太太。上门提亲，一点也不会冒昧尴尬。

平常也是见过的，知道王志维在史语所管图书；平常对先生们都是信得过的。但要谈婚论嫁，这点信得过还不够。

杨太太说，王先生聪明、好学，很有才干，也很用功。大妹要是跟了王先生，你们家小孩子读书，也是个桥梁嘛。

张太太说，就是不晓得，原来老家说过亲没有？

都是查得到的，他大学毕业就进了史语所，一直在逃难。只有一点，就是比大妹大了十来岁……

明明的，离别就摆在眼前，这一嫁人，哪年哪月再见？张太太犹豫，没说出口；杨太太也懂得……

彦云放学回来，去房间换下学堂的制服，听到好像在说自己的事？警觉地走出来。

太太们也不想瞒她。

彦云一听便急："还没有毕业考，怎么嫁人？我要读书。我谁也不嫁。"

犹犹豫豫的氛围，给一盆冰水浇来僵住。

王志维听到回音，有点心凉，却不肯放弃，隔天去托萧纶徽太太。几年过从，太太们已熟识如同家人，萧太太教过彦云。

但彦云就是一口咬定，我要读书。姑娘不点头，太太们有什么办法？

王志维听了萧太太的回话，苦笑：真倔啊。这说走就要走……

这些天，彦云家常有太太来。劳太太也来了。两位太太说起话格外投缘。劳太太不像是正式来提亲，她过来和张太太聊天。张太太也把心里话告诉她，大妹倔啊。

太太的路看来是走不通，王志维托芮逸夫萧纶徽去请张九一。他到留芬饭店点了一桌，请芮先生萧先生作陪。

……

张太太在家里，也不知道他们谈得怎么样。

彦云早去睡了。

张九一回来，对太太讲："这个人啊，就是年纪比她大，其他，无可挑剔的！谈吐啊，学识啊，什么都没得说！你让她嫁就是。让她嫁就是！"

......

彦云说:"我要读书。"

张太太没了主意。

王志维再也想不出,还有什么办法。他一个人在屋里,很是寥落。

她是怎么觉得的呢?她爸爸说服不了她?她妈妈说服不了她?她妈妈,待他那么和善……她究竟怎么想的呢?想读书,好啊,想读书也没必要一口回绝,难道他还能不支持她读书吗?!要是能亲口问问她……那么懂事的姑娘,怎么就钻进这么个牛角尖?别着急,别着急,别把人家逼得太紧……慢慢来……可是慢慢来不及了啊。

他真想告诉她,他一直支持女生读书,他有证据的!可是,那证据是个麻烦事。一定要告诉她,只能亲口告诉她,这得要她答应之后啊……可是,她知道了,会怎么想?

啊,天怎么亮了?远处,鸡叫了……

头有点昏沉。

晨诵已成了身体的习惯,就像洗脸吃饭一样。尽管第一缕阳光带来的竟是倦意,他仍然下意识起了床。

桌上有一面小圆镜子,他顺手竖起来靠着英汉词典,一边扣着长衫布纽扣,一边朝那里瞥了一眼,他竟然没有认出自己。那张脸一定有着其他名字,绝不是他。

他重新又坐下来,满胸的新鲜空气,也涤荡不了心里的沮丧。

不会,就通知要走了吧?

一直到下午。

萧太太来了,看到他的样子有点意外。她对王先生说:"别灰心啊,你看看罗小姐、张小姐,哪个不是这样,好事多磨嘛。你知道王友兰家,说亲去了几次?七次呢。一连去了六次,王太太都没同意。第七次才答应。"

王志维笑了。

萧太太话锋一转说："要不干脆这样吧，你们两个见个面？我去给张太太说？"

王志维又活过来了。

还没等到见面，罗筱蕖和张素萱来了。她们一直在这家里进进出出，算家里人。

素萱的先生，李光涛对王志维家了解得很！光涛战前在北京待了很长时间，和王志维一家非常熟悉！

张太太仔细听她讲。

前朝时候，王家给宫廷做彩绘，兴旺时，置了半条街的家业，后来没落了，房屋店面易了手，怎么怎么样……王志维有两个哥哥，研究明清史的那个，和光涛熟得很。

素萱转述先生的话：王志维先生，是实实在在的人，从来不讲一句谎话。

听了素萱的话，张太太更放了心。

可是，彦云就一句话：要读书。

真把人急死。太太们都开始替王志维着急。

萧太太的办法好！

他们正式见面，自己谈。说到底，彦云究竟见没见过王先生都是个问题。见当然是见到过，可是，从没注意到，等于没见过。

张太太准备了点心、茶水，萧太太领着王先生来了。

萧太太和张太太寒暄几句，说："我们很快就要搬家了。大妹喜欢读书好啊，将来读书，不懂的地方还可以跟王先生请教。……"

不知怎么的，屋里只剩下两个人。

彦云穿着一件阴丹士林蓝布旗袍，低着头。

王志维说："你要信任我。你多念书就是我们将来的幸福。"他一口标准国语，明亮清晰的声音里，有一份温柔，很是动人。

彦云不说话。

王志维又说："你要信任我。我是绝对信任你的。我绝对支持你去念书。一直念下去……你多念一天，那就是我们以后多一点福分。"

……

后来，张太太再问彦云，彦云就不说话了。

以后，王志维就常常到这家里来，和张太太说话，帮她做事。看到家里的情形，彦遐考上宜宾明德中学，王先生送米，还送钱。

彦云便也常常看到，穿一件灰布大褂的王志维，在路上走。

过一阵，张九一问彦云，彦云不说话。

张九一急了，对女儿说："你不嫁给王先生，这些时候，给我们家的钱，还有粮食，都要还给人家！"

彦云默然。

张太太偷偷地好笑。

……

彦云含糊不清却异常坚决的拒绝突然消失了。

王志维下了班溜达，进院子碰到人，人家问："王先生啊，消夜了没有？"他老老实实地答："消过了。"

彦云在屋里听到，又着急又好笑。土里土气下江人，一点礼数都不懂！

"消过了！"谁会这样讲?！都要客气说，消不起咯。但王先生哪懂这是礼数？

王志维进门和彦云说了一会话，说："我看看你的大拇指，你这样伸出来。"他做了个示范，一个拳头，只伸出大拇指。

彦云吃了一惊，怎么会有这样的事？明明自己根本没有伸出手，却像给他握过一样，微微一颤，于是她把大拇指紧紧捏在手心里，万不肯伸出来。以免那颤抖的感觉从指尖传到心里。

"看我大指拇干什么？"

王志维笑嘻嘻地说："就看看嘛。"

彦云红了脸，总觉得这里面有陷阱，绝不肯伸出来。

好好的，过了一阵，王志维突然烦恼起来。

好天好水

这个夏天，王志维默默受他的煎熬。孩子们玩得有点忘形，都知道要走了。

有一天，那先生王先生在牌坊头食堂吃了饭，慢慢往宿舍这边走。对面梯子上几个男孩，先看见他们，正在嘀嘀咕咕，在犹豫，走前面一个，被另外两个拉住。

一眨眼就近了。

那先生顺口问，又去兵营了？几个男孩竟愣住了，仿佛问了个多难的问题。好一阵，杨光楣低声说，嗯，是。于是，几个男孩便众口一词，对，是去了兵营。

那先生眼光在四张脸上扫过一遍，并没看出什么来。几个小孩却经不住看，赶紧说："王先生那先生再会！"一溜从石梯子小跑下来。

两位先生停住不走，看几个人下来。在路中间，明明就到家了，却不回家，在等先生们走。

那先生一笑，说，搞什么鬼名堂！

王先生心不在焉地笑笑。

几个男孩心怀鬼胎，看着两位先生和他们交换了路线。"你说，在下面看不看得见，我们从哪里回来的？

"看不见，看不见，试过的。"

……

真是热死人！

真热啊，真热啊，自从知道了那个绝妙的去处，这暑热的下午就热得过不下去，非得去那里凉快凉快。

暑假里，劳延煊从重庆回来，劳延炯看着哥哥带回家来的书，暗暗在心里算了一算，自己还有多少日子能成为中学生。

当上中学生，看事情马上就不一样。听哥哥讲直流电、交流电，讲生锈是三氧化二铁，钦佩得五体投地。杨光楣回了家，也是中学生的派头，见过世面多，胆子大，在板栗坳田里，舀几个蝌蚪、捉几只泥鳅，这娱乐太小儿科了，让中学生看不上眼。

走就是眼前的事了，劳太太把冬天的衣服——大人的、小孩的，前些日子已经晒够了太阳——包起来。

吃过午饭，都有点困，先生们也要歇息一刻再去办公室，去了办公室，就不热了。

小孩却不困。明晃晃的太阳照在院子里，四周树林子里，知了一声声地叫得那么响，院子里却安静得不像住了人。劳延煊和弟弟正在堂屋里，蒸腾的热气，把一切镀上一层白光，对面的房子变得虚幻起来。

杨光楣出现在堂屋门口，没有脚步声响，突然神出鬼没来了，劳延煊觑着眼睛看见，迎出去正要叫他，杨光楣赶紧竖着指头，让他别出声，招手让他往外走。走到院门口，杨光楣附在劳延煊耳边说了一句话，劳延煊回身招手，让延炯也跟着走。

"我们去哪里？"劳延炯问，两个哥哥说："嘘，小声，小声！"劳延炯赶紧住声，远远看到桂花坳那里，杨光驹正等在路边。

四个人走过兵营，才敢大声说话："谁都不能讲！弟弟妹妹都不能讲！回去一点都不能说，要是大人问，就说去了兵营里！发誓，发誓！"众人于是发誓，神色说得上庄严。

前面是小桥，不过桥往左边一拐，有一户农家，从农家背后穿过去，杨光楣指着一棵大树几丛竹林："那里，就在那里。池塘在那里。"

"哪里，我怎么没看见？"

"走过去就看见了嘛！这里怎么看得见，这里都看得见不是坏了！"于是继续走，路边上，一蓬一蓬大兰叶，青翠之极茂盛之极，一路开着淡蓝色的花，好亮眼睛。

"就是这里！你们看这个地方，好不好？要是有人来，我们马上爬起来。"

远远的，才有一座农舍。眼前是口池塘，夏日天光下一汪水，泛着白灿灿的光。日光当头，水面像一面镜子，投着蓝天白云和树影，一丝阴凉也没有。

杨光楣一边说一边脱了衣裤，光着身子走进池塘，水淹到小腿，淹到大腿，他团身钻进水里，啊啊，叫了两声，在水里扑腾几下游起来，只露出一颗脑袋。

岸上站着的，都有点意外，继而又羡慕异常。看他蹬腿、划水，蹬腿、划水……看得自己都变轻了。

"还不下来?！"水里的开始往岸上浇水。

"别浇，别浇，下来了！"闹腾起来，就不觉得羞，也不觉得怕了。

劳延炯于是也把衣裤脱了放在岸边。手抓着岸边干土，一点一点溜下水去。池塘里边是滑泥，踩不住，水齐腰。再往下滑，水渐渐到胸口，又是浮力，又是压力，就有点懵，有点慌，赶紧扑到岸边撑着田坎爬起来。

"你是不是害怕？"哥哥在水里问。

劳延炯不好说怕，又不敢说不怕。

"下来，我托着你。"

哥哥过来，接着他下水，有哥哥拉着就可靠得多。哥哥放开他的手，托着他的头说："你不要怕，不要乱动，你看，你看，就浮起来了。"

咦，当真的！浮起来了！哥哥什么时候放了手都不知道。

跟着杨光楣学闭气，吸一口气，把头埋到水里，用嘴慢慢吐……开始不敢睁眼，后来把眼睛睁开了，水里看，又是一番景象，好像和上面是两个世界。

泡在水里漂起来，好凉爽，好舒服。不敢朝天上看，眼睛会痛，看一会就睁不开眼。闭上眼睛也是一片红。朝水里看，沉到水里看，天呀，云呀，水草呀，树呀，竹林呀，都在水里。

好天，好云，好山，好水，天底下这几个男孩。

日影西移，水面有了一片竹树暗影。其实都不怎么会游，最后都散在阴凉的水里泡，泡够了爬起来，站在岸上，浇水把身上的泥洗干净，几分钟就干了，穿上衣服，还要等——

现在不能回家！

真是怪得很，水里泡过的皮肤，手指甲一画，就是条白线。你说你没有游泳，大人拿指甲一画就露馅！你都懂，大人能不懂？要过很久很久，才画不出白线来。

小孩子的聪明谨慎，大人常常容易忽略。骗他们，不是残忍，其实是一片好心……

他们要是听见这种事，会吓死，绝对吓得心都跳出来：没人教，没有保护，底下四周都是滑泥……又隔得这么远，呛了水沉下去，喊人都来不及！危险！

在池塘边坐着，聊……

池塘做什么用的？

养鱼吗？

哈哈哈，鱼在哪里？

养肥了卖了？

你说，有没有办法搞一下，腿上就画不出线？

……

你说，大人小时候干不干这种事？

不知道。我看，也可能。不好问。

……

大树底下有块平地，坐着聊。凉水和炎热混合作用，很容易倦慵，有时候几个人在树底下竟然睡着了。

也很危险，要是一觉睡到天黑……但总有人像脑子里装了闹钟，一会儿就会醒来。有时候，人家路过，看到几个学生竟然在这里睡觉，好心好意叫醒他们回家去。

没有一次被发现。

大人哪会想得到？说过不准下山去江边游泳，料定这些孩子也还没这个胆量。附近池塘，谁会去游？……他们根本不知道那里有个池塘。

王志维煎熬了几天，横下心拿来几封信，让彦云看。

他的神情叫她有点狐疑，但还按着他的意思去读那些信。

他看见她脸上的笑意一点点消失，变成一张木然的没有表情的脸。错愕、伤心、愤怒，尽管靠着她倔强的劲头，压在心里，但他感受到了。

他心下便开始慌张，不知道该怎么收拾这局面。

他希望她说出来，即便是愤怒，说出来，他可以解释。可是彦云不说话，甚至一句责备都没有。

她冷淡地说："你走吧。"

这次，再也没人帮得了他。

王志维陷入绝境。一路上想着她的脸色。

这下好了。她从此再也不理他了吗？太可能，这么倔的姑娘。

两头都是绝路，让他怎么办？

那是另一个女孩的几封信。那个女生——她的家也在沦陷的北平，她跟着学校搬到昆明。王志维寄钱给她，帮助她和她弟弟完成学业。她的信，每一封都在仔细说明，这些钱花在什么地方。她的学费，弟弟的学费，还买了什么什么。

这事能不说吗？不可能的。即便自己有错在先，不是也证明他一直鼓励女孩念书，他一直支持的！

如果他们——他和彦云结婚，这些信是要还给人家的。

彦云半点也没看出他所希望她看到的，反而生了这么大的气。

他觉得自己可笑，真是可笑。

史语所的资料图书都已打好包，只等着运往山下。

一切都晚了。

爱情是这样的：当你没动心，他便无所谓好还是不好，他一万个好，跟你没什么关系？可当你喜欢一个人，你就有千万个理由牵挂着他。

他散步的时候，走过下老房，脚步就特别慢，是故意的吗？他在朝这边张望，彦云赶快从窗口躲开。她的心提到嗓子眼，结果他没有进来。

都告诉过他，客气话该怎么说，可他傻乎乎的，还是对人家说消过了。

这个土里土气的下江人，再也不到她家来，好像他还占理似的！

房间里没有他的声音，空气都不流动。他的嗓音可真是动人……

这愿意和好的信息，究竟怎么传递的，外人不大看得懂。他就来了，她也没不让他进屋。信已经寄还人家，两人再也不提此事。

等到冰释前嫌，王志维又想起要看彦云的大拇指，彦云坚决不肯。

婚事这才定下。

王志维去宜宾，定做了一枚戒指。然后去镇上，租来结婚礼服。这是李庄镇上唯一的一套西式礼服，大摆白缎裙，头纱、捧花、白手套，一样不少。

新郎的西装，找伴郎张秉全借，亏得他来了。

两人又一起去镇上，拜访伴娘父母。

九一先生忙着写喜帖，张太太尽着她的努力，张罗出一些糖果糕饼，一封一封，用红纸贴面。

牌坊头的大厅，最后一次操办喜事。九一先生和太太在门口迎宾客。也许因为心情亮丽，也许因为即将的离别，山下客人来得很齐全，张访琴、张官周、罗南陔、罗伯希……镇上一众人物都来了，什么时候还能和下江

王志维、张彦云婚礼 （张彦云 提供）

人汇聚一堂?

史语所的先生太太都来，彦堂先生证婚，已是第五次。

院里热闹非凡。九一先生行事自来和别人不一样，附近乡民也有许多人来看热闹。

两个花童劳安安、王国樱，穿上最漂亮的花裙子，头上扎着蝴蝶结，国樱穿一双小皮鞋，安安穿着妈妈特意赶出的绣花鞋。

严肃的小天使，拘谨地站着，几乎不敢动。两手贴着裙边，走路也贴着，生怕出一点差错的样子，惹得大家想笑。

家里的小外交家彦遐听说，先前妈妈四处去打听王先生，心里暗暗好笑，她早就认识王先生嘛。

西装革履的新郎，披着婚纱的新娘。一对红烛闪着两点亮。

涂仁珍不好太往里挤，只恨自己站得远。

大厅里，劳太太发现九一太太不见了好一会。

她一个人走出去，进了下老房。见房屋都上了锁，正要离开，忽听见柴房里隐约一阵呜咽悲声。她过去，刚想跨进又停住，隔门陪着。抬头，晴空一碧如洗，阳光下，树叶绿得亮闪闪的。

看了几回柳垂金丝、枝吐新芽？不知不觉，在这里住了六个年头。亏得张太太，手把手教她们生火，教她们做这做那……那时节，这姑娘才多大啊，这一晃就结婚了。娘的心头肉，一结婚就要走，走得那么远，看不到，摸不着啊。

等到悲声渐渐弱了，劳太太才走进去，抚着张太太的肩膀，说："你放心，以后，彦云就是我们的女儿。"

离　别

谷子已经打过了。

傅先生让张海洲在村里找了二十多人，把史语所打包好的图书物资搬到山下博物院。从板栗坳到博物院，一天要跑四五趟。张海洲负责点数交货验货，负责收钱发给挑夫们。等到船来了，再搬上船。

二嘎子吃过饭就去陈孃孃家。妈妈叫他，陈孃孃说，等他嘛，他想在这里，等他嘛。以后，还不晓得好久才看得到。说着眼圈有点红。

二嘎子说，陈孃孃，我都要走了，少云哥哥好久回来？

张永珍看着他，没有说出什么。他的少云哥哥，在帮人家放牛。他要自己谋生活。

这个小人啊，将来，等你长大，会明白，世间有很多很多不得已。

离别的时刻到了。

江边上，从来没有过这么多人。李庄的官员士绅都来和先生们话别。那主人家，也来送送自己家里住了五六年的客人。罗家、张家、王家，几乎都是全家来相送，他们的姑娘，什么时候能回家一趟？

亲人们个个都在问。

罗筱蕖笑着，说："可能一两年吧，各方面都安顿好，明年春节就回来看爹爹。"

江风吹着，大船一声一声鸣笛，罗七姐淌下眼泪。这情景，眼泪就传染。女人们都开始抹泪。

九一太太仍然笑着，说不出话。劳太太拉着她的手，也说不出话。劳太爷对九一太太说，请你放心，我们以后，就把彦云当作自己的孩子了。

九一太太笑着点点头，眼里却滴下泪来。

外婆泪眼婆娑，舅舅、三孃四孃都来送。妈妈把汪濬抱起来，汪濬伸出小手，抹去外婆脸上的泪，说："外婆，我以后一定回来看你！"

大家都笑了，然后，女人们就哭了。

彦遐在宜宾上学，没办法去江边送姐姐。知道今天就要走了，心里一恸：姐姐这一走，啥时候才能再见一面？

孩子的眼睛望着将来，没有那么多离愁别绪。还不到时候，还要等个几十年，这思念追来，追进梦里，一次，又一次，直到梦里再也装不下，才晓得有多想念。

船上给每个人一碗蛋炒饭，白米饭、蛋粒、葱花，金黄翠绿的一小碗，扑鼻的香。简直不敢相信是饭！好吃得要命！这碗蛋炒饭垫底，全世界的蛋炒饭都黯然失色。

龙嫂跟着傅先生家一起走了。到了重庆坐汽车，从来没坐过，又晕车又害怕，看着两边房子倒下来，吓得大叫："不得了了！不得了了！房子要倒了！"

萧梅吓得捂住眼睛，跟着一起哭。

这让人怎么解释呢？

想笑，又觉得真有这么怕，不好笑的。

一个小巴车，本来坐几个人的，挤了十几个孩子。下着雨，劳延炯没注意到"房子要倒了"，他看见前面车窗玻璃上，两根黑色棍子，很有规律地一左一右，一左一右。

他问哥哥："那是什么东西？"

哥哥说："这个都不知道，雨刮嘛。把雨水刮掉，才看得清楚。"在重庆读过中学，哥哥就是不一样。

到了住地，龙嫂站上凳子，吹了捻子去点电灯。咦，灯芯在哪里呢？往哪里点呢？这么长的，是灯芯？正在探索犹豫，傅太太进来看到，吓得差点背过气去。提着一口气看龙嫂下来，拉线给她看。

在重庆等飞机。

年轻的研究员兴致高，带几个小孩出去吃西餐！路上，萧梅盼得心都要飞出来。西餐是什么，听都没听说过，究竟什么了不得的东西？

坐在堂皇的店里等，等来的是一盘炒饭。有点意外，大家面前，都是一样的……炒米饭，吃起来……难道不香吗？难道不好吃吗？

吃完了还兴奋难耐，回来讲："我们去吃西餐了！上面有肉松哦；不是碗，是盘子哦；桌子上铺了白布哦……"

……

这帮孩子回到南京，让当时"中央大学"附小的校长作了难。一两个年级一起上的课，自己都说不清到底几年级。

考试。国文呢，古文古诗倒背得挺多；数学，你说不懂吧，鸡兔同笼给你解方程，答案也对。地理，低年级的孩子就没人教过地理，地图也没见过，东西南北搞不清楚，纯粹想当然。英国首都纽约啦，美国首都伦敦啦，什么花样都有。反正吧，听说过的外国地名就那几个，挨个拿出来赌运气。

校长决定，统统降一级。

学校里，让一个孩子降级，简直就是一次公开羞辱。不过他们呢，年级像笔糊涂账，降没降，不是刀刻那么明显；普遍上学早，降一级下去年岁也差不多，况且大家都一样，这事儿接受起来……基本就没什么困难。

再看一眼

大院里的下江人走了。房东们搬回原来的家。

丁芳福有了自己的家，不用再租房。但黄德彬读不成书了。

高小毕业的时候，宪群还是女中，考不成。便帮着妈种地，打柴到李庄去卖。这一个穷家，他能想出什么办法来？

这么过了一年。

有一天，卖柴路上碰到张素萱。

就杵在那里，像他肩膀上的柴。他没什么说的，喊了一声张老师，再也说不出一个字。

张老师问，成绩这么好，为啥不去升学啊？

听这么一问，他心里都要哭了。

张老师说，宪群女中要办男生班，你去考吧，考上了我去说情。

……

考上了。

张老师果然去说情，说准，免了学费。

妈说，去读，去读，去学点本事，我有一口吃的，你就有一口，去读。

读了四期，快毕业了，说学校没有立案，全部男生要转到南溪中学去。

他就不读了。

正是这时候，研究院走了，他妈妈到宜宾中成小学，帮人做饭洗衣服。他在家打柴为生，养活妹妹。

他和李炳章两人，栗峰小学、宪群中学的同学，就此分别。人生各有所至，这是天命中最难看清的东西。

李炳章家离牌坊田不多远，水井往东一座草房。父母租了张家的地，农闲打纤藤子、编蔑货卖，一心供他念书。

他和黄德彬同一年考上宪群中学。他爹妈脸上光彩，很是高兴一阵，这时节，黄德彬回家，李炳章去了南溪中学，谁想得到他在学校吃的苦？

回来，走路便有点瘸，说腿痛，学校木床浸得他骨头痛。镇上医生说是风湿。吃了药，渐渐好了。

没想到，过几天又一瘸一瘸回来了，膝盖痛得走不动路。

谁想得到是怎么回事？大家都住在学校，为啥偏偏他就给那木床浸得骨头疼？一去就不行，就住在家里再也没敢回学校。

有什么办法呢？回来就回来咯，重新做打算。他爹妈商量好了，去请黄校长提亲。

提的是谁？涂七妹涂仁珍。

涂仁珍背地里听到，暗暗欢喜。

展眼往村里一瞧，谁有他文化高？她图啥呢，就图这个。

她就喜欢文化高的。她已经热眼打量几年了，史语所的先生们，来来往往总碰得到，看着他们，说话听不懂也叫人喜欢，看看人家那个份，碰着当地人点头行礼问好，看着就让人舒服。

涂仁珍不知道黄校长哪天来，这几天天天回爹那里。

后娘在下面。涂仁珍帮着烧火，一会问，爹现在吃得吃不得？又东看西看，问后娘，面还有多少，酒还有多少。左等右等，怕自己前脚走，黄校长后脚来。

干脆到田塬上，看能不能打听个准日子。在下老房读书的时候，涂仁珍就在黄校长家进出，九一大叔一点架子都没有，常常还来爹屋里。

可是，再熟，这事怎么开得了口？

她在山路上磨蹭，想想还是回三哥家算了，突然看见远远的石梯子上来了一个人，她站住脚，等这个身影显出，她一眼就认出她来。于是赶快返身，撒腿跑回去。

"咦，你咋个又回来？"

涂仁珍顾不上答话，心慌意乱躲进里屋。

来了，来了，黄校长来了。

搬板凳，让座。涂仁珍尖起耳朵，却听到外面在骂她："死女子，你老师来了，也不出来给你老师倒杯水！"

骂她她也不出去。哎，半天说不到正事。"哟，我来得不巧，才消夜？"人家随便客气一下，后娘也能扯到戒烟上头。"先都不得吃，劝着吃。说是吃饭烧心，要吃面。"然后开始说戒烟！从头说起，第一天咋个咋个，第二天又咋个咋个……

她！有完没完？

听得涂仁珍快要绝望。

好像在说正事儿了，她却听不清楚。黄校长轻言细语的……爹的声音咕咕哝哝，听不大清楚。

后娘没怎么说话。

眼见黄校长要走了，涂仁珍差不多要挪进堂屋。涂进武说："多谢黄校长费心了。七妹还小，我们还想再等两年。"听到这话，涂仁珍气得跺脚。

等黄校长一走，她冲出来表明心迹："我愿意嫁他！"

"你个傻女子！他有啥好，年纪轻轻就瘸一条腿，老了怎么样！有你的罪受。"

"他有文化，我就是要嫁他。"

"你羞死先人，姑娘家家，说这种话！"

"你管得我哎！"涂仁珍摔下一句话就跑了。

"打不死你，怕怪了！怕有你答应的！——你这个背时姑娘，万众人都晓得朝米箩兜跳，你倒好——你跑，你跑，打断你的腿！"

女人对涂进武说："其实，我看李炳章还是，抻抻展展的，到底读了恁多书，他……"

话没说完，就被打断："你看？我看这是鬼迷了心窍，硬是！啥都不图，总要图个好手好脚嘛。"

"咋个不是好手好脚?！就是风湿……我们这地方……"

跑回三哥家，不知为何，三哥三嫂也已晓得这件事。

三哥没说什么。那个老爱去弄船的毛头和眼前提亲的对不上号，也没见他的脚有问题?

三嫂平常对她好，给她做鞋做袜，跟她亲。哪晓得三嫂也说："乡下人过日子，看重的是腿脚，要做来吃嘛。只要勤快肯做，总不会没饭吃。"

涂仁珍顿时觉得三嫂也不亲了。

"哪个说了都不算，我自己说了算！"

几番较量，几个来回，涂仁珍就赢了。硬要嫁的姑娘，家里拦得住?！

结婚后，王志维才看到彦云的大拇指，伸出来，直得跟铅笔一样。王志维哈哈笑着说，我们北方有种说法，大拇指弯的，脾气好；大拇指直的，脾气就不好，倔。

可惜，来不及了！

战事又起来。南京人心惶惶，史语所已在准备去台湾。彦云却想家想得厉害。越是艰难，越想妈妈。大孙子，妈妈还没见到过。没办法，这念头一起，就没了魂。她约上堂姐张锦云，要一起回去。两个人越说越放不下。

兵荒马乱，都拖着个一岁多的孩子，先生怎么放心！彦云茶饭不思，夜夜难眠。

王志维天性温柔，拗不过她，只好订票。票不好买，两个月后才拿到手。千叮咛万嘱咐，送她们走。

到重庆，到宜宾，回李庄，真是千山万水，以后若是到了台湾，隔着海……李庄到了，妈妈等在岸边，二爸爸也在。心怦怦跳。大庆一岁了，让妈妈抱抱大外孙。

板栗坳快到了，隐约看到山庄的房子，心又开始怦怦地跳。回来了，家搬回田边上。家里拥挤的饭桌宽松了，彦华彦芳也坐上桌子。

张彦云和儿子王大庆 （张彦云 提供）

妈妈抱着外孙不放手：长得像他爹爹。你看，笑的，晓得是回家来了。晓得是外婆呢，啥时候会叫一声外婆呢。

彦退回家来，才两年多不见，姐姐突然就成了大人。缝衣服、做饭、打毛衣，啥都会做了。

彦云在家里，碰上涂七妹结婚。涂仁珍得偿心愿，嫁给了"村里最有文化"的年轻人。

听妈妈说起，说涂七妹的倔，简直要笑。

当初，自己不也是倔？怎么劝都不嫁，如今怎么样呢？哪里还能找到这么好的人？嗯？再要找先生这么好的人，难了！一辈子，彦云坚信，世界上再也找不到先生那么好的人。

彦云是那种姑娘，心里没有就没有，心里要有了你，从走进她心里那一刻，就满满一颗心、心尖尖上全都是你。无论他们的儿子、孙子，都无法取而代之，心尖上那个人，还是他。

和她一起回来的锦云，已经走了。彦云在家里住了两个月，不舍得走，先生是几天一封信地催。

连妈妈都说，走吧，走吧。

只得走。

这个家，亲人们，水井，石板路，再看一眼……这才走多久啊，就如同前生的光阴……这一眼，要留着恍如隔世的后半生，慰藉相思。

张九一身子弱，一路走一路掉眼泪。半路，张太太让他先回，他坐在石头上大哭起来。九三挑着箩筐，一边坐着大庆，一边篮子放着行李。走出好远，还听到张九一的哭声……大庆坐的篮子里，有一床蚕丝被，九一太太这些天赶出来，说，将来给外孙结婚用……家里的小黑狗一路跟着，送到了江边。到了码头上了船，张太太把女儿外孙送到重庆。

张太太等了两三天只得回去，一个家一个学校还等着她操持。她万没料想，彦云再也买不到去南京的票。

南京那边却等不得，王志维催不回太太，已护送图书到了台湾。

人到了台湾，心却留在海这边。日夜坐卧不宁。最后，通过朱家骅安排，彦云母子俩上了最后一趟接人的飞机。

一九四九年十一月二十七日，重庆已经戒严。上飞机是二十八日下午五点。在重庆白市驿机场，无线电设备已准备拆卸，同时已在布置地雷，预备破坏机场。只等这一趟飞机起飞。

最后一趟……

万一……敢想吗？

这一去，想得到吗？这一去，天各一方，不仅是几十年的音信不通。

九、后来

何当共剪西窗烛

姑娘们跟着先生去台湾，在那个陌生地方安家。在板栗坳，先生是"下江人"；到了这里，和先生一起成了"外省人"。

渐渐，对岸的亲人就音信渺茫了。

在杨梅住过，在南港住过，后来搬去台北。

台北，让人无故起相思。成都路、长春路、青岛路、武昌街、汉口街、

下排左起：张彦云、王友兰、张素萱 （李小萱　提供）

广州街……每走一步，都要踩痛那根思乡的弦。

傍晚时分，唤孩子们回家吃饭，仍然带着四川口音……每天吃的菜，还是家乡的味道。连台风造成的狼藉，也让她们想起长江，涨大水。

台风过了。停电，停水。

家家都提着桶去接水。

那年，我还在女中读书，长江涨大水，两岸都淹了，也是这个样子。吓人得很。

劳妈妈，家里怎么样了？

萧妈妈，你接水没有？

劳妈妈，萧妈妈，彦云喜欢这么叫。就像她还在妈妈身边。就像，她还可以呼唤另一个人。

王志维做了胡适的秘书。

好脾气对好脾气，两人情同父子。

彦云照顾家，照顾胡博士胡太太。

孩子们知道，好吃的东西，是给胡博士做的。在南港，两家隔着几分钟路，孩子们便常常担负着送饭的任务。

……

只是，对岸那个家啊，不思量，自难忘。

念着的，是那个不知道还回不回得去的家，还见不见得到的骨肉至亲，那个几十年音信不通的家，是这些姑娘们心中永远的痛。

给孩子们讲，讲不完的事。

北京的爷爷奶奶，你还记得吗？

大庆点点头。

怎么可能呢，那时候你还不到一岁。

……

二排左起：张彦云、张素萱、李光涛。后排左二：王志维 （李小萱　提供）

李庄的外婆还记得吗？把我们送到重庆；二外公还记得吗？挑着你，把我们送到江边……

大庆点点头。

你怎么会记得？那时候你才多大。

你们外婆，操持学校，操持家——要是没有她，这个家，早就散了。妈妈，妈妈……您还好吗？

……

爹爹他现在怎么样了？大烟戒掉了吗？二爸，在外面干苦活，攒钱拿回来，给他们买吃买穿，现在他结婚没有？

想啊想啊，哪里想得到……可怜河边骨，犹是梦里人。

彦云的第二个孩子在台湾出生，取名大陆。王大陆，望大陆。

　　葬我于高山之上兮，望我大陆；

　　大陆不可见兮，只有痛哭。

葬我于高山之上兮，望我故乡；

故乡不可见兮，永不能忘。①

淡水河。

车开到河边，康成把妈妈抱下车，坐上轮椅，幼萱慢慢推着。妈妈好久不怎么说话了。今天她说，想去看看淡水河。

这条大河，看不到头。河水在远处与灰色的天空交织成茫茫的一片。一道一道细浪，拍打着岸，满江的波纹，细碎的金色在闪动，远处，泛着几只小舟……

漂流的船，满载记忆的船，在这里往返了多少遍？

孩子们明白，江水，又把妈妈的魂勾走了。

妈妈想念的家，在对岸，在四川板栗坳，在一个叫仓房头的地方。

那时候，她还是个小姑娘，她和姐姐放了脚去江边踩水，江面洒下一片天真的笑声。慈爱的祖父，看着沙滩上一串小脚印……长工在捕鱼，捕到一条娃娃鱼。那娃娃鱼，果真像娃娃一样，哇哇哇地叫……

山上林木叠翠，四合院在半山，门口一棵皂角树，有一百年了吧。她的书房，幽窗外，墙根下，一丛菊花，开得恣肆烂漫，几百朵菊花开到一大丛杜鹃身上，简直欺负人；闺房在阁楼上，望出去，坡地，竹林，啊，一条大江开阔在眼前。

妈妈就在那江边长大。

妈妈说，那时她常常去石板田，去看姐姐。那是你们姨妈，你们从来没见过……

石板田养了很多鸡，还养了很多蚕。姐姐带她去鸡场，看那些从外国引进来的鸡；去蚕房，听一簸箕一簸箕的蚕子，吃桑叶，吃得满屋子都是窸

---

① 于右任《望故乡》。

窸窸窣窣的声音，像一场春雨。——你们姨爹在那里管农场。

姐姐，她早已经长眠在石板田的祖墓了。你们姨妈，她走的时候，好年轻啊。

那是哪一年？抗战胜利，仓房头办了一场喜宴，牌坊头举行的婚礼……

台湾的家里，有一个搪瓷脸盆，是妈妈给的。她跟先生回南京，妈妈花了两块银圆换的。每天清晨，看到脸盆，就想起妈妈……

还有一个樟木箱子，装的都是字画，爷爷的、父亲的、哥哥的，他们亲手写的，亲笔画的，满满一箱子。这一走，想家怎么办啊？把这些字画展开来，一草一木、一笔一画地看。

哦，箱子，樟木箱子，几十年前，二叔买回来，家里的女孩子每人一个，做嫁妆。一年一年，锁扣锈了，掉了，如今，装着先生的遗物。疼爱

右起：李光涛、李小萱、张素萱、李康成 （李小萱 提供）

左起二、三、四：董作宾、王志维、吴大猷

她、呵护她的先生去了。

她叫素萱，先生给他们的女儿取名小萱、幼萱。

是在南京，又在打包准备去台湾，就在这份忙乱中，母亲去世的消息传来……素萱握着电报大恸，哭得肝肠寸断。姐姐走得早，哥哥走得早，女儿没能给妈送终啊……

往事历历在目，而她，再也回不去了，再也回不去了呀。

山长水阔，何处才能望见故乡？四顾茫茫，就是见不到，见不到家乡，见不到至亲的人。归期遥遥，此生已没有希望……

我回不去了，我是回不去了，你们一定要回去，给你们外婆上坟啊。

幼萱哽咽着说不出话，她站在背后，没有看见，妈妈脸上也有泪水滑落。

妈妈来过多少次淡水河？妈妈一到河边就讲长江。

跨过海峡，那片土地，有他们的至亲骨肉，有外婆的坟墓。

满江余晖水空流。重云堆砌，在远处淡水河入海的地方，那是挥不去的悲怆。入海，入海……终究，也能和长江水汇合的吧？

> 我离开家乡五十多年了，常常惦记着家乡的亲人。……我在车祸重伤之后，十三年了，一直未康复，四肢肿胀，不听使唤，回家与亲人团聚的美梦打破了。……我还有许多心里话想向亲人诉说……

彼岸先生们

一九五八年，台湾"中央研究院"评选第二届院士，劳榦当选。离第一届院士评选，已经过去了整整十年。

此后，陈槃、周法高、高去寻、严耕望、石璋如、黄彰健、芮逸夫、全汉昇各以自己的学术成就，先后当选"中央研究院"院士。

史语所的所长，直到第五任，仍然是我们耳熟的名字。第二任，董作宾；第三任，李济；一九七三年，屈万里接任第四任所长，一九七八年，高去寻接任第五任所长。

陈槃：每言及陈寅恪先生，必端坐肃然

一九四八年，史语所迁到台湾，陈槃被任命为历史组主任。陈槃"辞不敢居，终寅恪先生在世之日，仅肯权代；一九六九年十月寅老逝世后，始肯真除。每言及陈寅恪先生，必端坐肃然。"

陈槃病后，学生陈鸿森登门拜谒，见餐桌上供着一张傅先生遗照。"吾师言：病中恍惚，复从傅先生游处，诸旧友在焉。"

有一天，陈鸿森偶然进到陈槃卧室，又见到这张遗照。"殆居处间恒以

自随也。"①

高去寻：耗尽学术生命　辑补先师遗著

因为病势沉重，梁思永没能迁台，他念兹在兹的西北冈考察报告手稿却被带到了台湾。

一九五四年，梁思永辞世的消息传来，全所人悲痛万分。高去寻受命整理梁思永运到台湾的西北岗报告未完手稿。

从此，高先生的后半生就与西北冈报告紧紧系在一起。

"校订辑补师友的著作，比自己写一本书更要困难……"

整理先师遗著，检点实物，翻查发掘日记，核对那一大堆密密麻麻的字……辑补包括订正讹误等，而且梁思永先生草书另成一格，颇难认定，经过岁月磨灭，梁先生亲手绘制的插图已经褪色，有些还被误认为白纸。此外，高先生在补写出土器物时，每一件都要核对原物，这辑补的工作，琐碎而繁杂。

从一九五八年到一九七六年，高先生为此锁磨了二十年，完成了不朽的盛业——《侯家庄》，终至筋疲力尽。将梁思永生前的八十四页草稿、十五页表格和一四零页大小草图，完成为八巨册、一千一百六十四页、九百三十九幅图版的考古学经典报告。②

他原本可以指导年轻学者协助从事，但他说，年轻人应该发展自己的学问，不要掉入这个大泥塘。他始终一人扛起这债务。他说："我只是在还债，替我自己，也替史语所还债。"

"侯家庄"系列共七座大墓的发掘报告，高先生花费的心血自是难以描述，单以篇幅来写，根据史语所统计，高先生增补的部分超过总量的百分之八十。七本报告，仅仅是每本重达十几公斤的分量，就足令观者为之一震。③

① 陈鸿森：《师门识略——槃庵先生侧记》，载《新学术之路——"中央研究院"历史语言研究所七十周年纪念文集》，"中央研究院"，1998。
② 李济《侯家庄第二本 1001 号大墓》序。
③ 梁柏有：《思文永在——我的父亲考古学家梁思永》，故宫出版社，2016。

在出版扉页上，高先生题为："梁思永先生未完稿。"

为了纪念梁思永对殷墟西北冈遗址发掘所付出的努力和特殊贡献，系列报告仍用梁思永的名字发表，高先生只是作为一名辑补者列于其后。"辑补"二字蕴含的高贵人格，这些数据说得很明白。①

他用一个学人最深情的方式，来报答栽培之恩，耗尽后半生学术生命，表达对老师的敬重。

潘悫：《钟表浅说》

一九五八年，潘悫在台湾出版了一本《钟表浅说》。胡适收到后，很高兴，给潘先生写了一封信。

实君先生：

　　谢谢你送我《钟表浅说》一本，我读了很感兴趣，还增加了不少知识。

　　你在钟表小史里提到《红楼梦》里提及钟表的地方，我可以给你加一条"脂砚斋评本"的小考据。五十二回（你已提到了此一回）写晴雯补裘完时，"只听自鸣钟敲了四下"。脂砚斋本有小注云：据四下乃寅正初刻。寅此样"写"法，避讳也。

　　曹雪芹是曹寅的孙子。所以说"避讳"（此条是依据徐星署藏的八十回本）。

　　听说你的病已大有进步，今天看见你的题字，我很高兴。我此时不敢来看你，怕劳动你。匆匆草短信道谢，并祝多多保重。

胡适

四七，十二，二十日。②

---

① 杜正胜：《通才考古家高去寻》，载《新学术之路——"中央研究院"历史语言研究所七十周年纪念文集》，"中央研究院"历史语言研究所，1998。
② 胡适：《胡适文集》，人民文学出版社，1998。

董同龢：英年早逝

我们已经知道，他一家是如何对待日常生活，他身体本来不好，又实在太不爱惜。到了台湾，也没有什么改变。他的生活就是工作，能多刻苦就多刻苦，能多勤俭就多勤俭。他有肝炎、有胃病。

二十世纪六十年代，台湾的很多山地语言快要消失，他迫不及待去录音记音。一九六三年春，董先生带领学生调查高雄县邹语，在陡峭山路上步行了十二个小时才到达目的地。调查期间，日间记音，夜间督导学生制卡分析，繁重的工作导致他胃痛不止。忍到忍不下去，才下山到医院检查。医生诊断为黄疸阻塞。手术苏醒后，他便打消了生存意愿：我的工作生命完全报销了，那我活着还有什么意义?! [1]

六月十八日，董先生逝世，年仅五十三岁。

从龙泉镇响应寺梅花树下的那个茶会婚礼开始，董同龢王守京这对患难夫妻携手走过二十四年。

从此，王守京要独自培养两个孩子。

董无极台湾大学毕业后渡洋留学，作为物理学教授任教美国大学。二十世纪八十年代，他患了癌症。

他寄了一大笔钱给母亲所住的养老院，然后录下无数段录音。

董无极离世后，太太每周仍给王守京通话，在电话里播放录音给她，让她以为儿子还在。

王守京的学生上门探望，说漏了嘴，她才得知这一年多前的噩耗。

她强忍悲伤，强作平静。

等学生离开，她急痛攻心，口吐鲜血。

这样的悲痛，医院无能为力。

儿子寄给她的钱，后来用在台湾大学设立"董同龢教授暨夫人王守京

---

[1] 王守京：《工作即生命的董同龢》，载《新学术之路——"中央研究院"历史语言研究所七十周年纪念文集》，"中央研究院"历史语言研究所，1998。

女士纪念奖学金"。

董作宾：你一辈子过得这样辛苦

一九六二年，董作宾已经患了各种严重的病：高血压、心肌梗塞、糖尿病，早前就已经轻瘫过一次。他有一位医术高明的儿子悉心照料他，可是这样的重病人，天天在办公室忙……

他的学生田倩君见他身体、精神已大不如前，有一天趁他心情好就劝他，现在不要无明无夜地写作，用心研究，就会消耗精神。等身体好起来也不迟，您已经做得够多了。

董作宾摆了摆手，多时不语。过一会，他走到田君书案前，压低声音说，这是我的心里话，从未给别人说过，你也不要给别人说。

田倩君甚是诧异：什么事？这么严重？

"我没有多少光阴了。要爱惜寸阴分阴，我今年六十八，明年六十九，绝难闯七十大关……"

田倩君惊呆了，她凄凉地凝视着老师，不知说什么好。"老师，您怎么说这样的话呢，人的寿命是上天的奥秘，人不会知道，也不应该妄自揣测……"

第二天，董作宾带来一幅字，上书四个朱红甲骨文字：一日一生。

一九六三年三月二十日，董作宾六十九岁华诞。他之前一再表示"今年不过"，经不住门生好友们的劝说张罗，当天办了寿宴。董先生和亲友同仁都很高兴，不料当天夜里（一说第二天夜里），他的心脏病再度复发，送台大医院救治。当年十一月二十三日，董先生与世长辞。[①]

他们二十八年的生活，历尽磨难，战乱、流离、贫困……如今，他就这样走了，熊海萍抚棺大恸：你一辈子过得这样辛苦！

---

① 董作宾原著；董敏编选；张坚作传《走进甲骨学大师董作宾》，上海大学出版社，2007。

劳榦：居延汉简研究集大成者

一九六二年，劳榦应聘到美国加州大学任教授，一九七五年从加州大学退休，成为加大荣誉教授。一九八二年，他被台湾大学聘为客座教授。

一九八四年，《居延汉简》图版在台湾再版，劳榦在序言说："它（居延汉简）和敦煌汉简相同，都属于中国边塞上的记录，还牵涉政治、经济和一些生活问题。这些记录有的是琐细而无关宏旨，有些却非常重要，有的可补文献上之不足，有的可纠正文献上的错误，或给文献中不明白之处作一个较好的注释。"

对于汉简研究，劳榦不仅导夫先路，最终成为居延汉简研究的集大成者。他的相关考证和专题论文代表了简牍研究的最高水平，他的这些著作，至今仍是研究汉代历史文化的主要参考资料。

二〇〇三年，温润平和的劳先生，安详地走完他九十六年的人生。

石璋如：考古人瑞

他为考古事业贡献了一生，直到生命的最后。

由于独特的学术地位，蒋介石特别请他不要退休，继续贡献学界。

退休后，石先生仍然每天到所里来。"仍留在侯家庄和小屯两地……因为这是随从诸前辈开垦而成的大好园地，过去曾有一段辉煌的日子，不能不加爱护。现在诸前辈都走了……"[1]

直到他的儿子都已退休，他仍然每天上班，孜孜不倦。直到二零零四年病逝，享年一百零二岁。

他被称为考古人瑞。

……

---

[1] 石璋如：《我在史语所》，载《新学术之路——"中央研究院"历史语言研究所七十周年纪念文集》，"中央研究院"历史语言研究所，1998。

芳意何成

四十年前的情景，依然清晰留在心版上：

下了船，就走石梯子，从江边走到山上来。走完石梯子，还有蜿蜒蜒蜒蜒的山路……山上梨树李树，一丛一丛的竹林，到处都是。

牌坊头，那棵桂花树，每年秋天，满树金黄的米粒儿，把空气都染香了。那棵香樟树，遮了大半个坝子……他们在树下荡秋千，坐滑梯，打弹珠……

进去，就是坐了几年的教室，旁边，大厅叫作忠义堂，那时候，周一早上，先生们就在大厅开周会。

小径也映得绿荫荫的，走过去，那院里有一棵梅花树……四岁的董敏，

董敏（左一）、汪潜夫妇 （李清凌 摄）

董敏（右）和他的儿子董伟

记忆里没有其他的家，牌坊头南边，那个有着一树红梅的漂亮院子是他唯一的家。

天下难道只这里的风景最美好可爱？只这里的建筑最雄伟考究？

四十年的梦里，董敏一次一次回到这里，坐在牌坊的露台前，背后就是那棵了不起的桂花树……印在心版上的图画，一次一次在梦里加深了色彩，四十年后拿出来，鲜亮如昨。

如今，明明又站到这里，美丽的记忆，一张一张跌落，落在灰败的废墟里，再也放不回去。

山上的树都砍了，种上冬麦。橘子树、梨树、李树，一棵都没有了。

桂花树！怎么不见了！

大香樟树，不见了！砍了还是死了？

桂花树下，那山高水长碑呢？……不见了。

二十世纪八十年代，董敏重返板栗坳。此处为史语所旧址，当时被改建成一所小学

二十世纪八十年代，董敏。此处即为史语所旧址，当时被改建为一所小学

作者郎麟采访董敏 （李清凌　摄）

打碎了吗？

就算打断打碎了，总还找得见一片半片吧？可它就是踪影全无。几十年过去，找谁啊。

……

什么都不见了。如洪水淹没，百不存一……

当年开着红梅的小院子，不见了。戏楼院雕刻精美人物故事的墙，四周精巧的院子，统统不见了。

容得下四五百人的大厅，显见是拆了。四合院子，统统拆了，变成了一排平房！

哪个修的！

精雕细琢的门窗给人拆了卖了，据说檩挂也值不少钱，壁柱粉墙统统推倒，建了一溜火柴盒式的简陋平房。

傅斯年用过的灯油罐子 （李清凌 摄）

傅斯年用过的床 （李清凌 摄）

南山门（李清凌　摄）

　　妈妈做好饭，他要去喊爸爸回来吃。那时他一天要走两次戏楼院。

　　他闭着眼睛也能走过去的戏楼院，残存的房子住了人家，屋檐下晾着衣服裤子。雕花窗上，绕满了蛛丝。右边厢房，只剩下一间屋，散发出一阵阵熏人的牲畜味道。

　　董敏提着一颗狂跳的心，走过去，黑咕隆咚的屋中间，站着一头牛，另一边更黑，两头猪在圈里哼哼。

　　那头牛，瞪着一双大眼睛，无辜地看着他。董敏也看着它，看了一会，默默地走了。

　　竹林里的小径，似乎在帮他确认着久远的记忆。他再次坐在露台前，他要好好想想。明明是这里啊。

　　小时候，他就坐在这里看路，看路上的人，看山民一早挑柴下山，快中午的时候，空着担子回来，扁担头上，挂着一块岩盐。

脚下的大路没有变。啊，真有山民挑着担子回来了。过去回家，脚步是轻快的；现在担子沉，装的是什么呢？一点点走近，才看清是煤球。

这条路，小时候走过多少次，到了台湾，又在梦里走了多少次？

四十年前，他们沿长江而来，在这里住了六年，又顺着长江离去。

这一走就是四十年。

这一走，父辈们，有生之年，再也没能回来。

等到海峡桥梁连通，当年的孩子们陆陆续续回来。回来，为自己的童年，为永远不能回来的父辈们。

他们再一次像天外来客一般到来。板栗坳的乡民，有人远远看着，更多的人围上来……山庄残损的房子里还住着好多人。

路边就有人把他认出来："你是董敏！我们小时候打过架……"

你们是台湾来的?!

你小时候就住在这里啊？

台湾有水稻吗？你们吃大米吗？

台湾的钱是什么样子？……

太太把钱拿出来，给乡民们看"台湾的钱"。

董敏把太太留在路边，他实在等不及，要去找寻他的记忆……兴冲冲跑上台阶，储藏了四十年的思念，找不到落脚点。

每个人都一样，按捺不住急切的心情，一口气爬上牌坊头那几十级台阶。

李培德转来转去，找来找去，什么都找不到。住了两年的财门口，明明是个四合院，怎么就剩几间屋子？是这里吧？是这里吧？我们住过的那间，是在哪里呢……

学校呢？学校呢？那个漂亮的院子应该是在哪里？每个周末，孩子们做值日，擦黑板、扫地、抹桌子，他最喜欢扫院子，拿个叉头扫把，花一个小时把院子扫得干干净净。

教室不见了，院子没有了。

没有了，都不见了。

……

太太在石梯子下和人说话，劳延炯一口气跑上去。

住了六年的房子，早就刻在心里。所有的记忆那么清晰，他能将它们一一还原……财门口的倒座、厢房没有了，剩下的那一排是正房。木地板没了，泥土地面踩成黑色。

一对夫妻在堂屋吃饭，劳延炯站在门口说："小时候，我们就住在这里……"几十年没说过的四川话，一下就冒出来。夫妻俩听了，连忙请他："进来，进来，随便看。"

劳延炯跨进门，看着，辨认着，像在摩挲一张老照片。他说："我记得有个燕子窝，小时候我们兴趣大得很，爬楼梯上去看。"

男主人指着堂屋壁上："那不是燕子窝？又指着角落，那不是梯子？"

梯子还在！燕子窝还在！这个燕子窝，住过多少代燕子？

隔壁就是他们一家住过的。那张雕花大床，"没有换过"，还是原来的，他的弟弟妹妹就出生在这张床上。

他却没有找到他一辈子忘不了的同学。板栗坳谁也不知道李炳章、黄德彬……

怎么回事，难道是我记错了吗？

……

四孃，跟不跟我去板栗坳？

桂花院的桂花树，不见了。门口的水井，也不见了。水井怎么会不见了呢？

深屋进不去，中间修了墙。有堂有室的宅邸，两三间屋就修一堵墙。

退出来从天井那边走，人都绕糊涂了，才摸进去。

这里，原先有个书柜，那边是个五斗柜，你爸爸妈妈结婚的时候买的。

这边过去，住的是傅斯年一家，坡上那边董伯伯，以前只晓得叫叔叔伯伯，现在才晓得，这些名字如雷贯耳！

……

四孃，你记不记得？我们小时候——

哎哟，我把你的小壶打破了。你呀，简直不得了，哭啊，闹啊，你恨了四孃一辈子吧？

哈哈哈，四孃你还记得啊？

怎么可能忘！等你走的时候，四孃再给你买一个。

汪潆回来了。她当然要回来，她跟外婆说过，要回来看她的。

一听说大陆可以回去，汪潆就对妈妈说，我真想回李庄，我早晚要回去！

史语所旧址

你记得什么？你才三岁！

我当然记得啊，外婆，舅舅，嬢嬢，妈妈家里每一个人，我都记得。外婆家，我也记得。院子里有芭蕉，有串串红，门槛好高，对不对？我一辈子都记得二舅，他经常到板栗坳来对不对，我最喜欢他，每次来一定给我带吃的！我还记得我们走的时候，二舅舅装了好多好多吃的给我，是不是？

这些你都记得？

对啊，他们喜欢我，给我买东西吃。——我想回李庄，要去见四嬢。

我晓得你记得四嬢。

母女俩一起笑。

他们已在美国生活多年。

家里有很多很多水壶，总有七八十个吧。汪潘见到就买。妈妈也是。只要漂亮的，精致的，一定买回来。

买回来，掬一捧思念。

当初那个小壶，究竟是什么样子？

感谢四嬢打碎了小壶吧，让无依无托的思念，有了一份实实在在的寄托。

等小潘长大，外婆都老了。

等小潘回来，外婆就老了。

外婆等不了那么久，四十年后，等到汪潘回来的，是外婆的墓。

……

当年在这里住过的孩子们，他们来了，又走了，回到台湾，回到美国。

他们越到老，越怀念这个地方，怀念这里的风景，怀念在这里度过的童年时光。

六年的生活，是童年里一份甜蜜的礼物——他们在这里学会了爱，爱自然风景，爱动物植物，爱这里的青山竹林，爱这里气派典雅的房子，爱自己喂养的小山羊，爱自己喂大的鸡……爱着不搭理他们的父亲、勤苦操劳的母亲，爱着和他们一起走玩的板栗坳同学，体味着更艰苦的板栗坳乡民的生活。

想念着留在这里的亲人们。

他们在这里学会爱。

他们带着在这里学会的爱，去爱别的地方，去爱阿里山、日月潭，去爱台湾的森林，去爱世界的风景，去爱每个地方值得爱的人。他们走遍世界也忘不了这里。

台湾出生的孩子们也来了。他们从小就听说李庄，听说那个叫板栗坳的地方，那里的人，那里的生活，那么苦，爸爸妈妈却一辈子都在想念它。

高兰萍来了，她是高去寻的女儿。爸爸说过好多次的李庄，她第一次来。第一眼看到"中国李庄"几个字，她的眼泪哗地涌出眼眶，只这几个字，就让她泪流满面。

爸爸住过的茶花院在哪里？

妈妈教书的教室在哪里？

啊，这里就是牌坊头？

李康成、李宁成来了，他们是李光涛和张素萱的儿子。这些地方，这些地名，在台湾听爸爸妈妈说过，说过无数次，原来，是这个样子。

这是他们从没见过的，血肉相连的故乡。

"九孃，这是妈妈的。"李幼萱去看九孃罗筱蕖，带着妈妈生前穿过的旗袍，给九孃做个念想。

幼萱到了板栗坳……这里就是妈妈的老家。

她去给外婆上坟，重新庐墓，刻了墓碑，添上爸爸妈妈和兄妹四人的名字……

这是妈妈生前最大的心愿。

以前去傅斯年图书馆，找《南溪县志》，读张家的故事、包家的故事，在发黄的纸张里抚摸先人的名字。

现在，她见到了和母亲血脉相连的亲人。

每隔两年，幼萱就要回来。后来，把儿子带上。将来，有一天会走不动，将来，孩子们不要和骨肉亲人断了联系。

……

又是十多年过去……董敏有机会，重新来走进几十年前的生活，走近当年无法理解得更深切的父辈们。

那一排平房拆了，粗略恢复成原来的模样。幸存下来的，是台阶，大厅门口，每位先生都踏过的条石台阶。搬不走砸不碎的台阶，留在这里，留住以往的气息。

开间往中间收窄，大厅往前移了两三米，游廊便窄而局促。窗户的雕花简化成木格。两边各自四合的院子，掉过头来和大厅围成一个院落……历史就这样兜兜转转地还原，还原成缩小了尺寸的示意图。

董敏带着满腔的思念和珍贵的照片、卷轴，在这里设计布置史语所纪念馆，在他们生活过的地方。五六十年前，这里就是他的家，他们的家。

他在牌坊头布展，把推倒的记忆重新拼贴起来。

他想住板栗坳，可大院里还住着七八十家人，哪里空得出地方给他？

他住镇上，窗外便是长江，宽阔平坦，伟岸雄浑。七十年前，没能这样看过江。清晨，白雾横江，水光接天，等到天光大亮，江面上波光粼粼，一圈一圈的涟漪荡到心头来。

谁知道呢，小时候，这个总要朝相机走过去的孩子，现在成了摄影家，在台北故宫博物院拍了十年文物。去欧洲、日本的博览会学习，成为一名平面设计专家。

现在他来了，把记忆一一还原。

涂仁珍 （李清凌　摄）

冥冥中，这一切有着天意吗？

李庄宋嘴，竹林掩映的一座四合院里，张震阳走完九十一年、积德行善的人生。他留下遗言，世道好了总要读书。雕花窗户，透进来两百多年前的阳光，光柱里有两百多年前的浮尘。

儿子们生在乱世。能逃出命来，已是老天眷顾。

两代人的蹉跎，才有孙辈的志于学。

商玉考上县廪生，授教南溪书院。焕玉跟着他，日夕相伴，形影不离。

家里却已生齿日繁、事务日盛，焕玉喟然叹道："不急谋，子孙将有饿殍矣！"于是，他弃了学业一力担当生计。他事事听从商玉，坟茔也要依傍在一起。商玉离世，只三个月，焕玉便追随而去。

泥土，草中虫鸣。

月光照着板栗坳的新房子，将来，它的名字叫老房子。

懋端来到读易楼，神色端严对懋庄说，如今，子侄坐享家业，只怕流于嬉戏。愿耕的，我来带领；能读的，送你这里来。

……

木质纹理，散发着幽沉的木头味道，一扇门又一扇门。梅花、牡丹、蝙蝠、燕子……金丝楠木精美雕花，一扇窗又一扇窗，要如何才能保持窗明几净？

格局繁复、秩序井然。

一张纸写过字，就有了不一样的神圣。绝不会被随手一揉跌落污泥。惜字亭——那是惜别，是仪式，世间哪样物事，能得如此这般的敬重?!

这个家族，坚守读书的理想。

这个民族敬重读书人。

深宅大院里，流传着亘古不变、和大地一样坚实、如空气一样须臾不可失去的传统。

当这个家族，连女子也走出大门，走向高等学堂，这些四合院落，终于被年轻人看成束缚，视作桎梏。

……

从一座院落到另一座院落，有大门有过厅；从大天井进到小院落，有垂花门；后厅有小门通向山间小路。这繁复与井然，这样的结构，利于交游，也利于逃亡。

年轻人扔掉一脉传承的人生模式，像扔掉一件千疮百孔的旧棉袍。他们孤注一掷，选择自己的命运，奔向自己的命运，亦或是抗拒自己的命运？

国家，也有自己的命运吗？

海宇沉沦，遍地狼烟，生民荼毒，失所流离。

有谁想到过？这青砖木楼，这深深庭院，会成为战火中的避难所，成为学术的避难所？

一盏油灯，几点星光。

新生的国家，有了一群放眼世界的读书人。开古今的卷，读中外的书，怀着这个民族最高贵的理想：为天地立心，为生民立命。

这个民族最优秀的读书人，他们学贯中西，开创出现代的学术，他们来到这里，延续中华文脉。

这意义终将呈现。

《殷历谱》《居延汉简考释》《庄子校注》《上古音韵表稿》《李庄方言记》《左氏春秋义例辨》《辽代四时捺钵考》《两汉太守刺史表》……

石破天惊的著作，一册一册，在这里完成……

这意义终将呈现。

国土重光，文明重光。

重门轻启，时光重现，辨认格局，辨认灵魂。

庭前檐廊，已覆青苔。枯枝衰草，曾是当年戏台，战时书桌；厅室为之一空，为书籍安放。

这是石碑拓片。

这是后方最伟大的图书馆。

这是民国三十年（1941）的图画展，在牌坊头的大厅里，孩子们煞有介事地忙着，坐在圈椅里的先生，是哪一位？

这是茶花院，这是财门口……

突然，喧声沉寂。

四合院还要面临，他们离去之后的巨变。

摇钱树，寿命极长的摇钱树，也走完了它的寿数。

全村的人，上千男女蜂拥而来。数不清的房间，包容下两三代人的恩怨悲喜。

加了隔板，搭了偏房，甚至重建新楼，这格局再没有图纸可寻，令人费解。

斑驳的墙，风化的廊柱，残漏的瓦，木地板全已走失——而新住户也已经老了。

涂仁珍住在桂花院的后院。当年，村里"最有文化的"李炳章当小队会计、大队会计，还去教过"老学"，培训乡村老师。

可这"文化人"，也无法顾全一家温饱。他们的孩子，没有一个念过书。

念过书的黄德彬，远远地离了板栗坳。

他果真没有辜负母亲的念叨，果然"命好"。他进了南溪县档案馆，一直做到副馆长退休。

他从小不多话，他的孩子们从来没听他讲起过小时候的事。他的同事还记得他：黄馆长个子很矮，和气得不得了。你工作出点错，再不得说你，帮你做了都要得。

他的妹妹妹夫一直在板栗坳。妹妹早已去世，她的孩子们，甚至没有黄德彬家的电话。

七八十年，星移斗转。

晚年的他会不会想起，当初，一个读书人让他跨进校门；一群读书人来了，他才有了自己的家。他的业师张素萱，当年，要不是她去说情，他哪里敢想中学！

张老师，您，还好吗？

张家友住在桂花院，傅斯年住过的屋子。他是张海洲的小儿子，他的哥哥，和董敏打过架的张汗青也已过世。

他的父亲，无数次跟他说过傅所长。还不止工钱这一点，现在才晓得，这么大个人物，人家把你当人看。

——傅先生还要散烟给他们。

张家友学着父亲生前的手势，空着手握着，仿佛握着那支珍贵的烟……恁好的烟，也散给我们！

傅先生用过的床，傅先生用过的案桌，傅先生用过的灯油罐子，直到今天还好好留在这间破败的屋子里。灯油罐上的提绳，由于年长日久，轻轻一碰就成灰。

田边上，下老房，牌坊头，茶花院……

这些屋子想必还记得，先生们千差万别的口音，他们参差的性情。傅孟真先生，为国事忙来忙去，为大家的家事忙来忙去；董彦堂先生，厚道诙谐，随口打趣；石璋如先生，不苟言笑，小孩子根本不敢打扰；劳贞一先生，谦谦君子温和内敛；童心未泯的高晓梅先生，孩子们喜欢他，缠着他，因为个子高，衣服长，太太们总管他要旧衣服……董同龢先生做家务，让人看着就愁。

当他们在彼岸遥望故土，才明白，在这里，这六年艰苦研求的日子，为生活忧愁的日子，竟然是平生的幸福时光。

要强刻苦的董同龢太太，要上班，要给子弟校的孩子上课；直率爽朗的李方桂太太，爱子心切在牌坊头唱了一出《闹学》；贤惠能干的劳榦太太，赢得了大家的尊敬和爱戴；李光宇太太，踮着小脚带着五岁的儿子，从北平走到板栗坳，默默操持着一个家，在桂花院种菜，在家门口赶场。

喧声沉寂，余音绕梁。

学术报告，文化演讲，乡村赶场，学童嬉闹……风烛残年的四合院，蛛丝儿绕满雕梁。

新墙上，挂着先生们的照片，一框一框。仿佛，那些睿智深情的目光，仍在注视着这片故土。

自己还是今夜之身，诸事却已是明日的光景。

"中央研究院"史语所简介：

民国十七年（1928），蔡元培成立中央研究院（以下简称中研院）。他接受了傅斯年的建议，在中山大学语言历史所的基础上，成立的历史语言研究所，傅斯年为首任所长，创办了一份刊物《历史语言研究所集刊》。

经过一年多的调整，史语所整合为三个组——历史组、语言组和考古组，学界最富学术声望的陈寅恪、赵元任、李济分任组长。后来增加了人类组，凌纯声任组长。

工作重点放在几个方面：安阳殷墟发掘和甲骨文的研究整理；西南少数民族语言、习俗调查；西北考古。

傅斯年的一套理念，得到了蔡元培的大力支持。

中研院从一开始就由国民政府全额拨款，南京时期一年一百二十万，每个所每年有十二万银圆。

蔡元培保证了史语所的经费要求，为研究员提供了在那个年代颇具竞争力的薪水，让研究人员全神投入工作，避免兼职。

当时给专职研究员的薪水从两百到五百元不等，专职编辑从一百二十元到三百元不等。二十世纪二十年代，北大教授的最高薪水也就三百元，租一个四合院每月只需二三十元。

一方面是相对充足的资源，而另一方面，史语所的学者从没有坐享俸禄的风气，他们有着强烈的使命感，不管是为"填补空白"，还是为了"争一口气"。

这样的投入和付出有了巨大的回报。从成立之初到抗日战争全面爆发，十年里史语所取得大量学术成就。其中最举世瞩目的，莫过于安阳殷墟的十五次发掘，证明中国史书所记载的商朝并非虚构，而是真实存在，从而把中国的历史从周上溯至商，中国的信史往前推进了一千年，这是当时全东亚最重要的学术事件。

这也是中国新考古学的一个开端。由中国人动手执行这么大规模、以这么现代的考古学观念进行的发掘，在中国还是第一次。

这个考古工地训练了好几代考古学家，它培养的工序、规范等细节也延续到现在的大陆和台湾考古学界。

殷墟发掘带来的巨大国际轰动效应，使得史语所在建所之初就颇有名望。

与此同时，如整理大内档案、为明清史研究提供直接史料，调查全国各省的方言，也是史语所建所之初取得的成就。

史语所一大批专业历史学家、历史语言学家、人类学家和考古学家，许多都取得了辉煌的成就。陈寅恪以敦煌材料来做学术，陈寅恪、陈垣等领导整理明清大内档案，陈槃、劳榦等人的汉简研究，傅斯年做夷夏东西考，这些成就一下子就使中国考古站在世界学术的前沿。

史语所的家底，被视为珍宝的二十一万册藏书，使得板栗坳成了学者学子向往的圣地。作为中国西南人文研究的最佳场所，尤其是在博士计划还没有设立的时候，史语所是唯一为获得硕士学位的学生提供研究场所的地方。在战争岁月，史语所吸引了一大批有前途的学生，他们或与史语所有关系，或最终留在史语所工作，后来都成为优秀的学者。①

---

① 王汎森：《傅斯年——中国近代历史与政治中的个体生命》，王晓冰译，生活·读书·新知三联书店，2018。

致　谢

那是 2017 年 9 月，第一次在板栗坳见到董敏先生，听他讲小时候的事，可惜，时间太短太短，于是留下许多"问题"。

回到台湾，董敏的儿子董伟先生不辞辛劳，带着父亲带着我的问题带着录音设备去拜访萧梅女士——两位老人家的腿脚都不好。

之后，董伟先生为我寄来一段一段的录音，他为此付出的努力，让我永生难忘。

在第一个音频里，董敏先生对我说，郎麟啊，我支持你写书，我尽全部力量支持你，我把我有的资料都寄给你。

最后一次录音，是在医院的病床上，我能够听到周围医生护士和病患的杂音……

我就把这一切，当作了托付。

董敏先生，您知道不知道？当时我根本没有打算写书，我怎么可能找得到那么多人？！可是因为您这么说了，我就试着开始做。是您让我写的，可是，为什么，为什么，不能等等我？！上天告诉我，这是为什么……

李在中先生问过我三次，什么时候能完成这本书。我三次都答不出来。我想，总有一天我能回答先生，但，先生却不愿意再等……

无数人曾为这本书付出。宜宾市台办、李庄景区管理委员会、南溪档案馆、宜宾市档案馆，许多人为我提供方便，让我找到珍贵的资料和线索。

"中央研究院"的院士王汎森先生，曾经担任"中研院"副院长和史语所所长。我完全抱着试试看的心态，给他发去邮件，我万万没想到，一个门外汉的问题，能得到王先生如此郑重认真的对待……因为显示器不兼容，吴政上先生的回信，耐心为我解说一个字的写法……

我希望这本书，对得起他们为之付出的时间和精力。

我相信板栗坳藏着许多关于史语所的记忆，那是一幅让人感怀的抗战图景。烽火岁月，先生们转蓬千里来到这里，继绝学，续中华之文脉；他们学贯中西，开创出中国的现代学术。他们是文化的传承者、开拓者，他们是这个民族不屈的脊梁。是国之瑰宝，却也是芸芸之中的众生，要面临生命的诸多磨难。正因此，那一己的担当格外动人。

他们带来的孩子，这群小儿女的童年，是这幅图景里最生动的细节。

待到开始为这本书着手准备的时候，我仍然不太相信我能够找得到足够的线索。我其实是骑虎难下。

我深深感谢李小萱女士、李幼萱女士、李康成先生、李宁成先生。幼萱女士说，你找到我们就对啦，我们一定知无不言、言无不尽……任何人都能够想象，这给我多么大的安慰。她为我寄来《张氏族谱》，她帮我找到线索，使我从看似无从继续的地方接续下去。小萱女士为我寄来她父亲母亲的资料和图片……

见到高兰萍女士后，她默默地帮我联系了一些人，帮我做了应该我来做的解释工作，然后发给我一连串的联系方式。她的诚挚让我感怀万分，我无法表达我哪怕万分之一的感激。兰萍姐姐，你知道吗，我时常都在想念你。

和梁柏有女士通话，让人心生欢喜。我不敢相信，电话那头是一位老人家，脑海浮现出的，是板栗坳穿着旗袍去上学的小姐姐。我永远忘不掉她美好的性情和那口动人的京片子。梁女士是否知道，小时候的玩伴，许多人都在牵挂着你。

李前鹏先生，有着真正的诗人善良敏感的天性，隔着万里的电话，他感受到了我对自己缺乏信心，而给过我许多的安慰和鼓励。他对我的工作，怀着深切的善意，他尽了最大的努力为我找到重要的线索。他曾是 NASA 一位了不起的工程师，无论如何，让他开口谈谈自己的成就是办不到的。

明快爽朗的前明姐姐，给了我许多帮助，却还为自己的记忆力抱歉。

前珍姐姐有着开朗的性情，她待我像对待心爱的妹妹，她为我付出竟然说是我在帮她。她像一片阳光照亮我艰难的路途，无数次让我振作起来。

特别感谢劳延炯先生，和他的交流无比珍贵。在无数个小时的交谈中，我们早已成为朋友。他也是毫不留情的催稿人，天哪，他是如此急迫，他从半年后就开始迫不及待，似乎忘记了我还有一份每天要耗费八小时的工作，而我还没能联系上几个人……可是和他的谈话是如此愉悦，直到如今，我的耳边还常常回荡着他爽朗的笑声……

李培德先生，提供给我那么可爱的细节；李林德女士百忙之中给我寄来参考资料。

特别感激张彦云女士，她绞尽脑汁回忆过去九十年中那些特殊的时刻，我长时间的采访每每让她精疲力尽，也让我心生愧疚。等到后来，我们能用视频方式时，她高兴地捧着平板电脑，要"看看我这个小老乡"；疫情初期，她让儿子给我寄来两大盒口罩和酒精棉……

她的儿子王大庆先生，为采访做了许多耐心细致的辅助工作；我知道，王大陆先生也在等待着这本书。

能找到曾宪敏女士，简直像一个奇迹。在那简朴的家里，听她说起过去的事，就像透过一滴泪珠，看到那个身影：为一万多人搬迁而奔忙，回家面对太太的抱怨，只能用唯唯诺诺的行动表达歉意。

石磊先生说话，带着一辈子不改的河南乡音，第一次通话，我大概听懂了一半；等我发愤听会了河南话，才敢再拨过去，听他在那头谈笑风生。

张彦遐女士待我如此诚挚，对我无数琐琐屑屑的问题，对我的打扰，一次两次三次……她依然热心如初。

……

千里万里，我一直牵挂着他们。五六年里，我们成了永远的朋友。他们为我提供写作素材，这本书不仅是我的，也是他们的。

曾经在板栗坳生活的乡民，是当年这幅"抗战燃藜图"淳朴的底色。也许，他们不了然那些学问的意义，但日日相处，他们感受到新邻居的平等和友善，

　　　　　＊ 致谢 ＊

感受得到他们的美好和珍贵。这些记忆，也许传给了他们的孩子，也许我能找到其中一位两位。

永胜村的村书记张义强和仍住在大院的村民们，他们带我走进这些院落，不厌其烦地解说，哪里修了一道墙，屋子原来是什么样。他们自告奋勇骑着摩托车带路，带我去找当年曾在板栗坳生活过的老人。他们的热心肠，让我至今感铭于心。

板栗坳的张家友、涂仁珍，他们花了那么多时间，费了那么多精力，为我打捞出沉淀在岁月深处的点点滴滴……

他们对我的热情友善，也许正是当年美好情感的回响。

几年的时间里，李清凌陪着我一次一次去到板栗坳、去李庄去南溪，一路走来，她似乎比我更怀有信心……

感谢黄凌为我拍摄栗峰山庄的航拍图，感谢杨云岭为我制作电脑复原图。

我要感谢我的好朋友张玲、胡洁、陈玉岚、张新、黄燕妮、向明飞……一直以友情温暖着我，每当我陷入困境，他们会默默来到，施以援手。

汪闵和我有着共同的青春记忆，她对我的书，从来都是满怀欣喜和期待。她像一位天使，一直陪伴在我的身边，是她拉着我，度过人生中最艰难的时刻。

我的好友旦凯，总会用他特有的方式催促书稿，好像我不着急似的。我的心，时时在经受着说不出口的煎熬。

拜访李少清老人的时候，他还记得许多往事，在那之后，老人一点一点丢失了自己的记忆。

书稿接近完成的时候，我接到彦遐女士故去的消息；我去到板栗坳，想再进到傅先生住过的房间时，那扇门已经挂上一把永远的锁。张家友也故去了。

收到那些越洋而来的邮件，高兴而后总有点害怕，因为，亲切的问候里，藏着委婉的焦急。

苍天怜见。

感谢作家陈明云先生，他对书稿提出过宝贵意见。他的支持和鼓励，让我无论身处何种困境也不曾放弃。

特别感谢葛燎原先生。对于书稿的完成，他的帮助起了至关重要的作用。深深地感念，他对文化的挚爱，对于文化建设的远见卓识，以及他助人于困境的古道热肠。

苍天怜见。

感谢漓江出版社的总编辑张谦女士。她让我明白，她以及她代表的出版社是如此珍惜文字。此外，我一向拘谨而不善言辞，在陌生人面前除了嗯两句，万难开口，她却能让我放松地讲话。她带着两位编辑来到宜宾，让我欣喜不尽，但愿她能看到我不知如何表达的感激。

在板栗坳史语所旧址门口，放着一本登记册，其实可填可不填，但她认真地写下一句话：北京大学中文系八七级学生前来拜谒。

本书的责任编辑谢青芸女士，她在几乎和我当初写作一样的条件下，辛苦地承担重任。我有时候奇怪，老天这样安排，是特别的考虑，还是冥冥中的缘分？想到她为我的书付出的心血，远方的她，连同我从未去过的城市，变得如此亲切。

2023 年 5 月

图书在版编目（CIP）数据

关山万重 / 郎麟著 . -- 桂林：漓江出版社，
2024.4
ISBN 978-7-5407-9656-3

Ⅰ.①关… Ⅱ.①郎… Ⅲ.①回忆录—作品集—中国
—中国　Ⅳ.① I251

中国国家版本馆 CIP 数据核字（2023）第 235105 号

GUANSHAN WAN CHONG
关山万重
郎麟　著

出版人：刘迪才
策划编辑：张谦
责任编辑：谢青芸
封面设计：周伟伟
版式设计：石绍康
责任监印：张璐

出版发行：漓江出版社有限公司
社址：广西桂林市南环路 22 号　邮编：541002
发行电话：010-85891290　0773-2582200
邮购热线：0773-2582200
网址：www.lijiangbooks.com
微信公众号：lijiangpress
印制：北京中科印刷有限公司
　　　[北京市通州区宋庄工业区 1 号楼 101 号　邮编：101118]
开本：690mm×1000mm　1/16
印张：27.5
字数：380 千字
版次：2024 年 4 月第 1 版
印次：2024 年 4 月第 1 次印刷
书号：ISBN 978-7-5407-9656-3
定价：78.00 元